有爱的青春陪伴者

亲爱的小孩

南吱 著

江苏凤凰文艺出版社
JIANGSU PHOENIX LITERATURE AND ART PUBLISHING

图书在版编目（CIP）数据

亲爱的小括号 / 南吱著. -- 南京：江苏凤凰文艺出版社，2022.7

ISBN 978-7-5594-6279-4

Ⅰ. ①亲… Ⅱ. ①南… Ⅲ. ①长篇小说－中国－当代 Ⅳ. ①I247.5

中国版本图书馆CIP数据核字(2021)第190542号

亲爱的小括号

南吱 著

责任编辑 王昕宁

特约编辑 欧雅婷

责任校对 周 萍

出版发行 江苏凤凰文艺出版社

南京市中央路165号，邮编：210009

网 址 http://www.jswenyi.com

印 刷 长沙鸿发印务实业有限公司

开 本 880mm × 1230mm 1/32

印 张 10.5

字 数 400千字

版 次 2022年7月第1版

印 次 2022年7月第1次印刷

书 号 ISBN 978-7-5594-6279-4

定 价 42.80元

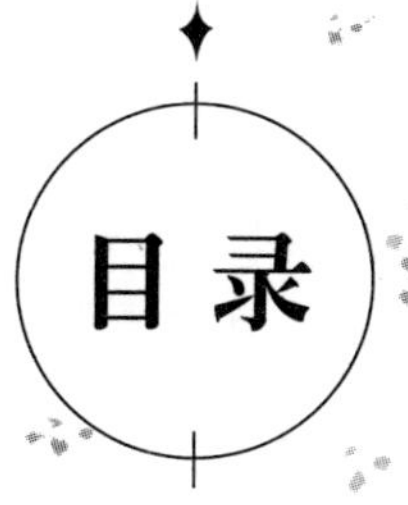

目录

目录

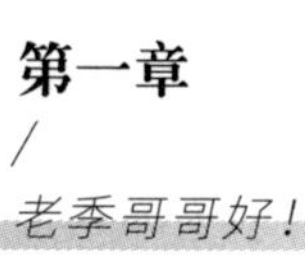

第一章

/

老季哥哥好！

顾挽七点半从“今安画室”里出来，发现天已经黑透了，还起了风，有些凉。

明明国庆节的时候她还在穿短袖，现在却差不多要穿毛衣了。果然大家都说这座城市是没有春季和秋季的，真是一点过渡都没有。

余今安注意到顾挽离开，因为她年纪还小，她不是很放心，于是放下手里的笔刷和调色盘，也跟着走到门口，小声问道：“顾挽，你哥哥今天没来接你吗？要不要老师送送你？”

余今安眉目恬淡清秀，穿着件杏色的毛衣，下面配了件白色蕾丝长裙，披着及腰的长发，即便系了件沾满颜料的围裙，依旧给人干净温柔的感觉。

她平时说话总是轻声细语，温和又有耐心，顾挽很喜欢这位老师。

顾挽回头看了一眼画室，发现还有好几个学生在里面练素描，也不好意思耽误老师，于是摇头道：“我哥哥来了，在楼下。”

听顾挽这么说，余今安稍稍放心了，突然想起一件事，又说道：“对了，顾挽，上次老师帮你送去参赛的作品已经通过初赛了，老师听主办方的朋友说，你的画很有可能闯进决赛。如果通过决赛有了名次，到时候可能要去颁奖现场，你学画画的事还没跟你爸妈说吗？”

顾挽点点头，避重就轻地问：“老师，暨安远吗？”

“远啊，是座北方城市，坐动车都要四五个小时呢。”

顾挽抿唇思索了几秒，看来一个人去确实不行，说：“好，余老师，我回去会想办法的。”

余今安感觉顾挽还是没懂自己的意思，继续耐心地劝说：“顾挽，老师觉得你应该跟你家长好好谈谈，你这么喜欢画画，又有天分，很诚恳地讲，他们兴许会同意的。”

这个话题她们不是第一次谈了，顾挽有些排斥，但也没表现出来，只毕恭毕敬地答应："好，我会找机会跟他们谈。"

余今安作为校外画室的老师，也只能提点建议，不好过多干预，于是点点头，笑着跟顾挽挥手："那你回去路上注意安全，下楼的时候记得把手机的照明灯打开。"

"嗯，谢谢余老师。余老师再见。"顾挽微微弯腰，乖巧地道别。

等余今安进了教室，顾挽瞥了眼远处城市里亮起越来越多的灯火，轻蹙了下眉。

其实顾远下午就给顾挽发过消息，说今天不会来接她，让她练习完自己早点回家，结果她画起画来就忘了时间。

换季时节气温变化无常，害她这几天感冒也是反反复复，一直没好。

顾挽一边咳嗽，一边戴上口罩，将连帽衫的帽子扣到头上，背好书包。

准备往楼下走的时候，她忽然顿住脚，扶着楼梯扶手小心翼翼地朝楼道里探头看了一眼。

楼下一片漆黑，犹如一个藏着无数妖魔鬼怪的恐怖深渊。

顾挽心里发怵，有点后悔没让余老师送自己，现在又退回去好像有点丢脸，而且，也会让余老师知道她刚才撒了谎。

想了想，顾挽打消了回去的念头。

她把手机的照明灯打开，从书包里把随身携带的装着辣椒水的小瓶子掏出来，将其紧紧攥在手里，然后壮着胆子往楼下走。

今安画室处在旧城区的一个阁楼上，不仅楼道里没有灯，连楼外的很长一段巷子里路灯都不是很明亮。

也因此，这一带的治安向来不是很好。

顾挽屏息忍住咳嗽，走到楼下，站在巷子尽头往前看。

那么长的一段路，只有差不多中间的位置竖着一盏路灯，还是最老式的那种喇叭形灯罩，上面锈迹斑驳，已经看不出原来的颜色。

就算手里拿着"武器"，可顾挽到底只是个十三岁的小姑娘，盯着昏黄灯光下显得光怪陆离的巷子，她又站在原地犹豫了几秒，最后还是给顾远打了个电话。

一连拨了三个，都是无人接听，最后电话自动挂断。

她这个哥哥向来不靠谱，关键时刻掉链子，在第四通电话依旧无人接听的时候，顾挽气得挂了电话。

顾挽赌气似的把口罩往上拉了一些，低下头，再次紧了紧手里握着的瓶子，然后一鼓作气地往前冲。

并且她趁着这个勇气爆发的时刻，畅快地咳嗽了几声。

结果她刚走出去不远，后面就隐隐约约传来了几个男生嬉笑打闹的声音。

顾挽头皮一紧，心想自己不可能这么倒霉吧？

她正这么想着，很快，后面那帮人似乎就发现了前面不远处形单影只的小姑娘。

那群男生立刻来了精神，在后面接二连三地吹着口哨。

伴随着嬉笑声，顾挽仿佛听到了一些“稚嫩”“矮个”的词汇，吓得浑身一激灵，汗毛都竖了起来。

也不敢确定那些人议论的是不是她，顾挽不管不顾地往前冲，恨不能生出一双翅膀，一秒飞到巷子口。

顾挽加快脚步的同时，后面那些人的脚步也跟着变快，口哨声也越发放肆大胆，甚至直接轻浮地出言调戏道：“小妹妹，别走那么快嘛。”

顾挽的心脏都快从嗓子眼儿里蹦出来了，但她依旧装作没听见，一边走得更快，一边喘着粗气，再次给顾远拨电话。

意料之中无人接听，但顾挽没将手机从耳边拿开，而是故意扬声说道：“哥哥，你到了吗？

“到巷子口了？

“好，那你进来接我，我也正朝外面走。

“嗯嗯，我不挂电……”

顾挽最后一句话还没说完，手里陡然一空，手机被人从后面抢了过去。

顾挽没想到这帮人走得那么快，并且敢直接上手。她吓得双腿都在发抖，面上却不得不佯装冷静地问了句：“你们干吗？”

她的去路被堵住，只好停下来，结果迅速就被这些流里流气的少年围在中间。

为首的抢她手机的少年大约十八九岁，剃着板寸，戴着非主流的耳钉，坏笑着说：“小妹妹，在给哪个哥哥打电话呢？”

他仿佛看穿了小姑娘的伎俩，看都不看一眼，顺势就把手机揣进了兜里，继续对顾挽不正经地笑：“我们有这么多哥哥，你怎么还找别的哥哥？”

闻言，其他几个人立马附和，跟着猥琐地嬉闹起来。

虽然知道没什么用，但顾挽还是尝试着警告他们：“我哥哥马上就过来了，他打架特别厉害，你们最好现在就放我走。”

顾挽一边说着，大拇指一边在手中瓶子的喷头按钮上摩挲，并且无声地观察了下自己所处的位置，在想待会儿该如何用最短的时间把所有人的眼睛都喷上辣椒水。

她的警告一点威慑力都没有，反倒让这些人觉得她像个垂死挣扎的蚂蚁一样幼稚可笑。

板寸头不仅不害怕，还更过分地伸手钩了她一绺头发，绕在指间把玩，并企图去揭顾挽的口罩：“哦？你哥哥打架真那么厉害？那更不能放你走了，我们也想见识见识……”

“可以啊。”

就在顾挽忍无可忍，准备举起瓶子，打算拼死一搏的时候，不知从哪里突然传来这么一个声音。

这个声音慵懒散漫，还带着股吊儿郎当的轻蔑。

众人闻声纷纷茫然四顾，很快发现从他们身后一个黑暗的角落里走出一个人来。

那人走到灯光偏亮一点的地方时，顾挽才看清楚，竟然也是个十八九岁的少年。

他五官生得极为精致帅气，脸上却没什么明显的表情，一副生人勿近的淡漠模样。

他个子很高，穿着一身白色运动衣，脖子上挂了副黑色的耳机，双手悠闲地插在裤子口袋里，矜贵又从容地走到这些人面前。

然后，他当其他人不存在似的，对顾挽说道：“不是说了我马上就来，让你别乱跑吗？”

顿了顿，他皱眉，轻斥：“还不过来？”

顾挽盯着这个少年愣了两秒，虽然根本不认识他，却莫名感到庆幸心安，像终于找到了靠山，下意识就很听话地往他身边走去。并且在越过挡路者的时候，她还大着胆子将其往旁边拨了拨。

“哥哥……”顾挽本能地叫了一声，站到少年的身后。

少年淡淡地扫了眼足有六七个人的敌方，又往十来米远处光线更为明亮的路灯下看了看。

似想到什么，他回头，拍了拍顾挽的肩，指着路灯的方向说：“你去前面的路灯下等我，记得转过身，不要看这边。”

“为什么？”顾挽不明所以。

少年把脖子上的耳机取下来，给她戴上之前，冲她狡黠地眨了下眼睛：“因为怕吓到你。”

顾挽怔了一下，不由自主地屏住了呼吸。

她很快回过神，按照他的吩咐，乖巧地走到路灯下面，背过身，像个蘑菇一样蹲在地上。

耳机里的音乐很大声，身后一切声音，她都听不到。

顾挽默默提醒自己不要回头，不要担心，强迫自己把思绪放在了辨别耳朵里听到些什么歌词上。

顾挽也记不清自己听完了几首歌，时间过去了多久。

直到后背被人轻轻拍了下，她迅速摘掉耳机，猛地转头仰起脸。

温暖昏黄的路灯下，少年的五官被衬得比刚才要柔和许多，脸部轮廓也更加利落分明，眼里含着潋滟细碎的光，像月光涤荡的湖面。

“嘿，小可怜，你的手机哥哥帮你拿回来了。”

他悠闲散漫，说这话的时候，还露出一个极为好看的笑容。

顾挽很少见过一个人勾唇笑起来的时候，嘴角两边会有那么明显的褶痕，就像两个小括号一样，爽朗亲和，又明艳耀眼。

还有点可爱！

顾挽依旧呆呆地仰着头看他，也不知道去接他递过来的手机。

虽然口罩几乎遮住了她大半张脸，但露在外面的那双眼睛很好看，黑亮有神，清澈通透，还有种不知所措的无辜。

少年见顾挽半天没反应，蹲在那里一副可怜兮兮的样子，心想她刚才肯定被吓坏了。于是他也蹲了下来，白皙修长的指尖拨开了她腰侧的口袋，然后把手机直接放了进去。

说是放，其实用丢来形容更为贴切。

他的动作看似漫不经心，却刻意保持了一段距离，还将她的口袋拉得很开。所以对于一个陌生人而言，这行为也没什么不得体。

还回手机，少年也没急着起来，学着顾挽的样子，把双臂放在膝盖上，歪着脑袋笑吟吟地问：“小朋友，天黑后这巷子不安全，你怎么一个人来这儿？”

他的动作与口吻，都带着哄小孩儿的刻意和温和。

顾挽回神，不动声色地调整了下呼吸，言简意赅道：“我去画室上课。”说着顺手指了下画室的方向。

少年也跟着朝那边望了一眼，嘴角的笑意微不可察地敛起几分。

“你是余今安的学生？”

顾挽点头，眼底浮起一丝雀跃：“你认识余老师？”

少年神色冷了一秒，转眼又被很好地掩盖过去，笑着说：“不认识。”

顾挽一愣，心想：不认识还能知道她的名字？

这个谎话骗三岁小孩子都有点敷衍。

“那你下课了都没大人来接吗？你一个小孩子，天黑了从这里回去很不安全啊。”少年很快又把话题转回到顾挽身上。

从见面到现在，他对她的称呼有“小可怜”“小朋友”，现在又这么直白地说她是小孩子。

顾挽从前并不排斥别人说她小，说她是孩子，但不知道为什么，这一刻，听到这个少年这么叫她，她却莫名介意。

“我不是小孩子！”她有点不高兴地站起来，很认真地补充，“我都已经上初中了！”

这一本正经着重强调的语气，让少年怔了怔。

而后他忍俊不禁地挑了下眉，也站起来，脸上的笑意更浓了：“哇，你都上初中啦，好厉害！”

顾挽觉得他这根本就是在嘲笑。

而且他一站起来，她才发现自己只到他胸口的位置。

她更加郁闷。

但即使再生气，顾挽脸上也没有过多的表情，反倒更为僵硬，站在那里半天挤不出一句话。

隔着口罩，少年并没察觉出顾挽的情绪变化，只当是个逗小孩子的玩笑罢了。

“总之以后还是让你家大人来接你吧，就算是初中生，晚上路过这里还是很危险，况且你还是个女生，刚才你也看到了。”

知道少年是一片好心，顾挽低着头，默默点了两下。

她一点头，才发现他的耳机还挂在自己脖子上，于是立马取了下来，还给他：“你的耳机。”

少年把耳机戴回脖子上，转头看了眼长巷的尽头，对顾挽说：“好了，哥哥送你出去，到了汇春街你自己打车回去可以吗？”

顾挽又点了点头：“可以的。”

少年把手机的照明灯打开，微微举高，顾挽眼前的路变得光明清晰。他们一前一后，隔着不近不远的距离，一步一步地往巷子外面走。

期间，再没说过一句话。

一直到走出巷子，来到灯火通明的汇春街上。

少年在街边拦了一辆出租车，然后招手让顾挽上去，并问道：“到哪儿？”

“清河苑。”

他点点头，走到出租车副驾的车窗边，从钱包里抽了一张红钞票递给司机：“师傅，清河苑。”

“我有钱的，我有钱！”

顾挽看他拿钱的时候就手忙脚乱地去阻止，可后座和前排隔着一道栏杆，她没拦住。

少年看她因为着急，站起来撞到车顶的狼狈样子笑了起来，转头交代司机：“师傅，待会儿找的钱给我妹妹就行，麻烦开慢点，注意安全。”

顾挽低头急忙去翻书包，结果越着急，越不记得钱包放在哪个口袋里了，一连拉开两个口袋，都没找到。

打开第三个口袋时，终于摸到了，她欣喜地抬头，司机却恰好在这个时候把车开了出去。

她急忙凑到窗边，伸着脑袋往后看，想把钱还给少年，结果发现他已经转身，朝马路对面走去。

顾挽拉下口罩，大声喊道："哥哥——"

少年戴上耳机，浑然不觉后面车上的人在叫他。

"小姑娘，不要把头伸到车窗外面，很危险的。"司机提醒她。

顾挽没办法，只能缩回车里，很快又回头，隔着挡风玻璃往后看。

车子已经开出一段距离，少年的身影也渐行渐远。

顾挽突然想起来，她还没问他叫什么，也没来得及告诉他自己的名字，甚至连谢谢都没跟他说。

如果以后遇不到的话，那是不是就再也见不到他了？

顾挽盯着窗外快速后退的风景，有些懊恼伤感。

到了小区外，顾挽拿着司机的找零下了车，沿着小区外的商业街道往小区门口走。

经过一家理发店时，她忽然停住，低头看了眼垂在胸前的头发，想起之前被板寸头钩在手指上绕着玩儿……

她嫌恶地皱了下眉，然后进了理发店。

理完发出来，已经晚上九点多了。顾挽回到家，发现家里的灯还没开，顾远还没回来。

她和顾远都在迎江市第一中学读书，一中分高中部和初中部，初中部一般四点半就放学了，高中部会晚一些。

所以顾挽也没有等哥哥放学的习惯。

不过快十点还没回来，打电话也不接，顾远肯定又和他的那帮狐朋狗友去哪个网吧鬼混了。

顾挽懒得管，衣领里还有许多没清理干净的碎发，扎得皮肤有点痒，她赶紧去洗了个澡。

洗完澡，吹干头发，她对着镜子打量自己的新发型。

理发师给顾挽剪了一个很有型的学生头，还给她剪了刘海，短发加上刘海，看起来比之前的样子更显小。

顾挽当时很不满意，固执地同理发师讲道理，让他退钱。

但理发店的老板跟她解释："你这眼睛又黑又亮，盯着人看的时候扑闪扑闪的，搭配刘海非常可爱，特别招人喜欢。"

特别招人喜欢……

顾挽一直都没什么朋友，也从未想过刻意去讨谁的喜欢，但就是那么神奇，当时因为这句话，她突然就不生气了。

真是太奇怪了！

今晚自己很多想法都很奇怪。

她胡乱地梳了梳头，准备去写作业，觉得一定是今晚发生了太多事，她惊吓过度，才会想得特别多。

差不多十点半的时候，顾远回来了。

他像是受了什么沉重打击，一副失了魂的样子，晃晃悠悠地走到客厅，木桩般地栽进沙发里。

刚躺下，他口袋里的手机就响了，他掏出手机按了接听。

顾挽听到动静，从书房里跑出来，然后听到哥哥像神经病一样鬼吼："我顾远的墙脚也敢挖，真是活腻了，怎么着也得让这小子见识一下得罪一中远哥的下场。明天放学，你和二吨去堵那小子，咱们好好欢迎欢迎新同学！"

他对着电话吼得投入，根本没发现顾挽已经走到了旁边。

顾挽垂眸看了眼沙发上像尸体般瘫着的顾远，皱眉问道："哥哥，你又带着国栋哥他们去干吗？"

顾远看都不看她，举起一只手，不耐烦地挥了挥："有你什么事儿，一边玩儿去，你哥正烦着呢。"

顾挽当什么都没听到，报复性地说道："今天下午你们班主任给我打电话，说月考成绩下来了，这次你比较厉害，考了全班倒数第一。"

顾远一愣。

她仍旧一脸漠不关心地交代他："明天你记得把卷子带回来，我晚上给你把错题讲讲。"

顾远盯着天花板上的白炽灯，不知想到什么，突然愤世嫉俗地撇了下嘴，从沙发上坐起来。

他一坐起来，陡然看到顾挽的发型，愣了下，脱口而出："你怎么剪了个锅盖头？"

顾挽嘴角一抽。

她的发尾明明在下巴那里，怎么就成了锅盖头？

不过顾挽也懒得解释，敷衍了句："长发打理起来麻烦，会耽误学习。"

顾远用看怪物一样的眼神看着她："顾挽，你到底是个什么怪胎？"

一个才上初一的学生，智力远超同龄人就算了，干吗天天给他一个高中生讲题，还什么题都会，一副现在去参加高考都毫无压力的样子，让他这个即将参加高考的高三生颜面何存？

知道自己在智商方面碾压不过她，顾远只能另辟蹊径，扯着嘴角，不屑地冷哼一声："哼，学习，只有什么都不懂的小屁孩才会一门心思地乖乖啃书。

像我这种成熟的男人，学的都是为人处世的技巧和人际交往的手腕！”

他一边说，一边抬头挺胸，颇为自傲地竖起校服领子，又紧了紧那根本就不存在的“领带”。

然后他又一脸鄙夷，幸灾乐祸地对顾挽说：“你啊，除了读书，什么都不会，活了十三年连怎么交朋友都不知道，你这辈子啊，铁定完蛋。”

顾挽面无表情地睨着顾远，对于他无缘无故的人身攻击没什么太多的想法。

顾远看她像怪物，她看顾远又何尝不像看傻瓜。

顾挽只当这个傻瓜又是哪根筋搭错了，懒得与他计较，有那时间，还不如回房间多画几张素描。

“怎么，被我戳到痛处，想落荒而逃吗？”

见顾挽不战而退，顾远难得找到一丝成就感，贱兮兮地抖着腿，存心挑衅。

顾挽原本已经走到房门口，被这话激得又退了回来，皮笑肉不笑地突然关心：“你刚说烦是怎么回事？”

这时候顾远当然不会上当，警惕又防备地拒绝回答：“你问那么多干吗，小屁孩儿，说了你也不懂！”

“林语姐姐又不理你了？”

顿了顿，顾挽压根儿无视他的沉默，继续自问自答：“又为了其他人？”

顾远不甘地动了动唇，一时没找到反击的话。

然而，顾挽根本不给顾远反击的机会，稳准狠地在他伤口上撒下一把盐：“哥哥，至少这个我是懂的，你好像又被忽视了！”

三个被刻意拉长的“又”字，让真正被戳到痛处的人脸上假装坚强的面具一下裂了个稀碎。

顾远像突然被人踩了尾巴似的跳上沙发，失去理智地咆哮：“你少多嘴，我的事情，用不着你个小屁孩来盖棺论定。”

“盖棺论定？”

顾挽挑挑眉：“这个成语用得好，精准概括了你和林语姐姐友情的结局！”

她说完等了会儿，发现顾远竟然没还击，还似乎连眼眶都气红了。

“哎呀！”她一捂嘴，很做作地惊慌失措道，“哥哥，你不是要哭吧？你千万别哭啊，我可不会安慰像你这样的成熟男人！”

顾远只觉心梗得更厉害了……

因为昨晚发生的事，顾挽第二天一整天都心事重重的，上课也心不在焉，老是走神。

她脑海里始终挥散不去昨晚那个人突然从黑暗中走出来的样子，弯着眼睛，笑着说“哥哥把你的手机拿回来了”。

那么从容不迫，志得意满的。

课间无聊，顾挽拿出笔，百无聊赖地在笔记本上随手画出一个模糊的轮廓。再经过不断细致精化，一直到下午放学，戴着耳机的少年才栩栩如生地跃然纸上。

顾挽的画工细腻逼真，甚至连少年温和的眼神及嘴角浅淡的笑容，都被刻画得细致入微。

下午最后一节课的下课铃一响，教室里瞬间炸开了锅，同学们一边嬉闹，一边收拾东西，三五成群地结伴回家。

顾挽独来独往惯了，等她收拾好书包，教室里的人差不多走光了。

班长余舟锁好教室前门，站在后门门口等顾挽。

等她从教室出来，他拉上门，假装随口问道："顾挽，你今天要去画室上课吗？"

眉清目秀的少年有些腼腆，才说了一句话，脸就泛红了。

顾挽突然被叫住，也不好立刻就走，放缓脚步"嗯"了声，回头问道："你有事吗？"

听到她肯定的回答，余舟锁门的动作微滞，语气里有不易察觉的失落："哦，没事，我以为你今天不用去画室，我们就可以一起坐车。"

顿了一秒，他生怕这话有什么不妥，立刻解释性地补充："正好昨天考的数学测验卷有道题我不是很懂，想问问你。"

顾挽摇头："今天恐怕不行。"

"没关系，那等明天吧。"余舟锁好门，跟她一起下楼，"明天来学校我再问你？"

顾挽觉得余舟做事有点拖沓："今晚回家不是要订正错题吗，为什么要等到明天？你现在可以去问老师啊。"

"呃……"余舟一时语塞，脸颊更红了，难为情地点点头，"那……那也行，我去问老师吧。"

他们走到楼下后，分道扬镳。

顾挽心里装着事，一直魂不守舍，连余舟分别的时候朝她挥手都没看见。

其实，她一直在犹豫今天到底要不要去画室那边，按照画室的排课表，今天确实没有她的课。

不过即使没课，也可以去练习啊，她想：自己起步晚，才接触绘画这一块不久，本来就应该多画多练的。

况且，如果恰巧能再遇到那个人的话……

"正好可以把钱还给他。"顾挽踢着路边的石子，耸了耸娇俏的鼻子，突然很严肃地自言自语，"欠债还钱，天经地义，反正我只是不想欠别人什么！"

这么一想，她微微挺直了腰，底气十足地去等开往画室的那班公交车。

到了画室楼下，她又磨磨蹭蹭的，有点不想上去。

要是上去了，万一那个人真的从这里路过，自己看不到岂不是要错过吗？

顾挽抿抿唇，纠结道：“错过了，就不能把钱还给他，下次再遇见还不知道是什么时候，难道要我一直这么背负债务地活着吗？”

这肯定是不行的！

顾挽拧眉，兀自摇摇头，要她负债似乎是一件令人多么不能容忍的原则问题。

于是，她终于说服了自己，不去画室，直接蹲在巷子口“守株待兔”。

原地死等，勇气可嘉，然而结果却令人无奈……

等到日落月升，那只“兔子”始终没再现身。

顾挽蹲得腿都麻了，天也黑了，她也不敢在这个巷子里久待，不得不起身离开。

她失魂落魄地回到家，如昨晚一般，顾远又没回来。

她这才想起昨晚顾远在电话里坏脾气鬼叫的事，有点不放心，给他拨了个电话。

这回电话很快就被接通，顾挽听到那边嘈杂纷乱的声音。

顾远稍显不耐烦地“喂”了一声，但心情好像不错，期间还跟身旁的人说笑了句。

顾挽略微放下心，责备道：“哥哥，你已经两个晚上都没管我的饭了，你这样真的很没责任心。”

顾远一点也没有比顾挽大五岁做哥哥的自觉，听到这话还觉得可笑：“我只是你哥，又不是你奶妈，你吃喝拉撒的事不归我管吧？”

顾挽想了想：“也对。那哥哥你在外面玩得开心，我给爸妈打个电话，顺便问一下我的吃喝拉撒到底归谁管。”

闻言，顾远动作一僵，脸色忽变，在她要挂电话的前一秒及时叫了声：“顾挽！”

“干吗？”

他想都不想就舰着脸改口：“突然好想跟我可爱的妹妹一起共进晚餐，给个面子吧？”

顾挽勾了一下唇，点点头，很给面子地说：“好的‘奶妈’，吃饭的地址报一下。”

电话这头的顾远被气得直接翻了个白眼。

顾远说的地方离清河苑不远，在仅隔着两条马路的一条小吃街上，平时兄妹俩不想在家开伙的时候，也会经常去那边应付一下。

顾挽放下书包，拿着手机和钥匙出了门。

她才到小吃街的入口，就在一家大排档的门口看到了顾远。

他们一行四个人围坐在大排档门口的一张桌边。

顾远和一个身形与他差不多的人坐在一块儿说话，他俩都背朝着外面，没看到顾挽。

坐他们对面的是一胖一瘦两个男生：胖的叫李文涛，绰号“二吨”；瘦的叫乔国栋，绰号“皮猴”。他俩都认识顾挽，一看到她走过来，马上伸长了手臂招呼：“顾挽，顾挽，这边。”

他们一招呼，对面正说话的两人同时回过头。

此时，顾挽已经走到了他们身后，视线落在同时回头的两人脸上，顿时就僵在了那里。

先说她哥哥，那个昨晚在电话里还恶声恶气的人，此时正顶着一张鼻青脸肿的猪头脸，自己惨败得没个人形，还坏心眼儿地取笑她：“来啦，小短腿跑得挺快嘛！”

顾远旁边的男生听到这话也跟着笑了起来，笑容纯粹而无害。

他本就精致漂亮的五官，因这个笑容变得更加生动而鲜亮。他嘴角才稍稍勾起，那标志性的小括号立刻就出现了。

这人不是别人，正是顾挽下午迟迟蹲守不到的那只“兔子”！

顾远站起来勾过他的肩，嬉皮笑脸地介绍：“老季，这是我妹妹。”然后转头对顾挽说，“这是我兄弟，季言初。”

顾挽不知道哥哥什么时候结交了这么一个朋友，并且已经要好到称兄道弟的地步。

微笑的“兔子”视线漫不经心地扫了眼顾挽，然后伸手，在她的头顶轻拍了下，温和而友善地同她打招呼：“小妹妹，很高兴认识你啊。”

顾挽脸颊僵硬，不可置信地盯着季言初，挤不出一丝笑容来回应。

这个人，居然没有认出她！

明明昨晚才救过她，还帮她付了车费，结果今晚再见，就已经记不住她的样子，把她忘了。

顾挽的自尊心有些受挫，也很委屈。

她像个木头人一样，呆呆地杵在那里。

人家都礼貌地打过招呼，她却一声不吭，毫无反应。

顾远有点看不过去了，拍了下她的肩，拿出哥哥的威严催促道：“傻了？叫人啊！”

他转头，又跟季言初表示歉意：“老季，你别在意，我妹妹性格就这样，内向怕生。”

季言初的视线不禁又落回到顾挽脸上。

小姑娘脸颊肉嘟嘟的，还带着婴儿肥。她倔强地抿着唇，低着头，一副被逼着不情不愿的样子。

就在季言初想着还是别为难小朋友了，准备打个哈哈敷衍过去的时候，她突然又有了动作——一板一眼地朝他鞠了个躬，还是九十度的，满脸写着不高兴地说道：“老季哥哥好！”

顾远深深为妹妹这“拙劣”的交际能力忧心，颇觉丢脸地向他的好朋友解释：“这小书呆子，从小到大只知道死读书，脑子一根筋不知道转弯，见谅见谅。”

在人前被这么挑出缺点，顾挽脸颊微微发热，偏偏自尊心又太强，咬着牙，站在那儿装作一副不为所动的样子。

季言初低头，发现顾挽冷着一张脸，强撑出一副少年老成的模样很可爱，忽然很想逗逗她。

于是他半弯下腰，双手撑着膝盖，凑近她，看起来有几分委屈地埋怨道：“哥哥今年才十八岁呢，哪儿老了？”

顾挽默默退了一小步，脸上的表情更为冷峻严肃。

季言初似乎也不在意，还好脾气地伸出手，开着玩笑地重新自我介绍：“小书呆，你好，在下季言初，幸会。”

什么小书呆？

这算是那声“老季哥哥”换来的报复吗？

顾挽又联想起昨晚的“小可怜”，发现这人怎么这么喜欢给人取外号？

还有，原来他对每个人说话都是这样笑眯眯的。

有什么好笑的，为什么要笑？

顾挽愤愤不平地想着这些，用力拍了下他的手掌，却终是出于对他的感激，将他的名字默默记住。

看起来左右是不能让这小姑奶奶开口好好叫人了，为避免大家尴尬，顾远主动打圆场，将顾挽往桌子这边扯，没好气地说：“算了算了，不叫拉倒，我们这种成熟的男人，也懒得跟你这没礼貌的小屁孩计较。你看看吃什么？”

这已经是顾远第两次在季言初面前揭她的短了。

简直不可原谅！

顾挽睨了眼桌上他们正吃的龙虾和烧烤，忽然仰起脸问顾远：“不是吃火锅吗？”

顾远一头雾水：“啊？”

顾挽略微侧头，盯着他肿得高高的腮帮子，存心发出羞辱性的疑问：“咦？哥哥，你嘴里含的不是火锅丸子啊？”

“扑哧——”对面的二吨和皮猴一下没忍住，连嘴里的雪碧都喷了出来。

顾远有点大男子主义，平时在家怎么丢脸都没关系，但在外面，尤其是在兄弟们面前丢脸，那简直比要他老命还残忍，于是当即黑了脸，警告顾挽：“你找打是不是？”

只是他在顾挽面前，一向没什么威慑力。

面对顾远的威胁，顾挽面色淡然地回应：“哥哥，你不能生气。”

顾远不解：“怎么？”

“本来就肿得像猪头，再龇牙咧嘴，我感觉你的五官快要四分五裂了。”

“噗——”这次，连季言初都没忍住笑出声来。

顾远一个眼神杀向他。

眼看“成熟的男人”要被气炸了，季言初感觉良心受到谴责，及时收住了表情，并且主动向顾挽坦白：“其实这都怪我。”

他瞟一眼顾挽，像是很忐忑地承认：“你哥脸上的伤……是我弄的！”

这个结果倒完全出乎顾挽的意料。

顾挽猛地瞪圆了眼睛，震惊而诧异地盯着季言初。

她这副表情落在季言初眼里，就成了兴师问罪的意思。

季言初有点心虚地挠了挠鼻尖，解释：“当时情况有点乱，我就本能地挥了一下手，你哥哥的脸恰好就撞上来了。”

“确实确实，是我自己撞的！”顾远从旁帮腔，试图用这样的说辞为自己挽回一点颜面。

顾挽瞥了他一眼，那嘴角肿得，这哪是撞手上了，该是撞铁上去了吧？

她摆明一脸不信。

季言初抚额，深感小孩子敷衍不了，只能继续装委屈，再接再厉地“洗白”：“不瞒你说，哥哥我是个胆子特别小的人，平时说话都不敢太大声，但最胆小的兔子被惹急眼了还知道咬人呢，哥哥遇到危险出于自保，这应该是情有可原的事，对不对？”

胆子特别小？

说话都不敢太大声？

如果说，昨晚没遇见季言初的话，顾挽或许真的就信了，毕竟他说得声情并茂、言辞恳切。

然而现在，顾挽只深深地觉得自己被小看了，并且再一次无比确定，季言初就是拿她当小孩子来糊弄。

这下，顾挽真的生气了。

那种必须通过报复，才能得以释怀的生气！

于是，她用满是敌意的眼神瞪向季言初，完全一副为哥哥打抱不平的样子，冷声地质问：“所以，林语姐姐就是因为你不理我哥哥的吧？”

季言初：“……哈？”

顾挽话音刚落，嘴巴就被顾远从后面死死捂住：“小孩子家家的，别什么话都乱说。”

季言初略微皱了下眉，忍不住责备顾远：“你怎么什么乱七八糟的话都跟小孩子讲？”

顾远厚脸皮地把责任往顾挽身上推：“我可没讲，是我打电话的时候，这小鬼偷听……哎哟——”

顾挽报复性在他虎口处狠咬了一口。

顾远痛得当即把人推开，一边倒抽着凉气，一边甩着手骂道：“小兔崽子，你属狗的？”

见顾远那疾言厉色疼很了的样子，看上去就像要打人，季言初下意识地把小姑娘往后揽了一把：“好了，好了。”

顾远只好一边甩手，一边在那儿龇牙咧嘴。

季言初看他那副样子，想起刚才顾挽那句“五官快要四分五裂了”，发现小姑娘的形容还蛮贴切的。

也不知道这话戳中了自己哪个笑点，季言初忍了又忍，还是没能把嘴角的弧度完全压下来。

最后，为了转移注意力，他索性把视线又撤回到顾挽身上。

小姑娘还是板着个脸，圆溜溜的眼睛瞪着他，眼神凶巴巴的，像只不能惹的小老虎。

季言初还是平生头一次这么不招一个小朋友喜欢，既觉得好笑，又有点哭笑不得的无奈。

他始终以为顾挽讨厌他的原因不仅是他失手打了顾远，而且还破坏了顾远和本班女同学的关系，所以他觉得很有必要，认真且严肃地跟眼前这个看起来很容易较真的小朋友解释一下。

“关于林语不理你哥这件事……”季言初尴尬地咳了咳，发现跟一个半大的小女孩解释他们这个年纪男女同学的关系，还挺复杂麻烦的。于是犹豫了好几秒之后，他才谨慎地重新开口，“这其实都要怪你哥！”

“嗯？”突然被点名的顾远一脸蒙地看向季言初。

季言初继续说：“我一个转校生，才来没几天，人名还叫不全几个，连那林语是谁我都不知道，更别提跟她有什么关系了。”

说到一半，他又稍稍弯下腰，指着顾远跟顾挽控诉：“结果你哥连事情还没调查清楚就带着人把我堵在巷子里，也不听我解释。”

顾挽听到这里眼波微动，不动声色地将季言初全身打量了一遍，没有露出一丝异样的情绪，问道：“所以我哥也打你了？”

季言初觉得她这是不信，是小姑娘生怕自己被糊弄了的怀疑。

他想，或许只有让这小孩知道他是真受伤了，知道他在她哥哥那儿其实并没有讨到什么便宜，才能消弭她心里的怨愤和不甘吧？

于是也没过多考虑，或者说是真的拿她当小孩子，季言初当即将衣服下摆撩起来了，把受伤的地方指给她看："喏，这里，你自己看！"

季言初的语气中带着点委屈，一副跟顾挽告状的架势。

不仅顾挽，连顾远和二吨他们都好奇地凑了过来。

当看到季言初左腰上真有一块瘀青之后，二吨和皮猴不由得同时"嘶"了一声："天啊，看着都疼。"

那么一大片淤青，看上去真的有些触目惊心。

顾挽当即回头，给她哥哥飞了一个眼刀，那眼神凛冽得仿佛真能割人。

顾远略微缩了下脖子，有些不相信地指着自己的鼻子，怀疑道："真是我打的？"

当时他们四个人扭成一团，场面着实混乱，具体什么情形，他自己都没太多印象。

"怎么，你还想抵赖呀？"季言初将衣摆放下来，指着顾远的右脚，言之凿凿地说，"你就是用这只脚踹的。"

顾远随着他手指的方向，低头看了看自己的右脚，记忆更加模糊了："我当时……有抬脚？"

不管怎样，季言初腰上的伤是实实在在的，这是半点不能作假的。

当然顾远也没想抵赖，虽然有点糊里糊涂，但还是很痛快地认下了这笔账。

他点点头，端起桌上的半杯雪碧朝季言初举杯："兄弟，对不住啊。"

顾远一口气喝完，豪气爽快地拍着胸口，说道："咱兄弟也算是不打不相识，这样，吃完饭咱们去唱歌。"

季言初似笑非笑，不拒绝也不赞同，怎么都无所谓的样子。

大家一起吃完饭，顾挽帮忙去结账的时候，看到不远处有一家药店。

她结完账，去药店买了两瓶云南白药喷雾剂。

他们去 KTV 的路上要经过顾远家小区门口，正好顺路把顾挽送回去。

两瓶药剂被顾挽揣了一路，焐得热乎乎的，但她始终没找到一个合适的机会送到季言初手上。

一群人浩浩荡荡地走到小区门口，却发现整个小区都黑乎乎的。

顾远跑去门卫那里打听了下，回来后说道："前面道路施工，不小心挖坏了电路，小区停电了，估计得十点多才来电呢。"

他看着顾挽，提议道："要不你跟我们一块儿去得了，这黑灯瞎火的，你一个人在家我也不放心。"

想想 KTV 那种吵闹的环境，顾挽有些抗拒，但眼下好像也真没有别的地方可去，最后只能妥协地点点头：“那你上去帮我拿书包，我还有张卷子没做。”

“啧。”顾远觉得她好麻烦，“一套卷子而已嘛，对你而言，今天做或明天做有区别？”

“也对。”顾挽突然转折，“不过那张卷子是你前几天求我帮你做的，说明天要交。如果这次你还是倒数第一，你们班主任就要给爸爸打电话了。”

她一副“我随便你”的表情，悠然闲适地站在那里等顾远考虑。

顾远也就考虑了一秒，前半秒打算破釜沉舟抬头做人，后半秒又垂下头，转身卑躬屈膝地往小区里走。

走之前，顾远咬牙切齿地朝顾挽竖起大拇指：“您可真是我如假包换的姑奶奶，亲的！”

没走几步，听到顾挽在后面提醒他：“侄孙儿，带钥匙了吗？”

顾远大声骂了句粗话，震得楼道里都是回音。

季言初无声地旁观着这对兄妹的日常互怼，嘴角挂着几丝零星笑意，等笑意渐渐散尽，似乎牵扯出了其他的情绪，从漆黑的瞳孔里一闪而过。

几个人到了 KTV 开了个中包，一进去，就跟打了鸡血似的嗨起来了。

顾远属于麦霸型，只要让他拿到话筒，那基本就别再指望他撒手，仿佛开个人演唱会似的。

几首歌轮下来，他唱着唱着，还似乎走了心，想起自己坎坷的情路，开始带着哭腔鬼哭狼嚎地吼：“终于看开爱回不来，而你总是太晚明白，最后才把话说开，哭着求我留下来……”

季言初似乎对唱歌没什么兴趣，一晚上都没开腔，百无聊赖地靠在光线最暗的沙发一角。

他看顾远又唱又哭，长腿微抬，轻轻踢了下旁边的二吨，指指顾远，问道：“他没事吧？”

二吨和皮猴早已司空见惯，笑着摆了摆手：“没事儿，有故事的男人嘛，都这样。”

他们说完转头灌了口可乐，也跟在顾远后面没腔没调地哼，企图营造出完美和声的感觉，但最后把主唱的调儿都带跑了。

季言初一个人靠在角落，无声地轻扯了下嘴角，被这么几个完全不着调的人拉着称兄道弟，居然会有一丝试试看的希冀。

他怀疑自己是不是真的寂寞太久了。

顾挽艰难地把一张卷子做了三分之一，实在受不了包厢里“魔音”的折磨，带着文具和卷子去了大厅。

虽然在大厅里还是能偶尔听到四面八方传来的号叫，不过好歹声音不大，她耳边一下安静了不少。

耳根子清净了，思路也就跟着清晰，不到半个小时，她一张卷子都快做完了。

“这些都是你做出来的？”

顾挽正沉浸在最后一道大题里，耳边陡然响起的声音让她下意识地回头。

一回头，才发现不知什么时候季言初半弯着腰站在她身后，正垂眼盯着她手里的试卷。

陡然对上顾挽的视线，季言初微怔了下，而后很自然地直起身，在她对面的椅子上坐下来，指着卷子又问了一遍：“高三的题，你也会做？”

顾挽抬眸，看了季言初一眼，很快又垂下，抿唇轻轻地“嗯”了一声。

季言初听到顾挽的回答，不可置信地又伸着脑袋看她手下的卷子，扫了一眼，发现真的都是对的。

再看她，他眼神里就带了几分惊奇和打量。

“小书呆，原来你这么厉害啊？”季言初拍了拍顾挽的头顶，给她取的外号越叫越顺口。

然后他指着卷子，好心地提醒：“但你可不能全都做对了，不然回头你哥还是得被叫家长。”

顾挽一拿到卷子就做，还真没想那么多，经季言初这么一提醒，她立刻拿起橡皮开始擦后面大题的答案。

擦掉大半，她举起卷子端详了下，满意地点头：“以他的智商，做个三十几分就该被表扬了。”

季言初听了直笑，然后问道：“你经常帮你哥哥做作业？”

顾挽摇头：“也没有，偶尔。”

季言初若有所思地点点头，似是想到什么，忽然眼睛一亮，又看着她，嘴角那标志性的小括号若隐若现。

“顾挽妹妹，你看啊……”季言初温言细语地与顾挽打着商量，“你做一份作业也是做，做两份呢，等于只是多个誊抄的时间……要不，以后这个哥哥的作业你也顺带写一下？”

季言初指指自己，眼里满是狡黠的笑，露出洁白整齐的牙齿，将唇色衬得更加艳丽。

“你帮哥哥写作业，哥哥请你吃糖。”他将手握成拳，伸到顾挽面前摊开，掌心里果然躺着两颗太妃糖。

顾挽呆呆地盯着他，眨了眨眼，在自己快要被成功收买的前一秒及时醒悟。

这个人，压根儿就是在骗小孩子给他当廉价劳动力，她才不上当！

于是，顾挽一点不留情面地拒绝：“不要！”

“为什么？”季言初以为是价没开到位，又增加砝码，“那你有没有其他想吃的，或者喜欢的娃娃、玩具之类的，你想要什么，我都可以给你买。”

顾挽继续摇头：“我帮哥哥并不是为了什么好处，实在是因为他求了我好几次，我没办法拒绝。”

季言初觉得这很好办：“那我也求你！”

顾挽一顿，忽然一脸认真地盯着他，定定地看了几秒后，幽幽地说道：“我哥是跪下来求的。”

“咳咳咳……”季言初被呛得直咳。

是自己的错觉吗，他怎么发现这小孩

是自己的错觉吗，他怎么发现这小孩看着老实，实际蔫儿坏蔫儿坏的？

前一天闹到那么晚才回来睡觉，顾挽第二天早上上学，差点快要迟到。

不过还好，紧赶慢赶，最后有惊无险地赶上了平时坐的那趟公交车。

坐在后排的余舟看到顾挽上车，立刻向她招手：“顾挽，顾挽。”他指指身边的空座，热心道，“这里有座位。”

顾挽站在车厢中部，抻着脖子朝后看了一眼，中间挤着好多人。她皱皱眉，懒得过去，于是对余舟摇了摇头：“谢谢，我不坐。”

因为没睡好，她整个人看上去都很萎靡，抱着车子中间的小柱子闭眼打盹儿。

她说不坐后，余舟旁边的座位很快就被一个很胖的中年男人抢去了，胖胖的中年男人坐下就伏在前面的椅背上呼呼大睡。

余舟想要挤到顾挽那边去，可路被堵死了，他抱着书包纠结了一路，到底要不要叫醒这位大叔。

但直到大叔到站下车，他也没敢开口。

然后大叔到站，他也到站了。

余舟来不及沮丧，看见顾挽下了车，没有等他的意思，径直拐弯，抄了条近路往学校那边走。

他也急急忙忙下车，从后面小跑着赶上去，刚准备叫顾挽，又看到她在前方不远的拐角陡然停住，有个穿着高中校服的男生正朝她那边走过去。

似乎是顾挽认识的人，又似乎……是顾挽很忌惮的人。

因为余舟十分明显地看到顾挽看到那人时，连身形都僵了一下，之前一路上的无精打采也瞬间消失不见，整个人处于高度紧张的状态，后背挺得笔直。

余舟以前听同桌说过，经常会有比较浑的高中部的学长来初中部欺负学弟学妹。

难道顾挽也被高中部的人欺负了？

余舟一脸惊恐，下意识地往四周看了看，暗叫糟糕。这条林荫道上，梧桐树遮天蔽日的，静谧而安静，没什么人经过。

他又看一眼那个走过来的男生，身形颀长高大，估计自己才刚到那人下巴，真要打起来，没有一点胜算。

他把书包抱在怀里，书包带子都被他攥得变形了。

就在那个高个子男生即将站定到顾挽面前的前一秒，余舟一咬牙，豁出去一般冲出去，还嘀咕了句：“唉，死就死吧！”

他以迅雷不及掩耳之势冲到两个人中间，把顾挽往后一揽，自己吓得把眼睛都闭上了，嘴里还气势不减，连珠炮似的叫嚷：“你要干什么？你是高中哪个班的？我警告你，你……你要是敢欺负顾挽，我肯定会告诉老师……还要告诉校长。”

他嚷完，空气沉默了十几秒。

直到那个穿高中校服的男生“噗”的一声笑起来，才打破这尴尬的沉寂。

季言初冲余舟身后的顾挽挑了下眉，笑得不怀好意：“不介绍一下？”

顾挽立刻拉下脸来：“干吗跟你介绍？”

顾挽拒不配合，余舟只能自我介绍，很认真地告诫面前的男生：“我和顾挽一个班的，我是他们班班长余舟，你要是想欺负她，作为班长我绝不会坐视不管！”

与高个子男生正面对峙时，余舟才发现他真的好高，估计得有一八几。

因为他跟自己说话的时候还要半弯下腰，说起话来笑眯眯的，显得很温柔。

“小班长，可能你误会了什么，她啊……”季言初指着顾挽，唇边的小括号逐渐变成大括号，“是我妹妹！”

余舟不信：“骗人，我见过顾挽的哥哥，不是你。”

“表哥。”季言初撒谎都不眨眼的，偏偏脸上还挂着令人足够信服的真诚笑容。

余舟果然将信将疑，“啊”了一声，继而瞠目结舌，回头问顾挽：“你表哥也在一中？”

顾挽没说是，也没说不是。

但经过这个小误会，她发觉余舟这个人还挺讲义气的，是个称职的班长，因此对他的态度也没有往常那样生疏冷漠：“余舟，你先进学校吧。”她瞟了季言初一眼，含混不清地说，“我跟他……说几句话。”

余舟前脚刚走，季言初后脚就问：“他是谁？”

顾挽忍不住又看了季言初一眼，发现这还是认识他以来第一次看他穿校服的样子。

蓝白色的校服松松垮垮地套在身上，拉链拉了一半，露出里面印着字母的白T恤，少年感很足，看起来有点吊儿郎当，却不乏朝气。

季言初单肩挎着书包，双手插兜，姿态悠闲地弯腰靠近顾挽，故作一脸严肃地教导："小朋友光学习好可不行，还得懂礼貌，以后看到我的时候要喊哥哥好。"

顾挽嘟嘴，不满地小声嘀咕："我只有一个哥哥。"

季言初忽然扯了下嘴角："看不出来，你对顾远还挺忠心。"

"才没有。"顾挽很不赞同他这个说法，"因为顾远那样的一个就已经够麻烦了，不能再多。"

季言初越发觉得这小孩说话很有意思，忍不住又笑着逗她："我跟顾远可不一样。"

他信誓旦旦地举手发誓："我保证绝不给你惹一丁点麻烦，兴许还能帮你解决不少麻烦呢。要不你再考虑一下？"

他仿佛天生一副热心肠，上赶着给人当哥哥，和人说话时，嘴边的小括号好像永远都会挂在那里，言谈举止总是谦逊温和，很有修养，脾气也很好的样子。

季言初欺负顾挽年纪小，可顾挽比谁都通透。

KTV 那么喧嚣热闹的环境，他一个人孤独落寞地坐在昏暗的角落，看着顾远他们，眼里的情绪艳羡又挣扎。

渴望融入，又格格不入。

顾挽不知道他心里藏着什么秘密，有过怎样的经历，唯一肯定的是，他并没有表现出来的那么爽朗明媚。

相反，真实的他，或许黑暗又自卑。

但这并不招人讨厌，顾挽只是有一点抗拒。

大抵是出于她这个年纪特有的叛逆、莫名的自尊，以及不服输的精神。

你让我叫哥哥，我偏不！

一天的课如走马灯一样连轴转过，顾挽一整天都是有一搭没一搭地听着，有些懒洋洋的。

初一的课程对顾挽而言实在太简单，她经常听着听着就觉得无聊，然后趁老师不注意，又拿出小本子胡乱画画。

也只有画画才能让顾挽觉得时间没那么难熬。

今天画室那边有课，上课的时间很赶，顾挽放了学就马不停蹄地去赶开往画室的公交车。

画室离学校不远，两站路，很快就到了。

顾挽自从上次在巷子里遇到那帮混混，今天经过这里时，依然心有余悸。

等到了画室楼下，她掏出手机给顾远发了条短信，威胁警告：【如果你今天再不来画室接我，下次妈妈回来，我会把你偷她香水送给女同学的事抖搂

出来。】

此时顾远正被班主任提溜到办公室里挨训，暂时没有机会看到她的威胁短信，所以，也并不知道自己腹背受敌的处境。

他之所以挨训，原因有二。

第一，前两天的数学测验，他考了历史新低，班主任痛心疾首地骂：“你用脚指头答题的？就算闭上眼睛瞎猜都不止这个分数吧？”

而另一个原因，就是有人举报他“欺负”新来的同学，情节严重，影响恶劣。

好巧不巧，举报他的人，恰恰就是他偷了老妈的香水赠送的那个女同学。

当然，这点顾远是肯定不会知道的。

放学后，他和季言初一起被叫到了老师办公室。

面对班主任唾沫横飞的惩训，季言初很讲义气地否认：“顾远没有打我，是我打的他。”

并且他还敢笑着质问老师：“您看不见谁身上的伤更严重吗，颠倒是非是不是太明显了点儿？”

季言初明明双手背在身后，站得笔直，一副乖乖学生的模样，偏偏说出来的话又那么嚣张坦荡，带着显而易见的挑衅。

顾远吓得倒抽一口凉气，愕然地看着他，内心既感动又遏制不住地崇拜。

班主任也愣了一秒，下一刻，脸上充血，一副即将勃然大怒的样子，但似乎想到了什么，又强行忍住。

他只降低了声音，含混不清地道：“你不要以为你爸……你犯错就不用请家长了？”

班主任回头，从办公桌上那一沓白花花的试卷里找到季言初的，在他面前一阵抖，疾言厉色地问道：“你自己看看，你还以为你比顾远好得了多少？”

顾远从旁瞟了一眼，也惊了，只比自己多十来分呢。

他记得季言初转学来的第一天，班主任还在讲台上大夸特夸，说季言初原来在暨安的时候，次次都考全校第一。

全校第一数学就考这样？

两人灰头土脸地从行政楼出来，顾远因为季言初刚才的仗义庇护，心里对他又亲近了不少，言语温和地埋怨道：“你干吗直接跟老班杠呢，我隔三岔五挨训，早都习惯了，被骂两句不就过去了？”

季言初不知道在想什么，思绪有些飘忽，隔了几秒才迟钝地回了句：“脾气上来，管不住。”

顾远见他心不在焉的，想着可能是因为数学考低分的事，有些疑惑地问道：“你说说你啊，其他科成绩那么好，怎么数学烂成这样？”

季言初一听这话就乐了：“你有脸说我？”

“怎么没脸？”顾远理直气壮，甚至还有些自豪，“我才不像你，厚此薄彼，你看我，每门都烂，就很公平。”

季言初对此无语，摇摇头，懒得听他的歪理邪说。

两人沉默了一会儿，顾远突然冒出个想法，觉得这个主意绝妙，既能帮季言初，也能还了刚刚欠季言初的那个人情。

“嘿，老季。”顾远兴奋地叫住前面的人，提议道，“要不，让我妹妹给你补习吧？”

见季言初一脸蒙，顾远噔噔噔地快速下了几个台阶追上来，现卖现夸：“你别觉得不靠谱，我跟你说，如果按照我妹妹正常的跳级速度，搞不好现在跟咱俩一个班呢。”

昨晚看过顾挽做的卷子，季言初并不觉得意外，但还是很给顾远面子，惊诧地感叹了一句：“这么厉害？”

顾远怕季言初不信，啧了声，不惜“牺牲”自己来证明：“你没发现我只有家庭作业做得特别完美吗？”

顿了半秒，他又道：“你没发现我妹妹总是用看傻瓜一样的眼神看我吗？”

这话季言初不知道该怎么接。

但顾远才不管那么多，一心只想着让他信服，把老底儿卖个精光：“我实话告诉你吧，要不是我爸妈觉得跳级对我妹的成长并不是一件好事，她早八百年就赶上我了，说不定我还得叫她学姐呢！”

季言初终于忍不住吐槽了句：“你还好意思说啊？”

顾远双手一拍：“这有什么不好意思的，是她跳级，又不是我留级。”

季言初沉默了一会儿，突然一脸同情地拍了拍顾远的肩：“这些年，你就是靠这个反向安慰疗法活下来的吧？”

顾远语塞，茫然地眨眨眼，后知后觉地悲从中来：“听你这么一说，我怎么突然觉得自己好惨，有点想哭？”

此时天色已经半暗，学校里都亮起了路灯。一些住校生都吃过饭，开始陆陆续续回教室上晚自习。

他们俩去教学楼拿书包，顾远中途掏出手机看了眼时间，随后看到顾挽那条短信，叫了一句：“要死！”

季言初收拾好，刚把书包挎到肩上，听他惊呼一声，回头问道：“怎么了？”

“就我妹妹……”见时间快要来不及了，顾远一边说，一边火烧眉毛似的收拾书包，“她在前面几条街外的一个画室学画画，我之前老放她鸽子，所以她刚刚给我发短信，说今天要是再不准时接她，就得跟我爸妈告状了。”

季言初听他说完，眉头皱起几秒，又倏然松开：“你说的那个画室，是不是汇春街后面巷子里的今安画室？”

顾远背好书包，点了点头：“你也知道？”

季言初漫不经心地勾勾嘴角：“去过几次。”

因为赶时间，两人匆匆下楼。

在去往校门口走的路上，季言初接了个电话，陌生号码打来的。他按了接听，随意懒散地“喂”了一声，结果那边好半天没声音。

就在他不耐烦地准备要挂电话的时候，那头才扭扭捏捏地开口：“季言初，是我。”

他对这声音仍旧陌生：“哪位？”

那头的人似乎更紧张了，结结巴巴道：“我……我是……林语。”

听到这个名字，季言初下意识地看了一眼旁边的顾远，问道：“有事？”

他纳闷林语怎么会有他的手机号？

那头的林语说话依旧不怎么顺畅：“你……你还好吧？我昨天无意中听到顾远和李文涛他们说放学要去堵你，我当时就去跟班主任反映了这个事。

“今天放学的时候，看到老班把你和顾远都叫走了。我就想问一下，老师有没有教训顾远，他跟你道歉了吗？”

不等季言初回答，她又羞怯地表示：“我……我现在在校门口的奶茶店里等你，可以……见面聊吗？”

季言初沉默了半秒，眉头轻微皱了一下，再开口，嘴角还是挂着笑，却温和又冷漠地说：“好像不可以，因为你的‘关心’，我被请家长了，我现在得回去想想怎么跟我爸说这件事。”

林语怎么都没想过是这个结果，愣了好半天反应不过来：“什么？”

但下一秒，季言初已经挂了电话。

“是林语吧？”他一挂电话，顾远就猜出来了。

季言初也没想瞒着，点点头，抬了抬下巴：“她在校门口的奶茶店里。”

顾远眼神稍稍凝滞，状似随意地朝奶茶店那边瞟了一眼：“……哦。”

别看他这人整天吆五喝六、不学无术，但实际上就是个特别天真的傻白甜。

好骗，又好欺负。

这种不用费心思去揣测就能一眼看到底的人，季言初确实愿意跟他做朋友。

想起顾挽学画的那个画室，季言初蓦地挑了下眉，突然提议道：“要不我帮你去接妹妹？”

他一副很无奈又做不到放任不管的样子。

顾远心里有点过意不去，又感觉有些丢脸，张了张嘴，想说句感谢的话。

季言初兀自往前走，背对着他挥了下手，仿佛只是纯粹的宽慰：“放心，我不会告诉你妹妹你是因为别人放她鸽子的。”

感谢的话在舌头打了个转，顾远爆了句粗口。

季言初在校门口打了车，赶在顾挽下课前到了画室。

今安画室他一共来过三次，前两次都只是站在巷子里远远看一眼。

今天他是第一次进来。

透过隔音的玻璃窗，季言初朝里间的画室看了一眼，很容易就找到了坐在画板前的顾挽。

有了表哥接表妹的幌子，他大摇大摆地在休息区转了一圈，然后大剌剌地在背靠玻璃窗边的沙发上坐下来。

季言初环顾四周，发现不仅仅是画室里面，连外间的休息区都被装修得很有艺术感，四面墙上挂满了风格迥异的油画。

这节不是余今安的课，中途她给在休息区等着接孩子的家长们端了些水果，猛然看到坐在沙发上的那个少年，觉得极为眼熟，可一时又想不起来在哪里见过。

少年本就长得过分漂亮，随随便便往人堆里一坐，也是绝不可能被忽略的存在。

余今安心想：或许是像哪个当红明星吧，电视上看过，又叫不出名字，才会觉得眼熟。

她刚把水果放下，漂亮的少年忽然开口，自来熟地问："余老师，这墙上挂的画都是您画的吗？"

余今安抬起头的瞬间，少年不动声色地按了下手机拍照按键，无声地留下了她的一张照片，随即若无其事地把手机揣进兜里，仰起头，笑得纯良无害。

他看上去就是成绩很好，人很乖，特别招老师和同学喜欢的那种学生。

"是的。"余今安嗓音温柔，一贯轻声细语，恬淡地微笑着，"同学，你对画画感兴趣？"

"啊，没有，我就随口问问。"季言初仿佛有点不好意思，跟她解释道，"我不是来咨询画画的，我是来接人的。"

恰在此时，顾挽下了课，背着画板从里面出来，看到季言初时，表情没太大变化，神色淡淡的。

季言初没注意到顾挽的情绪，指着她，很热络地跟余今安说："顾挽是我表妹。"

顾挽瞥了他一眼，心想这个人到底要用"表哥"的身份诓骗多少人。

余今安也没怀疑他的话，很轻易就信了，并对他夸道："原来是顾挽的表哥，顾挽这孩子画画很有天赋的，之前参加的暨安青少年插画大赛，已经冲进了决赛，很有可能会获得一个很好的成绩。"

她顿了顿，随即脸上露出些许为难："不过好像顾挽的父母不是很赞成她学美术，她在我这里报班，也是瞒着她爸妈偷偷来的。

“既然你是她表哥，我希望你能帮她劝劝她父母，难得小孩有这个天赋，自己又喜欢，做家长的也应该适当尊重一下孩子的意见，对吧？”

季言初看了眼旁边一声不吭的小姑娘，朝余今安连连点头：“好的，余老师，我会帮您转告的。”

后来下楼的时候，季言初问道：“你报这个班应该花了不少钱吧？哪来的钱？”

顾挽不情不愿地答道：“爸妈给的生活费没用完，平时攒的。”

“小鬼，主意倒是挺大。”

顾挽仍旧有点不愉快，闷声道：“你别管我了，我还想问你呢，怎么是你接我，我哥呢？”

“啊……”季言初在后面懒散地应着，把手机稍稍举高，将顾挽前面的台阶照亮，半真半假地撒了个谎，“你哥数学考砸了，班主任罚他放学后扫厕所呢。”

这种事情似乎经常发生，顾挽也没怀疑，轻轻“哦”了声。

之后两人一路无话，直到走到他们上次说话的那盏破旧路灯下，顾挽才终于忍不住，莫名地问了句：“你和余老师是什么关系？”

季言初没提防顾挽会这么问，愣了好一会儿，突然笑出声：“你怎么突然这么问？”

顾挽顿住脚，转身，沉默地看了看他，说道：“我看到你偷拍她了。”

顾挽觉得这件事和顾挽没什么关系，她不应该多管闲事，但走了一路，到底还是做不到视而不见。

然而做坏事被当面拆穿的人，看起来比她还淡定从容。

季言初只轻微牵了下嘴角，很不走心地解释：“只是拍张照而已。”

连狡辩都敷衍散漫，像是已经懒得遮掩的坦然，让人无端觉得他态度恶劣。

顾挽很不喜欢季言初这个样子，忍不住连珠炮似的谴责：“你不知道余老师比你大很多吗？

“你不知道她已经有男朋友了吗？

“你之前还骗我说你不认识她，那天晚上，你分明就是来找她的！

“你不觉得自己这样偷偷摸摸很不道德吗？”

顾挽实在是被气蒙了，脱口而出的话没有经过大脑思考，也没有想过以他俩才认识不久的关系，说这些会不会有些欠妥当。

她一连串的质问，不仅僭越了，好像还特别不礼貌。

意识到这一点时，顾挽陡然恢复理智，瞬间失去了刚才伶牙俐齿的气势，茫然无措地抬头，小心翼翼地揣测他有没有生气。

季言初一直没有说话，站在路灯下，眼神复杂地盯着她看了许久。

顾挽觉得他应该是生气了，神色慌乱地与他对视一秒，又底气不足地快速移开，小声嘀咕了句：“我又没有说错。”

虽是这么说，而后她却抿直了唇线，一副犯了错的样子，垂头站在那里不动。

看到顾挽这个反应，季言初才缓缓弯起嘴角，眼里染上意味深长的笑意，双手抱肩，好整以暇地走到她面前，然后二话不说直接伸出双手。

他一手撩起顾挽的刘海，一手捂住她鼻梁以下的位置，左右端详了几秒，忽地勾起唇，呵笑了声：“还真是你啊？”

他语气淡淡的：“你个小白眼儿狼！”

顾挽心道不好，身份暴露了！

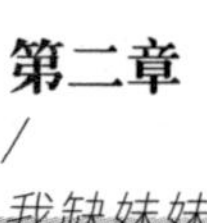

第二章

/

我缺妹妹

天地良心，顾挽其实从没想过要赖账，就仅仅是因为季言初没认出自己来，也不知道是不是自尊心作祟，也赌着气懒得认他。

现在这样猝不及防被他认出来了，反倒衬得她像是忘恩负义又欠债不认的那个。

偏偏她还百口莫辩，无从抵赖。

顾挽脸颊烫得厉害，一双小鹿受惊般的眼睛，懵懂无辜地眨了又眨，难得一副又乖又糯的样子。

她吓得一动不敢动，怕季言初真的动气了，视线心虚地下移，不经意瞥到他喉结旁边居然有个芝麻大小的痣。

“嘿。”见顾挽呆呆傻傻的，半天不说话，季言初用手指敲了下她的额头，微带着谴责地问道，“怎么，你不打算给我个说法吗？”

顾挽舔了下唇，抬起视线，强装镇定地看着他，理直气壮地埋怨：“你不也没认出我。”

“呵。”季言初又冷笑一声，仿佛被气到的样子，“小朋友，咱得讲道理，你当时捂得那么严实，戴着帽子和口罩，我能看到的也就你一双眼睛。”

顾挽微微愣了一下才幡然醒悟，似乎一直以来自己把这个重要的细节忽略掉了。

况且之后她还剪了头发，难怪季言初刚才要撩起她的刘海，捂住她的嘴巴才能确认。

这下好了，更加显得她忘恩负义、吝啬无赖，还蛮不讲理。

顾挽窘迫又难堪，这个时候也顾不上讲道理，无从抵赖也要赖。

她定了定神，冷着脸，一本正经地给季言初算了笔账：“昨晚你们吃饭花了两百二十七块钱，唱K加饮料花了三百五十块钱，一共是五百七十七块钱，钱都是我出的。”

季言初闲适地直起腰，垂眸审视着她：“所以呢？”

“所以……”顾挽把他的话低声重复了遍，又抿着唇，没好意思往下说。

似乎明白了她的意思，季言初慢悠悠道：“所以，就算按人头来分摊，我给你的那一百块车费你也算还清了，是吧？”

顾挽没说话，唇抿得更紧，觉得自己可真是没良心。

季言初虽是这么说，但这个理儿他可不认，貌似很较真地反驳：“昨晚可是你哥说一切开销他都包了，就算是你付账也是替他付，这钱是他欠你的，不能算在我头上吧？”

好像也有道理。

顾挽彻底理亏，此时此刻，她像做了一件天理难容的坏事，歉疚又怯懦地站在季言初面前。

见顾挽垂首不语，终于有了正确的认错态度，季言初饶有兴致地歪着脑袋打量她，尽可能压住嘴角，一脸受伤地感慨：“小朋友，你这事办得太不地道，太伤人了。”

顾挽也懊悔不已，自责万分，企图将功赎罪：“我……我可以补偿你……”

“补偿啊？”季言初尾音稍扬，像是前面铺垫了那么多，等的就是她这句话，眉眼瞬间舒展开来，很痛快地点点头，“好啊，那咱们就来谈谈具体怎么个补偿法。”

顾挽有种被季言初当面逼债的错觉，怕他狮子大开口，提前交代：“我现在拿不出多少钱，上画画班交了一些学费，昨晚又花掉五百多块，要等到月底我爸妈打生活费。”

季言初倒是坦诚：“我不要你的钱，这压根儿也不是钱的事儿。”

顾挽吓得一愣一愣：钱都解决不了吗？

她更加惶惶然：“那……你要我做什么？”

季言初不语，脸上噙着笑，若有所思地盯着她。

他本来只是觉得这小孩儿挺有意思，整天一副少年老成的模样，像时时刻刻都端着，绷得很紧，所以每次见到她，就总喜欢逗她。

现在莫名其妙地，他总想戳破她的伪装，看看保护层以下的她到底是什么样子的。

为了不让顾挽觉得他占了便宜，季言初开始一笔一笔地翻旧账：“那天晚上，我是本着正义感对你出手相救，后来给你付车费，也是出于善良的本性。

“我从小受过的教育，被灌输的思想，一直都是做人要真诚勇敢，要正直善良，好人肯定会有好报。

“但是现在，我明明做了一件见义勇为的好事，可对方不仅没有给予我应有的感激，还坑了我一百块钱，你说这事儿对我打击多大？”

顾挽欲言又止地咬唇。

季言初像是受了天大的委屈，差一点要哭出来似的抱怨道：“这事把我从前听到的、看到的、学到的所有价值观都推翻了，连带着我对自己的人生观、世界观也都产生了怀疑。我的心灵……哦不止，还有我的身体，都因此受到了严重的创伤！”

说到这里，季言初不慌不忙地撩起校服下摆，露出上次给顾挽看过的那一块瘀青，说道：“这个，其实是那天晚上救你，被人打的。”

很好，一块瘀青摁住了他们这兄妹俩。

他还能再节约点儿成本吗？

顾挽听了这么多，终于听出点儿季言初这是打算讹人的意思，惶恐不安的心情倒缓解了不少。

她也懒得挣扎，直接照单全收，点头说道：“你直说吧，想要我做什么？”

既然她够直接，季言初也不再扭捏，毫不客气地提要求：“以后你帮你哥写作业的时候，也顺便帮我写一份儿。”

原来他对这事儿还没死心呢。

顾挽眉梢一扬：“就这样？”

“你想得美！”季言初又敲了一下她的额头。

“你数学成绩不是挺好嘛，你哥说可以找你给我补习，所以从明天开始，每天放学后，你得给我上五十分钟的课。”说到这儿，他一脸吝啬地强调，“免费的啊。”

顾挽举手，提出疑问：“那我要是画室有课呢？”

“所以啊。”季言初不容置疑地说，“以后由我来接你下课。”

真是个周扒皮。

顾挽愤愤不平地想，又没好气地问：“没了吧？”

他们一边走，一边研究，少年双手插兜，很嚣张地表示：“没那么简单，我现在还没想到，等想到了再通知你。”

“那我要还到什么时候，总得有个期限吧？”顾挽谨慎地指出这个无形协议中的漏洞，“不然你让我还一辈子，我难道也要为你做牛做马一辈子吗？而且，也不能你让我干什么我就干什么吧？”

“怎么？”季言初忽然停住脚步，堵在顾挽面前，“这还没开始你就讨价还价了？”

顾挽认真地解释：“我不是那个意思，只是觉得有些条件必须提前讲清楚。”

季言初又弯下腰，与顾挽平视。

他又是这么一副不言不语，还很严肃的样子，顾挽被他盯得有些心虚，不自觉又垂下眼。

而后才听到他态度恶劣又霸道地说："负债累累的小奴隶没资格跟我谈条件。"

顾挽惊了。

哪有这样得理不饶人的？

他这么欺负小孩子，良心不会不安吗？

顾挽捏着书包带子，像个小尾巴似的憋屈地跟在季言初后面，一路腹诽。

见小姑娘委委屈屈的不说话了，少年低头，瞥一眼她毛茸茸的头顶，真的有点良心不安了。

于是他大发慈悲地改口，做出让步："等我心灵以及身体上的伤都好了为止吧。"

顾挽听到这话，脚步一顿，像是想起什么，快速地从后背放下书包，一把拉开书包拉链，将一直放在里面的两瓶云南白药喷雾剂拿了出来，递到季言初面前。

"本来是给我哥买的，现在给你。"她像是终于找到了个正当理由，不至于师出无名，"你早一天好起来，我也早一天解脱。"

季言初一时愣住，沉默了好几秒才不可置信地问："给我的？"

顾挽把视线瞥向一边，别扭地"嗯"了一声，又不放心地交代他："红色瓶子是止疼的，白色瓶子的是活血化瘀的，先用红色再用白色，你可千万别用错了。"

"哦。"季言初愣愣地接过喷雾剂，道了声谢，嘴角缓缓勾起来，把东西揣进口袋里。

"顾挽。"见顾挽准备继续往前走，他突然出声，命令道，"张嘴。"

顾挽没多想，下意识就很听话地服从命令。

下一秒就感觉季言初塞了个东西在自己嘴里，顾挽本能地抿了下唇，甜丝丝的。

是颗糖。

顾挽撇撇嘴，不以为然地抱怨："你这是典型的打一耳光，再给颗糖。"

季言初被这话逗笑了，笑声听着爽朗惬意，心情大好的样子。

糖果从左边转到右边，口腔里满是浓郁的奶香味儿，顾挽的心情也跟着变得好起来，很大度地忘了他刚才是怎么欺负小孩的。

季言初走在前面，给自己也剥了颗糖，放进嘴里用力抿了抿，甜甜的味道，仿佛能一直蔓延到心里。

"顾挽，我挺羡慕你哥哥的。"

季言初突然出声，兀自往前走，没有转身。晦暗不明的光线里，他纤瘦的背影显得孤独而落寞。

“能有你这么一个妹妹，真好……”

不像我。

自始至终，只有一个人。

把顾挽送到家，提醒她把门锁好后，季言初走出小区，看了眼手机。

时间尚早，还不到九点。

他漫无目的地在小区外的商业街闲逛，发现离小区不远的地方有一个很大的人工湖。湖边是杨柳依依的堤坝，曼妙的柳枝间，有五彩斑斓的灯带掩映闪烁。

风景甚佳。

这个时间点，堤坝上全是晚间出来活动的行人。

有老人小孩，有情侣夫妻，抑或谈笑风生的年轻人，熙熙攘攘，十分热闹。

季言初懒散地靠在湖边一个凉亭里，没什么情绪地盯着这些来来往往的人群，从人声鼎沸一直等到寥若晨星。

他再次看了眼时间，十一点半。

再忙的人差不多也能闲下来了吧？

季言初按亮手机，翻到相册里之前偷拍的那张照片，选中发送，紧接着，给接收的人发去一句点评——

【没有暨安那位漂亮，但脾气确实比她好。】

照片和消息发过去不到半分钟，那边就有了回复，只有言简意赅的五个字：【路上，回家谈。】

季言初吊儿郎当地挑了下眉，仿若接受了对方的提议一般，兀自点头：“行啊。”

打车到家半个小时。

季家别墅离市区不远，但依水傍湖，周边环境优雅清静。

管家老许给他开门，愁眉苦脸地抱怨：“小祖宗，你怎么才回来啊？”

季言初进屋，鞋都懒得换，回头问老许：“季老板回来了？”

他从第一天来这个家，对季时青就是这个称呼。老许一开始听他这么叫还挺无奈，后来发现连季时青自己都不介意，他也就慢慢习惯了。

老许摇了摇头，回答道：“先生还没回来，不过先生提前交代了厨房，让煮了夜宵。”

他又问季言初：“少爷，要不要让厨房多做点儿？”

季言初正准备上楼，听老许这么叫自己，起了一身的鸡皮疙瘩，忍不住退了回来：“许叔，您饶了我成不成？”

“且不说这少爷我当不当得起……”季言初笑眯眯的，下巴朝季时青的房间抬了抬，有些大逆不道地说，“是不是他亲儿子还不一定呢。”

老许尴尬又无奈：“少爷……”

季言初脸上依旧带着笑，像是调侃般半真半假地恐吓：“真的，您以后别这么叫了，回头季老板听了不高兴，弄不好炒你鱿鱼。”

他说完把书包往后肩一甩，歪歪扭扭地上楼，整个一副玩世不恭、放荡不羁的纨绔德行。

季言初等进了自己的房间，关上门，跟完成一场艰难的表演般，抿直了唇线，耷拉下双肩，垂下眼睑，一点一点地卸下伪装。

房间大而空旷，有豪华浪漫的落地窗，窗外是树林与湖面。

此时星光伴着岸边的灯光，映得湖面星星点点的，把房间也衬得半亮。

季言初懒得开灯，将自己扔麻袋似的扔到床上，瞪着一双眼睛盯着天花板，沉默地躺着，不知道在想些什么。

过了半晌，他忽然感觉腰际有什么东西硌着他，挪了下身子，把手伸进侧边的口袋里，将东西掏了出来。

是顾挽给的那两瓶云南白药喷雾剂。

两个小巧的瓶子，一瓶红色的，一瓶白色的。他想起小姑娘略显啰唆的交代，不禁莞尔。

她把谁当小孩儿呢？

季言初虽是这么想，但还是坐了起来，撩起衣服，按照顾挽叮嘱的那样，先拿起红色瓶子朝那片瘀青喷了两下药剂，然后再用白色的喷了两下。

“咝——”他用手揉着伤处，不碰不觉得，一碰才知道疼得厉害。

他对自己有些无语：“从前大大小小的伤受过多少，不用药也没见有多疼，这倒好，终于有人给自己送药了吧，还娇气上了。”

季言初又胡乱地揉了两把，把衣服放了下来。

可能是药效起了作用的缘故，受伤的地方此时热乎乎的，连全身都感觉暖和起来。

因为这偶然感受到别人给予的温暖，此刻连带着他的内心比平时都要柔软许多。

在某一刻，季言初甚至还想过，如果待会儿季时青和颜悦色地与他坦诚相待，那他或许也能尽力做到接受和祝福。

毕竟他和季时青如果还有可能冰释前嫌，他也愿意为此付诸努力。

没等一会儿，他的房门突然被打开。

外面的灯光将门口那个男人的身影拉得很长。

季时青四十出头的年纪，保养得当，看起来像只有三十五六岁。

和季言初堪称极致的帅气不同，季时青的模样是那种中规中矩的清隽。

他戴着金边眼镜，穿着一身笔挺精致的西装，让他看上去冷漠孤傲，距离感很强。

他站在门口，不冷不热地问：“怎么不开灯？”

“刺眼。”季言初也不冷不热地回答。

不知道这个回答让季时青哪里不舒服了，他的脸色当即变得更为冷峻，声音也严厉了几分：“你就那么见不得光吗？”

他站在那里居高临下地看着季言初，言语倨傲又鄙夷：“也不知道这是像谁，男子汉大丈夫做事能不能光明磊落一点，整天缩在阴暗的角落里伺机什么呢？”

季言初动动唇，未反驳。

季时青又说道：“你不要以为我把你从暨安接过来就意味着什么，我跟谁恋爱，跟谁结婚，和你一点关系都没有，别多管闲事。”

季时青根本不给季言初开口的机会，拿食指点了点季时青，仿若最后警告般威胁道：“我警告你，最好就安安静静地待着，咱们井水不犯河水。如果你再去骚扰她，那等你高考结束，就给我从哪儿来滚回到哪里去！”

听季时青颐指气使地说了那么多，季言初始终歪着脑袋，像看个笑话一样盯着他。

季时青也始终站在门外，不愿走进房间。

因为季言初的房间里摆着温馨的遗照，就在书桌正对面的置物柜上。

明明年轻的时候也是爱得难舍难分，一旦情分没了，他居然连看一眼照片都那么为难不屑。

季言初原本打算好好交涉的事情，就这么以季时青单方面提出警告而草草结束。

对于季时青的私事，季言初似乎连发表意见的资格都没有。

“她知道你的过去吗？”

季言初像是故意要把自己最深的伤口再次连皮带肉地扒开，并且不惜用伤敌一千，自损八百的方式，只是纯粹为了恶心季时青。

他缓缓地下床站了起来，真像个泼皮无赖的坏蛋一样，一字一句，威胁似的问季时青：“她知道你的前妻怎么死的吗？

“她知道你还有个十八岁的儿子吗？

“如果我把一切都告诉她，她还会不会跟你结婚？”

已经转身准备离去的季时青因为季言初的话蓦地顿住脚，回头盯着他，毫不遮掩地袒露着眼中的嫌恶与憎恨。

季时青久经商场，老到狠厉，动一动唇，只说了寥寥数句，就能把少年强撑出来的自负与自尊击个粉碎。

“都是些无关紧要的小事，你以为跟她说了，她就会在意？”

无关紧要的小事？

季时青走后，季言初又退回到床边，独自坐了很久。

久到时间仿佛都要凝固冷却，他才反应过来似的，狠狠扇了自己一耳光。

“啪！”

清脆凌厉的声音，在静谧死寂的房间里，显得尤为突兀清晰。

一瞬间，季言初浑身的经脉骨骼好像都被抽走了，他倒回床上，抬臂死死捂住眼睛。

他嘲讽鄙夷地自嘲：“季言初，你想什么呢？”

顾挽答应给季言初补习，她表面看起来虽然有点被逼无奈，不情不愿，但真正准备起来，又格外负责用心。

她不仅把高三数学各种疑难知识点重新归纳整理，还要求顾远把这一学期大小考试的所有试卷都整理好了给她。

顾远当然乐意之至，原来他还想着这事儿怎么跟家里这小书呆子开口，没想到季言初倒是厉害，直接自己摆平，省得他多费口舌了。

顾挽用最短的时间，把补习工作准备就绪。

结果约好第二天补习，之前还迫不及待讨债的“债主”就放了她鸽子。

顾挽没有季言初的电话，在顾远面前又端着架子，不想让他察觉自己对季言初的事表现得过分关心，于是忍着没问。

之后第二天、第三天，一直到一个星期后，那位不负责任的“债主”始终都没出现。

周末顾挽去画室待了一下午，上完课，又练了两个小时的素描，差不多五点时，趁天还没黑，她收拾东西准备回家。

出了画室，她刚走到楼下，视线不经意往前一瞥，忽然就看到靠在不远处的季言初。

顾挽眉梢一扬，一脸惊喜，下意识就要张嘴叫他。但下一秒，她突然想起自己被他放了几次鸽子的事，又硬生生拉直唇线，脸色也跟着黑了下来。

季言初还是穿着一身干干净净的运动衣，款式和第一次遇见他的那天晚上他身上穿的差不多，只不过颜色是截然相反的纯黑，他肩上还挎着一个同色系的背包。

他双手插兜，靠在那里，身姿挺拔修长，低头不知在想些什么，额前的碎发似乎长长了许多，垂下来遮住了眉眼。即便此刻看不清他的样子，只看风度气质，也难掩一身帅气。

此刻看不清他的样子，但身形看上去比之前清瘦了许多，整个人也无精打采的，没什么活力。

顾挽心里有气，直接无视这些，抿着唇一声不吭，从季言初面前走了过去。

“嘿。”

没走两步，她的卫衣帽子就被人从后面拉住。

顾挽回头，气鼓鼓地瞪季言初，等看到他的正脸时，又蓦地愣住了。

他瘦了很多，下颌曲线明显比从前更加立体硬朗，脸也小了一大圈，甚至眼窝都有点凹陷，精神状态也不是很好，眼睛下方还有两片未散去的淡青色阴影。

看到愣怔的顾挽，季言初不自然地笑了笑，松开了她的帽子，轻声问道：“生气了？”

这话仿佛又提醒了顾挽，她脸色随即又恢复了刚才的冷峻，硬邦邦地回道：“没有。”

她说完又气呼呼地转头走人，但步伐比刚才慢了些许。

季言初跟在后面，看顾挽气鼓鼓地往前冲，又歉疚又无奈，又不厚道地有点想笑。

他一直跟着，快到巷子口了，才突然说道：“我之前有事回了趟暨安，走得比较急，没来得及跟你说。”

季言初又钩住顾挽的帽子，迫使她停下来，然后走到她面前，真诚地道歉：“是我考虑不周，我跟你道歉行不行，别生气了？”

他今天的样子惨兮兮的，精神不好，情绪看着也不好，平时挺爱笑的一个人，今天却笑得一脸勉强。

顾挽有些于心不忍，自我消化了一下负面情绪，才抬头问道：“你遇到什么不好的事了吗？”

季言初神色微顿，定定地看了她一眼，忽然又笑了：“我要说我是遇到不好的事了，你是不是就肯原谅我了？”

他半开玩笑的调侃让顾挽有点捉摸不透，但看他的样子，顾挽确实不忍心再怪他。

“我也不是不讲道理的人。”她不满又别扭地表示，“我只是觉得你突然放人鸽子又没有一句解释，很不负责任。”

“是，都是我不好，都是我的错。”季言初点头，似乎不管什么过错，他都愿意照单全收，“我保证不会再有下一次了，行不行？”

季言初从背包里掏出两盒东西，放在顾挽手上：“给你赔罪的。”

顾挽低头一看那两个五颜六色的盒子，立刻认了出来：“笔刷和颜料？”

她又看了一眼包装盒上的名字，顿时愕然：“这个牌子……好贵！”

“没事儿，哥哥有钱。”季言初拍拍口袋，不以为意地笑了笑，然后又问道，“现在气消了没有？”

除了那颗糖果，这是季言初第一次很正式地送她礼物。

顾挽撇撇嘴，很努力地压着嘴角，刻意不带任何情绪地吐槽着：“还是老一套罢了，打一个耳光给一颗糖。”

季言初浅浅地弯起唇。

看她这样子，这个小矛盾算是翻篇儿了。

他又忍不住逗她，夸张地松了一口气，拍着胸脯，一副后怕的模样，委委屈屈地埋怨：“顾老师，你刚才发脾气的样子好凶哦，都吓到我了。”

这么快就叫上老师了，他倒是很有当学生的自觉。

他们到家时，还不到六点。

这个小区，季言初来过几次，但之前大都是在小区门口站一站，上次送顾挽回来，也仅仅只在门口没进去。

季言初进屋，在玄关处换了顾挽给他拿的拖鞋。他环顾一圈，普通的四居室，装修精简而温馨。

顾挽把书包放回自己的房间，出来后有些局促地看着他。

她似乎不太会招待客人，看上去有点紧张：“哥哥出去买菜了，他说晚上咱们在家吃火锅。”

“哦，好啊。”季言初笑着点头，无意间扫到客厅沙发墙上挂的那张全家福，视线不由得停在上面挪不动了。

他随口问道：“你爸妈总不在家吗？”

顾挽此刻正一边踮着脚从冰箱里往外拿吃的，一边回答：“嗯，他们一年有大半的时间都待在研究所里，差不多一个月才回来一次。”

季言初又定定地看了眼那张全家福，完美幸福的四口之家，一看就知道夫妻和睦恩爱，儿女乖巧听话。

他眼里艳羡的情绪强行冷却又燃起。

明知道有些东西不该拿来做对比，他却如同一个偏执狂一样，每每看到好的，就会想起坏的。

顾挽在桌上堆满了零食，又洗了好些水果端到季言初面前。

她不知道该说些什么客气话，只僵硬地吐出一个字：“吃！”

因她这笨拙的举动，季言初沉郁的心情倒是晴朗了几分。

他有些无语地挠了下鼻尖，忍着笑，提醒道：“晚上不是要吃火锅吗？”

顾挽看看他，觉得他说得有道理，“哦”了一声，把水果端走，又把零食全部收回，甚至还擦了下客人面前那张恢复如初、干净而空荡荡的桌子。

季言初简直哭笑不得。

这是什么毫无章法的待客之道啊？

很快，顾远买了火锅食材回来。

三个人进行简单明确的分工——顾远和季言初负责洗菜装盘，顾挽负责看着锅里的水。

等锅里的水开了，顾挽将之前切好的姜片、大葱等香料放了进去，再把火锅底料也倒了进去。

盖上盖子，等水再次沸腾时，她朝厨房喊："哥哥，好了。"

"嗯。"季言初从厨房出来，随口应了声。

他两只手端着三个装得满满当当的盘子，有些拿不稳，朝顾挽抬着下巴："快帮哥哥接一下。"

顾挽立马从椅子上起来，帮季言初拿了一个盘子，转身的时候才忽然察觉不对，又回头看着他，强调道："我刚才不是叫你。"

季言初兀自把盘子放到餐桌上，然后双手撑着桌沿，抬眼盯着她。

他个子很高，餐厅的吊灯仿佛就快碰着他的头顶。那团暖橘色的光从他头顶投下来，将他整个人包裹在一片温暖的光晕里。

"呵。"他微眯下眼，吊儿郎当地笑着，"我真有那么差劲？"

季言初看人的时候，眉眼看似自带温柔，实则藏着一股子似笑非笑的散漫，再加上眸子过分清透明湛，总给人一种不怒自威的逼人气势。

顾挽索性不跟他对视，半点不讲情面地坚持："我不缺哥哥，我跟你讲过的。"

季言初点点头，像是终于明白了她的意思。

然而下一秒，他忽然又笑了起来，还笑得格外好看，但脱口而出的话就有点没皮没脸："可是我缺妹妹呀，你就当帮个忙行不行？"

顾挽一脸怪异地看着他。

这人也太奇怪了，到底有多喜欢给人当哥哥，什么怪癖？

但一说到帮忙，顾挽的思绪立马又转回来，也不知联想到什么，皱紧的眉头下意识舒展开。

她一直坚守的执拗突然就那么绕开了，觉得自己也并不吃亏。

怀着某种不可言喻的小心思，顾挽紧张地抿了下唇，循循善诱般，试探地问道："那我叫你哥哥，算是帮了你的忙了？"

季言初半开玩笑地点头："当然，简直帮了大忙。"

顾挽垂眸犹豫了一秒，觉得自己就像个坏心眼儿的猎人，挖好了陷阱，下好了套，就等那只毫不知情的兔子慢慢走过来。

"那要是以后我也遇到困难了，找你帮忙，你也会帮我的吧？"

"兔子"还当自己在逗小孩儿呢，毫无城府，一脚跨了进去："成啊，绝对没问题。"

听到回答，顾挽的眼睛弯成好看的小月牙，甜甜的嗓音里，带着独属于她这个年龄段的小奶音，软软糯糯的，听起来毫无攻击性：“那就这么说定了。”

“哥哥！”

自从季言初和季时青吵过那一架，之后季言初每天回去得比以前更晚了。

季时青自己也忙得昏天黑地，隔三岔五才回来一次，压根儿也懒得管季言初。

季言初仗着要找顾挽补习，慢慢将顾远家当成了第二基地，除了顾挽画室那边有课，他要去接一下，平时放了学就很自觉地跟着顾远往顾家跑。

上次三个人一起吃了顿火锅，味道出乎意料地好。

季言初看起来像个十指不沾阳春水的少爷，但实际厨艺了得，煎炒煮炸炖，样样精通。

三个人在一起，顾远负责买菜，季言初负责做饭，饭后顾挽给他们补习，配合完美。

后来，皮猴和二吨这两只馋虫也经常跑过来蹭吃蹭喝。

顾家越来越热闹，顾挽也很少再遇到下课没人接，晚饭没人管的情况。

一开始，顾挽给季言初补习的时候，顾远一个人无聊，就窝在房间里打游戏，后来眼看着季言初的数学成绩慢慢甩他一条街，名次越发靠前，他后知后觉地发现脸皮有些刺挠。

顾远受了刺激，当晚回家，在那两个人讲题讲得正兴起的时候，突然砸过来一本书，人也往他俩中间一坐，气呼呼地叫嚣：“让开，老子也要学！”

顾挽见怪不怪，头都没抬一下：“拿着你的书，坐到桌子角落去。”

顾远像是没听懂顾挽的话，歪着脑袋，气焰嚣张地问道：“凭什么？”

“凭我不想在讲题的时候，突然听到你打呼的声音。”顾挽抬头，面无表情地静静盯着顾远。

顾远与她僵持三秒，败北地竖起大拇指：“你牛！”

他回头时发现旁边的季言初正用手抵着唇偷笑，泄愤般地在季言初胸口捶了一下，然后骂骂咧咧地从他们中间退了出来。

“行行行，我现在成多余的了，厚此薄彼，到底季言初是你亲哥，还是我是你亲哥？”

“你要不想，可以不是。”顾挽连头都没抬，压根儿懒得理会他的无理取闹。

小小的吵闹过后，三人又恢复往日的宁静。

顾远一个人百无聊赖地趴在桌角，瞅着这边蹙眉讨论的两个人。

“啧啧啧……”他摇摇头，由衷地赞叹，“老季，你怎么就这么帅呢？”

突然得到如此高的评价，季言初一头雾水：“你有病？”

顾远像没骨头似的趴在桌上，挠了挠头，虽然不甘心，可又不得不承认：“真的，我一男人看到你的侧脸都忍不住有些心动。你来我们班上才多久，就这么受欢迎，除了成绩好，最重要的原因还不是因为你长得好看吗？”

顾挽与季言初视线无声地交汇了下，也不知道这人又受了什么刺激。

季言初好笑地安慰顾远：“远哥，您长得也不差啊。”

“你说不差有什么用？”顾远整个人颓丧到极点，下巴抵在桌上，瓮声瓮气地嘀咕，“大家还不是更喜欢你。”

季言初一时语塞，不知道接下来该怎么劝了，于是瞥了一眼旁边一直专心写作业的顾挽，悄悄碰一下她的手肘，朝她使了个眼色。

顾挽笔尖顿住，抬头茫然地眨了下眼，才道：“一个大男人要那么好看干吗？”

顾远不知想到什么正伤心，听到这话突然情绪激动起来：“你俩长得都好看，怎能体会我内心深处的痛？”

说着说着，他眼圈都红了，顾挽无语地翻了个白眼：“你怎么这么喜欢哭啊？”

“谁哭了？”

顾远梗着脖子嘴硬，虽是这么说，但吼完便把头扭向一边，一副当真在偷偷抹眼泪的样子。

顾挽本来是故意呛他，没承想还真把他气哭了。

这下顾挽也有点傻眼。

她抿抿唇，沉默了几秒，然后纠结违心地挤出一句：“其实我觉得……言初哥哥长得没你好！”

一句话引得旁边的两人同时看向她。

她不敢去看季言初，只对上顾远半信半疑的眼神，轻咳了声，随即一本正经地说：“真的，你仔细看言初哥哥，大浓眉、深眼窝，高鼻梁、薄嘴唇，这属于浓颜系长相。”

“所以呢？”顾远不懂。

季言初也饶有兴致地问：“所以呢？”

顾挽又咳了声：“我听我们班上一些女生说，浓颜系帅哥都不抗老的，他们顶多只能帅到二十岁，二十岁以后就老得很快，颜值也崩得很快。”

顾远看到一线曙光：“真的假的？”

“当然是真的。”顾挽继续言不由衷地胡说八道，“即使他现在比你帅，一旦过了二十岁，你就能迅速反超他。所以啊，他的帅只是暂时的，你这种才是越长越帅，永恒耐看型！”

顾远怀疑地睨着她：“你不是故意说好听的话哄我开心吧？”

不等顾挽回答，他又兀自挥手否定：“不可能，以你的性格，不气死我就是良心发现了，怎么会哄我开心呢？”

于是他拍案下结论：“所以我相信你说的是真的。”

一旁的季言初彻底无语……

等顾远疯疯癫癫，自信地跑回房间对镜独自欣赏后，一时间，客厅就只剩下尤为沉默的两个人。

顾挽一心只想着安慰顾远，倒忽略了季言初，现下两人单独相处，四下安静，才莫名心慌，有点懊悔。

她低着头，也不敢去看旁边的人有没有生气，假装在记笔记，“唰唰唰”写个不停，自己都不知道自己在画些什么。

半晌，旁边的人突然问道：“这下你开心了？”

“嗯？”顾挽假装没听懂。

季言初摇摇头，仿若伤心又失望地感慨：“某些小朋友真是没良心啊！为了哄亲哥哥开心，就这么埋汰表哥。”

顾挽演不下去了，索性放下笔，合上本子，侧眸看他：“我就是随口胡诌的，开玩笑哄他，你何必当真？”

“关乎颜值，我能不当真吗？”

季言初指指房间里那个自信心爆棚，乐得在床上撒欢打滚的人，很委屈地说：“你信不信，凭你哥那张嘴，明天全校都得知道我这浓颜系帅哥二十岁之后就会颜值大崩盘，你说往后我要是找不着女朋友怎么办？哥哥要是没人要了，谁负责？”

他语气慵懒散漫，半撑着脑袋，暖橘色的灯光映在眼里，沁出浅薄的笑意，看着也不是真那么在意的样子。

于是顾挽胆子又大了，撇撇嘴，不屑道：“多大点事儿。”

“以后，你要是真找不着女朋友了，大不了我给你介绍一个就是了。”她拍着胸脯，说得信誓旦旦。

季言初似是没料到她会这么说，双眼不由得微微睁大，等反应过来，又被逗得忍不住直笑。

“那敢情好！”他宠溺地拍了拍顾挽的头顶，忍着笑说，“哥哥总算没白疼你。”

季言初换了只手撑脑袋，闲适放松地叹息了声，摆出一副坐享其成的姿态：“以后啊，哥哥也不再为这事儿瞎操心了，就安心等着你给我介绍了。你可得靠点儿谱，别害哥哥打光棍儿。”

顾挽眨了眨眼，意识到自己好像给自己挖了个坑，忙挽回性地强调：“但不是现在啊。”

“可以。”季言初很好说话，不过转念一想，觉得还是有必要确定一下，“那你说什么时候，可别等哥哥七老八十了再介绍，那就歇菜了。”

顾挽很认真地思考了下："等我过了十八岁吧。"

季言初也不在意，笑着点了点头："行，我还担心未成年保媒犯法呢。"

两人你来往我，一个敢问，一个敢答，还真把这个玩笑当成正经事聊着。

后来季言初走后，顾挽洗完澡接到陶嘉惠的电话，问起兄妹俩最近的生活以及顾挽的学习情况。

"你哥的学习我就不问了，没什么意义，就这一段时间他们班主任都没怎么给我打电话抱怨，我这心里突然还没底了，他最近在学校没闯祸吧？"

"没有。"顾挽如实说，突然想起刚刚某人还为颜值的事伤心，忙跟陶嘉惠说，"妈妈，从下个星期开始，给我和哥哥订牛奶吧？"

"啊？"陶嘉惠一脸诧异，"怎么突然想起要订牛奶了，之前给你们订，还死活闹着不肯喝。"

顾挽捂着手机，背过身："哥哥有个同学，比他还小几个月，但已经高他一个头了。每次看到哥哥跟他说话，要像个猴子一样跳起来，我就觉得特别丢脸。"

陶嘉惠被这个画面刺激得额角一抽，也觉得有点丢脸，马上说道："订，马上给你们订。"并且叮嘱顾挽，"你监督你哥哥，一天灌三瓶，妈妈的孩子，绝不能输！"

顾挽被她夸张的语气逗得弯了弯唇，笑着点头："好。"

说起顾远年龄的问题，陶嘉惠突然想起什么来，问道："你哥下星期是不是要过生日了？"

顾挽"嗯"了声："下个星期六。"

那边的人突然沉默了半晌，顾挽原本翘起的嘴角缓缓降下来，贴心地安慰道："哥哥又不是小孩子，这么大个人了，难道还要爸妈陪着过生日？"

"这次不一样。"陶嘉惠眼眶有点湿，又无可奈何地说，"这是他十八岁生日呢。"

顾远生日那天，陶嘉惠和顾怀民果然还是因为工作原因，没能赶回来。

好在顾远这个人粗枝大叶惯了，也没看出来有多遗憾，反倒因为过生日父母给了一笔很可观的"补偿费"，让他兴奋不已。

当天晚上，顾远约了班上大半的同学去餐厅给他庆生，吃吃喝喝，闹了将近两个多小时。

难得的十八岁生日，又因为父母没回来，顾挽怕顾远心里难受，全程忍气吞声跟个小丫鬟似的陪着，反正明天是周末，可以好好休息，于是对顾远的容忍度就一放再放。

顾远也不跟顾挽客气，叫她拿包，还叫她点菜，菜不够了又指挥她去跟服务员说加菜加酒水。

顾挽无声地翻了个白眼，正准备起来，被旁边的季言初按住："我去吧。"

季言初顺手将圆桌转了一圈，给顾挽舀了一勺龙井虾仁，低声叮嘱："你好好吃饭。"

他是无意中发现小姑娘似乎盯着龙井虾仁看了好久，每次她在圆盘转过来的时候都伺机去夹，结果因为虾仁太滑，一次都没成功。

顾挽也不太敢主动去转桌子，只是视线随着圆桌而动，等它下一次过来时，再举筷尝试，像只小鹰一样，盯着那块肉不放，莫名有点憨态。

季言初默不作声地观察了顾挽好一会儿，嘴角不自觉地扬起又落下，几秒后，不由自主地又缓缓勾了起来。

一大帮人从餐厅又转场到 KTV 继续。

顾挽就想不明白了，KTV 这种地方，顾远是开心也来，不开心也来，都玩不腻的吗？

他们开了一间超豪华大包厢，里面有两排沙发，还带有小舞台。

一进去，大家就跟疯了一样闹起来，闪烁耀眼的灯光，震耳欲聋的音乐，还伴随着各种五音不全的鬼哭狼嚎。

顾挽的耳朵实在有点受不住，没坐一会儿就退了出来。

她去前台询问了下顾远那个包间的账单，然后看了看自己的小金库，在想待会儿顾远要是超支的话，自己要不要慷慨解囊。

还没纠结出答案，她感觉肚子一阵抽痛。

不知道是不是刚刚吃过荤菜就喝了凉水导致的，顾挽天生肠胃比较敏感，吃点不干净的东西可能就有反应。

她问前台要了包抽纸，去了洗手间。

她在里面蹲了半天，也没有要拉肚子的感觉，但那种轻微的痛感还是隐隐约约存在。

顾挽刚准备起来，洗手间里又进来了一拨人，似乎有两三个。

她们也没要上厕所的意思，聚在洗手池那边。

其中一个女生突然说话："林语，你真想好了？"

听到这个名字，顾挽推门的手下意识就缩了回来。

林语没说话，可能是点了下头。

另一个声音稍微粗犷一点的女生又说："你要真打算今晚行动，那待会儿我们想个办法把他引出来。"

第一个开口说话的女生问道："怎么引？季言初那么高冷，跟他说话都不一定搭理你呢。"

声音粗犷的女生闻言也陷入苦恼：“也是哦，那怎么办？”

一阵短暂的沉默后，林语突然说道：“你就跟季言初说，看到顾远的妹妹跑出去了。”

顾挽认识林语，还和她说过几句话，对她的嗓音不陌生。

另外两个女生困惑：“说顾远的妹妹能有用？”

林语胸有成竹地说：“应该有用，季言初和顾远关系那么好，对顾远的妹妹也不会太差，没看到他今晚还给那小姑娘夹菜吗，你们见他对谁这么照顾过？”

“行，那你去门口等着。”

等那两个女生走后，顾挽听见疑似粉饼盒子开合的声音，猜想林语应该是在补妆。

顾挽不知道自己为什么不敢出去，躲在狭小的木板隔间里犹豫了很久，隐约猜到他们要去干什么，不知道该不该去阻挠，最后还是跟着偷偷去围观。

之后顾挽从洗手间里出来，心想干脆懒得多管闲事，但人都走到包间门口了，又鬼使神差地转身往 KTV 门口跑。

她一出来就看到不远处那个站在花坛边的少年，以及他对面那个背着手，亭亭玉立的少女。

不得不说，林语是真漂亮，像那种刚被朝露掠过的水仙一般，清纯干净的漂亮。

顾挽还没靠近，就被躲在绿化带旁边的两个女生拉着蹲了下来，她看到她们竖着食指，轻声道：“嘘，别出声。”

顾挽神情有些恍然，任由她们拉着，也很听话地蹲在那里没出声。

她们选的地方隐蔽安全，不远不近，恰好能清清楚楚地听到前面两个人说话的声音。

林语前面似乎已经说过一大段话，此刻情绪有点激动：“我也没别的意思，就是单纯想跟你做个朋友，你成绩这么好，我想着大家一起互帮互助共同进步，不是更好吗？”

说到最后，她似乎因为紧张，嗓音有些抖，但还是坚持着把话说完：“季言初，我的态度是特别坚定而真诚的，所以也请你能不能好好考虑一下？”

从这个方向，顾挽只能看到季言初的背影，不知道他脸上此刻是什么表情。但他几乎没有过多考虑，就回绝道：“谢谢抬爱，但很抱歉，我这人比较利己自私，互帮互助共同进步这种事，我没什么兴趣，至于朋友……”

他稍稍顿了顿，才郑重其事地说：“我已经有了位特别重要的‘朋友’，所以暂时也不需要。”

“特别重要的朋友？”林语抓住重点，试探性地问，“……女孩子？”

季言初听到“女孩子”这个词，不知想到什么，忍俊不禁地点头：“嗯。”

这边偷听的两个女生面面相觑，被季言初这话勾起了好奇心。

特别重要的朋友？还是女孩子？

骗鬼的吧？

没见他跟哪个女生走得近啊！

旁观的人抓心挠肝地期待下文，林语也不负众望，不死心地追问道：“她是谁？长得……很漂亮吗？”

平时连多说一个字都极其吝啬的人，这会儿倒不吝言辞地赞叹：“当然漂亮，不仅漂亮，还聪明、温柔、善良、没有不良嗜好，最关键是身材特别好。”

说着，他莫名忍不住笑，而后补充：“一级棒的那种。”

林语将信将疑地看着他，他把这个人形容得太完美，反倒让人觉得有些不可信。

再加上她内心本就不甘，更加不肯轻易听信，于是仍然执着地追问：“那她是我们学校的，还是其他学校的？”

季言初沉默了一秒，忽然很认真地回答：“她不在迎江，我爱的‘朋友’，她在暨安！”

不是喜欢，是爱。

不在迎江，在暨安。

他从前吊儿郎当地说过许多话，真真假假令人难以捉摸，但唯独这一句，半点玩笑也无。

一字一顿，铿锵有力。

顾挽莫名笃定，这句话，他没骗人。

冰凉的泪水不期然间砸在顾挽手背，顾挽有点茫然无措，不知道自己这是怎么了，眼泪就跟开了阀门的水龙头，完全没办法控制了。

季言初听到动静的时候，顾挽几乎快哭成了个泪人。

从认识到现在，小姑娘哪怕是被小混混团团围住，也没掉过一滴眼泪，现在见她哭成这样，季言初也慌了。

“她这是怎么了？”他冲过去，扶着顾挽的双肩，脸色很不好地瞪着旁边两个人。

那两个女生也一脸蒙，结结巴巴地解释：“不是我们，我们也不知道怎么回事，她突然就哭了……”

“顾挽，顾挽。”季言初边帮顾挽擦眼泪，边喊她的名字，“告诉哥哥，你怎么了，谁欺负你了？”

顾挽也不知道该怎么办，她自己都有点搞不懂自己为什么情绪失控。

恰在此时，小腹又传来一丝坠痛，陡然间，她像是终于找到了真正的症结所在。

果然只是因为肚子疼吧，并没有其他什么原因。

她紧绷的嗓子释然一松，捂住眼睛，索性放声大哭："我肚子疼……"

"肚子疼？"季言初愕然，怎么看她都不像是因为肚子疼就会哭成这样的性格。但他同时又想，能让她哭成这样，兴许是真疼得厉害。

他不敢怠慢，拉着顾挽就在路边拦车，并回头交代林语她们："帮我跟顾远说一声，顾挽肚子疼，我带她去医院看看。"

顾挽由着季言初拉上车，被窗口的冷风一吹，又沉又钝的思绪一下子清醒了不少，她慢慢平复情绪。

车子开了一段路，她忽然拒绝去医院。

"我要回家。"顾挽闷闷地说。

季言初偏头，只能看到顾挽头顶的发旋儿，好声好气地哄道："咱先去医院看看，没什么问题再回家好不好？"

顾挽委屈巴巴地吸了下鼻子，摇摇头，执拗地坚持："我想回家。"

窗外的风把她刚到脖子的短发吹得翻飞，她始终低着头，像只固执的鸵鸟一头扎进沙子里，谁也不愿意再看一眼。

无声地僵持了几秒，季言初叹了口气，有些无奈地妥协了。

"那行，我送你回家，我现在给你哥打个电话，让他赶紧回来。"

"不用了。"顾挽又拒绝，一把按住季言初要拿手机的手，阻止道，"一辈子就一个十八岁，你让他好好玩儿。"

等到了家门口，季言初还是不放心："你一个人在家行不行？"

顾挽不想再给季言初添麻烦，点头胡诌道："可能只是吃坏了肚子，现在又不疼了，我有点困，想洗洗就睡。"

对于她的作息，这个时间确实算很晚了。

季言初点点头，不再多说什么，只叮嘱道："你把门锁好，洗完澡早点休息，有事记得给我打电话，多晚都可以。"

"好，你回去注意安全。"

目送季言初转身下楼，顾挽很听话地锁好门，然后去浴室准备洗个澡，睡一觉，明天一觉醒来就什么事都没有了。

她放了热水，浴室的镜子上渐渐覆上一层朦胧的水汽。

她盯着镜子里模糊不清的人影，眼睛里又不争气地漫上了一层热乎乎的水雾。

她低头，用力抹了一把眼睛，开始脱衣服洗澡。

将外面的两条裤子脱掉后，她将内裤褪下，顺手扔进旁边的竹篓里。

猛然间，视线里一抹红色一闪而过。

顾挽僵了下，以为自己看错了，弯腰把刚扔的内裤捡了回来，然后就被那片触目惊心的鲜红吓得愣在了那里。

时间不知不觉迈入十一月，天气开始一天比一天冷。

顾挽睡相不好，晚上睡着了就喜欢踢被子，一到换季降温，总会受凉感冒。

一个月总有那么一两次咳嗽发烧，连她自己都慢慢习惯了，会定期在药房买了感冒药备在家里，感觉有点感冒的迹象时，就立马吃两颗药片。

但这次感冒似乎比以往都严重许多,病来如山倒般,她连续好几天头疼低烧,晚上睡觉又咳得厉害，都没怎么睡好觉，精神更加萎靡不振。

这两天顾挽身体不舒服，也没给季言初补课，学校和画室那边也没去，在家病恹恹地躺了好几天。

顾挽生病，顾远也难得有所收敛，每天放学准时回家，还扯着季言初过来，跟着季言初学习怎么给病人炖营养粥。

“我妹妹最近好像有什么心事。”

两人正在厨房忙活着，顾远突然没头没尾地冒出这么一句。

季言初停下动作，回头看他：“怎么讲？”

顾远也没头绪，茫然地摇了摇头：“就感觉她这两天闷闷不乐，都不太愿意搭理我。”

季言初笑了：“她平时也不怎么愿意搭理你。”

白粥开始沸腾，热气“噗噗”地从锅盖的缝隙里钻出来，季言初眼疾手快地揭开锅盖，拿了勺子在里面搅拌。

“会不会是因为生病人就比较脆弱？”他一边搅动着锅里的粥,一边问顾远,“她病成这样，你也没告诉你爸妈？”

“她不让说。”顾远把切好的肉末和皮蛋倒进了锅里，继续说道，“可能也习惯了吧，从小到大，大多数时候都是我俩相依为命，感冒发烧的事常有，总不能一有事就告诉爸妈吧。再说了……”

顾远靠在操作台边，半垂下脑袋，有点怅然若失地说：“他们搞科研的，都是为了国家大事，遇上家属一点头痛脑热的小事，也不可能说回来就回来。”

他的情绪一闪而逝，很快又一副没心没肺的样子，自我安慰道：“不过我妹妹呢，打小就聪明懂事，也比同龄人早熟，自己想做的事就一定能做到优秀漂亮，遇到困难也基本能自己解决，很少让人操心。”

季言初沉默一瞬，忽然想起第一次遇到顾挽的那个夜晚。

当时什么也看不到，只看到她一双小鹿般的眼睛清透明亮，面对围攻的局面也临危不乱，一点不露怯，像个全身竖起针芒的小刺猬，倔强又勇敢。

但不露怯，并不代表她就真的不害怕。

他只记得小姑娘当时把耳机递还给他的时候，整个人还在止不住地发抖。

事情过去那么久，当时他们还不认识，也没过多的感触，直到今天，季言初才后知后觉地有点心疼那个晚上的小女孩。

他又想起前两天，她不知为什么哭得那么厉害。

季言初垂眸，继续手里的动作，语重心长地劝顾远："她就算再聪明，思想再成熟，也只是个十三岁的小孩子，遇到伤心、委屈的事，也会偷偷哭鼻子。你比她大五岁，还是个男生，平时应该多体贴关心一下自己的妹妹。"

这话顾远非常认同，一拍掌："所以啊，我这不把你拉过来了。"

季言初一下没回过神来。

顾远搭上他的肩，刚刚还一脸忧伤，此刻又嬉皮笑脸地跟他耍无赖。

"你也比她大五岁，也是个男生，她也叫你哥哥，咱兄弟俩，我妹妹不就是你妹妹？"

季言初被顾远的不要脸堵得一句话也说不出来。

顾远殷勤地把粥盛好，还贴心地给季言初也盛了一碗，端上餐桌，交代道："你就问问她到底因为什么事不开心，好好开导开导她就行了，我说话不好使，她比较听你的。"

他人已经走到了玄关处，随即朝顾挽的房间吼了声："顾挽，你表哥让你出来吃饭。"

吼完，他朝季言初做了个加油的手势，然后就不负责任地溜了。

季言初一头问号：这到底是我妹妹还是他妹妹？

顾远前脚刚出门，顾挽后脚就从房间里出来，还能看到他关门时飞扬的衣角。

她盯着门口看了一秒，再回头，视线落在屋内的季言初身上。

她蒙头缩在房间里好几天没出来，今天陡然看到季言初才发现，他换了个新发型，头发剪短了许多，露出光洁的额头，让他看起来更加清爽阳光。

季言初端着两盘清炒时蔬，站在餐厅的暖灯下，无可奈何地耸耸肩："我真怀疑你哥跟我做朋友纯粹是想给家里招个保姆。"

顾挽有点过意不去地抿了下唇，没被逗笑，也不像平时那样总是跟他顶嘴。

她无精打采地挪到餐桌旁，看了眼桌上的菜和那碗浓香软糯的皮蛋瘦肉粥，依旧没什么胃口。

"身体还是不舒服？"季言初用手背在她额头探了探，又摸了下自己的，"好像不烧了。"

“嗯。”顾挽敷衍地轻轻点头，沉默地坐下来，像个机器人般喂了自己几口粥，然后就放了勺子。

季言初皱眉：“吃这么少？”

“不是很饿。”

“你白天都没怎么吃东西，还不饿？”季言初想起她喜欢吃虾，提议道，“要不我明天给你做清蒸虾？”

顾挽还是垂头闷声坐在那里，似乎连说话的兴致都没有。

季言初也极有耐心，就那么无声地睨着她，静静等着。

许久以后，季言初隔着餐桌，很轻地摸了摸顾挽的脑袋，柔声细语地说：“顾挽，你如果有心事，可以跟哥哥说，不管发生什么，只要哥哥能做到的，都会尽力帮你，你不要怕。”

他的话像一针安定人心的催化剂，让顾挽那颗惶恐不安的心，仿佛被一双温暖有力的手掌托住，关怀备至地捧在手心里，小心呵护。

她这几天变得莫名脆弱，动不动眼里就一片模糊。

她懊恼地揉了把眼睛，抹掉不争气的眼泪，长长地吐了口气，像是做好了倾诉的准备。

“言初哥，我最近遇到了点麻烦……”

顿了顿，她怯懦怅然地瞥了眼对面的人，很快又低下头来，轻微哽咽着说：“我跟你说了，但请你暂时不要告诉我哥哥，我怕他担心。”

听上去很严重的样子，季言初神色微凛，不由得坐直了身子，郑重地点头：“好，我不告诉你哥。”

顾挽十分信任他，便没再多犹豫，慢慢地说出了实情：“我这几天肚子一直很疼，然后还断断续续地尿血，我想我可能是得了某种癌症，或许活不了多久了。”

“什么？！”季言初如遭雷击，脑子里有根弦“啪嗒”一声断了，“尿……尿血？”

说来也奇怪，这几天，顾挽一个人伤心了那么久，此刻看到他这副震惊又微带着不可置信哀恸的神情，心里反倒像是得到了某种安慰似的，居然也没觉得那么不可接受了。

大起大落的情绪过去，她现在镇定了很多，慢慢恢复往日里那副小大人模样，还主动来安慰他：“你也不用太难过，等我爸妈回来，我就让他们带我去医院，我会积极配合医生的治疗。哥哥，你放心，我不会轻易放弃自己的生命！”

季言初撑着额头沉默了很久，过了好半晌，才磕磕绊绊地组织合适的措辞：“你以前……没……这样过吗？”

“嗯？”

见顾挽没听懂，季言初无力地闭了闭眼："就……尿血，之前你没有过吗？"

顾挽无辜地摇头："没有，我是第一次遇到这种事，我害怕极了。"

季言初叹气，心想：我也是第一次遇到这种事，我也害怕极了。

他唉声叹气、手足无措的样子，落在顾挽眼里，完全是另外一种意思。

虽然她成天装作一副少年老成、成熟冷漠的样子，好像遇到什么事都临危不惧，可谁还不怕死呢？

顾挽撇撇嘴，又快哭了。

季言初忙制止她："你先别哭。"

他抿抿唇，又舔舔唇，喉结不安地上下滚动，完全没了平时那股淡定散漫的劲儿："你这个……应该不是病。"

他有点焦灼，有点语无伦次，耳朵和脖子还莫名其妙地泛红："就是这个事儿吧，我也不知道该怎么跟你解释。"

他让顾挽把手机拿过来，点开百度，帮她搜索好最准确的注解，然后把手机递回她手上。

"你看完……自己消化一下。"他不自然地挠了下鼻尖，"我去叫你哥回来，顺便帮你去超市买点要用的东西。"

等季言初匆匆忙忙出门后，顾挽才狐疑地按亮手机屏幕，然后就看到搜索词条里那加黑加粗的两个字——

初潮。

顾挽眨眨眼，似懂非懂地逐字念着："指第一次月经，少女第一次来月经，是青春期到来的重要标志之一……"

季言初怎么也想不到，自己被拉来充当"知心哥哥"，居然会询问出这么个意外结果。

他握着手机，简直有种把手机砸在顾远头上的冲动。

顾远被季言初电话轰炸的时候，正潇洒地在网吧跟人打游戏，关键一局，都快躺赢了。

顾远用肩膀夹着手机，一边操作，一边敷衍："哎呀，不就是去超市嘛，你没钱啊？

"有钱干吗非得我去？

"买什么？"

他咬了下牙，又灭了对方一个主力队员，季言初的话他只听清楚一半："什么毛巾？谁亲戚来了？"

跟这种有一搭没一搭接话的人讲话真是太费劲了，季言初在电话这头气得只想原地爆炸："顾远，你怎么这么笨？"

他稍稍加大音量，一字一顿地说："你妹妹顾挽，来例假了，第一次！"

电话那边如同去世般安静了几秒。

顾远突然脑回路清奇地冒出一句："我妹妹来例假了，你怎么知道？"

这头的季言初被气得彻底没了声音……

第三章

/

你始终是个挺重要的人

Qinai De Xiao Kuohao

季言初真心懒得跟顾远解释，丢了一句“我在小区门口的那个超市等你”，然后就把电话挂了。

网吧离超市没几步路，顾远结完账，不到两分钟就慌慌张张地跑了过来：“什么情况？”

季言初没好气地说：“不是你让我开导她的？小姑娘闷闷不乐好几天，就是为了这事儿。她什么也不懂，身边也没个可商量的人，你说你这哥哥怎么当的？”

顾远心虚地挠了下脑袋，心情比较复杂，又愁又烦：“那现在怎么办？”

“去超市。”季言初朝超市抬了抬下巴，“买点那个啥。”

顾远一瞪眼，指着自己的鼻子，问道：“我去？”

“难不成我去？”季言初反问，然后点着他说道，“你可是她亲哥，你不去谁去？”

季言初一脸理所当然地看着顾远，脚还下意识地往旁边挪了挪，给他让了条道儿。

但下一秒，季言初又被顾远拖了回来：“老季，你这样就没意思了吧？是谁前两天还觍着脸哄顾挽喊哥哥来着？”

顾远不容季言初拒绝，不由分说地就把人往超市里拽。

季言初一边挣扎，一边企图跟顾远讲道理：“你是顾挽亲哥，血浓于水，这种事情，我去不合适。”

顾远才不听他啰唆：“我这亲哥还没你这野路子哥哥当得尽职尽责呢，别废话了，是兄弟有困难就得一起上！”

这是小区门口最大的超市，一共三层。

他俩装模作样地把三层超市都快逛遍了，最后才鬼鬼祟祟地停在了卫生用品区。

一进去，两排货架上摆满五颜六色的卫生用品，有各种品牌的，看得人眼花缭乱。两个人像无头苍蝇般，毫无目标地瞎逛。

顾远一边走一边观察，像发现新大陆似的拉住季言初：“哎，老季，你看，每包长度还不一样呢。”

季言初也一个头两个大：“好像是的。”

“还有干爽网面和亲肤棉柔有什么区别？”

季言初头疼：“我也不知道。”

顾远纳闷了：“你不是比我聪明吗？”

季言初气结：“我聪明……也不是聪明在这些地方吧？”

顾远想想也是。

“那日用和夜用有什么区别？”他忍不住问道。

季言初快崩溃了，沉着嗓子咬牙道：“我真不知道，你别问我。”

“那不如问问我吧，两位小帅哥？”

背后突如其来的声音把两个人吓了一跳，顾远正拿在手里研究的那包卫生巾直接掉在了地上。

五十来岁的导购阿姨看上去极有亲和力，为了和消费者拉近距离，热情熟络地问道：“我都观察你俩好久了，是第一次买这种东西吧？给什么人买？”

顾远正把那包卫生巾捡起来，一听阿姨这话，立马将其塞到了季言初怀里，然后很不讲义气地点头：“啊，对，给他妹妹买，他害羞，非拉着我陪他。”

还没等季言初反应过来，顾远就“重情重义”地拍拍他的肩，说道：“你跟阿姨好好交流一下，不懂的多问问，我先去别地儿逛逛。”

说完，他就习惯性溜之大吉。

结账的时候，季言初本来气得都快发脾气了，结果发现顾远似乎也不是一点作用没有——他在食品区拿了包红糖姜茶，并传授经验般地说：“听说女生来那个会肚子疼，要喝红糖姜茶缓解，我见咱班好多女生喝过。”

季言初将信将疑，把那包红糖姜茶也拿过去一起结账。

买完东西，两人赶回家。

顾挽已经不在客厅，似乎又躲回了房里，只是这次不知道是伤心害怕，还是羞涩难堪。

季言初轻轻敲了下她的房门，站在外面柔声问道：“顾挽，你睡了吗？”

里面的人没回应。

季言初回头和顾远交换了下眼神，顾远做了个继续敲门的动作，然后指指厨房，意思是他去烧开水给顾挽泡红糖姜茶。

季言初点点头，又轻叩了下门，说道：“顾挽，你哥哥在给你泡红糖姜茶，你不是肚子疼吗，喝了这个就不疼了。”

这回房间里终于有了点动静，一两分钟后，房门被拉开了一条缝。

顾挽那双清澈无辜的眼睛从门缝后面露出来，她似乎又哭过，眼睛带着点微微的红肿。

她扶着门把抵着门，躲在门后还是不太愿意出来。

季言初见她还是如此低落抗拒的情绪，忙将手里提着的袋子递过去，把导购阿姨说的所有经验之谈娓娓转述给她。

“这东西有不同材质和型号的。我不知道你适合什么，就每种都买了一些。”

等顾挽终于把袋子接过去了，他又叮嘱：“以后每个月它都会来一次，你要记得每次来的时间，等下次差不多的时候，提前备几片放包里，免得不凑巧会弄到衣服上。”

“肚子疼的话，可以灌个小热水袋焐一焐，疼痛会缓解一点。”季言初指了下袋子，“热水袋我给你买过了，你待会儿可以灌上热水试试。还可以喝点红糖姜茶，你哥说喝了红糖水会缓解一点。”

在顾挽的印象里，自己好像还是第一次被人这么温柔细致地照顾。

她乖巧听话地把季言初的交代一一都记在心里，既感动，又觉得有一丝难为情。

她红着脸，小声说了句：“谢谢哥哥。”

“不用谢！”季言初半弯下腰，笑眯眯地揉了下她的头发，对上她的视线，温柔而郑重地告诉她，“顾挽，别伤心，也别害怕，更不用因为这个而自卑，这是每个女孩子成长路上必经的，是一件值得高兴的事。它来了，就说明你已经长大了，不再是个小孩子，而是个……”

他眯眼想了下，然后点了点顾挽的鼻子，笑着说：“可爱的小女人！”

顾挽因为这个俏皮的称呼，瞳孔都不受控制地瑟缩了一下，像是突然从天而降的惊喜，之前所有的愁云惨雾被驱散，猝不及防就一下子拨云见日，晴空万里了。

长大的心情是那么迫切渴望，顾挽一直翘首以盼，不断希冀追寻，忽然有一天，有人告诉她“嘿，其实不知不觉间，你已经在慢慢长大啦”。

于是，偷穿大人的裙子，渐渐不再那么滑稽搞笑，偶尔抹上口红，也能捕捉到隐隐约约的小妩媚。

即便身体的变化或许会带来惊慌和无措，或许会闹出各种乌龙和笑话，但多年以后，再去回想那个笨拙又可爱的自己，总能会心一笑，觉得当初的那个小女孩勇敢而美好。

因为顾家两个孩子接连经历了人生具有“历史性意义”的重要时刻，而父母都没能陪在身边，出于愧疚，顾怀民和陶嘉惠夫妇向组织申请了五天的假，回来陪陪两个孩子。

父母一旦在家，顾远就要扮演乖乖崽，每天按时上学放学，不能呼朋唤友，也不能去网吧、KTV 娱乐，对他是种煎熬。

不过顾挽倒是很开心，距离上次爸妈回家，中间隔了差不多已经两个月了，她实在有点想妈妈。

父母回来的当天晚上，她就赖在爸妈的房间不走，吵着要跟妈妈睡。“新晋小女人”有很多悄悄话要和妈妈讲，爸爸被无情地赶了出来。

母女俩一躺进被窝，陶嘉惠就伸手将顾挽搂进怀里，另一只手顺势摸了摸顾挽的肚子，温声问道：“上次来月经的时候，肚子是不是很疼？”

顾挽不想给妈妈带来心理上的负担，安慰地说：“还好，不是很疼。”

陶嘉惠点点头，到底还是觉得歉疚遗憾：“本来这些女孩子的事，应该是妈妈来教你的，但你每次需要我的时候，好像妈妈都没在你身边。”

“没事，我又不是小孩子了。”顾挽撒娇般地往陶嘉惠的怀里钻，莫名想起那天晚上季言初摸着她的头，对她说的那些话。

顾挽翘了翘嘴角，用微带着困倦的声音，对陶嘉惠说：“我现在是个大人了，知道怎么照顾好自己，妈妈您别担心。”

之后两人又陆陆续续说了许多话，直到很晚才睡。

第二天正好是周末，陶嘉惠和顾怀民一早就计划要带着俩孩子出去好好玩一天。

北城游乐园新开了家真人密室逃脱，顾远班上有几个同学去玩过，听说特别烧脑，特别刺激，他嚷嚷着要去。

顾挽也没什么特别想玩的地方，一家人就听了顾远的建议，去了北城游乐园。

到了地方，顾远豪气冲天，兴致勃勃地选了一个恐怖类型的主题。

看完剧情介绍，他们四个进了小黑屋。

结果一进去，顾挽就后悔了。

因为顾远全程除了惨叫、哭爹喊娘、拖后腿，简直一点忙都帮不上，不仅拖累了整个团队的进程，后来甚至游戏还没结束，他就被吓得不行，四个人不得不提前出来。

没有解密到最后一关，顾挽难受得抓心挠肝，但顾怀民和陶嘉惠又不允许她一个人再玩一次，最后被逼着陪顾远去坐海盗船，她连掉头回家的心都有了。

本来还说晚上要去看电影的，但顾挽实在不想再陪顾远这个幼稚鬼浪费时间了，吵着要回去。

陶嘉惠准备做一顿丰盛的晚餐，就当是给顾远补过生日。

他们买完菜又去蛋糕店里买了蛋糕，陶嘉惠还特意给顾挽也买了个很小的草莓蛋糕，也算是庆祝她那难以宣之于口的成长。

陶嘉惠准备晚饭的时候，顾怀民和顾远在房间里打游戏，顾挽一个人百无聊赖，躺在客厅沙发上看电视。

无聊的偶像剧，看得她昏昏欲睡，听到门铃响的那一刻，她没反应过来。

直到陶嘉惠闻声跑去开门，顾挽才猛地意识到可能是谁，一骨碌从沙发上坐了起来。

“你哥他……”往常来开门的都是顾挽，所以季言初以为这次开门的那个人肯定会是她，一句话只说了半截，后面的话因为看到陡然出现的这个陌生中年女性而卡在喉咙里。

季言初神色微怔，想起那张全家福，很容易就认出了这个人是谁。

随即，他脸上浮现一丝尴尬和难堪，不怎么顺畅地换了话题：“请问……顾远在家吗？”

陶嘉惠问道：“你是？”

顾挽适时从后面探了个脑袋出来，帮忙介绍：“他是哥哥的同学，是来……”

“路过！”不等顾挽说完，季言初抢着说道，“我有事路过这边，正好来还顾远前两天借我的课堂笔记。”

闻言，陶嘉惠一脸诧异，不可置信地笑着问顾挽：“你哥哥学好了？上课还知道记笔记？”

顾挽一愣：“可能……间歇性地改邪归正吧。”

她不知道季言初为什么要撒谎，但下意识就帮他说话。

“我哥在跟我爸打游戏呢，你要不进去找他？”

陶嘉惠也说道：“对对对，正好我们今晚要给他补过生日，同学你也进来一起吃蛋糕吧！”

季言初微微颔首，礼貌地笑着拒绝：“不了，谢谢阿姨，我就是正好路过，来还一下东西，得马上走。”

他顿了一秒，神色微变，又添了句：“回去晚了，家里人会担心的。”

既然他这么说了，陶嘉惠就不好再留了，接过他从背包里拿出来的本子，然后客气地交代了句：“那你路上注意安全啊。”

关上门后，陶嘉惠没有把这个小插曲放在心上，想起锅里还焖着排骨，她碎碎念着：“哎哟，我的排骨可别烧焦了。”然后随手把笔记本放在桌上，人就跑进了厨房。

顾挽还在玄关处呆呆站着，若有所思地垂着头，在想季言初为什么要撒谎，而且在刚才那一刹那，他眼里掠过一抹暗淡。

顾挽犹如失忆的病人，陡然恢复了记忆一般。

她想起来了，第二次见到季言初的那个晚上，在KTV，他曾瞄了一眼她做的卷子，提醒她不要全对，不然顾远还是会被叫家长。

一个数学不好的人，怎么看一眼试卷就能知道她全做对了？

还有刚刚，他说回去晚了，家里人会担心。

这段时间，他每天放学总在顾家泡着，一般都是九点多钟才走，遇到周末会更晚，但顾挽从来没看过有人给他打电话来询问是否安全，或者问他为什么晚归。

一次都没有！

她僵硬地抬头，盯着那个被扔在桌上的笔记本，脑子里的那根线仿佛突然就连接上了……

从顾家出来，季言初没地方可去，又实在不想太早回那个空旷而冰冷的季家别墅。

他想起上次看到的那个人工湖，忽然有了个目的地，便加快了步子往那边走。

天气越来越冷，夜幕降临，人们就不太愿意往外跑。他上次来的时间比今天更晚，但那时候要比今天热闹得多。

季言初卸下背包，敞着腿坐下来，把头懒散地靠在后面的栏杆上，盯着凉亭的屋顶发呆。

远处人声鼎沸，车流穿梭，万家灯火阑珊，看似喧嚣寻常，却又遥不可及。

他默默地闭上眼，更能深切感受周遭的万籁俱静，寂寞冷清得仿佛被隔绝在另一个世界。

就算那么殷勤地融入他们又怎样？

就算每天厚脸皮地赖在他们家又怎样？

一旦人家一家团聚，他立刻就被打回了原形，在那里多站一秒都显得尴尬多余。

本来那也不是他的家啊。

他哪儿有家？

“季言初。”

不知从哪里飘来的声音，虚幻得像是在梦里，轻轻的，带着抚慰人心的温度。

季言初恍惚迷惘地睁开眼，看见不远处站着个人影。陷入黑暗中太久，他皱着眉，适应了好一会儿才把那个人看清楚。

他随即散漫地笑了下，问道：“你叫我什么？”

顾挽往季言初这边走了几步，面无表情地撒谎：“天太黑了，我不确定是你。”

她走进凉亭，在他旁边坐下，然后把手里那个系着丝带的盒子递给他：“草莓蛋糕。”

季言初垂眸，盯着那个盒子微微失神，从没想过游刃有余的伪装会被一个小姑娘轻易戳破。

“顾挽，我不要这个蛋糕。”

季言初抬头定定地看着她的眼睛，难堪又卑微地提了个要求：“等我过生日那天，你再送我一个好不好？”

顾远的十八岁，因为父母的缺席，又是宴请同学，又是唱歌，最后父母回来还会给他补过，仿佛全世界都对他充满了歉意，尽情弥补。

但是季言初从记事起的每一个生日，都没人陪过他，似乎也没人记得。

他的父母永远缺席，也从未跟他说过对不起。

有些令人难以置信，季言初快要十八岁了，却还从没收到过属于自己的生日蛋糕。

顾挽因为他的话有些震惊，对于季言初的家庭，她只是有个非常模糊的猜测，但这肯定是他最不愿提及的事情，所以她从不敢问。

“好。”顾挽点头，也侧过头来，“你生日是什么时候？”

“圣诞节。”

顾挽双眼微睁：“啊，圣诞节，很好记。”

“嗯。”季言初跟着点头，“其实很好记。”

或许是因为季言初异于寻常的消沉，两人间的气氛较为压抑。顾挽木讷地低着头，也不知道该找些什么话题来缓解。

过了片刻，季言初似乎已经稍稍调整了一些心态，问道：“你爸妈什么时候回来的？”

“昨天晚上。”想到他的不期而至，顾挽已经猜到了原因，“我哥没跟你说？”

“我给他发消息，他一直没回。”

“我们今天一整天都在北城游乐园，我哥好像忘带手机了。”

“嗯。”季言初不以为意地应了声，又问道，“游乐园好玩吗？”

“不好玩。”顾挽想起这个就郁闷，“我们去玩密室逃脱，结果我哥怕鬼，还没解到最后一关就提前出来了。我发誓，我以后再也不跟他去玩密室逃脱了。”

季言初噙着笑，漫不经心地听她抱怨。

顾挽说着说着，忽然一偏头，问道：“言初哥，你怕鬼吗？”

季言初哄着她，摇了摇头：“才不怕。”

顾挽面露喜色，不自觉地压低了声音说：“那下次我俩去玩吧，不带我哥。”

像是一起偷偷密谋着什么，季言初也跟着压低嗓音：“好啊，不带你哥。”

“那我们说定了，下周末去吧？”

季言初继续点头：“好！”

余生百味，浮世漫长，
你再也不是一个人了！

顾挽本来就是偷溜出来的，跟季言初说了这么会儿话，家里人怕是已经着急了。

“言初哥，我得回去了。”顾挽说着，还是把手里的盒子塞给他，“这是我自己的蛋糕，可以给你吃。”

说完，她就跑开了，没跑几步，又突然回来。

隔了段距离，天色也暗，她仗着转头就跑的那股勇气，对季言初说：“言初哥，不管别人对你怎么样，在我心里，你始终是个挺重要的人。”

昏暗迷离的光影里，顾挽跑远的身影一蹦一跳的，穿了件厚棉袄，像只笨拙可爱的小企鹅。

季言初呆了一瞬，不知不觉间唇边缓缓勾勒出一抹弧度，那对挺招人的小括号终于又挂上了嘴角。

他惊奇地发现，这小姑娘仿佛会魔法，三两句话就能赶走他所有的颓靡阴霾，像一道破云而出的阳光，那么灿烂又热烈，不容拒绝地照进他心里。

周三晚上，顾怀民和陶嘉惠回了研究所。这几天他们在家，季言初自那天后没再来过，父母一走，家里又恢复了往日只有兄妹俩的冷清。

顾挽还记着那天傍晚跟季言初的约定，陶嘉惠走的时候偷偷地额外给了她一笔零花钱，她高兴得不行，给季言初发短信：【言初哥，周日去玩密室逃脱，你没忘吧？】

季言初回道：【没忘。】

过了一会儿，他又问：【真不带你哥？】

顾挽想起上周的经历，态度坚决：【他胆子太小了，智商又不够用，我不愿意带他玩。】

她又想起自己现在兜里有钱了，很豪气地表示：【言初哥，这次我请客。】

季言初看到最后一句，忍俊不禁地挑了下眉，快速回道：【哦，那感谢顾老师请客，还愿意带我玩。】

周日，顾挽一大早起床，收拾好东西，趁顾远还没睡醒，偷偷溜出了家门。

她和季言初约好了在公交车站碰头，季言初到得比她早，顾挽赶到的时候，他正坐在站牌下的长凳上玩手机。

渐入深冬，早上的气温很低，季言初穿了件黑色羽绒服，里面搭着奶白色的高领毛衣，下面是条深蓝色的牛仔裤配纯白的运动鞋，很平常的一身穿搭，但他气质独特，长得又好，看起来干净而温润，文质彬彬的，书卷气很浓。

不知何时，他身侧站了几个年纪不大的女生，正交头接耳，挤眉弄眼地互相怂恿着对方。然后，其中一个女生拿出手机，在几个队友的掩护下，对着季言初从各个角度一连拍了好几张照片。

此期间，季言初一直盯着手机，不知在看什么，十分专注。他蹙着眉，对身旁的一切毫无察觉。

“季言初。”顾挽的半张脸都缩在围巾里面，含混不清地喊了他一声。

她走过来问道：“你来多久了，吃早饭了吗？”

“嗯。”季言初随口应了声，思绪似乎还未从手机里抽离出来，茫然地抬头。

过了半秒，他把手机揣进兜里，问顾挽：“你吃早饭了吗？”

顾挽点点头，看一眼电子计站显示屏：“车快到了。”

季言初闻言站了起来，不到半分钟，车子果然进了站。

即便是天气阴冷的早上，但因为是周末，公交车上依旧拥挤不堪。

他俩上车后刷完卡，从人挤人的缝隙里艰难地一步步往后挪。等车门口的人上完，司机关上门，然后立即启动发车。

发动车子那一下，整个车子的人都往后晃了一下，顾挽一时没提防，手里也没抓住什么固定的东西，不受控地向前栽了过去。

“当心！”她还未出声，后面跟着的人一声轻呼，随后一把扯住她的胳膊，把人带了回来。

顾挽于慌乱中好不容易站稳，季言初又将她往旁边一扯，拉着她的手扶上旁边的椅背，轻声道：“扶这里，站好。”

以顾挽的身高去拉头顶的吊环很费力，她自己每次坐车，确实也是扶着椅背最舒适。

终于能扶着一个稳固的东西，顾挽不禁舒了口气，结果才放松没几秒，她又陷入一个难堪的境地。

站她后面的那个大叔挺着个将军肚，被人挤得紧紧贴着顾挽。他那个西瓜一样的大肚子就抵在顾挽的后背，顾挽被挤得站姿都扭曲变形了。

车上人多，谁都不好受，顾挽默默抿紧唇，想着再忍忍，忍到下一站，兴许能下去一拨人。

季言初就站在顾挽旁边，看到后面那个将军肚，又看到小姑娘低着头，锁着眉，唇线抿得笔直，怎么看都不是舒适的模样。

于是，他轻拍了下顾挽后面那个人的肩，笑眯眯地说：“大叔，要不咱俩换个位子吧，我看您被挤得挺难受的，我这儿稍微宽敞点儿。”

将军肚自然求之不得：“好啊，谢谢啦，小伙子。”

他俩换好位子，因两人体型相差悬殊，顾挽只觉后背一空，像个被挤扁的气球被人松开，瞬间有了吸气的机会。

一路艰难，好不容易到了北城游乐场。

上午九点多，游乐场里人还不是很多，顾挽他们前面也才进去两三组人。

顾挽强迫症作祟，把上次她没玩尽兴的那个剧情又玩了一遍。之前解密过的地方她都记得，不到二十分钟，她和季言初就出来了，她心里瞬间一下子畅快多了。

之后他们又玩了两个越狱和生化危机的主题，即便只有两个人，可是他们配合默契，分工合理，又加上两个人的逻辑思维及推理能力都很强，很快就摸索出了一套通关技能，两次几乎都是用了不到三十分钟就“活着”出来了。

店主都叹为观止,还一人附赠了张免费试玩券,说等下次出了新主题的时候，会邀请他俩过来试玩，并帮忙找一下漏洞。

既然没什么挑战难度了，顾挽就有点兴致缺缺，不想再玩这个了。但今天毕竟是她把季言初约出来的，于是她回头征询他的意见：“言初哥，你还有想玩的吗？”

季言初闲适地窝在外间沙发上，也觉得没什么意思了，建议性地说：“要不去外面看看，我还是第一次来这儿，外面那些项目我也没玩过。”

“好啊。”顾挽欣然答应，然后扭头去结账。

她刚把钱包掏出来，季言初就走到她身后，顺手一抽，钱包就到了他的手里。

顾挽只觉手上一空，回头看他，就见他已经从自己的钱包里抽了几张钞票结了账，然后再把她的钱包往她怀里一扔，问道：“外面那些项目，你有想玩的吗？”

顾挽对于季言初抢着付账的举动很不满：“不是说好了我请客吗？”

季言初笑眯眯地一边推着她的肩往外走，一边不以为意地说：“下次吧，下次你再请哥哥玩一次。”

北城游乐场算是迎江市最大的一个游乐园，里面的游乐项目很多，时间临近中午，人流量剧增，他们每玩一个项目都要排老长的队。

时间大多花在排队上，估计一天下来，也玩不了几个项目。

顾挽看着木讷老实，其实胆子大得很，专挑那些刺激的项目玩，比如跳楼机、大摆锤、过山车之类的，但每一个都被季言初以她还太小给拒绝了。

最后被季言初逼着去坐旋转木马的时候，顾挽怀疑其实是他自己不敢玩刺激项目。

为了赶时间排队，中午两人随便吃了点汉堡和烤肠，玩到临近傍晚，他们终于坐上了摩天轮。

夜幕降临，城市华灯初上，顾挽觉得这个时候是坐摩天轮的最佳时机。

她和季言初相对而坐，透明的玻璃座舱缓缓上升，她四处张望，俯瞰城市最美的夜景。

“你不怕吗？”季言初看顾挽兴奋的样子，突然问道。

他对此项目貌似没什么兴趣，一坐进来就开始看手机。

顾挽诧异："这有什么好怕的？"

突然又意识到什么，她顿了顿，问道："你怕？"

季言初挠了下鼻尖，不以为然地撇了下唇，重复了遍顾挽刚才的话："这有什么好怕的？"

但顾挽仿佛已经看穿一切，故意挑衅道："那你敢往下看吗？"

季言初按灭手机，定定地看着小姑娘，从她似笑非笑的表情里，捕捉到一丝捉弄。

"行。"季言初扯了下唇，点点头，不服气般地哼了声，仿若在自我安慰，"恐高又不是什么丢人的事儿。"

顾挽也没真嘲笑他的意思，勾了勾唇，为了安抚他，贴心地坐到他这边来。

她一过来，季言初瞬间紧张地咽了下口水，提醒道："你过来这边轿厢会不会失衡啊？我怎么感觉它在晃？"

"晃了吗，没有吧，应该是你的错觉。"顾挽往下看了眼，小大人似的拍了拍他的背，安慰道，"放心，很安全的，你不要害怕。"

她颇有经验似的告诉季言初："如果你实在害怕，就不要老看下面，你可以看看远处。"

季言初自上来后，视线除了落在手机上，压根儿就不敢落到别的地方，听了她的建议，才尝试着缓缓抬眼，视线逐渐移动，投向远处。

不得不说，城市夜晚耀眼阑珊的灯火，如灿烂星河般铺满大地，一条条主干道上的灯光闪烁汇聚，仿佛银河倒流，倾泻尘世。

如此流光溢彩，总能令人产生一种不知身处何地的恍惚感。

"红尘彼岸，大抵如此。"

顾挽不懂季言初这话的意思，但明显能看出来他没那么紧张了："是不是感觉很好？"

季言初点了点头："不错。"

既然他已渐入佳境，顾挽又建议："你还可以尝试着看看附近的风景，有标志性的建筑，或者与我们相邻的其他座舱里的……"

说到半截，她的声音戛然而止。

季言初从远处收回目光，不解地看了顾挽一眼，随即，循着她的视线，朝他们前面看去。

那对情侣本就处于热恋期，头顶有明月，身后有星光，气氛刚好，情不自禁亲吻很正常。

季言初面无表情地看了半晌，轻嗤一声，想起暨安那个疯疯癫癫的女人，无比嘲讽又悲凉。

他回头，目光落在顾挽身上，明明嘴角还噙着笑，却让人觉得眉目间结了一层厚厚的霜。

他又像是个毫不相关的围观者，带着八卦的戏谑与调侃，对顾挽说："嘿，你们余老师和她男朋友在接吻呢。"

季言初说完，把头靠在内壁，脸上没什么明显的情绪变化，看不出喜怒。

摩天轮还在半空缓慢旋转，他们这边的气氛突然变得诡异而安静。

顾挽刚想往那边再瞥一眼，季言初眼疾手快，扣住她的后脑勺强迫她把头转了过来。

"小孩子看什么看？"

他语气有些严厉，往日温柔散漫的样子都不见了，看起来心情差到了极点。

想起季言初之前偷拍余今安的举动，以及他此刻的情绪表现，顾挽有点同情他，但又不知道该怎么安慰他。

"你看清了也好。"她小声嘀咕了句。

季言初侧头："什么意思？"

顾挽舔了下唇，从理性层面劝他："余老师和她男朋友很恩爱的，而且他们很早就在一起了。"

季言初闻言，面色更加冷峻，不知在想什么，并未答话。

一圈转完，他们逐渐靠近入口安全区，之后在工作人员的指导下，陆续从里面出来。

余今安在他们前面，下来后，挽着那个男人往园区内的餐厅走。

顾挽和季言初刻意跟他们拉开了些距离，走到一个反方向的岔路口的时候，前面的两个人也不知谈到了什么话题，同时往后看了过来。

只一眼，余今安就看到了小姑娘以及她身边那个惹眼的少年，满脸诧异惊喜地喊道："顾挽？！"

这场猝不及防的相遇，是顾挽和季言初都始料未及的。

顾挽担忧地瞟了眼季言初，发现他神色淡淡的，看到余今安似乎也没什么意外的情绪波动，嘴角略微勾着，维持着基本的礼貌。

余今安挽着那个男人朝他们这边走过来，边走边笑道："没想到会在这里遇到你们。"

等他们走到眼前，顾挽颔首，乖乖地打招呼："余老师好。"

余今安点头，指着顾挽和季言初跟她身旁的男人介绍："这是我画室的学生顾挽，这是顾挽的表哥。"

之后她又指着男人，跟顾挽他们说："这是我男朋友，季时青。"

顾挽怔了秒，又喊了声："季叔叔好！"

季时青的视线在小姑娘脸上扫了圈，又扫向季言初，意味不明地开口：“你们是表兄妹？”

他眼里的嘲讽，只有季言初能看清。

季言初散漫地“啊”了声，吊儿郎当地抬眸：“怎么？”

“没怎么，就是觉得不像。”季时青一语双关地说。

季言初也不在意，点了点头，还甚是赞同他的话，附和着说：“正常，亲父子都不一定长得像呢，何况是表兄妹。”

季时青无言，意味深长地盯着季言初看了几秒，忽然嘴角一牵，露出一抹稍纵即逝的鄙夷。

季言初被这个表情刺激到，原本已经打消的念头又死灰复燃。

他侧眸看了眼余今安，露出单纯无害的笑容，问道：“余老师，你们这是要去吃饭吗？”

“是啊。”余今安点头，“你们吃了吗？”

顾挽想说吃了，但被季言初抢先一步回答：“没呢。”

顺其自然地，他们俩都被余今安拉进了餐厅。

顾挽不知道季言初只是单纯想吃个饭，还是另有目的，也不敢放任不管，只能一声不吭地跟着他们走。

大多数人都是玩到晚上就直接去外面吃了，留在游乐园里面吃晚餐的人不多，因此餐厅里只坐了几个人，环境还挺好的。

这种供游客临时就餐的园内餐厅，基本也不会有包厢，四人就在楼下大厅找了个僻静一点的四人座坐了下来。

点完菜，四人间的气氛陡然陷入一种微妙的安静。

余今安想到个话题，主动打破沉寂：“顾挽，你都快一个星期没来上课了，是家里有事吗？”

顾挽喝了口水，如实回答：“我爸妈回来了。”

余今安也不意外：“你学画画的事，还没告诉他们啊？”

顾挽犹豫了下，问道：“我想以后再说。”

“那下次去暨安怎么办？主办方那边已经给我发来消息，确定了你是第三名。”对于顾挽的决定，余今安不好多说，只为她担忧，“暨安那么远，你一个人去肯定是不行的，我画室这边每天课程都满了，可能也不能陪你去了。”

一旁沉默的季言初忽然抬头：“余老师，您不用担心，到时候我陪顾挽去。”

在场的另外三个人心思各异，等他这句话说完，不由得同时朝他看了过来。

季言初眨了下眼，笑着解释：“我是在暨安长大的，对那边熟得很。”

余今安诧异：“你是暨安人？”

季言初神色略顿，不着痕迹地瞥了一眼季时青，沉了几分嗓音说道：“我妈是暨安人，我从小跟她一起生活。”

“那你爸爸……”

“不好意思，我去趟洗手间。”季时青终于坐不住了，适时打断了余今安的询问。

他垂眸看着季言初，眼里的暗示足够明显。

季言初微不可察地扯了下嘴角，也跟着站了起来，说道：“啊，抱歉，我也想去一下洗手间。”

不仅仅是余今安，连顾挽都已经迟钝地察觉到他们之间的微妙气氛。

似乎……看起来不像是情敌那么简单。

等他们俩相继离席后，余今安盯着顾挽，旁敲侧击地问：“你表哥是离异家庭？”

顾挽也不知道，不敢瞎说，咬了下唇只好老实交代：“他其实不是我表哥，是我哥的同班同学，因为和我哥关系好，平时就帮着接一下我而已。”

余今安无意识“啊”了声，脸上的疑惑神色更重，沉默须臾，仿佛意识到什么，又故作不在意地说道：“哦，对了，我和他见过这么多次，到现在还不知道他叫什么呢。”

“他叫季言……”顾挽只说到一半，脸色忽然就变了，一瞬间明白过来余今安为什么要问季言初的名字。

“原来……他也姓季。”对面的女人一脸恍然大悟。

季言初双手插兜，懒洋洋地跟在季时青身后。

走至半路，季言初不咸不淡地问了句：“我今早还在手机上看了条新闻，说你们利时地产最近被相关部门查出大批不明来源的资金流，是真是假？”

见前面的男人没有搭理他的意思，季言初兀自点了点头，自问自答：“也对，如果是真的，你还能好好在这儿泡妞？”

此时，他们已经走到了男厕所外间的盥洗室。

“嘭！”

一进来，季言初就被季时青揪住衣领抵在后面的镜子上，发出一声骇人的巨响。

“你能耐了，越来越有本事，居然学会调查我了，还跟踪我？”季时青将季言初的脖子越掐越紧，咬牙切齿道。

季言初被掐得喉咙里发出“咯咯”的声音，冷白色的肌肤因为窒息瞬间充血，变得通红。

即便如此，他脸上仍旧挂着不屑轻蔑的笑，压根儿没想过替自己辩解，继续断断续续地嘲讽：“怎么，季老板，害怕了？”

之前还口口声声说都是微不足道的小事，原来也不过是装腔作势来吓唬人罢了。

这还没怎么样呢，季时青就已经沉不住气，自己先跳脚了："你到底想干什么？"

季言初越是这副桀骜不驯的样子，季时青怒火越大，手中的力道又加重一分，昂贵熨帖的西装在他后背叠起沟壑纵横般的褶皱。

向来骄矜不凡的男人，此刻暴戾凶狠如野兽般。

季言初看着季时青那双因为愤怒而通红的眼睛，心里不知道该痛快还是伤心。

季言初微张着嘴，艰难地呼吸着，胸腔里因为窒息，已经产生了难以忍受的钝痛感。

他没有挣扎，而是在想，如果今天在这里被掐死，那也行。

就这样结束也可以。

可是下一秒，季时青突然放开了他，将他像扔垃圾一样甩到地上。

"咳咳咳……"

突然重获自由，季言初像条濒临死亡的鱼又被放回水中，艰难又畅快地吸着气，然后呛得快把肺都咳出来。

季言初索性坐在地上，也懒得再起来，靠着墙，单脚支起，撑着手肘，歪着脑袋看着季时青，突然为他着想般地问道："季老板，待会儿我这个样子出去，你要怎么解释啊？"

那一阵暴怒的情绪过后，仿佛刚才什么也没发生过，季时青缓缓地整理着西装下摆和袖口，然后嗓音也恢复到正常状态，居高临下地睨着他："说吧，你到底有什么目的？"

"呵。"季言初觉得可笑，"我不是你儿子吗？咱俩一家人，我能有什么目的？"

他实在有些想不明白，为什么所有的事，季时青都能用最阴暗的恶意去揣测他。

明明他们才是这世上唯一有血缘关系的亲人啊。

"一家人？"季时青仿佛听到一个多么讽刺的笑话，眼里的不屑显而易见。

他忽然蹲在季言初的面前，像阐述一件再平常不过的事情般，轻轻缓缓地说道："你和温馨，和你姥姥才是一家人，我和你们从来不是一家人。我就是不想和你们再有什么瓜葛，才从暨安跑来迎江，离你们远远的。"

似乎这一次的事情，当真触及了季时青的逆鳞，他从前不屑于跟季言初说这些，但今晚，他说了很多。

"你妈妈骗了我，那个曾经我最爱的女人，有件事骗了我很多年。

“我是生意场上的人，脸面、名誉比命都重要。我恨她，恨她欺骗了我的感情，恨她在我心灰意冷想彻底远离你们的时候，像个疯子一样不断纠缠我。

“以死来威胁我，不想离婚？可以。”他说着还点了点头，“那我就永远躲着不见她，但偏偏我谈的每个女朋友，都会让她知道。”

季时青猛地掐住季言初的下颌，好似魔怔了般，露出一抹残忍扭曲的笑意：“你知道吗？我的每个女朋友，什么时候认识，什么时候接吻，甚至什么时候发生关系……你妈妈她都知道，清楚每个细节……”

季言初听不下去，将季时青一把推开，撑着墙站起来，感觉荒唐，不可置信地盯着他：“她疯了，你也疯了？”

季时青一挥手：“她才没有疯！”

“什么抑郁症？什么不想活？你少来吓唬我。”季时青的情绪又渐渐失控，扬着嗓音吼道，“她要真想死，早八百年前就死了！”

季言初浑身无力地靠着墙，胸口像是压着一块巨石，即使大口大口地喘息着，依旧感觉自己透不过气来。

“可她……已经死了。”他仰着头，眼泪忽然像关不上的水龙头一样，哗哗往外流，“她听说你想和余今安结婚，一个人在病房里坐了一天一夜，然后才把离婚协议书签了。那段时间，她精神原本就已经很不好，经常出现幻觉或者神志不清。在知道你要和别人结婚之后，她的病情越发严重，她失足落水你有很大的责任。”

在季言初的记忆里，温馨大多时候都是歇斯底里的状态，一个不高兴就会一巴掌甩到他脸上。

但那一晚，她倒是如她名字一般，安静又平和，谁都没去打扰，悄悄地一个人离开了这个世界。

季时青渐渐从癫狂的状态里清醒过来，仿佛也才认清这个事实，茫然地点了下头：“是，她死了。”

季言初懵懂疑惑了十几年，一直愤愤不平，还执拗不甘地质问为什么父母总是意气用事地把“不是亲生的”挂在嘴边。

直到今天，突然有人告诉他，对，就是这样的。他却又胆怯退缩，手足无措地不敢接受。

“原来我……”季言初缓缓抬眼，嘴角自嘲地翘着，笑得眼泪都掉了下来，“还真不是你亲生的啊？”

季时青不再多说，转身去开盥洗室的门。

门一开，门口站着的女人早已泪流满面，怨恨又愤然地上前，狠狠打了他一耳光。

“人渣！”余今安伤心欲绝地骂道，然后决然离去。

男人垂眸，莫名地笑了下，指尖无意识收拢，却发现已经什么都抓不住了。

晚上八点，园区内各个娱乐项目点开始关门，里面的一些商店和小摊贩也都陆陆续续关门和撤了摊子，灯也一盏一盏相继关掉，四处陷入无边黑暗。

季言初从餐厅出来，不知道自己要去哪儿，还能去哪儿。他甚至已经不记得顾挽的存在，像个漂泊无根的孤魂，漫无目的地沿着街道游荡。

嘈杂吵闹的街道，呼啸而过的车辆，他都听不真切，仿佛那是另一个世界的声音。

顾挽默默无言，一直在季言初身侧紧紧跟着，偶尔在他踏入道路的危险地带时，就伸手将他拉过来一点。

她不擅长安慰别人，此时此刻，也觉得所有安慰的言语在他那里都显得苍白无力，没有一丁点作用。

不知走了多久，季言初终于在一个花坛边坐了下来。

顾挽依旧安安静静的，站在他面前，看着他垂得很低的脑袋，视线悄无声息地变得模糊。

她脑子里混乱如麻，想起某个早上，在校门口遇到的那个意气风发的少年；想起说话总是温声细语，让她别害怕的少年；还有那个晚上，仗义地挺身而出，勇敢正直的少年。

即便命运诸般捉弄，他依旧向阳成长，温暖而善良。

顾挽什么话都没说，伸出手，像哄孩子般轻柔地抚摸着他的头顶，一如从前他这样慰她一样。

一下一下，极轻极缓，不知疲倦地重复。

仿佛这样就能将他心里所有的伤痕褶皱抚平。

很久之后，季言初抬起头，声音沙哑干涩，缓缓说道："很晚了，我送你回家吧。"

他绝口不提之前发生的一切，仿佛今天只是和她玩了一整天，没有遇到任何人，也没发生任何事。

车子到站，季言初走在前面，顾挽还能看到他黑色羽绒服下摆沾了一块泥水干透的污渍。

她不知道那时季言初和季时青在男厕所里面发生了什么，但一看到这块污渍，也能想象出来当时的情景。

她顿住脚，胸口抑制不住地抽疼。

"言初哥。"顾挽从后面扯住季言初的衣袖，尽量让声音听起来没有颤意，"你有什么心事也可以告诉我，我也会像你帮助我一样帮助你，只要是我能做到的，我就会拼尽全力去为你做。"

陷在黑夜里的眸子，因为她的话终于恢复一丝清明。季言初机械性地转头，垂下视线，对上顾挽干净清澈的眼睛。

他的思绪又不知飘到了哪里，顿了好半晌，才突然半弯下腰，平视着顾挽。

“顾挽，你要真是我妹妹，那该多好！”他无限遗憾地说。

这样，我就不是那个多余的人了。

之后连续两个星期，顾挽去画室，季言初再没来接过，顾家他也没再去。

顾挽旁敲侧击地问过顾远，顾远也不是很清楚，只听说季言初爸爸的公司出了点问题，他这段时间看着挺忙，人也憔悴了许多。

“原来他爸是利时地产的老总。”顾远八卦地告诉她，“他爸超级有钱，就咱高中部的图书馆那栋楼都是他爸捐的。”

说到这里，他忽然变得愤愤不平：“原来他是个富家少爷，亏我和他关系那么好，他愣是半点没透露，算什么兄弟？”

顾挽漫不经心地听着，忽然反驳：“你还有脸怪人家？怎么不从自身找找原因，问问人家为什么不告诉你？”

“我？”顾远纳闷地指了下自己，“我有什么问题？”

顾挽一听这话，火气一下子上来：“你最大的问题就是没有责任心，做事不靠谱。

“你自己好好想想，你和言初哥成为朋友后，他帮了你多少，他跟个保姆一样在你家照顾这照顾那，还要帮你接送妹妹。你呢，你在干吗？

“你总是心安理得地接受他所有的善意，但你想过没有，人家没有义务要这么帮你，之所以做这么多，还不是真心拿你当朋友？

“有件事你可能还不知道，你和言初哥起冲突那次，其实我之前就已经认识他，就是因为你做事总不靠谱，那天我从画室回来你没接我，我被一帮小流氓给围住了，是他救的我。”

顾远没料到还有这种事，震惊不已：“怎么没听你跟我讲过这事？”

顾挽赌气道：“跟你讲有用吗？如果那晚真发生了什么，事后再跟你讲，有用吗？”

她说着说着，不知怎么眼圈就红了。

从小到大，顾远没见顾挽哭过几次，兄妹俩平时也永远处在不是互怼互掐，就是在互怼互掐的路上。

顾远有些慌，想凑过去给她擦眼泪，才一伸手就被她一把挥开。

“顾远。”顾挽连名带姓地叫他，用从未有过的认真口吻同他讲，“你十八岁生日已经过了，现在的你是真正意义上的男人，你不能再像以前那么浑噩度日了，你要成长，要有责任有担当，也要为自己的未来好好想一想。”

顾远安静地站在那里听顾挽说完，心里升腾起羞愧和挫败感，像是被人狠狠扇了十几个耳刮子，脑袋里嗡嗡直响。

这是顾挽第一次跟他发这么大的脾气，以往不管怎么冷嘲热讽，但从来没说过什么狠话。

兄妹俩莫名其妙吵了这么一架，顾远似乎也被顾挽的这番话给敲打醒了，从那之后，心性收敛了不少，虽然成绩还是一塌糊涂，但至少开始认真听课，闲暇时也很少再去网吧那些地方。

时间很快进入十二月底，顾挽也从网上和电视上看到利时地产的老板季时青因为行贿、资金来源不明等问题，被相关部门扣押调查的报道。

因为事情影响比较大，季时青公司的一些旧部下，现在将季言初彻底保护了起来，申请了在家自学，他有很长时间没去学校了。

顾挽和顾远他们都打过电话，也发了许多短信，但一直都是电话无人接听，短信也不回。

顾挽参加的插画大赛的颁奖仪式定在十二月二十四日，她算了下行程，二十三日晚上过去，二十四日颁奖结束当天晚上赶回来，正好来得及给季言初过生日。

顾挽原本这么计划好了，但没想到，出发当晚，季言初居然主动给她打了电话。

顾挽的生活圈子比较小，几乎没什么朋友，很少有陌生号码给她打电话。但当时看到手机上显示的那串陌生号码，她下意识握紧了手机，有种强烈的预感——那头拨号的人，就是季言初。

按了接听键之后，好一阵沉默，顾挽才艰难地“喂”了声。

很快，那头回应：“顾挽，是我。”

隔着听筒，季言初的声音依旧清朗温润，明明响彻耳边，顾挽却有种远隔山海的恍惚感。

她不禁眼眶一热，哽咽了下，问道：“言初哥，你还好吗？我……我和哥哥都很担心你。”

“我很好，别担心。”他似乎在那边轻笑了下，带出浅浅的电流声，“利时现在正处在舆论的风口浪尖，这个时候，他们不让我和外面接触，怕引起不必要的麻烦。”

顾挽点点头：“只要是为了季叔叔好，你就听他们的。”

季言初轻微地“嗯”了一声，问道：“我前几天和余老师见过一面，她告诉我你是今晚的火车去暨安？”

“嗯，我哥哥不会网上购票，还是余老师给我俩买的票。”

“你哥哥陪你去？”

顾挽怕季言初心里有负担，故作轻松地说：“嗯，这么好的旷课机会，还是出去玩儿，他当然乐意。”

季言初也无声地弯了下嘴角，沉默了一瞬，用略带歉意的语气说：“对不起啊，顾挽，哥哥食言了。”

这早已是顾挽意料之中的事。

他现在连人身自由都被限制了，顾挽也能理解，更不会怪他，但听他这么道歉，心里终究有丝难过遗憾。

“没关系。”顾挽笑着安慰道，“反正一天就回来了，你有什么想吃的暨安特产吗？我买回来给你。”

顾挽忽然顿住，抿了下唇，又问道：“言初哥，我回来能见你吗？后天是你生日，我答应了要给你过生日的。”

季言初似乎考虑了下，又似乎是因为这件事他已经做不了主了，只模棱两可地说了句：“到时候看吧。”

之后，他又絮絮叨叨交代了顾挽许多出门在外的安全问题，又叮嘱她上车之后给他发消息，然后才把电话挂了。

顾挽因为父母经常不在身边，基本上很少离开迎江去别的城市，印象里还是小学二年级的时候，一家四口去过业城旅游，当时坐的是旅行社的大巴车。

这次去暨安，她是第一次坐高铁，因此不免有些新奇。

快到年底，外地务工人员陆续返乡，火车站人山人海，人流量庞大而壮观。顾远紧紧拽着顾挽的手，通过安检，找到候车室，最后成功检票上车。

外面拥挤不堪，车内也好不了多少。

他俩还没拿什么行李，绕开各种大包小包的旅客，好半天才找到自己的座位。

顾挽和顾远的位子不在一块儿，隔了几排。顾远把她先送到座位上坐好，然后自己再回到后面的座位。

刚坐下，季言初很及时地给顾挽发了条消息：【上车了？】

顾挽连围巾都来不及解，立刻回道：【刚坐下，车上有点挤。】

她的座位靠着车窗，她旁边坐着个上了年纪的阿姨，对面是个戴着帽子和口罩，捂得很严实的年轻人，年轻人旁边是个大叔，应该和她这边的阿姨是对夫妻，两个人时不时用方言讲着顾挽听不懂的话。

等乘客上完，车子缓缓开出车站，顾挽又给季言初报备：【车子开了。】

季言初说：【我知道，余老师把你们的车票信息告诉我了，这趟车 7 点 35 分开。】

顾挽看看手机上的时间，正好准点。

车外夜色浓郁，车子开出车站后，车速渐渐提上来。

窗外沿途的灯光被拉成一条条模糊的光线，除了远处城市里的灯河，什么也看不清。

顾挽百无聊赖地收回视线，一偏头，目光无意间落在对面那个年轻人的身上。

顾挽发现这个人一上车就拿着手机不放，似乎是在看电子书之类的，懒洋洋地靠在椅背上。

他穿得不算多，一件黑色的夹克外套，里面搭件烟灰色的高领毛衣，戴着黑色的毛线帽子和口罩，脸部捂得相当严实，只露了一双眼睛在外面。

手机屏幕微弱的灯光照着他的眼睛，在他纤长浓密的睫毛上镀上一层冷蓝色的光。不甚明显的内双，瞳孔如琉璃般漆黑透亮，眼尾色泽略深，轻微上挑，带着点玩世不恭的冷漠。

单看这双眼睛，也能知道这人长相不俗。

顾挽一直盯着他看，莫名觉得他的眼睛和季言初的很像。

这个想法在她脑子里一闪而过，她微微一愣，觉得自己有点异想天开。

【无聊吗？】季言初又给顾挽发消息。

顾挽低头，认真地按着手机回复：【还好，不无聊。】

对面的年轻人眼皮稍抬，睨了一眼她的头顶。

过了一会儿，顾挽收到季言初的回信：【哦，不无聊还盯着对面的哥哥看那么久？】

顾挽一愣，下意识猛地抬头。她震惊又雀跃的表情落在了对面那人的眼睛里。

她愣愣地盯着对面的年轻人，眨了眨眼，胆怯又期待地等着什么。

对面的人发现她执着的眼神，终于放下了手机，眼里透着波澜不兴的光，没什么温度地淡淡回望着她。

双方僵持数秒，就在顾挽开始怀疑是自己想多了的时候，那人终于眉梢一挑，眼尾遏制不住地弯了起来："傻子！"

顾挽听到季言初的声音，愣愣地看着他，半天回不过神来。

季言初跟对面的阿姨低语了几句，两人起身换座。

直到因为季言初落座，柔软的椅子产生轻微的凹陷感，顾挽才有了几分真实感。

她眨了下眼睛，还是想不明白，于是偏头直接问道："你怎么就恰好坐在我对面？"

季言初弯着眼睛，指指刚跟他换座的阿姨："就这样啊，换座。"

顾挽微张了下嘴，想起他之前说过，余今安把他们的车票信息给了他，那么是第几节车厢第几号座，他也就提前知道了。

"你不是不能出来吗？"顾挽稍微靠近季言初，压低了声音说，"季叔叔那边怎么样？”

为了方便说话，季言初把口罩摘了，也略微低下头：“目前情况还算乐观，他们找到了比较信得过的律师，有证据证明他没有行贿，所以他们才肯放我回一趟暨安。”

“哦，那就好。”顾挽点头，终于松了口气，安心地笑了下，“这段时间，我和哥哥都担心死了。”

“你哥呢？”

顾挽爬起来跪在座椅上，朝后面两排的顾远招了下手，又勾了勾手。

顾远不明所以地过来，问道：“怎么了，要吃泡面啊？”

他一时还没注意到旁边的人，等走到季言初面前，才猛地双眉一提，瞪着一双溜圆的眼睛惊呼：“老季？！”

季言初忙做了个噤声的动作，无可奈何地笑道：“你别一惊一乍的。”

差不多一个月不见，顾远陡然看到他，内心颇为感慨，情绪激动，就差没一下扑过去了：“兄弟，我都想死你了。”

“想我给你做晚饭？”季言初开玩笑地说。

想起之前三个人每天放学在一起的日子，顾远突然有点伤感：“希望你爸爸和公司早点平安地渡过难关，咱们又能回到之前那样无忧无虑的日子。”

季言初不置可否地笑笑，没说话。

顾远索性也不回那边的座位了，和他们挤在一块儿，一路上，相互交代了下各自的近况。

凌晨一点多下车，顾挽和顾远差点没被冻僵。北方的冬天，大白天都只有零下十几度，深夜和凌晨的气温更低。

他们提前打电话订了酒店，离明天举办颁奖典礼的安平国际展厅不远。进了酒店，有了暖气，兄妹俩才感觉又活了过来。

顾挽很少出远门，也很少在外面住酒店，放她一个人住一间房顾远不怎么放心，于是他俩住一个双标间，季言初一个人住单间。

等洗漱完，快凌晨三点了，顾挽几乎没这么熬过夜，困得不行，刚沾枕头就睡着了。

颁奖典礼是第二天九点开始，顾挽他们来得比较早，选了个离颁奖台不远不近的位子。

这次插画比赛的规模似乎还挺大，好多省市都参加了，参赛作品将近两千幅，现场人山人海，还有暨安当地电视台跟踪报道，场面很壮观。

顾远看着比顾挽还紧张，一进来就低头摆弄着单反，确保待会儿顾挽上台能全程清晰无误地录下来。

季言初坐在顾挽的另一侧，偏头瞥了眼小姑娘面无表情地坐在那里，一副宠辱不惊的样子。他低下头来，问道：“你不紧张吗？”

“不紧张啊。”

顾挽说着朝前面看了眼，第一排坐的那些协会委员、主席，及社会人士，她一个都不认识。

收回视线，她看着季言初，笑着又补充了句：“但是很开心。”

季言初也笑了：“因为得奖了？”

顾挽摇头，不知道该怎么告诉他真实原因。

此时台上的主持人正说着开场白，颁奖典礼开始。

季言初也没在意顾挽的回答，坐直了身子，目视前方，认真聆听。

好半晌，他突然感觉衣袖被人轻扯了下，偏头看过来，就见小姑娘的一双眼澄澈而明亮，透着感染力很强的光。

“言初哥，暨安很漂亮，我喜欢这里。”

她声音很小，笑眯眯地告诉他。

就算这座北方城市冬天的气温有零下十几度，冷得她有些受不了，但这是季言初的家乡，是他从小生活过的地方。

他在这里出生，在这里长大。

有些心情就是这么奇妙，明明是第一次来的陌生城市，因为和她朋友扯上了关系，就变得莫名亲切，连街道两边洁白晶莹的雾凇和覆盖整座城市的皑皑白雪，看上去都那么洁净美好。

颁奖典礼结束后，季言初尽地主之谊，带着他们去吃饭。

“这边是新城区，好吃的都在老城区。”他一边招手拦车，一边对顾挽他们讲着，“待会儿吃完饭，我还得去看一个人，你们吃完回酒店等我吧。”

“行。”顾远点头，“昨晚那么晚睡，今天又一早就起来了，正好我回去补个觉。”

顾挽忽然想起之前季言初说的那个在暨安的人，心想：他或许是去看那个人。

吃饭的时候，顾挽一直心不在焉，还在想着季言初刚才的话，挣扎了半天，才小心翼翼地开口：“言初哥，待会儿……我能跟你一起去吗？”

“嗯？”

不仅是季言初，连顾远也一脸疑惑地看着她。

顾挽垂下视线，说：“我又不困，回去也不知道干吗，好不容易来一次暨安，想多玩一会儿。”

季言初也很好说话，随即点头答应了：“可以是可以，但是我可能没时间陪你逛了。”

顾挽欣然接受：“我都行，只要不是待在酒店。”

三人这么商定之后，吃完饭，顾远一个人打车先回了酒店，顾挽跟着季言初打车去了另一个地方。

北方天寒地滑，车子开得不快，他们从老城区晃晃悠悠地往郊外开。

从市里到郊区，沿途树木上的积雪从薄到厚。

顾挽在南方很少见过这么厚的雪，惊叹又新奇，才发现电视上那种一出门就被雪埋了的场景原来不是唬人的。

车子开了差不多一个小时，在一个叫“常青藤”的敬老院门口停了下来。

顾挽隐约感觉自己误会了什么，一路上的忐忑不安终于有所缓解。

她跟着季言初进了敬老院的大门，径直上二楼。

他似乎对这里很熟，沿途遇到某个认识的工作人员还会打声招呼，礼貌地叫人。

沿着二楼走廊走到底，到了最靠北面的那间房门口，他打开门，然后招呼顾挽进去。

顾挽一进房间，就看到了坐在窗前轮椅上的老太太。

老太太旁边站着个四十多岁的中年妇女，她看到季言初忽地笑了下，轻声道：“阿言回来了？”

季言初朝她点点头：“沈姨。”

轮椅上的老太太还在打盹儿，腿上盖了条薄毯。

沈姨几乎是用气音跟他说：“我才推她出去散完步，这会儿又要睡了。”

“这段时间她身体还好吧？”季言初把手里的东西轻放在沙发边的茶几上，用和她差不多的音量问道。

沈姨点头：“还不错，吃饭睡觉都挺好的，前两天院里做了个常规体检，一切正常。”

他俩叽叽咕咕正说着话，轮椅上的老太太睡得浅，听到声音，略歪着的脑袋缓缓动了一下。

顾挽拉了拉季言初的手，提醒道：“言初哥，人醒了。”

“哟，醒啦？”沈姨看到老太太醒了，说话的声音也不再压抑，嗓音瞬间扬了几分，“那你们说会儿话，我先去洗衣房把刚洗的衣服拿去晒。”

等沈姨出去了，季言初走到老太太面前蹲下，上下打量了几眼，才满意地笑了起来：“还行，脸色比上回来时看着好多了。”

老太太听到季言初说话，懒洋洋地睁了睁眼睛，说话也慢吞吞的：“馨馨来了？”

季言初还是笑着，起身撩开她额前的白发，在老太太额头上亲了一口："不是馨馨，是言言。"

听到这个名字，老太太终于有了些精神，双眼睁开，摸摸他的脸，左右端详，像是又心疼又紧张："馨馨又打你了？"

季言初神色微敛，脸上掠过一丝不自然。

"没有。"他随口答着，随即握住她的手，把她从窗前推到客厅。

顾挽像长在他身上，他走到哪儿，她就跟到哪儿。

等季言初发现这个"小尾巴"，才想起来跟她介绍："这是我姥姥。"

顿了顿，他问顾挽："你们南方人是叫外婆吧？"

顾挽点点头，乖乖地跟着叫了一声："姥姥好！"

老太太神色有些茫然，什么动作都是温暾缓慢的。

她看到顾挽，犹疑地回头问季言初："哪家的小孩儿？"

"她是我同学的妹妹，叫顾挽。"

季言初一边回答，一边让顾挽坐会儿，给老太太和她都剥了个橘子，然后交代顾挽："你陪我姥姥说会儿话，今天太阳不错，我去把她的褥子晒晒。"

顾挽乖乖点头，将老太太的轮椅朝自己这边拉过来一些，又甜甜地叫道："姥姥，我陪您说话解闷好不好？"

老太太看了她一眼，突然问道："你会翻花绳吗？"

"不会啊？"见顾挽一脸迷惑，老太太轻飘飘地睨着她，有点看不上的意思，"那我不愿意陪你玩，良娣也不会翻花绳，所以我也不愿意跟她玩儿。"

没想过自己会被嫌弃，顾挽有些尴尬。

这时，季言初正抱着一床被子出来，听到她们的对话笑得不行，跟老太太说："她不会您就教教她呗，她可想学了，也很聪明，不像良娣奶奶，您怎么教都学不会。"

老太太的目光又回到顾挽身上，将信将疑道："你想学啊？"

"嗯。"顾挽很捧场，忙不迭点头，"特别想学。"

听到顾挽这么"有诚意"的回答，老太太满意地点头，掏宝贝似的从口袋里掏出一截红色的绳子，两头合并打了个结，缓慢地用手指来回挑了挑，挑出一个横竖很有规律的网状花型，展示给顾挽看。

"就像这样，你会不会？"

老太太刚刚的动作很慢，而且这个花型是最基础的，并不难。

顾挽点头："会。"

看她们一来一往，终于搭上了腔，季言初便安心地去顶楼晒被子了。

这种小游戏对顾挽来说实在是太简单，即便没见过，看一遍也就会了。翻了几个来回，她越来越游刃有余，老太太和她玩上了瘾，被哄得很开心。

老太太开始有一搭没一搭地寒暄：“小孩儿，你是哪家的？”

顾挽愣了下，抬眸看了她一眼，随即答道：“我叫顾挽，我哥哥和季言初是同学。”

“哦……”老太太似懂非懂地点了点头，过了一会儿，又问道，“季言初是谁？”

顾挽似乎明白了什么，终于知道为什么老太太的行为举止看起来像个孩子一样，记性不好，偶尔说话也有点没头没尾。

“姥姥，您不认识季言初吗？”顾挽试探性地问。

老太太抬头，微眯着眼似乎在认真思索，最后还是无奈地摇了摇头：“不认识。”

“那言言，您认识言言吗？”顾挽想起她刚才的叫法，换了个方式问。

果然老太太眼睛一亮：“他是我外孙。”

原来要说昵称她才记得。

顾挽想起刚进来的时候，她和季言初的那段对话，沉默了几秒，继续问道：“姥姥，那馨馨是谁？”

“馨馨，馨馨是我女儿。”这么问，老太太就能很顺畅地回答了。

顾挽忐忑地抿了下唇，又默然须臾，最后鼓起勇气，再次问道：“馨馨……经常打言言吗？”

老太太忽然抬起眼，定定地看着她，眼里的神情似痛苦似挣扎，然后伤心地点头，有些语无伦次：“她病了，不开心就打言言，言言很乖，不哭，被她从楼上推下来也不哭。”

“从楼上……推下来？”顾挽心口突突跳了两下，有点无法想象那个画面，“她为什么这样，言言不是她的孩子吗？”

老太太沉默，盯着顾挽的视线定格了很久，在某一刻又仿佛恢复了一丝清明。

“不是每个孩子，都是带着父母的祝福与期待出生的……”

第四章

/

她的盖世英雄

Qinai De Xiao Kuohao

顾挽一直觉得，这个世上，性格不同的孩子有千万种，教育方式不同的父母有千万种，但总归没有哪个父母是不爱自己孩子的。

即便再不听话，再调皮捣蛋，就像顾远，爸妈也还是把他当宝贝一样宠着。

难以想象，还会有父母是这样的。

从楼上将他推下来……

那是不想让季言初活吗？是不是因为这个，所以他才恐高？

顾挽不敢去想他当时会是怎样的心情，就算是有那样的隐情，他又何其无辜。

为什么最无辜的人，要受到这样的伤害？

从敬老院的二楼下来，顾挽一直沉默不语地跟在季言初身后，心口像坠着一块千斤巨石，说不上来难过多，还是无名的憋屈更多。

“季言初。”顾挽忽然顿住脚，又含混不清地叫他全名，如低喃般的声音夹在凛冽呼啸的寒风里，被吹得七零八落，“你等我长大好不好？”

等我长大了，有足够强大的能力，到时候我一定倾其所有，把你以前缺失的那些通通补回来。

少年回过头，额间的碎发被风吹乱，荡在那双自带温柔的眉眼间。

季言初微偏着头，嘴角扬起来，勾勒出一个极好看的弧度：“你刚是不是又偷偷叫我名字了？”

即便被抓包，顾挽仍旧一脸淡然，缓缓走过来：“你听清了？”

听到她这么理直气壮地问，季言初反倒有丝不确定，眉尾一挑，只好承认：“风大，没太听清。”

顾挽点点头，肆无忌惮地耍赖：“我刚什么也没说。”

“行。”季言初不以为意地笑了笑，也没有跟她计较，“那我就当什么也没听见。”

他走到路边等车，和之前从市里来这边不同，现在是从郊区往市里走，出租车很少。

等了好一会儿，宽阔寂寥的大马路上，远远地还不见有车过来。寒风刺骨，在北方室外待久了，能把人冻得怀疑人生。

顾挽在一旁踩着小碎步直跺脚，小姑娘不经冻，鼻尖眉眼都是通红的。

“说了不好玩，你非得跟来。”

季言初走过去，把自己的围巾取下来给顾挽，直接从头裹到脖颈，然后在她脖子后面系了个粗大的麻花结。

顾挽躲闪着不要，他前一秒刚系好，后一秒她就把围巾解下来还他，又开始跟他顶嘴：“我觉得挺好玩的，至少我刚才把姥姥哄得很开心，姥姥开心我也开心。”

“我姥姥得了老年痴呆，谁哄她都很开心。”季言初皱着眉，没什么情绪地说着这话，再次把围巾绕到她脖子上，毋庸置疑地命令，“老实戴着。”

顾挽不再反抗，乖乖地把嘴巴和鼻子都缩进围巾里。

“姥姥好像只记得你和你妈妈。”顾挽小心地睨着他。

顿了顿，她又小声说：“她好像不知道你妈妈已经……”

季言初不知在想什么，漫不经心的，有些失焦地眺望前方，淡淡道：“温馨走的时候，姥姥已经病了好几年，分不清谁是谁，我也索性没提。”

顾挽盯着他：“你一直……都是那样叫你爸妈吗？”

温馨，季老板。

冷漠疏离得好像在叫毫无关系的陌生人。

季言初自嘲般地嗤笑了声，偏头看她的眼神清透薄凉：“对于这点他们夫妻倒是默契，似乎更习惯我直呼其名，不喜欢我叫他们爸妈。”

仿佛这样就真能从中剥离与他的关系。

顾挽只觉匪夷所思，没有见过这么做人父母的，把孩子的一颗心当作垃圾一样肆意践踏之后，又避如蛇蝎般厌弃。

“上次听见你和季叔叔吵架，我感觉你是在为你妈妈抱不平。”顾挽低着头，心里像被一层厚厚的棉花捂住，堵得慌，“我以为，至少这位……是极其疼爱你的。”

她眼里的怜悯、同情那么明显，季言初别开视线不去看。

看了，连自己也要觉得自己是个可怜虫。

季言初无所谓地撇了下嘴角，仿若在自我安慰：“没关系，有姥姥疼我就够了。”

顾挽猛地想起什么，轻瞟他一眼，状若随意地问道：“所以，之前你拒绝林语姐姐，说你爱的那个在暨安的‘朋友’……就是姥姥咯？”

想起这个，季言初有点想笑，心头的阴霾也因此稍稍消弭。

他偏头看向顾挽，对上她水光潋滟的眸子，似笑非笑地反问：“那不然呢？”

远处的马路上，终于有辆车缓缓开了过来。

季言初伸手拦住车，让顾挽先坐进去。

当晚十一点，他们回到迎江。

从火车站打车到顾家时，已经是十一点半了，季言初未停留，径直回了季家别墅。

他到家后刚回自己房间，还未洗漱，手机突然响了起来。

他看了眼来电显示，是个陌生的座机号，也没多想，直接按了接听。

耳朵刚一贴上听筒，少女稍显稚嫩的嗓音传来，别扭地唱着还有点跑调的生日快乐歌。

“祝你生日快乐，祝你生日快乐……祝你幸福未来圆满；祝你永远快乐！”

空荡的房间，电话里缓慢轻柔的歌声宛如流水般润物细无声地淌过他早就干涸荒芜的心田，带着如春日暖阳般的温度，让他终于有了丝感知暖意的能力。

季言初安安静静地等顾挽唱完，不知何时，眼眶里翻涌着热意，隔着电话也怕被人发现。

他捂住眼睛，缓了好一会儿后，才佯装平静地问道：“这么晚了，你怎么还不睡？”

顾挽最不擅长唱歌，最简单的生日快乐歌也能唱得五音不全。

她难为情地挠了挠头，小声道：“等着过十二点啊，想做第一个跟你说生日快乐的人。”

季言初默然一瞬，很快，他宠溺地笑了声：“傻子，早点睡吧，你明天说，也还是第一个。”

他随口无心说的一句话，顾挽听出不少寂寥，才弯起的唇线又缓缓拉直：“言初哥，以后每年你生日，我都要做第一个跟你说生日快乐的人。”

这种意气用事的口吻，像是小孩子在撒娇。

季言初笑了，也附和着逗她：“好，如果有人比你早，我也假装看不见。”

顾挽“嗯”了声：“那你明天来我家吧，哥哥说要给你办个生日会，还叫了文涛哥他们。”

她顿了一秒，像是忍不住提前剧透，压着嗓音说了个秘密：“我前几天就去给你定了个蛋糕，超大，非常漂亮。”

“哇！”季言初真心有些期待，不知不觉又笑了，“也不能太漂亮，回头我舍不得吃怎么办？”

“没关系的，反正以后每年都会有。”

季言初缓缓敛尽嘴角的笑意，不再半真半假地开玩笑，而是很认真地跟她说了句：“顾挽，谢谢你啊。”

顾挽趁着即将要挂电话，忽然又说：“从这一刻起，属于你的人生才刚刚开始，此后天高任鸟飞，海阔凭鱼跃……季言初，成年快乐！”

因为顾挽的话，季言初愣怔半秒，随即，又是许久的失神。

季言初从不乐意把自己的伤口揭开给人看。他擅于伪装，把自己伪装成一个阳光爽朗又温和善良的人。

但其实并不是。

一开始，季言初不知道季时青为什么不喜欢他，在他还未记事的时候，季时青就已经和温馨分道扬镳。

后来他慢慢长大一些，从温馨那些歇斯底里的谩骂中渐渐得知，似乎都是因为他，季时青才选择离开这个家。

有一段时间，温馨一看到他就会情绪激动。打骂其实都不是最伤人的，最刺痛人心的是眼神，是温馨看他犹如看最肮脏的垃圾一般，怨恨又嫌恶的眼神。

季言初不知道自己做错了什么。

年纪小，不懂事的时候，他也试图去万般讨好，尽力做个听话懂事，学习生活都不让人操心的乖孩子。

同学、老师、朋友喜欢他，身边的其他人都喜欢他，但温馨依旧不喜欢。

然后某一天，他被温馨从二楼阳台推了下去。

往下坠的那一刻，季言初看到温馨扭曲又释然的一张脸，仿若被噩梦困缚多年终得解脱。

于是再多体谅，季言初也说服不了自己。他也是个活生生的人，被扎一刀，也会连皮带骨疼得掉眼泪。

温馨那一推，直接彻底将季言初推进万丈深渊，把他心里仅存的那点温度和企盼也带走了。

季言初好像由此真的被丢到了垃圾堆里，从心底开始一寸寸向外腐烂。

之后整个人变得冷厉叛逆，浑身带刺，像是跟谁较着劲儿般，什么事情荒唐他干什么，带着自我放弃的鄙夷，不顾一切地朝着最黑暗的方向跑。

后来，是姥姥拉住了他。

在季言初和一帮小混混约着打群架的时候，六七十岁的老人家拦在他的面前，伤心欲绝地哭道：“今天你要是敢去，就从姥姥的尸体上踩过去。我的言言那么乖，那么好，聪明又懂事，以后可能会成为企业家、医生、老师，或者更有成就的人，绝不该沦为一个地痞流氓。”

说来也奇怪，在那一刻，季言初才猛然意识到，好像不管自己怎么胡闹，唯独对学习，他始终倔强地没有半点放松。

可能就算陷入最深最污秽的泥沼里，也还是渴望有人别放弃他，能拉他一把吧，所以，才给自己留了一线生机。

如果连这最后一丝自信都丢了，他就真的彻彻底底沦为一个烂人。

自温馨走后，季言初极少再去回想那段晦暗不明、让人绝望又无助的日子。

但今晚不知怎么了，别人给予的善意越多，季言初就发现自己越贪婪，开始妄想那些本不属于自己的美好未来。

顾挽说，没关系的，反正以后每年都会有。

季言初像是受了某种鼓舞，蓦地抬头，视线落在温馨的遗照上，半晌，才自言自语道："不管您曾经怎么认为，但我觉得，我也无辜，所以，我应该值得拥有更好的人生。"

恰在此时，他口袋里的手机再一次响了起来。

时间已是凌晨三点，因为之前接了一个满是祝福的电话，季言初心情还不错，他也没多想，拿出手机就按了接听。

"言初，你睡了吗？"

季言初很快就辨认出这是季时青的助理魏泽的声音。

"魏叔叔，这么晚了，有什么事？"

季言初嘴里这么问，但半夜三更来电话，他下意识有种不好的预感，心跳莫名加速。

魏泽长长地吐了口气，呼吸里都是慌乱的颤意，战战兢兢地开口："言初，你要挺住。"而后沉默了几秒，才告诉他，"季总……走了。"

走了？

季言初迟钝地眨了下眼睛，目光空洞："走了，是什么意思？"

魏泽不忍心，但终究不得不告诉他："言初，你爸爸他……去世了。"

季时青自从被羁押之后，除了律师，只有余今安一个人被允许探视过一次。那次季言初是跟余今安一起去的，结果被告知，季时青并不愿意见他。

那天，季言初一直在外面等着余今安，不死心地盼着季时青或许会有什么话让余今安带给他。

后来余今安出来，倒还真的带了句话给他。

季时青的原话是："这条路是我自己选的，一切后果我自己承担，与你没有任何关系！"

没有任何关系……

这口吻，倒是季时青一贯特有的。

带着不屑和鄙夷，仿佛不管什么时候，哪怕是他的人生走到最后一步，对他这个名义上的儿子，依旧是百般看不上。

季时青的尸检报告一周后才出来，直到去殡仪馆火化那天，季言初才真正见到他。

上次见面，两人还在餐厅的盥洗室里大打出手。

季时青对季言初素来嗤之以鼻，在他面前永远高贵骄矜，手指头碰他一下都满是不屑。

可那天季时青也不知怎么了，那么失控，如鲠在喉多少年的秘密也不惜脱口而出。

季言初怔怔看着季时青安详平静地躺在那个小型木棺里，脸色如灰一样的白。

季言初并未觉得可怕，就像当时面对温馨的遗体一样，只有无穷无尽的麻木混沌，感受不到伤心欲绝的哀恸。

余今安陪着他从殡仪馆里出来，忽然提了句："我第一次见你的时候，就觉得很面熟。"

见季言初看了过来，余今安垂眸笑了下，仿若自嘲："我当时没想起来，那天去领他的遗物，在他钱包里翻出一张照片，才发现你和照片里的女人长得非常像。"

季言初的长相百分之八十都随了温馨，他有点意外，季时青会在钱包里放温馨的照片。

"和他刚恋爱那会儿，我就看过那张照片。"余今安从口袋里掏出一个白色绒花的发夹，别在鬓边，"那时候我还问他是谁来着，他倒不避讳，说是初恋。他说她温柔漂亮，性格和我一样温和。"

"然后呢？"季言初忍不住追问。

余今安淡淡地说："我当时也这样问，他说，后来她变了，他自己也变了，于是他们再也回不去，才想留着最初的那张照片，做个念想。"

季言初看看她："你倒是大度。"

余今安垂眸，把所有情绪都藏进眼睛里，自嘲地笑了笑："喜欢他嘛，没有办法。"

直到上了车，季言初还是想不明白："不是说找到了有利的证据吗？他为什么……"

余今安沉默了半晌，才突然说道："或许，他折磨你妈妈的同时，也在折磨他自己。而今你妈妈不在了，他支撑自己的那口气也就不在了，他可能就是想让自己解脱吧！"

季言初闻言，缓缓低头，微喘着气，后知后觉地伤心难受："明明应该是这个世界上我最亲近的两个人，我却从来不知道他们心里在想什么。"

季言初想起温馨走的时候也是这样，没想过见他最后一面，也没想过给他留下只言片语。

他是最无关紧要的人，哪怕他们在弥留之际，对他也没有任何牵挂。

“余老师，我真那么不招人喜欢吗？”

从小到大，季言初很少在外人面前哭，觉得把伤口露给别人看很没出息，于是他把头垂得更低，眼泪大颗大颗地砸在季时青的骨灰盒上。

经年累积的委屈，仿佛在这一刻，彻底冲垮闸门。他呜咽出声，肩膀因为哭泣而不断颤动，像个受尽了欺负的小孩子一样。

余今安也忍不住跟着掉泪：“他们也是第一次为人父母，没什么经验，做得不好，言初你要多体谅一下。”

她如同一个母亲哄孩子那般，满目爱怜地摸摸季言初的头，温柔而有耐心地一点一点抚慰他的伤口。

季时青下葬那天，来的人不多，基本都是他生意场上的朋友，以及一些旧部下，家属这边只有季言初和余今安。

等一系列的身后事料理完毕，余今安离开的时候，季言初叫住她：“余老师，你接下来有什么打算？”

他神色淡淡的，仿若闲谈，已经看不出来那天在车上哭鼻子的小孩样。

余今安利落地甩了下头发，挤出点笑容，如实说道：“我打算离开迎江，画室我准备转给一个同学。”

她想了下，又说道：“我会尽快忘了季时青的，然后去新的地方，认识新的朋友，开始新的生活。”

季言初很赞同她这个洒脱的想法，觉得季时青肯定也希望她这样。

对于前尘过往，能够利落抽身，季时青做不到的，肯定希望余今安能做到。

十二月的尾巴，深冬的南方，一场初雪姗姗来迟。

年关将至，一夜大雪将整座城市覆盖，天地间只余白茫茫一片，看上去干净纯洁，仿佛所有的故事都没开始，所有的爱恨纠葛、幸与不幸，都没有发生。

因为季时青的案子被媒体大肆报道，弄得尽人皆知，公司名誉严重受创，处罚、没收一系列程序走完后，公司被收购，股东变更，集团更名，换了当家做主的人。

季时青花了半辈子心血建立起的商业王国改名换姓，或许又将成就另一段响彻迎江的商界传奇。

季时青的资产被清算完毕，季言初得到了一笔数额可观的遗产。这笔钱，季言初分文未取，委托魏泽全数捐给了慈善机构。

高考在即，虽然这件事对季言初考大学没什么影响，但经过电视媒体报道过那么多次，即便不影响他入学，但对他之后的人际关系、社会交往，肯定还是有阻碍的。

魏泽替季言初左右权衡，劝他去国外留学，等完成学业了，季时青的事也差不多被人淡忘，那时候再回来。

季言初认真考虑了一下魏泽的建议，最后还是拒绝了。

如果他是一个人，或许他会选择出国，但是姥姥还在暨安，姥姥除了他没有别的亲人了。她那么大年纪了，一辈子生活在暨安，他也不忍心老人家这么大年纪了还要跟着他背井离乡。

所以最后，季言初决定回暨安。

其实来迎江之前，季言初就决定了，大学还是会考回暨安。暨安是他的家乡，唯一的牵挂在那里，所有的喜怒哀乐也在那里。

临行的前一天，季言初约了顾远、二吨和皮猴出来吃饭，就在他们第一次一起吃饭的那条小吃街。

没几天就要过年了，小吃街人很少，很多大排档都关了门。

不过好在他们曾去过的那家烧烤摊还开着，老板说明天也要关门回老家过年了。

饭桌上，因为季言初家的重大变故，以及即将到来的离别，气氛有些凝重。

季言初看他们一个个都不怎么动筷子，故作轻松道："这可不是你们真正的实力，都在给我省钱吗？"

"老板，来箱雪碧！"顾远皱着眉，心情很差。

季言初看了他一眼，也没拦着，只无奈地说了句："我不能太晚回去，明天还得赶车呢。"

他这一句说完，顾远本来泪点就低，一下没忍住，眼泪就出来了。

顾远颇觉丢脸地抹了一把眼睛，捞了听雪碧，"砰"的一声，抠掉拉环，放在季言初面前："少废话，今晚都必须给我喝尽兴了才能回去。"

"又不是酒，还能浇愁啊？"

话虽这么说，但季言初还是拿起雪碧仰头灌了一半。

顾远也不甘示弱般，抬起瓶子就咕咚咕咚往嘴里灌。

二吨和皮猴面面相觑，看他俩像比赛一样，终于忍不住了，出声劝道："悠着点悠着点，先吃点菜，待会儿胀得胃难受。"

一听雪碧下肚，顾远打了个响亮的嗝儿。

半晌后，他才红着眼睛跟季言初说："隔多远都是兄弟，要常联系。"

季言初点点头，依旧不语。

"你家里的事……"顾远挠挠头，不知道该怎么说才能让季言初心里好受一点，他笨拙地张张嘴，言辞苍白，"节哀。"

季言初还是颓丧地点头，又给自己开了听雪碧。喝了一口，他想起顾挽，于是问顾远：“你妹妹这段时间怎么样？”

顾远没什么情绪地说：“天气冷，之前她感冒了，一直在家躺着，这两天我爸妈放假回来才好了一些。”

季言初想起第一次遇到小姑娘的那个晚上，以及之后的种种，觉得她有时木讷，有时又过分较真正经，让他印象深刻。

虽然认识的时间不长，但每次一想到顾挽，季言初总觉得很温暖，好像与她相关的所有回忆都是快乐有趣的，带着耀眼绚烂的色彩。

季言初把那份美好的回忆藏在心里最重要的地方，舍不得让它蒙尘，因为那是他跌进深渊之后，唯一见过的光。

顾挽听到季言初要走这个消息，是当晚顾远回来之后告诉她的。

之前季家发生变故的时候，季言初对外一切通信好像被监管了起来，电话打不进，消息也没人回，于是顾挽只能等，等他主动联系她。

那几天，顾挽时时刻刻把手机带在身上，大半夜不睡，就盯着手机发呆，生怕季言初来电或者来消息，因为自己睡着了没第一时间知道。

某天晚上，顾挽等得太晚，不知什么时候睡着了，结果被子也没盖，导致第二天感冒发高烧。

她一直等，一直熬，好不容易把病熬好了，有了点精神，结果父母又放假回来了。

她没办法把季言初家里发生的事告诉自己的父母，这毕竟是他的隐私，她不能乱说。

所以即使顾远今晚跟她说了季言初明天要回暨安了，她也只能惋惜遗憾，找不到什么借口去送他。

她正常吃晚饭，正常洗漱，到点正常睡觉。

等进了房间，躺进被窝，缩进属于自己的私人空间以后，她才红了眼眶，直面即将与朋友的分别。

仿佛知道她此刻正难过着，手机屏幕在此时忽然亮了起来，是季言初给她发来了一条很长的短信。

顾挽生怕自己看漏一个字，抹掉眼泪，打开台灯坐了起来。

【怕你伤心，我本来想偷偷走的，但后来一想，暨安离迎江那么远，不知道以后还有没有机会见面，思来想去，觉得还是应该跟小书呆你好好说一声再见。】

【如果以后再遇到什么不开心的事，不要憋在心里，多和你哥哥或者父母老师谈谈心。学画画的事，要及早跟爸妈好好谈，只要你真心喜欢，他们会同意的，

这样，以后下课就不会没人接再遇到危险了。】

【要尝试着去交朋友，人这一生，朋友可以不用太多，但一两个交心的一定要有。小书呆你这么乖巧可爱，喜欢你、想和你做朋友的人一定会很多，要相信自己。】

【哥哥和你认识的时间虽然不长，但能与你相识，哥哥觉得幸运又美好，以后不管多少年过去，再回想起这段时光，它始终会在我的回忆里闪闪发光。而我，也希望未来的你，依旧纯真善良，依旧闪闪发光。】

顾挽看完短信，下床开始换衣服。

她动作很轻，不想弄出动静惊醒家里的其他人。她素来乖巧听话，长这么大，除了自己偷偷报画画班，任性的事情几乎没做过。

但是今晚，她觉得自己必须要见季言初一面，哪怕是陶嘉惠和顾怀民醒了，也拦不住她。

顾挽给自己套了件长款的羽绒服，用围巾把自己裹得只露出两只眼睛，然后拉开书桌抽屉，把那个系着丝绸蝴蝶结的礼品盒拿上，蹑手蹑脚地出了门。

虽然已经是这个时间点，但市中心依然很好打车，她没等一会儿，就拦了辆出租车。

一上车，她就给季言初打电话。

等那边接通，传来她再熟悉不过的声音，顾挽立刻说道："把你家地址告诉我。"

季言初有些蒙，但反应一秒就意识到什么，拧眉问道："这么晚了，你要干吗？"

她抿了下唇，没绕弯子，直截了当地回答："要见你！"

季言初报了自家地址，然后也从床上爬起来穿戴好，跑到门口来接人。

深夜路上车少，车子开到季家别墅门口只用了半个小时。

顾挽从车上下来，远远看见季言初站在院子的大铁门外，屋内屋外，楼上楼下的灯全被他打开。灯火通明的两层别墅，看上去就像个光芒四射的藏宝阁。

他身上穿的还是上次那件黑色羽绒服，慢慢朝她走过来，整个人由明到暗，眉眼陷在半明半暗的光线里，看不清脸上神色。

小姑娘一路高涨的孤勇，在见到他的那一刻，莫名其妙又讪讪退了回去，心里隐隐胆怯，小声叫道："哥哥……"

季言初在顾挽面前站定，无奈地长长叹了口气，见她出门还知道把自己裹得像个粽子一样，被气笑了。

"我才夸过你乖，你可真不知道给哥哥长脸。"

听他言语里带了三分调侃，责备的意思不太明显，顾挽暗暗松口气。

季言初把人往屋子那边带，边走边问：“冷不冷，你的感冒好了没？”

顾挽跟在他身侧，傻傻地点头又摇头：“好了，不冷。”

屋子里开了暖气，顾挽一进来，瞬间觉得屋里与寒风刺骨的室外犹如两个世界。

季言初家的房子很高很大，看着富贵堂皇，但太过宽敞，没什么家的温度。顾挽带着探究打量了一圈，最后落下视线——

玄关处没有多余的拖鞋。

她站在那里，不敢贸然踏进。

季言初回头，看到她的举动，笑了下：“不用换鞋。”

他也抬眼扫视屋内一周，嘴角缓缓拉直：“反正马上要卖掉了，没那么多讲究。”

顾挽闻言，心里有些伤感。

她依言进来，又左右瞥了一眼。

季言初似乎明白了什么，安抚道：“家里就我一个人，之前有几个帮佣，现在都遣散了。”

他示意顾挽过来坐，又顺手给她倒了杯热水。

等看到杯子递过来，顾挽去接才想起来自己手上还提着的礼品袋，便立马递了过去：“给。”

季言初把杯子放在她面前的茶几上，去接她的东西：“什么？”

顾挽答道：“成年礼。”

黑绒布的四方盒子看上去很有质感，季言初轻轻打开，看到里面的东西，眼睛倏然微睁。

居然是把电动剃须刀。

顾挽说：“我也不知道你喜欢什么，就……随便买的。”

她不敢告诉季言初，其实是顾远生日后的某天早上，她无意撞见顾怀民在洗手间里教顾远刮胡子。

顾远的剃须刀是爸爸送给他的生日礼物。

顾怀民说：“对于男孩，最有意义的十八岁成人礼莫过于一把剃须刀，剃掉过去十八年的青涩，是由男孩成为男人的第一步。”

顾怀民教顾远怎么抹皂沫，怎样软化胡楂，怎样才能不刮到脸。当时的顾怀民脸上满是一个父亲看着儿子长大成人的欣慰与感慨。

他一点一点地教顾远，耐心认真到了极致，帮着顾远一起完成这个从男孩蜕变成男人的庄严仪式。

那一刻，顾挽想到了季言初。

想到季言初没有一个合格的父亲；想到不会有人送他人生第一把剃须刀；

更不会有人手把手教他，该怎样剃掉他的青涩，牵着他，领着他，迈入人生下一个阶段……

季言初捧着礼盒，一瞬间，他从小到大受过的所有欺辱、委屈、谩骂和谴责，犹如无声电影般在脑海里过了一遍。

这是一场漫长而颇具煎熬的旅程，他长途跋涉，一路泥泞，随着时间推移，到最后，才终于艰难地从泥沼中挣脱出来。

他看了眼手里的礼物，一瞬间，滚烫熨帖的幸福感充盈整个胸腔，仿佛所有的伤口都结痂自愈，所有的痛苦、不幸，终于成了过往。

从今以后，即便回头再看，不胜唏嘘，但终能释然一笑，扬手挥别。

“我从前一直以为我爸妈那么不喜欢我，一定是我上辈子做了太多的坏事，这辈子才有这样的报应。”

季言初垂着眼，慢吞吞地说，所有的情绪都藏在睫毛后面：“但是，从现在开始，我相信，上辈子我肯定也做了许多好事，不然，老天爷不会让我遇到你这样可爱善良的朋友。”

陡然间，仿佛心里的不甘和纠结都烟消云散了，一切是是非非，他都选择放下，然后发现，原来也不是那么难。

季言初想起什么事情，眼睛里的那簇光重新亮起。让顾挽在客厅坐着，他转身跑进季时青的房间，翻箱倒柜地找到了一些余今安从前用过的颜料和笔刷。

他哗啦啦一下全倒在顾挽面前，神色希冀地问：“就这点工具，你能画出一张画儿吗？”

不知道季言初要干吗，顾挽困惑地看他一眼，随即认真清点了下作画工具，信心十足地点头：“可以的。”

“那太好了。”季言初惊喜地笑了下，嘴角那标志性的小括号很明显。

他情绪激动地握住顾挽的双肩，眼睛里亮晶晶的：“那你能……帮哥哥画幅画吗？”

顾挽毫不犹豫地点头：“好。”

“那你等我一下。”他又转身跑上楼，没一会儿，抱着两个相框走下来。

那两个相框被他反扣在怀里，他走到楼梯中间时，似乎考虑到什么，停下来，犹豫着道：“顾挽，你别害怕，这是……”

“我不怕！”

顾挽已经猜出来那两个相框是什么，她从沙发上站起来，与他一上一下遥遥相望，眼神执着坚定。

即便他们为人父母不算合格，但顾挽知道，季言初依旧深深爱着他们。

这种爱，无关乎有没有回报，而是一种骨血亲情与生俱来的本能，连季言初自己也无法控制。

季言初一步一步走下楼梯，脸上露出一丝不好意思的羞赧，笑着解释：“你们家墙上挂的那张全家福照片，我一直很喜欢，也很羡慕。”

他坐到顾挽对面的沙发上，终于把那两个相框翻了过来。

如顾挽所料，果然是温馨和季时青的遗照。

这是顾挽第一次看见温馨的样子，是个极其漂亮的女人，即便是死气沉沉的黑白照片，依旧美丽得不可方物。

“你很像你妈妈。”顾挽告诉季言初。

季言初低头，看了眼怀里的两张照片，再抬头，眼里满是遗憾：“我们三个人从没有过合照，甚至连待在一起的机会都屈指可数，我想……”

这个要求将他卑微到尘埃里的自尊完全暴露于人前，他难堪地舔了下唇，小心翼翼地抬起视线。

直到意识到对面坐的是顾挽，是那个无数次给予他温暖慰藉的人，是他的那束光，他犹豫的眼神渐渐温软，紧绷的神经也再次放松下来。

季言初毫不介意地对顾挽笑笑，直言不讳地说：“哥哥也想有张全家福，所以能不能请你帮哥哥画一张？”

顾挽当然不会拒绝，但不知为什么，她画着画着，心里越来越难受。

以至于很多年后，顾挽每每回想起与季言初分别的这晚，印象最深刻的，总是那个满眼哀戚的少年捧着父母遗照，请她画全家福的场景。

肖像画算是顾挽的一个强项，她往往既能过分写实地将人的睫毛、头发描绘得细致入微，又能很锐利地捕捉人物脸上的微表情，并精准地复刻在画纸上。

所以她的肖像画虽然写实，但并不呆板，每个人物脸上的表情生动鲜活，每双眼睛里似乎都藏着一束光，给人熠熠生辉的真实感。

顾挽从没连续五个小时长时间地作画，也从没哪幅作品能让她如此耗费精力。

天光微亮的时候，成品出来，季言初简直叹为观止。

那画上的男女并排坐在沙发上，脸上都带着若隐若现的浅笑，正襟危坐的神情中暴露了一丝不自然，把拍照时的那种因为重视而紧张的情绪表达得淋漓尽致。

而立于他们身后的少年，双手分别搭在他们的肩头，视若珍宝般将双亲搂在怀里，那张洋溢着喜悦与兴奋的笑脸，调皮地挤在父母的脑袋之间。

他们相亲相爱，仿佛从未发生过那些说不清道不明的纠葛，他亦是生活在父母的宠爱里，无忧无虑长大的翩翩少年。

季言初盯着这幅画看了很久，到后来，连自己也开始羡慕画里的那个季言初。他很高兴满意，但同时又有些落寞。

“我从没见过他们这样笑。”他感激地看着顾挽，“小书呆，谢谢你，帮哥哥完成了一个从童年就开始做的梦。”

这幅画，是那个梦的幸福终点。

清晨五点，大多数人还沉浸在睡梦之中，季言初就已经把一切都收拾好，出门打了个车。

把顾挽顺路送到顾家门口，他跟着顾挽下车，不舍的情绪源源不断地冒上来，一时词穷，竟不知道说什么好。

他们相对站着，各自都强撑出一副云淡风轻的模样。

季言初不敢过多逗留，怕待会儿有人起来，小姑娘一夜未归的事兜不住，引人误会。

“天冷，你快进去吧。”他一派寻常地催促，犹如往常把顾挽从画室里接回家一样。

顾挽抿直了唇线，紧绷着脸，甚至连牙关都死死咬着，就害怕一不小心会撑不住哭出来。

她一句话不敢说，遵循他的命令，转身去掏钥匙开门。

低垂的视线，只堪堪落在自己鼻尖上，她面无表情，看起来淡定至极。

她摸了好几次才从口袋里将钥匙拿出来，好不容易找到开楼道大门的那把，却因为手抖得厉害，怎么也插不进锁孔。

直到身后的脚步声渐渐远去，恰好“咔嗒”一下，钥匙终于插了进去。

顾挽没有转身，终究懦弱，缺乏直面离别的勇气。

小区外车子的轰鸣声渐渐在耳边消失，顾挽长长地吐了口气，眨了下眼，偏头去看东边初升的朝阳。

一场风雪过后，冬日里的骄阳格外热烈灿烂，拥有一股蓄势待发的力量，破云而出，逆风向上。

那一刻，顾挽希望独行的少年此去天高海阔，也如这傲雪骄阳一般，坚韧蓬勃！

今安画室在新年过后没多久，便转给了画室里的另一个老师。余今安则带着这些年的积蓄准备来一场说走就走的环球旅行。

临行前，她来到顾挽的家，把顾挽展览在画室里得过奖的作品都带到顾家，摆在了陶嘉惠的眼前。

对于顾挽学习上的事，陶嘉惠其实有些专制。就跳级的事情，老师和顾挽都提过好几次，但次次都被驳回。

顾挽原以为让父母接受她学美术那几乎是不可能的，毕竟从小，陶嘉惠就给她灌输以后让她传承父母衣钵的思想。

可没想到，结果出乎意料的顺利。

陶嘉惠表示，只要顾挽真的感兴趣，并不会过多干涉她的选择。

过完新年，高三学生开始迈入最后一个学期。

顾怀民研究所的项目暂时告一段落，为了帮顾远备考做充分准备，陶嘉惠提前从一线退下来，调入文职部门，终于能像普通上班族一样朝九晚五，也开始有空顾得上这个家。

顾挽正月十六开学，除了按部就班地上下学，去画室上课，其余时间都用来给顾远补课。

有了陶嘉惠的“铁血”手腕加持，顾远还算认真上进。

虽然他的成绩在顾挽眼里还是烂得不能看，但至少之后每次月考，名次都在上升。

五月摸底考试后，顾挽就他的分数帮他估了一下，考个本市的三本还是有希望的。

很快六月来临，顾挽早早提前请了两天假，顾怀民和陶嘉惠也调休了，一家四口齐齐上阵，将顾远送进了考场。

兵荒马乱的两天过后，六月八号晚上，顾挽躲进房间偷偷给季言初打了个电话。

平时她都只是发一些只言片语的问候短信，在他高考冲刺阶段，不敢过多打扰。

电话拨过去，很快就被接通了，顾挽等着季言初的那声“喂”，但他却一直没说话。

顾挽犹疑地叫了声：“言初哥？”

等她开口了，季言初才低低浅浅地笑了。

“怎么？”他懒洋洋的声音显示着他此刻的放松，“你可算是想起我了？”

顾挽很直接：“想问问你考得怎么样？”

“没良心！”季言初半真半假骂了句，“亲哥哥考完才想起来问表哥。”

虽是责怪，但他言语里饱含笑意，似乎心情很好。

顾挽眉间略松，笃定地猜测：“看来你考得不错？”

他笑笑算是默认，问起顾远：“你哥呢，刚给他打电话都没人接。”

“班级聚会，说是吃散伙饭。”顾挽怕他失落，故意抹黑顾远，“顾远最后的狂欢吧，毕竟等成绩出来，他的死期也到了。”

听到那头爽朗的笑声，顾挽也跟着弯了下嘴角。

顿了半秒，顾挽问道：“言初哥，你准备报哪所大学？”

“暨安大学。”季言初几乎没过多考虑地说，“姥姥在这边，我也没必要再去别的城市，况且暨大在全国也算是排得上号的重点本科院校，能考上再好不过。”

顾挽垂着眼，紧握着手机，默不作声地听着他的话，手指在书桌上无意识地画着圈。

半晌，她才忽地抬眼，追问："那大学毕业后呢，你就直接在暨安工作了？"

这就有些久远，季言初不太确定："可能吧，但也要看具体情况。"

顾挽抿抿唇，没什么情绪地"哦"了声。

这是不是就说明，以后他真就没可能再来迎江了？

迎江离暨安那么远，坐动车都要四五个小时，如果没有足够重要的理由，他好像真没必要那么辛苦地赶过来。

六月底，高考成绩出来，顾远发挥超常，居然奇迹般达到了二本线，一家人欢天喜地，比中了几百万的大奖还开心。

顾挽后来也发短信问过季言初的成绩，以他的分数，暨安大学已是囊中之物。

九月新生入学，对于顾远来说，在本市上大学和高中生活区别不大，没什么太多的新鲜感。

顾挽迈入初二，课程依旧让她觉得简单又无聊，画室那边的课继续在上，因为得到了父母同意，她放心地把更多的精力放在画画上面。

季言初进入大学之后，整个人就忙碌了起来，除了完成繁重的学业，他似乎找了很多兼职在做。顾挽每次发信息给他，他总是很晚才有时间回。顾挽害怕给他添麻烦，久而久之，短信渐渐也发得少了，只在重大节日还有他生日的时候，会准时给他打一个祝福电话。

时间就这么平平淡淡日复一日地往前走。

顾挽中考完那年暑假，顾远吃饱了撑的，跑去参加了一档名为"好男声"的歌手选秀大赛。

他本来是抱着去玩的心思，一家人也都认为以他那唱歌像号丧的嗓子，海选就得刷下来。结果也不知他是走了什么狗屎运，先是拿了迎江赛区的冠军，之后居然冲进了全国总决赛。最后在这个暑假快结束的时候，如他当年高考的奇迹重现般，拿了个全国总冠军。

一家人依然认为顾远也就是被包装得好，流量明星嘛，红得快，糊得也快。

然而比赛结束，顾远被圈内鼎鼎大名的星辉娱乐签下，正式成为其旗下艺人。很快，公司给他出单曲，出唱片，人气直线飙升，成为新一代乐坛小王子。

至此，一家老小仍坚信这都是运气和包装，不出三年，铁定糊个底穿心。

顾怀民更是想得周到，提前拜托研究所的领导，好说歹说，给顾远预留了个行政文员的工作。

时刻准备着，也不至于饿死。

因为顾远的关系，顾挽进了高中之后，身边开始多了一些朋友，但大多数不是为了要顾远的签名唱片，就是希望攀上他的其他周边资源的。

顾挽也不吝啬，基本有求必应。

顾挽的同桌刘夏，就是一枚典型的顾远“脑残粉”。

进高中第一天和顾挽坐在一起，顾挽就要忍受她说话三句离不开顾远。

刘夏原来是十四中的，正因为顾远高中是在一中读的，拼了命才考到一中来，说将来还要考顾远就读的那所大学，终极梦想是嫁给他。

她说这话的时候，顾挽怕她以后反悔，当即拿出纸笔，拍到她面前，说道：“空口无凭，签字为证！”

俩人的友情，也正是因为顾挽这句话，奠定了坚实的基础。

顾挽喜欢刘夏直爽热烈的性格，敢爱敢恨，把所有喜怒哀乐都体现在脸上，连这个年纪不能说的话，她也能胆大包天地成天挂在嘴上叫嚣。

不像顾挽，随着年龄的增长，胆子反倒更小，顾忌更多，越来越没出息。

甚至连发给季言初的信息，她也开始谨言慎行，变得少言寡语，一板一眼。

偶尔季言初发信息过来，也会调侃着谴责：【你现在都不爱跟哥哥说话了，是不是快把哥哥忘了？】

有时候，季言初会在夜深人静的时候独自一人怅然，跟她说：【好几年没见你，现在都不知道你长什么样子了，或许路上遇到，哥哥都认不得你了。】

而顾挽每次总是寥寥数语，以画室的课业繁重为借口，顾左右而言他地搪塞过去。

次数多了，季言初也礼貌性地不再过多打扰。

此后几年，他们的关系似乎渐渐走向疏远淡漠。

可只有顾挽自己清楚，她的那些不能宣之于口的心事，已经深埋在心底，经过年复一年的发酵，随着时间的推移，不仅没有被淡化，反而变得越发清晰深刻。

顾挽高三那年，顾远和某个合作的女明星传出恋爱绯闻。

时至即将高考，许多玩得要好的朋友也面临随之而来的分别。情绪使然，当时刘夏得知顾远绯闻的时候，哭得有些失控。

顾挽向来不会安慰人，对于这个绯闻她一时也不知道真假，只能猜测性地宽慰刘夏：“或许只是炒作，娱乐圈的男女明星经常这样。”

刘夏深受打击，即便是炒作，似乎也不能接受。

她告诉顾挽：“其实我最伤心的并不是他和别的女星传绯闻，而是我突然发现一个事实。我比他小那么多，就算我拼尽全力一步步跟着他走过的脚印去追赶，也始终追不上他的步伐，况且……”

刘夏失魂落魄地趴在座位上，眼泪扑簌簌地往下掉：“顾挽，我太渺小了，他根本看不到我，也不会知道，这个世界上，还有一个人在不知名的角落那么深切地关注他，支持他。他不知道，所以，当某天他遇到心仪的人，就会毫无顾忌地喜欢上她……”

那一刻，顾挽醍醐灌顶般突然清醒地意识到了什么。

某种强烈的情绪开始破土而出，滋生蔓延，如藤蔓般迅速攀爬到顶端，结成密不透风的网。

让她压抑沉闷得仿佛要窒息……

就在离高考不足十天的时候，顾挽把未来大学的目标，果断地从帝城美院改成了暨安美院。

这个决定，她谁也没说，那是一个对任何人都不能宣之于口的秘密。

顾挽这个人看上去温暾内向，做什么事都闷不吭声，但不管什么事，她都有自己的想法和安排，总能把自己的一切都合理规划好，从不让父母老师担心。

也正是如此，高考之后，连填报志愿陶嘉惠都很放心，没有看一眼。

直到暨安美院的录取通知书寄到家里，而迟迟等不到帝城美院的通知书，顾家父母才后知后觉事有蹊跷。

当即，顾家如飓风过境一般闹得不可开交，连远在剧组拍戏的顾远都被勒令回家。

“你说说，这叫什么事，这么大的事她都没跟父母老师知会一声，一个人偷偷就填了这么个志愿。

“暨安有多远你知道吗？北方城市冬天冷得要命，你身体又不好，天冷又容易感冒，那种冰天雪地的地方你怎么适应得了？”

顾远自从回来，在沙发上坐了一个多小时，就听陶嘉惠教训了顾挽一个多小时。

他懒洋洋地靠在沙发上，幸灾乐祸地听着，就差没笑出来。

以往多少年，可都是顾挽坐在一边冷眼旁观他被教训。古话说得好，还真是风水轮流转，三十年河东，三十年河西啊。

顾挽执拗，不管陶嘉惠怎么说教，她都始终低着头不说话，用沉默坚持自己的立场。

陶嘉惠的怒火被点燃，还欲再讲，顾怀民无声阻拦，用眼神暗示她就此打住。

等顾挽怏怏地回了房间，陶嘉惠注意力一转移，看到沙发上事不关己玩手机的顾远，气不打一处来，踢了下他伸得老长的腿，冷冷道：“我叫你回来是让你玩手机的？”

顾远一听语气不对，抬头讪讪地收了手机。

他还没说什么，陶嘉惠又开始数落：“你看你哪像个当哥哥的样子，刚刚我那么说你妹妹，也不见你站出来帮她说几句好话。”

顾怀民也从旁帮腔：“就是，当个明星越来越冷血，就你这艺德，真不知道怎么红起来的。”

顾远觉得很可笑：“你们讲点道理好吧，骂也是你们骂的，现在又怪我不拦着？”

“那一开始别骂她不就好了？”他甩掉了鞋，双手枕在脑后，躺在沙发上，“要我看，暨安美院也不比帝城美院差，都是一本院校，你们不要有地域歧视好吧？”

“可暨安离迎江太远了啊。”陶嘉惠愁眉苦脸的，“她一个女孩子去那么远的地方上学，我怎么放心？而且那里冬天又冷，你妹妹又不是个会照顾自己的人。”

顾远挥挥手，一副欠揍的样子：“暨安离迎江是远，但离滨城很近啊，我公司在滨城，时不时会去，你们放心，我一回滨城就去暨安看她，况且……”

他忽然坐起来，信誓旦旦地说：“我还有个非常要好的兄弟就在暨安，顾挽也认识的，她初中那会儿，人家对她就很照顾的，我回头联系联系他。”

听顾远这么再三保证，陶嘉惠和顾怀民才稍稍放心。

整个八月，顾挽隔三岔五就得去参加同学的升学喜宴。

八月底，她去的最后一个宴席是余舟的升学宴。

自初中开始到高中毕业，余舟和顾挽都是同班同学，相对而言，算是顾挽唯一一个处得比较好的异性朋友。

余舟为人谦逊随和，成绩又好，在班里人缘一向不错，他的升学宴，几乎是全班到齐祝贺。

酒宴定在世纪尊源酒店，旁边就是“金麦”KTV，宴席散后，这一帮即将各奔东西的同学很自然又去了 KTV 续下半场。

顾挽在席上喝了点酒，此刻包厢里人多嘈杂，气氛闹哄哄的，她只觉太阳穴突突地跳，头有点疼。

她中途去了趟洗手间，用冷水洗了把脸，头疼才稍有缓解。

从洗手间出来，她没兴致再回去，就在大厅坐了会儿。等调整得差不多了，她给余舟和刘夏都发了条信息，说要提前回去了，让他们玩好。

才走到一楼大厅门口，余舟就追了出来，在她身后喊：“顾挽！”

此时顾挽正走到门口台阶处，听到喊声，顿住回头：“余舟？”

她不明白余舟干吗要追出来，反应了半秒，想到他做事一向周到负责，才笑着说：“没关系，我又没喝多少，自己打车可以的，你回去吧。”

余舟已经小跑到她面前，微喘着气，定定地看着她，半晌后才问道：“能聊两句吗？”

他还和初中那会儿一样，还没怎么说话，脸就红了。

知道余舟本来就容易害羞，顾挽也习以为常，点点头：“好啊。”

出门不远有个花坛，四周绿化带比较葱郁，环境安静。

余舟抬眸看了一眼，指着那边问顾挽：“去那里？”

顾挽循着他指的方向看过去，眼神忽然就定格住了。

五年前，林语就是在那个花坛边跟季言初告白的。

意气风发的少年，含羞带怯的少女。

而顾挽那个时候，还是个羡慕别人已经十八岁的小孩子。

她远远地藏在绿化带里，连伤心痛哭的理由都要编得符合她那个年纪该有的幼稚。

别后经年，再走到这里，顾挽也长成了亭亭玉立的少女，她想起那时候季言初拒绝林语的说辞——“我爱的人，在暨安。”

顾挽忽然勾起唇，觉得世界上的事有时候玄妙得紧，像一个循环的圈。

顾挽走到花坛边坐下，仰头问余舟：“你要说什么？”

余舟依旧站在她面前，似乎有些紧张，垂在腿侧的手轻微捏了捏衣角，又舔了舔唇，才开口道：“顾挽，我有些心里话憋了很多年，咱们马上就要分别去不同的城市了，所以今天，我想也是时候跟你说清楚了。”

他的神情认真而凝重，顾挽无端被感染到，也下意识站了起来。

余舟那样子，让顾挽以为，莫不是他对自己有什么意见，以前碍于同班情谊不好意思说？

顾挽不善于交际，说话大多时候又不知道拐弯，很容易得罪人而不自知。

于是，她也跟着有些紧张，温暾地道：“好，你说吧，我一定认真听。”

她心想：如果确实是我做得不对的地方，只要你指出来，我一定会改。

有了她这仿若鼓励的言辞，余舟仿佛看到一丝希望，胸膛剧烈地起伏着。

他按捺住激动，稳住声线，平缓地说：“我记得你进初中的第一天，穿的是件绿格子连衣裙，扎着马尾，瘦瘦小小的，坐在教室最右边第一组第二排靠里面的位置。

“第一次期中考试，你考了全校第一，上台领奖那天，你穿的校服，两只袖子被你拉到手肘以上。当时颁奖老师还笑你，说你这是来领奖呢，还是来打架的。

“我还记得，高一下学期，有个高三的学长追你，追了好久你都不睬人家。最后那个学长把你堵在教室走廊上，你给他出了道高次函数题，说只要他能解出来，你就愿意和他试试，结果直到他毕业，也没能解出来。”

说到这里，余舟想起那个男生最后来找顾挽那次，依旧是抓耳挠腮的样子。

他笑了笑，缓缓从口袋里掏住一张叠得整整齐齐的白纸，摊开送到顾挽面前，眼神灼灼地看着她。

顾挽接过那张纸，扫了一眼，正是当年她出的那道题的正确解题过程。她不明所以地抬头，越来越糊涂，但总归是明白了，余舟这个操作，绝不是对她有意见。

“顾挽，这六年来，有关你的一切，哪怕是微不足道的细节，我都记得清晰深刻。”余舟抿了下唇，又指了下她手里的纸，小声嗫嚅道，“然后，这道题，我也解出来了……”

慢慢地，顾挽脑子里开始有了点头绪，终于懂了他的意思。

顾挽垂眼盯着那张写得密密麻麻的纸，愣了足有好几分钟，直到连她自己都觉得不好意思再装聋作哑下去的时候，才逼迫自己磕磕绊绊地开口：“嗯，这道题……你做对了。”

很快，她又说道：“不过你这个方法不是最简略的，还有一种解法，比你这个简单直接得多，就是……”

“我不管有几种解法。”余舟出声打断她，深吸了口气，鼓起勇气，又朝她逼近了一步，“总之，如你所说，这道题我做对了。”

他稍做停顿，而后很认真地问顾挽：“我是什么意思，你懂的，对吧？”

顾挽沉默片刻之后，微不可察地点了下头。

余舟咽了咽口水，盯着顾挽浓密的睫毛，压抑住喉间的颤意，继续问道：“那你呢，你是什么意见？”

又是冗长的沉默，余舟也不急，颇具耐心地等着。

许久后，顾挽抬起头，坦然地直视着他，真心实意地说：“余舟，我这个人，朋友不多，除了刘夏，你也是我比较珍惜的一位朋友。”

“坦白跟你讲……”她抿了下唇，为难地搜寻着尽可能不会伤害到余舟的措辞，“我不想失去你这样一位朋友，但如果今天注定我要少一个朋友的话，那我唯一能做的，就是对朋友一如既往的坦诚。”

“你的心意我明白，但很抱歉，我没办法给你回应。我不想骗你。”顾挽又垂下头，睫毛轻微地颤着，看上去也不怎么好受。

顿了顿，她无比歉疚地说：“我有喜欢的人了。”

余舟有些意料之外，但冥冥中似乎又觉得合乎情理。

两人相对而立，都默不作声。

仿佛过了几个世纪那么久，余舟才渐渐找回了自己的声音：“啊，没……没事的。”

他从来都是个温柔善良的人，就因为这样，顾挽才觉得更加难受：“对不起……”

“这种事没有什么对不起的。”余舟摸了摸后脖颈，后知后觉地有些难堪，“本来就……就要两情相悦才行嘛。”

他看了一眼顾挽，见她还是内疚不已的样子，反倒劝她：“哎呀，不行就不行嘛，没事的，顾挽。”

有史以来，他第一次壮着胆子抚了一下顾挽的头顶，很快又缩回手，背在身后握住自己颤抖的指尖，尽力摆出豁达洒脱的样子来安慰顾挽：“我余舟也不是那种小肚鸡肠的人，做不成恋人，咱还是朋友，没影响的。”

把一切说开后，他们又在花坛边坐了很久，也聊了很多。

后来顾挽叫的车来了。

就在她临上车的前一秒，余舟到底还有些不甘，忍不住问道：“顾挽，你喜欢的那个人……是我们学校的吗？他是哪个班的啊？”

顾挽回头，顿了半秒，在那半秒里，脑海中清晰浮现出季言初的模样。

她不常笑，但每一次眉眼弯成小月牙的样子，总那么惊艳又娇俏，撞在余舟最不能自已的心弦上。

顾挽说：“余舟，这个秘密，我只对你一个人说。我爱的人，他在暨安！”

九月盛夏，新生入学。

顾怀民因为研究院的工作走不开，顾远被扣在剧组回不来，最后送顾挽来暨安的就只有陶嘉惠一个。

好在校方安排了高年级的学长学姐过来接新生，顾挽和陶嘉惠一出火车站，一眼就看到了画着暨安美院标志的巨大牌子。

接待她们的是一位大三的学长，名叫徐奕南，因为和顾挽是一个系的，路上对她便相对多照顾一些。

陶嘉惠一路累得够呛，上了校车就靠在椅背上睡着了。

大巴车晃晃悠悠开了半个多小时，终于开进了大学城。

暨安比较出名的院校基本都在大学城这一片，顾挽扒在车窗边，经过一座座或庄严或霸气的校门，百无聊赖地念着各大院校门头上的名字。

陡然间，前方那座碧瓦朱檐的宏伟建筑吸引了顾挽的注意，她突然抬头，推开了车窗，恨不得连脑袋都伸出去张望。

“这是暨安大学。”前面的徐奕南注意到顾挽的举动，殷勤地回过头来解释，“百年名校，气派吧？”

见顾挽的视线还停留在门庭上那龙飞凤舞的四个墨黑大字上，久久收不回来，徐奕南也疑惑地偏头去看：“你有朋友在他们学校吗？”

他又指了下前面，笑着说：“没事，暨大离咱们美院很近，以后你可以经常去找你朋友玩。”

顾挽垂下视线，有几秒的失神，而后才略微遗憾地说：“他已经毕业了。”

“毕业了啊。”徐奕南带着羡慕的口吻，似乎对毕业有着美好的憧憬。

他来了精神便多问了句：“暨大法学院很出名啊，你朋友不会是学法律的吧？”

顾挽抬了下眼睛，想说他猜得还真够准的，她点头，轻轻地“嗯”了声。

徐奕南很健谈，也没看出来顾挽一副兴致缺缺的样子，兀自说道：“那你朋友真是够厉害的，法学院难考就算了，听说上学的时候也很辛苦。

“我之前在小吃街那边遇到一个法学生，吃饭都还在看书。他当时说了一句令我印象特别深刻的话，说别人读大学是读几年书，他们法学生是读几吨书。”

“这么夸张的吗？”

顾挽也惊了，觉得不可思议，不过以前和季言初聊天，似乎也听他抱怨过有看不完的书，背不完的法条。

徐奕南点点头，继续吐槽：“而且啊，法学生毕业之后，头几年还没打出知名度，也很难熬的，接到案子忙成陀螺，接不到案子又慌得不行，还要满世界出差，很苦的。”

直到办理好入学手续，分配好宿舍，顾挽跟着陶嘉惠往宿舍楼走的路上，她还在想徐奕南在车上说的那些话。

临行前，顾远给季言初打过电话，说顾挽要去暨安读书，让他到时候去火车站接一下人。

结果很不凑巧，季言初最近接了个重要的案子，去了外地出差，人在那边刚下飞机。

而且很难办的是，这次出差时间还挺长，差不多得一个多月。

看起来真的是忙成陀螺，也确实很苦的样子。

顾挽虽然因为没有立刻见到季言初觉得很失落，但至少知道，以他的能力绝对是能接到案子的。

顾挽无声地撇撇嘴，忙起来总比没事做要好。

陶嘉惠帮顾挽铺好床，又给她办了几张银行卡，买好生活用品，又陪着她去领了军训穿的迷彩服，之后还磨磨蹭蹭不肯走，红着眼圈问顾挽：“你看看还有什么缺的，妈妈现在去给你买。”

顾挽看了眼时间，催促道：“妈，您回去吧，待会儿赶不上晚上的火车了。早点回去休息，您明天还得上班呢。”

顾挽怕陶嘉惠难受，把她送到校门口。

等她上了回程的校车，顾挽还在车窗外不停地安抚：“您就放心吧，我已经是一个成年人了，肯定能照顾好自己的。而且我哥也说了，过两个星期就会来看我的。”

外头太阳毒辣，顾挽额角沁出的汗滑到脸颊，陶嘉惠看着更觉不舍，擦了擦眼睛，边点头边叮嘱：“北方紫外线强，军训的时候要抹防晒霜，别晒伤了。要多喝水，别中暑了。晚上睡觉盖好被子，别感冒了。”

顾挽哭笑不得，但也一一应下。

车子缓缓开动的时候，陶嘉惠还在不停念叨：“平时没事不要到处乱跑，就待在学校里，外面不安全。”

她一停顿，突然又想起什么来，伸个脑袋出来嚷：“回头你再联系一下你哥那位同学，等他回来，请人家吃个饭，以后遇到事情也好开口找人家帮忙。”

“知道啦。”顾挽笑着答道，又朝她挥挥手。

等车子真开远了，顾挽站在原地出了会儿神，心中才有些迟钝地冒出一丝不舍。

顾挽也没来得及过多伤感，之后就被多姿多彩的大学生活所吸引。

认识了新的同学，舍友之间的感情也在悲催的军训期间奠定了深厚的基础。

国庆长假来临的前夕，正好军训结束。

顾挽宿舍里四个人，就一个叫林霄的是本地人，放假回家也没什么意思，其他三个都是外地的，好不容易来暨安，还没见过学校以外的世界，都兴致盎然地打算好好玩一下，假期就不回家了。

四个小姑娘一商议，决定去小翁山采风。

小翁山在暨安虽然有点名气，但也就普通的山山水水，相关部门并没有把它开发成旅游风景地的打算，因此周边来的人也少。再加上其山势连绵不断，怪石嶙峋，山林茂密葱郁，几个没见过世面的小姑娘带着一股去探险的兴奋刺激，激动到很晚才睡。

第二天，林霄从她爸那里弄了辆越野车，姑娘们收拾好行囊，雀跃亢奋地出发了。

她们一行人里，就林霄和厉文静有驾照，于是她俩坐前排，路上换着开，顾挽和沈佳妮就坐在后排。

经过两个多小时，终于靠近了小翁山山脉。

山脚下修建了公路，马路边缘围着半人高的护栏，护栏以外，偶尔是悬崖，偶尔又有几处观景亭，再远一点还有护林工作人员临时休憩的小屋。

一路上，几个女孩子叽叽喳喳说笑个不停。

才到山脚下，往上便能看到巍峨的山林风景，往下又能看到远处的浩渺城市。

顾挽算是最安静的一个，但也被这风景吸引，举起胸前挂着的相机，沿途拍下了不少照片。

车子还没开到山林入口，顾挽刚拍完一张照，收回视线，突然注意到车子控制台有个黄色的标志一直在闪。

她忽觉不对劲儿，拍了下前面正在说话的林霄："林霄，那个黄色的标志怎么一直在闪，是不是车子哪里出故障了？"

林霄和厉文静也都是暑假才拿到驾照的新手，都不认识这是什么灯，面面相觑。

顾挽不敢怠慢，用手机查了一下，看到解释，眉头忽然拧起："快靠边停车，这是胎压警示灯，有可能是轮胎扎到东西了。"

林霄"啊"了一声，一脸慌张地把车停在应急道上。结果下车一看，好家伙，左后方的那个轮胎已经瘪了。

厉文静看了一眼："肯定是扎到钉子了。"

林霄一脸无奈："那怎么办？"

厉文静还算冷静，说道："车上不是有备胎嘛，先换上备胎，然后开到山下找个修理厂补一下。"

林霄忙不迭地点点头："好好好，那你换吧，需要什么工具？我去车上帮你找。"

厉文静沉默了几秒，定定地看着她："我不会啊，你难道不会吗？"

林霄也愣了："我要会还是这副德行？"她颤巍巍地抬手，"你没看我吓得手都抖了？"

后座的顾挽和沈佳妮开始反思自己的脑子有多大的坑，才会不要命地上了这两个"马路杀手"的车？

左右靠她们俩是解决不了问题了，顾挽走到马路边，前后张望了下，看会不会有车辆路过。

然而很可惜，前不着村后不着店，路上连个鬼影都没有。

不过不远的地方有个休憩站，顾挽看到一丝希望，回头对那三个还蹲在轮胎边，仿佛用意念在补胎的三个人说："你们在这儿等着，如果有路过车辆一定要拦下来。我去那边的休憩站看看，如果有工作人员，兴许能帮到我们。"

休憩站不远，顾挽来回只用了不到十分钟，可是很悲催，里面没有人。

"那现在怎么办啊？"沈佳妮是个比较娇弱的人，这会儿嗓音里都带上了哭腔，"要不我们报警吧？"

几个姑娘可怜巴巴地蹲在路边，虽然都戴了遮阳帽，但今天气温略高，都热得满脸是汗。

等了差不多半个小时，路上依旧没有车辆路过。就在她们一致决定报警，并掏出手机准备拨号的当口，林霄突然看到马路前方过来了一辆车，她不可置信地揉了下眼睛。

嗯，车子还在，不是幻觉。

“你们快看！”林霄欣喜若狂地惊呼，指着那辆车开来的方向，跳了起来，“姐妹们，有车来了，有车来了！”

另外三个也依次看了过来，本来还有气无力的，看到希望，立刻都来了精神，像四个神经病一样，拦在马路中间，又叫又跳。

在她们声嘶力竭的求救声中，那辆黑色的轿车终于在他们面前缓缓停了下来。

而后，从车上下来了个男人。

男人身形高大清瘦，穿着最简单的白衬衫黑西裤，短发利落，那双眉眼深邃迷人，眼尾上挑，不笑而自带深情。

拦在路中间的几个女孩，视觉上都受到巨大冲击。

这荒郊野岭，莫不是遇到什么男妖精了？

男人关上车门，朝这边扫视过来，与顾挽视线不期然触碰的那一瞬，他脸上闪过一丝恍然，犹疑不定地皱了下眉。

“你们……是遇到什么麻烦了吗？”

他清朗温润的嗓音，礼貌绅士的做派，更是把几个小姑娘迷得晕头转向，话都说不清楚。

唯一清醒的恐怕只有顾挽了。

顾挽简略地把情况说了一下：“我们的车胎被扎破了，要换备胎，但是我们都不会。”

男人也不多言，点点头，径直去了车尾，打开后备厢找工具。

烈日炎炎之下，换备胎是个容易出汗的体力活。

他刚用千斤顶把车尾架起来，后背上的白衬衫就已经浸湿。

顾挽取下头上的遮阳帽，给他扇了扇风。

男人感受到一丝凉意，侧头看过来，与她的视线对上。

“谢谢。”

他唇边扬起一抹浅笑。

下一秒，那两个令人魂牵梦萦好多年的小括号便清晰地浮现在顾挽眼前。

从收到暨安美院的录取通知书那一刻起，顾挽就不止数百遍地幻想过，她和季言初重逢会是怎样一个场景。

浪漫唯美的？

或是温馨感人的？

但不管怎样，顾挽始终记得，多年前，季言初开玩笑时说起过的那个“喜欢的类型”。

随着她渐渐长大，从别人的谈论中，从男生看她的眼神里，甚至初高中时期，隔三岔五收到的一些粉色信笺，这些都让顾挽明白，自己离季言初的那个理想型越来越接近。

所以，顾挽早早就预想过，如果再见，那一天，她一定要精心打扮，盛装出席，以绝对的惊艳姿态再次闯进季言初的视线里！

但千算万算，不如天算……

顾挽知道今天要爬山，一早起来，只匆匆扎了个马尾，没有精心打扮就算了，而且为了防晒和方便，她穿了一条浅灰色的长裤和一件没什么设计感的短袖。

最糟糕的是，她还在胳膊上套了两个土到掉渣的防晒护袖。

顾挽后悔莫及地抚额，感觉自己这第一仗就败进了泥坑里。

季言初换好了轮胎，又将扎破的旧胎搬上车，收拾好工具，才回头问顾挽："有水吗？"

顾挽回神，愣了愣："什么？"

"水。"季言初加重语气，眼里掠过一丝无奈，随即又笑了，"手脏了，想洗洗。"

后面一直"沉迷男色"的三个女孩终于恢复了几分理智，很清醒地告诉季言初："我们一人就带了一瓶水，在半路就喝光了。"

季言初有点无语："水都没带够，你们就来爬山？"

几个姑娘支支吾吾，纷纷扭头看向别处。

顾挽忽然想起来，刚才在休憩站好像看到门口有个水池。她拉了下季言初的衣袖，说道："我知道哪儿有水，你跟我来。"

她把人领到休憩站的院子里，看到那个水池，走过去，将上面的水龙头拧开。

冰凉清透的水流势头很猛地冲了出来，这应该是从山上流下来的泉水。

顾挽也顺势洗了手，瞬间觉得凉快了许多。

她洗完甩了甩手上的水，一回头，与季言初的视线再次撞上。她不自在地挪开目光，闷声道："水很凉，你洗吧！"

季言初收回打量的眼神，什么也没说，走到池子边，弯腰洗手。

顾挽几步走远，站在他身后不远处，趁他低下头，才敢仔仔细细地观察他。

多年不见，季言初身上那股清透的少年感早已消退干净。如今的他，是一个成熟稳重，又略微带着点不羁的年轻男人。

洗完手，他张着嘴直接对着水龙头大口大口地喝水，喝完又把整张脸送到水龙头下冲洗，再用手粗糙地抹了一把，甩了甩额发上的水珠。

他大多时候都闭着眼睛，似乎并未注意身侧不远处的顾挽。

顾挽也始终站在不远不近的地方，寂静无声地看着他。

看剔透纯净的水珠顺着他的下颌缓缓滑到喉结；看他衣袖半挽，露出那截精壮有力的小臂。

然后猝不及防地，季言初突然将衬衫下摆掀起来擦脸，黑色的皮带以上，那沟壑分明、劲韧矫健的腰身毫无预兆地映入顾挽的眼帘。

而顾挽在这一瞬间，终于对林霄她们常说的“男性荷尔蒙”有了一个清晰又生动的认知。

几分钟之前，顾挽还在自我催眠——

她喜欢的季言初，是记忆里那个爽朗明净、儒雅谦逊的小少爷，才不是这个一身臭汗的糙男人。

现在，又不得不承认，这样的他似乎更加性感迷人。

胸口躁乱的悸动，并没有和她理性的意识统一战线。

“小姑娘，你老实说，我们是不是以前见过？”

季言初擦完脸，发现不远处站着的人，放下衣摆歪着脑袋，若有所思地盯着顾挽，眼里闪耀着点点笑意。

偷窥被现场抓包，顾挽抿了下唇，面子上强撑着坦然无惧，又因为他说了这样的话，一时气恼，语气竟比他这个被偷窥的受害者还横：“看来您真是年纪大了，连记忆力都不行！”

“您？”季言初不可置信地挑了下眉，下意识地摸摸下巴刚冒出来的胡楂，自己真有那么显老？

盯着眼前的女孩看了半晌，他陡然明白过来，笑道：“顾挽，好好的你怎么骂人啊？”

顾挽面无表情地说：“哦，原来您还知道我的名字，看来也没老糊涂。”

季言初低低沉沉地笑起来，嗓音里仿佛带着钩子，眼里也漾出细细碎碎的光。

“哥哥不是怕给你丢脸嘛，你都没主动认我，我哪敢乱攀亲？”

顾挽不满地瞪他，所以这还要怪她咯？

这人怎么还和从前一样，没皮没脸，还喜欢倒打一耙。

因为车子出了故障，这趟小翁山之旅就此作罢。

季言初带着她们就近找了个修理厂补胎，趁修车间隙，几个姑娘跑去对面小超市买水喝。

修理厂旁边是个小池塘，池塘边种了一排垂柳，微风拂过，柳条曼妙摆动。

季言初靠在那片树荫下，漫不经心地抽着烟，远远地，看见那几个姑娘说说笑笑地过马路。

他视线始终落在顾挽身上，有点挪不开。

姑娘小时候就生得十分可爱，如今消了婴儿肥，五官也长开了，豆蔻少女的那种青春靓丽已经无法让人忽略，那么明艳招摇地散发出来。

从前矮矮瘦瘦的小孩子长大了，如今亭亭玉立，娇俏明丽地站在他面前，总给他一种时光荏苒的恍惚感。

这么一想，他还真有种自己已经老了的错觉。

“喝水。”

顾挽走到季言初面前，将手里多出的那瓶饮料递给他。

另几个女孩子听顾挽跟他说话的语气，一下感兴趣地凑了过来。

“挽挽，你们认识啊？”林霄好奇地问。

“啊。”顾挽点了下头，含糊地介绍，“他是我哥。”

林霄微一睁眼：“亲哥吗？”

“不像吗？”季言初突然问道。

林霄看了眼顾挽，再把视线移向季言初，对上他似笑非笑的眼睛，莫名脸红道：“长得不大像，但凭你俩这颜值，说是出自一家子的基因，那就像了。”

季言初被这话逗笑了，睨着顾挽的视线渐渐温凉，闲散地夹着支烟，突然说道：“我要真是她亲哥，刚才咱们见面的时候我就该揍她了。”

顾挽一蒙。

季言初偏头，继续跟其他人告状：“你们说说，见面这么久了，也没听见她叫人，像不像话？”

顾挽愣住了。

其他人也愣了愣。

季言初笑起来的时候，唇边那对好看的小括号极有亲和力，让他看上去像是个很好说话，又好相处的人。

却原来这么喜欢斤斤计较的吗？

眼看着季言初仿佛要跟顾挽秋后算账的样子，其他几个姑娘一时也怯了，朝顾挽摆摆手，打算很不讲义气地丢下她。

她们走之前还不忘礼貌地跟季言初说：“那哥哥，你们慢慢聊，我们去看看车胎补得怎么样了。”

等旁观的三人退出“群聊”后，顾挽与季言初之间陷入一阵短暂的沉默。

他默默吸了口烟，薄雾缭绕。

隔着那片淡青色的烟雾，他眼里闪过的情绪，顾挽看不真切，但无端感觉他似乎有些失落。

他把烟头掐灭，问道：“国庆不回家了？”

言语里含着笑意，那缕不易察觉的负面情绪，就像是错觉般被他一揭而过。

顾挽“嗯”了声，老实答道：“太远了，坐车很累。”

“知道远还来这儿读书？”他偏头看过来，眼神灼灼，盯着人的时候眼里仿佛带着电，“为什么偏偏要来暨安？”

陡然被问，顾挽一时答不上来，索性扭头，越发没礼貌地小声嘀咕道：“要你管。”

她的声音不轻不重，正好被季言初听到，他眉梢一扬，不怒反笑：“怎么？知道难为情了？”

顾挽立即回头：“谁难为情了？”

听出他这话有些怪异，顾挽瞬间有种露馅的慌张，脸色尤为僵硬：“我……为什么要难为情？”

还是和小时候一样，不管遇到什么事，她总是佯装一脸淡定，总是一副成熟懂事小大人的模样，其实骨子里就是个还没长大的孩子。

顾挽越是这个样子，季言初就越想逗她。

像是要偷偷告诉她一个很重大的秘密般，他缓缓靠近，眼里染上不知名的笑意，故意压低了嗓音对她说：“因为……我知道你来暨安是为了谁啊。”

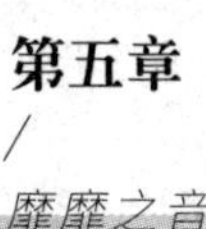

第五章

/

靡靡之音

有那么一瞬，顾挽几乎都感觉不到自己的呼吸了。

她甚至以为自己听错了，还愣愣地又问了一遍：“你说什么？”

偏偏季言初又不说了，就那么别有深意地盯着她，自顾自地笑。

顾挽被他这个样子搅得更加心慌意乱，又不敢再多问，无端有了一丝恼意，不怎么高兴地狡辩：“我没为了谁，你别瞎讲。”

见她面颊都染了一层绯色，也不知是羞是恼，季言初心知不能太过，转头又来安抚她：“行了，逗你呢，妹妹依赖哥哥又不是什么丢人的事儿。况且你和顾远差不多是相依为命长大的，感情自然不是一般兄妹可比。”

顾挽感觉更糊涂了：“这和顾远有什么关系？”

“怎么没关系，你来暨安不就是为了他？”

顾挽茫然地眨眨眼：“为了他？”

季言初一脸“你就别不好意思承认”的表情，拍拍她的肩：“你哥都跟我说过了。你放着金光闪闪的帝城美院不读，退而求其次地选择暨安美院，不就是因为暨安离滨城近，你太依赖他，离不开他吗？”

顾挽一脸“他有病”的神情，轻嗤了声：“那我干吗不直接去滨城读大学算了？”

“你哥说，因为滨城没有知名的美术院校。暨安美院在国内也算小有名气，离滨城又只有不到一个小时的车程，所以是你最好的选择！”

说得好有道理，顾挽一时竟无法反驳。

所以，她是不是该感谢自己这个脸皮超厚，还喜欢自作多情的哥哥？

帮她找了个这么无懈可击的借口，连她自己都快要被说服了。

于是，顾挽也懒得挣扎，索性做出一副半推半就默认的样子，还佯装不甘道：“你也说了，这不是什么丢人的事儿。”

“嗯，不丢人。”季言初从善如流地点头，随即又笑了，“顶多被人笑话不够独立，可这又有什么关系？”

顾挽被噎得一时没话说，他们之间又安静须臾。

季言初又有想抽烟的冲动，但因为顾挽在，忍住了，半晌后才轻声道：“我开玩笑呢，你别在意。”

顾挽点头：“我没在意。”

即便听她这么说，季言初还是怅然若失地叹了口气，而后陡然问：“小书呆，我们之间是有什么误会吗？”

“嗯？”顾挽猛地抬头看向他，不明所以地眨眨眼，又摇了摇头，说道，“没有啊。”

从前让她愤愤不平的外号，时隔多年听到季言初再叫，反倒平添了几分亲近感。

顾挽眼波微动，因为这个称呼，内心忽然一下柔软了起来。

“那怎么感觉你现在跟我挺生疏的？”季言初似乎是斟酌了下用词，微偏着头，盯着顾挽问，“一副不爱搭理我的样子，我有什么地方得罪你，惹你不高兴了吗？”

顾挽忙答道：“当然没有。”

她默然一瞬，抿了下唇，只说一小半实话：“可能是因为我现在长大了吧，对人对事不可能还像小时候那样肆无忌惮。”

“但坦白讲……”她顿了顿，内心挣扎半秒，谨慎地决定再多说一句，“能来暨安读书，又见到了你，我觉得还挺开心的。”

“真的？”这话季言初十分受用，听见这句，一直萦绕在他心头的那股失落才烟消云散，瞬间觉得通体舒畅。

他高兴地扬了扬眉，脸上的笑容很明显。

“车修好了你们去哪儿，回学校？”

再开口，他连声音都提高了不少，不自觉带着雀跃。

顾挽乖顺地点头，回答道：“嗯，现在只能回学校了。”

说这句话的时候，她视线漫不经心地往小翁山的方向扫了一眼，很快，略有失落地收了回来。

顾挽的动作很轻微，几乎只算得上是微表情，但季言初还是看出来了。他从前就喜欢不动声色地观察她，通过她的一些动作和表情来剖析这个小孩子的内心。

于是季言初靠过来，与她并肩站着，半弯着腰，视线顺着她刚才掠过的方向往前看。

“还想去小翁山？”

小心思被点破，顾挽侧头看过来，看到他那令人沉迷的侧颜，轻微抿唇，很诚实地点头：“想去。”

季言初在这时也收回了视线，偏头看着顾挽。

两人四目相对，距离有些近。

顾挽的眼睛一如从前那般清澈干净，如今长大了，更有少女的秋水星眸，眼波流转间顾盼生辉、荡人心魂。

季言初有点猝不及防，心莫名地猛跳了一下，感知明显。

他随即轻咳一声，不着痕迹地挪开视线，笑着说道：“这简单，过两天哥哥带你去。”

既然是季言初先给了承诺，惹得顾挽的较真劲儿也上来，追着问道：“四号吗？”

季言初当顾挽心心念念的是那座山，忍不住笑道：“看你猴急得，小翁山又跑不了。”

他顿了顿，算了下自己的工作安排：“五号或者六号吧，到时候我去学校接你。”

之后他还耐心地解释：“我今天刚下飞机，本来打算回去休整一下，晚上去大学城找你吃饭的，没想到咱半路就遇到了。

“明后天我手头还有个案子的资料要整理，四号要去敬老院看姥姥，所以要到五号才有时间了。”

他又顿了几秒，才低头问顾挽：“可以吗？”

“可以的。”

顾挽没有异议，但听到季言初要去看姥姥，想起了那个曾经教她翻花绳的可爱的老太太，还有那年冬天，陪她来暨安的季言初。

“姥姥身体还好吗？”

“挺好的。”季言初一脸无可奈何的笑，“有时候糊涂，有时候又清醒得过分，身体倒是越发硬朗，总和良娣奶奶吵架，精力旺盛得很。”

顾挽听了也跟着笑，犹豫了一秒，征求性地问道：“言初哥，我能不能也跟着你去看看姥姥？”

“行啊。”季言初随口答着，潜意识里依旧当她是个小孩子，没什么男女之防地建议，“那回头你带点换洗衣服过来，四号看完姥姥在我那儿住几天，我之后都有空，带你去暨安好玩的地方转转。”

顾挽下意识“啊”了声，见他一脸寻常，又很快垂下眼，掩住情绪，轻轻点头，说：“好。”

补好车胎后，几个姑娘就准备回学校了。

季言初本来打算也跟着去大学城那边，想请顾挽她们吃顿饭，但被顾挽拒绝了。

反正过两天又要见面，况且他一早下的飞机，脸上难掩疲倦，一看就知道昨晚没怎么睡。

临别时，顾挽和季言初互加了微信。

两人认识这么多年，平时联系不是打电话就是发短信，以前微信这玩意儿还没出来，不过那时候也没机会加 QQ。

回程的车上，顾挽坐在后排，盯着季言初的微信直发呆。

季言初的微信名就是他的名字，头像是白底黑字，写着“华诚律所”四个字。

顾挽又翻了翻他的朋友圈，大多是转载一些法律文件或者有关律师的新闻之类的内容，极少出现有关他自己的事情。

古板又无趣。

顾挽点开备注名，在空白的框里输了“言初哥”三个字，随后又立马删掉，觉得这和他的微信名一样无趣。

一路纠结，想了七八个备注名，顾挽都不满意，她有点崩溃，最后干脆什么都没备注，直接显示他自己的名字拉倒。

之后两天，顾挽基本就没再出校门了。

放假期间，学校里人也不多，陶嘉惠几乎每晚都要给顾挽打电话或者发视频，谈话间又聊到了季言初。

顾远没少在陶嘉惠面前夸他，潜移默化的，陶嘉惠对季言初这个人还算放心，又叮嘱了顾挽几遍，要记得请人家吃饭，以后一个人在那边也好有个人照应。

顾挽乖顺地一一应下。

三号晚上，季言初发微信过来问：【我明天一早去接你？】

顾挽还在打字，他那边又发来一句：【算了，你们小姑娘爱睡懒觉，我十点左右再过去吧。】

顾挽把“好”字删掉，重新打了一句：【我们小姑娘年轻有活力，没有睡懒觉的习惯。】

季言初：【微笑 .jpg】

季言初：【那行，明早九点准时到你学校门口。】

次日，天刚蒙蒙亮，顾挽就醒了，之后翻来覆去怎么都睡不着。

她索性起来，洗漱完，换了件自己最喜欢的连衣裙，然后梳了两条很减龄的小辫子，最后还对着镜子抹了一层淡淡的口红。

她把这几天要换的衣服收拾好，装好要用的洗漱用品和护肤品，然后又百无聊赖，无事可做。

她坐在中间的公共桌边发呆，时不时按开手机看眼时间，偶尔焦躁，偶尔又没来由地忐忑，时间仿佛走得格外缓慢。

八点的时候，她上铺的沈佳妮醒了，陡然看到下面愣愣地坐了个人，还吓了一跳：“挽挽，你起那么早干吗？”

沈佳妮迷迷糊糊的，伸出脑袋，等初醒的惺忪退却，看清楚下面的顾挽，又一下睁大了眼睛，别有深意地笑了：“你打扮得这么漂亮，约会去啊？”

没等顾挽回答，林霄也醒了，也八卦地伸出脑袋：“是不是新生报到那天接我们的那个学长？叫……叫什么来着？”

不知道什么时候醒过来的厉文静插嘴：“徐奕南。”

林霄连连点头：“对对对，徐奕南。我记得迎新晚会那天晚上，他还专门跑过来找你要微信。”

顾挽的思绪有些迟钝，还停留在沈佳妮那句“打扮得这么漂亮”上，于是抬头问她们：“我这打扮，看上去是不是太夸张了？”

“挺小清新的呀，很好看，一点都不夸张。”沈佳妮如实说道。

林霄无奈得直翻白眼：“你这叫夸张？那我每天描眉画眼的，岂不是浓妆艳抹？”

厉文静瞅了顾挽一眼，由衷地感慨：“长得漂亮就是好啊，你看看，只抹个口红就要颠倒众生了，这早上起床得多省事儿啊？”

顾挽懒得听她们互相吹捧，抽了张纸巾把口红擦了，又站起来拆辫子，最后和平常一样梳了个高马尾。

出门前，她打断那几个正唏嘘的赖床的人：“我和徐学长一点事也没有，你们不要乱讲了。我是去之前遇到的那个哥哥家看一位长辈，这几天会住在他家，你们晚上不要给我留门了。”

“唑——”厉文静如同柯南上身，用拇指和食指摩挲下巴，“看来你这个哥哥……不是一般的哥哥啊？”

林霄伸出“尔康手”：“不要啊，挽挽，我本来还想从你这儿走走后门，把那个帅气哥哥追到手的。”

“想都不要想！”顾挽直接关门，将那一室鬼哭狼嚎隔绝。

路过食堂，她进去买了两份早餐，出来的时候已经八点五十分了。

她几乎是一路小跑到校门口，远远地，就看到季言初靠坐在车头，正低头看手机。

他的穿着和之前不同，就简单的白 T 恤和牛仔裤，很年轻，像个还没出校门的学生。

他长相精致，风姿绰约，随意悠闲地往那儿一靠，就像是一幅赏心悦目的画儿。

偏偏季言初还不知道自己多惹眼，兀自低头看着手机，浑然不觉自己吸引了多少炽热目光。

“季言初。”顾挽站在偏远的地方，又故意猛地叫他名字。

季言初并未听真切，但还是抬头看了过来，迎着阳光，微眯了下眼。

下一秒，他扬起唇，露出那对很好看的小括号，朝顾挽招了招手。

“傻站着干吗，还不过来？”

阳光在他们中间肆意蔓延，带着夏天独有的炙热与烂漫。

穿透层层光线与飘摇不定的俗世浮尘，顾挽仿佛看到还是少年时期的季言初。

那个令人胆战心惊的夜晚，他像个从天而降的英雄，将她从危险的旋涡中一把拉了过来，然后不顾一切，稳稳地护在身后。

顾挽掏出手机，在朝季言初走过去的间隙里，终于把季言初的微信备注名改掉了。

改成了“盖世英雄”。

季言初接过顾挽手里的包，放进后备厢，然后上车，提醒她系好安全带。

车子启动，缓缓开出大学城。

顾挽一边拿纸袋里的早餐，一边问季言初：“言初哥，我给你买了早饭，要吃吗？”

季言初握着方向盘，随意朝她这边瞥了一眼：“买的什么？待会儿到了再吃吧，现在开车不方便。”

“路还远着呢，等到那儿都凉了。”顾挽低着头，已经剥开了一个茶叶蛋，很自然地送到他嘴边，“我喂你吧，这样也不耽误开车。”

季言初垂眼看着送到嘴边的鸡蛋，一时有点不适应，又侧眸看了看她。

小姑娘一脸纯粹坦然，甚至还心无旁骛地催他：“吃啊！”

如此，季言初也不扭捏了，直接咬了一口。

光吃鸡蛋有点噎，顾挽又拿出一盒豆浆，插上吸管，照例送到他嘴边。

季言初似乎已经适应，并且还挺享受，直视前方路况，只微低着下巴，就势吸了几口。

“别光顾着喂我，你也吃。”

顾挽“哦”了一声，自己也剥了个鸡蛋吃，然后也开了盒豆浆，小口小口地吸着。

车里没有开广播，只有两人咀嚼东西的声音，显得过分安静。

季言初偏头，看着小姑娘捧着豆浆有点呆的样子，怕她无聊，便说道：“顾挽，连上蓝牙放点歌来听。”

闻言，顾挽稍稍坐直身子，看到他丢在控制台的手机，误会了他的意思，拿过来按亮屏幕，递给他：“解锁。”

反正听谁的都一样，季言初也没解释，直接报密码：“1225。”

是他的生日。

顾挽解开锁，连上蓝牙，打开音乐播放器，看了眼歌曲列表：“怎么全都是顾远的歌？”

“都是你哥让我买的，说是为了打榜，我看买都买了，不听白不听嘛。”

顾挽懒懒地点开第一首，顾远的声音一出来，她瞬间将手机扔回原来的位置：“难听死了！”

“哪有你这样说自己哥哥的？”季言初笑出声，“这要是被他粉丝听到还得了？”

顾挽嗤之以鼻：“他今年出的那首单曲好像没有爬上榜首哦，过气佬有什么好嚣张。”

吐槽完，她继续吃早点，又给季言初喂了口包子，再递上豆浆。

季言初压根儿没看，她喂什么就吃什么，如果是吸管，也就自然而然地含住吸管喝豆浆。

突然，顾挽瞥到他正喝的那杯豆浆似乎不对，还有一大半的量，她记得季言初的那杯已经没剩多少了。

随即，她意识到什么，松开自己正咬着的吸管，把豆浆杯拿起一看……

刹那间，顾挽仿佛被什么烫到了似的，将季言初正喝的豆浆杯一下子抽了回来。

动作太快，豆浆洒了点在他身上。

季言初抹了下嘴角，不明所以地看过来：“怎么了？”

顾挽忍了又忍，终是控制不住脸红，低头盯着手里的两杯豆浆，艰难地解释道：“好、好像……喝错了。”

季言初眨了眨眼，下一秒，明白过来。

他无意识地“啊”了声，尴尬地挠着鼻尖，尽量摆出一副不在意的轻松模样，干笑道：“你这丫头，怎么稀里糊涂的？”

他目视前方，双手紧紧握着方向盘，开始一本正经地胡扯：“不过，以前我和你哥就经常共用一个杯子喝水，要说间接接吻的话，那我的初吻还给了你哥呢。”

顾挽一下坐直，眼神复杂地看过来。

季言初抵唇轻咳，解释道：“我的意思是说，这就是一件挺正常的小事儿，你不用太在意。”

顾挽微微松口气，乖乖地“哦”了一声，似乎被成功洗脑，缓缓靠回椅背，开始接受他的那番说辞。

然而就在此时，车内音响里的歌切到了下一首。

歌名：《间接接吻》。

顾远矫揉造作的嗓音，撕心裂肺地号着——

我喜欢你不敢表明
只敢对着你的唇印间接接吻
每晚想入非非的梦
在那梦境里我一次次恣意销魂……

季言初当机立断关掉音乐，打开广播。

直到广播里播报路况的温柔女播音员的声音传出来，他才有种仿佛溺水的人终于呼吸到新鲜空气的舒畅。

顾远这个死变态，写的什么靡靡之音？

真、的、难、听、死、了！

季言初心想：下次就算顾远跪下来求我，也绝不再买他的歌。

常春藤敬老院。

顾挽还是五年前来的，那时候院子没有现在大，而且原来的宿舍楼好像重新翻修了，变得焕然一新。

她提着在楼下买的一些水果和适合老人家吃的糕点，跟在季言初后面。他还是那副样子，与这里的人很熟，会笑着和沿途遇到的人打招呼。

仿佛情景重现般，顾挽默默跟在他身后，不动声色地打量着季言初的背影。

他身形高大，却很清瘦，利落的短发下面，露出肤色白皙的脖子。

看一眼，很容易叫人心动。

顾挽无端又想起前几天看到的那截腰身，劲韧有力，沟壑匀称。

"呼——"呼吸微微乱了节拍，她压抑住，很小心地吐了口气，然后小跑着追上前面的人。

姥姥的房间还是二楼最里那间，顾挽记得很清楚，位置没变。

季言初推开门，发现屋里没人，嘀咕道："八成又去了良娣奶奶那儿。"

他让顾挽把东西放在客厅的矮几上，对她说："良娣奶奶就住我姥姥楼下，我们去看看？"

顾挽点头，跟着季言初又往一层走去。

和二楼同样位置的一个房间，两人刚走到门口，就听到里面传来争吵声。

"让你孙女断了念头吧，我家言言不可能看得上她，你们趁早死心。"

这是姥姥的声音，季言初微一皱眉，无语地扯了下嘴角。

紧接着，另一个老太太的声音传出来，似乎因为掉了牙，说话有些漏风。

“你说了不算，我家闻雅和言言是同学，又是同行，天造地设的一对儿。他俩关系那么好，说不定早就在一起了，只是你不知道呢。”

姥姥气急败坏地说：“你……你个老东西，你不要胡说。”

这话不仅刺激到了姥姥，也刺激到了门外的顾挽。

闻雅是谁？

同学，同行，关系好？

早就在一起？

一系列的问题，如飓风过境般在顾挽脑子里汹涌肆虐。她偏头去看身边的季言初，只看到他淡然的眉眼。

顾挽抿抿唇，什么都不敢问。

眼看着两个老人家吵得不可开交，沈姨和另一个护工从中劝和，但吵闹声不止，效果甚微。

季言初一把推开门，声音却很温和：“哎哟，老远就听到你们在吵了，这又是怎么了？”

吵得热火朝天的两个老人同时噤声，一齐向门口看过来。

姥姥看到季言初的那一刻如同看到救星一般，眼神一亮，但下一秒，看到他身后还跟着一个女孩子，瞬间又愣了愣。

“言言。”倒是良娣奶奶先叫了季言初，小步挪过来，拉着他的手问，“你自己说，我家闻雅漂不漂亮？你喜不喜欢她？”

季言初有点哭笑不得，老人如孩子，这话叫他该怎么回答？

还没等季言初回答，姥姥突然又开口了：“朱良娣，这回你真要死心了。”

姥姥指着顾挽，眉开眼笑道：“看看，我家言言都带女朋友来了！”

顾挽环顾一圈，确定姥姥指的不是别人，才讷讷地指着自己的鼻尖：“我……吗？”

姥姥笑得越发开心：“可不就是你嘛！”

顾挽一呆，吓得连连摆手：“姥姥您搞错了，我不是……”

“行啦。”姥姥不由分说地打断她，笑眯眯地招手让她过来，“你推我回去吧，我只要我外孙媳妇推我。”

季言初巴不得快点远离这混乱的场面，于是也对顾挽使了个眼色，抿着坏笑道：“赶紧走，赶紧走。”

一行人出了门，乘电梯上二楼回了房间。

姥姥迫不及待地回头向季言初求证：“这是你女朋友，对吧？”

季言初顺手给顾挽倒了杯水，然后在姥姥面前蹲下，像哄小孩子那样，在她额头响亮地亲了一口。

“程玉珠女士，我答应您，会尽快帮您找到您的外孙媳妇，但是呢……”

他回头，似笑非笑地看着顾挽。

顾挽被这一眼勾得一颗心提到了嗓子眼，下意识握紧水杯，无声地期待着。

下一刻，就听到他那慵懒的嗓音，慢条斯理地说：“她不行，她是妹妹。”

听到这句，顾挽一颗心一直往下沉。她垂着眼，盯着杯子里的水，好半天都回不了神。

她的情绪内敛，季言初并未察觉异样。

他说完温柔地揉了把姥姥的脸，继续像对待一个孩子那样嘱咐：“所以啊，您以后别再这么说了，小姑娘脸皮薄，会生气的。”

姥姥委屈巴巴地瞅了一眼顾挽，依旧不死心地问道：“她长得这么漂亮，为什么不行？”

季言初足够耐心，又温和地重复一遍：“因为她是妹妹，而且才十八岁，还太小。”

姥姥理直气壮地反驳：“那你等两年，她不就长大了？”

怎么跟姥姥讲道理都讲不通，季言初抚额，有些无奈，索性敷衍地说道：“行行行，那过两年咱们再说，好吗？”

为了转移话题，他从矮几上的袋子里掏出一盒蛋糕，递给姥姥：“这是顾挽给您买的蛋糕，又甜又软，要不要尝尝？”

姥姥感兴趣地接过蛋糕，打开用小勺子挖了一勺，尝了口，随即两眼一眯：“甜，好吃。”

她把蛋糕盒子拢了拢，说道：“你推我去一楼吧，我给良娣也尝尝。”

显然，刚才吵架的事她已经忘了。

季言初直摇头，无奈得想笑：“好好好，我送你去找良娣，相爱相杀的玉珠良娣。”

看他们又要下一楼，顾挽默默放下水杯，站起来准备继续跟着，一抬眼，视线恰好与姥姥的撞在一起。

姥姥忽然脸色一僵，眼里闪过一丝迷茫，随后回头，仰头看着身后的外孙，又惊又喜地问：“这是你女朋友？”

季言初简直哭笑不得。

敢情这茬儿也忘了？

陪姥姥吃完午饭，季言初又开车带着姥姥去附近的商场和超市逛了逛。即将入秋，为她置办了一些秋季的衣物，以及近期用得上的生活用品。

一般只要季言初不出差，每个周末都会抽一天出来陪姥姥，所以东西不用买太多。

之后又待了段时间，直到下午四点多，他和顾挽才回市里。

回程的车上，顾挽因为季言初的那些话，情绪很低落。

但这种心情，她又不敢过多明显地流露，只装作有点累，手撑着脑袋，脸朝车窗那边靠着。

从季言初的角度看过去，顾挽偏着头，很像是睡着了，于是他伸手关了广播。

既然他体贴地关了广播，顾挽便顺势闭上眼睛假寐。

国庆长假，出来玩的人多，市区主干道上有点堵，他们的车子混在一眼看不到尽头的车流里，缓慢地移动。

华灯初上，车内安静至极，顾挽闭着眼，听觉感官都格外敏锐。

她能听到因为堵车引发焦躁，开车的人指尖不耐烦地叩着方向盘的声音。

她也听到季言初的手机响了，他似乎是看了眼来电显示后，发出一声轻笑。

“喂？”季言初接了电话。

他压低嗓音说话的时候，给人一种很亲昵的错觉。

很快，那头传来一个女人的声音，嗓音里都带着自信与张扬：“阿言，我听奶奶说，你今天去看姥姥了？”

除去那声“阿言”不说，她的语句里原本应该有“我的”“你的”这些词的，可是她都刻意忽略了，直接称呼奶奶和姥姥，这样一听，两人的关系瞬间就亲近暧昧了，仿佛一家人似的。

顾挽不舒服地蹙了下眉，却忍着没睁开眼。

季言初倒是没太在意这些细节，听了她的话，低声笑道：“闻雅，你奶奶这通风报信的功夫，不做间谍可惜了。”

那边也跟着笑，笑声如银铃般清脆好听。

紧接着，闻雅又旁敲侧击地问：“我还听说，你带女朋友过去了？”

听到这句，季言初的视线朝旁边一挪，恰好看到小姑娘藏在发丝里的耳垂，莹白如玉，还微微透着淡粉，俏皮又可爱。

“你觉得我现在有心思谈恋爱？”

季言初这么回复电话那头，视线却还黏在顾挽的耳垂上收不回来，甚至不知不觉间，竟生出一丝想捏一下的奇异冲动。

意识到不对劲，季言初轻咳了声，收回目光，又补充道：“她是我一个同学的妹妹，也是我看着长大的小孩，刚来暨安这边上大学。”

偷听许久的人，听到这里终于睁开眼，却还是没转头，只在心里腹诽：什么叫他看着长大的？他顶多只看过我十三岁时的样子好吧。

听到季言初的回答，闻雅似乎终于安心了，不再纠结这个问题，换了话题：“后天曹严华要请咱们几个老同学吃饭，你来不来？”

季言初之前已经收到了曹严华的微信，但是因为先答应了陪顾挽，他便推了这个聚会。

这几个要好的大学同学都在暨安，离得不远，有空什么时候聚都一样。

“我不去了，你们几个玩吧。”

路况终于疏通了一些，车流移动的速度提了上来。

季言初边开车边回道：“我得陪我妹妹，她才来暨安，趁放假想带她到处转转。”

闻雅“哦”了声，随即表示：“那你不来，我也懒得去了。”

顿了半秒，她忽然打趣地试探：“你整个假期都要陪这个妹妹？看来这小姑娘挺招人喜欢的，有机会也介绍我们认识认识呗？”

“行啊。”季言初随口答，之后又闲聊了两句才挂电话。

刚挂电话，顾挽便直起身子，转头看了过来。

“啊，吵醒你了？”季言初当她一直在睡觉，即便此刻醒了，说话声音还是轻轻的，不自觉带着几分温柔，微笑地看了她一眼。

顾挽没答话，低头抿了抿唇，最终还是鼓起勇气问了句：“言初哥，刚给你打电话的人就是良娣奶奶的孙女吗？”

“嗯。”季言初目视前方，漫不经心地应了声，“她和我是大学同学，我是先认识她奶奶的，之后有一次在敬老院遇到，才知道她是良娣奶奶的孙女，就很巧。”

“那你和她……”

“嗯？”季言初好奇地看过来，见小姑娘欲言又止，忽然笑了，“你想问什么？”

虽然寥寥几句，顾挽听不出来他们现在的关系，但很明显，闻雅对季言初是有好感的，而季言初对闻雅似乎也并不讨厌。

友达以上，恋人未满。

最最暧昧。

顾挽咬了咬牙，索性一口气把话问完：“你是不是喜欢她？你会和她谈恋爱吗？”

季言初愣住了，几秒之后，闷声笑个不停。沉沉的笑声在他胸腔里震动，那声音听起来格外性感。

他渐渐止住笑，开始谴责顾挽：“我记得你从前也这么问过我，嗯，那时候是怀疑我对余今安图谋不轨。你这小孩儿怎么回事啊？”

他报复性地揉乱顾挽的刘海，窗外的霓虹映在他的笑眼里，溢出细碎的光。

顾挽耳朵发热，偏头整理刘海，小声嘟囔：“我不是那个意思。”

之后，两人之间又安静下来。

好半晌，季言初才突然很认真地对顾挽说：“哥哥现在还不能谈恋爱。”

顾挽猛地转头，目不转睛地盯着他。

“我现在经济一般，事业也才刚起步，还有姥姥要养，现阶段最重要的事是先挣钱，况且……”

季言初眉眼挑了挑，又不正经地笑起来：“你以前不是答应过我，长大会给哥哥介绍个对象的吗？忘了？”

顾挽没提防他会提起这茬儿，她不是忘了，只是觉得那时候季言初肯定是当个笑话听的，根本就没放在心上。

没想到，就算是玩笑话，他也还记得。

“我没忘。”顾挽说道。

“所以啊。”季言初歪着脑袋，半真半假地开玩笑，“哥哥更得努力挣钱了，这样才不会给你丢脸。你介绍的姑娘，一定是像你一样善良的人，我可舍不得她跟着我吃苦。”

顾挽呆呆的，把视线投在他的侧脸上，入了迷般来回描摹。

她从很久以前就知道，能被季言初喜欢的人，将来一定会过得很幸福。

即便那个人至今还未出现，但顾挽已经羡慕了很多年。

路上堵车，他们到家已经七点多了。

季言初上个月一直在外出差，走前清空了冰箱，里面只余了几袋速冻饺子。

晚饭两人就煮了点饺子凑合。

吃完饭，顾挽想洗澡，季言初领着她去卫生间，跟她说了一下常用物品放置的地方，以及浴室冷热水怎么开。

趁她洗澡的间隙，季言初把主卧的床单换了新的，并且将他的一些私人物品都整理收好。

主卧的床比较大，也有独立卫生间，女孩子住比较方便。

季言初把房间收拾好，又在客厅看了会儿电视，顾挽才出来。

她长发湿漉漉地披散在肩，因为刚洗完澡，皮肤看起来更加白净水润，一双眼睛也仿佛被水浸润过似的，波光潋滟。

季言初打量了她一眼，问道：“怎么不把头发吹干？吹风机在浴室柜的镜子后面。”

顾挽端着个盆，里面是她换下来的脏衣服，说道：“我想洗完衣服再吹。”

季言初指了下阳台：“洗衣机在那边。”

顾挽去洗衣服，季言初去洗澡，进浴室之前，他还特地帮她把吹风机拿出来放在客厅。

夏季的衣服不多，内衣内裤本就要手洗的，剩下就一条裙子和打底裤，也没必要用洗衣机了。

顾挽洗完，晾好衣服，然后去吹头发。

客厅的电视还开着，播着最近挺火的一部仙侠剧。

宿舍其他几个人都在追，顾挽听她们讨论过，是由小说改编的，原著当年连载的时候就火得一塌糊涂。

顾挽随便听了一耳朵，也记不住，她喜欢看漫画，不怎么看小说，对文圈儿的那些事了解甚少。

吹完头发，她盘腿坐在沙发上看了会儿，发现剧情还挺吸引人的。

不多会儿，季言初也洗完了澡出来。

他肩头搭了条干毛巾，用另一头擦着头发，也和顾挽一样，拿了个装脏衣服的盆去阳台洗。

但他粗糙得多，直接将衣服扔进洗衣机，倒上洗衣液设定好时间便完事儿。

季言初经过客厅的时候，见顾挽看电视看得沉迷的样子，说道："顾挽，你睡主卧，床单是新换的，明天要早起，你别看太晚。"

"嗯。"顾挽乖乖应了，但视线还停留在电视屏幕上。

季言初无声地牵了下嘴角，随即进了书房，整理他当事人最新提供的一些证据资料。

等他一走，顾挽的视线终于从电视上撤了回来，重重地呼出一口气。

从进屋那刻开始，她一颗心就提到嗓子眼儿里，局促紧张得都快要窒息了。

左右是无心看电视了，顾挽索性关了客厅的大灯和电视，进了卧室。

主卧显然是季言初平时住的，书架和柜子上都摆着很多律师相关的书籍，书桌前还有一本翻了一半的专业书，上面写了很多批注。

字迹苍劲有力，笔锋凛冽干脆，很漂亮。

顾挽百无聊赖地在他房间里转悠，细细打量观察，想通过一些屋内摆设窥探一点他不同于平常在外的私密的一面。

扫过一圈，当视线触及摆在床头柜上的那个相框时，她呼吸微滞，陡然僵在了那里。

她不敢置信地跑过去，端起相框一看。

没错。

果然是她当年画的那张全家福！

顷刻间，过往记忆如洪水咆哮着翻涌而至。

顾挽想起季时青，想起温馨，还有离别前那晚的季言初，眼神哀戚脆弱，说很羡慕顾家的全家福。

从始至终，季言初渴望的，不过是一个温暖的家而已。

正因为珍视，所以连恋爱都要那么慎重地准备充分，要立业，要挣钱。

因为一旦喜欢，就是奔着结婚，拥有一个自己的家庭而去的。

顾挽盯着那张画着三个人的全家福，思绪渐渐飘远。

傍晚的时候在车里，她的那两个问题，季言初并未正面回答。

但不管他喜不喜欢闻雅，好像和她都没有关系。

怎样，她似乎都没有机会。

因为在季言初心里，她不仅是妹妹，还是个小孩儿。

季言初忙完时，已经是晚间十一点多了。

他从书房出来，客厅只有沙发旁的一盏立式台灯开着，泛着暖橘色的光。

顾挽似乎早就睡了，主卧的房门紧闭，安安静静的，一点声音也没有。

季言初想起他洗的衣服还没晾，于是开了阳台灯，去洗衣机里把衣服掏出来晾。

他一抬头，那套淡粉色的内衣内裤便猝不及防地映入眼帘。

即使此刻就他一个人，他也不免尴尬，迅速别开视线，不自在地咳了咳。

为了避嫌，季言初将自己的衣服尽数晾在另一头，中间隔着很远的距离。

回屋关灯的那一瞬，鬼使神差地，他又瞥了一眼那件粉色的内衣。

他后知后觉地想：让顾挽过来住，是不是欠考虑了？

毕竟……小姑娘如今，确实已经长大了。

第二天一早起来，两人收拾好，季言初带着顾挽在楼下早餐店吃过早饭便朝小翁山出发。

顾挽有点认床，昨晚翻来覆去到好晚才睡着。一路上，她精神不济，还是一副没睡醒的样子，懒懒地靠在车窗边打盹儿。

季言初为了照顾她，广播和音乐都没开，车内依旧静谧。

晨间柔和的阳光偶尔从两旁叶缝间投进车里，斑驳地照在人的脖颈及眉眼间，仿佛给人打了一层滤镜，将肌肤照得更加莹润剔透。

空调的风若有似无地吹着，将顾挽耳边的碎发吹得轻微抖动，在她娇小可爱的耳垂边调皮地挠啊挠。

挠得人心直痒痒。

“啧。”季言初皱眉，迫使自己移开视线，专心看着前方。

他说不上来哪里出了问题，只觉得又烦又躁，哪儿哪儿都不得劲儿。

大概是昨晚晾衣服时看到的那些冲击力太大，季言初确实是第一次看到属于某个女性的私密衣物，一时有些不适应也正常。

他不是特定针对顾挽，或许昨晚看到的是其他女人的内衣，他也会有这样的心理反应。

想来还是自己见识太少，看点东西就心猿意马，脑袋犯浑。

季言初自嘲地摇了摇头，不过想明白了这些，心态稍做调整，倒坦然安心了不少。

到了小翁山脚下，季言初找了个地势平坦的地方停好车，然后轻轻拍了拍顾挽。

“顾挽，咱们到了。”

顾挽也休息得差不多，迷迷糊糊地睁开眼，被强光刺激得又闭上，缓了好一会儿，才慢慢支起脑袋。

季言初一直歪头看着她这副懒散磨蹭的样子，很容易能想象到她平时起床是个什么模样。

他也不急，很耐心地等着她意识清醒。

想起前天晚上，小姑娘还在微信上理直气壮地吹嘘自己没有睡懒觉的习惯，现下再一看这个样子，季言初简直无语到想笑。

他又靠近了一些，语调更加温和：“我去后备厢拿水，你把你的东西拿好，咱们就出发了。”

“嗯。”顾挽温顺地应了声。

因为刚睡醒，她声音里还带着轻微的鼻音，这一声“嗯”听起来莫名乖。

季言初心绪微动，宠溺地摸了摸她的脑袋，然后才下车。

顾挽反应了一秒，随后拿上相机，背好背包，也跟着下车。

小翁山未被开发，所以上山的路只有一条，是通往半山腰的一座寺庙。

长长的台阶，不宽不窄，正好容下两个人并肩而行。山里树木遮天蔽日，即便外面骄阳似火，一进山，瞬间觉得阴凉畅快。

台阶上爬满了斑驳的苔藓，苔藓潮湿易滑，顾挽好几次都差点滑倒。

这种情况，季言初又不好牵着她的手，随即想了个办法，拉开防晒服的拉链，递了个衣角给她。

“牵着这个。”

顾挽垂眸看了一眼，也不扭捏，顺手接过他的衣角。

之后两人专心爬山，沿途遇到比较好的风景，顾挽会停下来，找各种角度拍照。

台阶走久了，她渐渐有些累，速度也比季言初慢。

从一开始的两人并肩，最后变成季言初走在前面，让顾挽拽着他的衣角，他拉着她往上走。

顾挽心安理得地被他带着，跟在他身后。

她之前拍风景照，趁季言初不注意的时候也偷偷给他拍了几张，抓拍的效果还挺好的，又高又帅，笑容也很迷人。

顾挽的视线从镜头里抬起来，猛地瞥到他的背影。

好像从十三岁认识季言初的那个晚上开始，她就很喜欢这样跟在他的身后。

因为这个视角，她不必遮掩，所有的心事都可以袒露无遗，连眼神也可以肆无忌惮，卸去伪装。

更重要的是，这个角度还很安全，安全到只要她不说，前面的人似乎永远都不会发现。

心念一起，她单手举起相机，想将他的背影也拍下来。

可她单手拿相机，又在走路，没办法聚好焦，连拍了好几张，拍出来的照片都很模糊。

顾挽看了眼牵在手里的衣角，又看了眼自己防晒服的衣角，双眼不易察觉地弯了弯。

防晒服的衣料轻薄柔软，很方便打结。

顾挽轻手轻脚地将两人的衣角系在一起，再抬头，前面的人竟一点知觉也没有。

“阴谋”得逞，顾挽止不住又抿唇笑了下，然后双手举起相机，确保这次能完美又清晰地将他拍下来。

镜头调好。

角度抓好。

“咔嚓——”顾挽按下快门的那一瞬，前面的人突然回头看了过来。

猝不及防间，顾挽吓得手一抖，相机都差点扔了。

季言初起先有一秒茫然，稍稍反应才明白过来，随即勾起嘴角，似笑非笑地看着她。

“偷拍我？”

既然被发现了，顾挽稳了稳心神，索性大方承认：“是。”

似乎没料到她会这么坦荡，季言初挑了下眉，又笑道：“干吗偷拍，说一声，哥哥又不是不给你拍。”

顾挽低头，假装整理相机，藏好情绪。

她再抬头，一脸嫌弃地说：“怕你不自然龇一口大白牙假笑，太尴尬。”

她说完，率先往前走，却忘了自己的衣角和他的还系在一起，一拉一扯，两个人都趔趄了下。

季言初捞起他们之间的那个结，嗓音里都是忍俊不禁的笑意：“说说，这又是干吗呢？”

顾挽耳朵一热，直接将衣结抢了过来，边解边没好气地说：“早就不想拉着你的衣角，又怕伤你的心，就这么系着了。”

她解开衣结，唰一下转过头，很没良心地丢下他往前走。

季言初的视线里，还留存着顾挽刚才转头，高高的马尾划出的那道利落的

弧线，露出那截线条优美的脖颈。

白得晃眼。

他呆呆地定了几秒，没有跟上去。

顾挽走了几步，到底过意不去，又折了回来，别扭地问道："你到底走不走哇？"

季言初抬眸，神色莫测地凝视着她，没说话。

顾挽被他这种过分严肃的眼神盯得有些发怵，突然打破沉寂道歉："哎呀，对不起对不起，我错了，行了吧？"

她主动拉起季言初的手，看上去像是很不情愿地拽着他往前走："走啦。"

季言初终于被逗笑了，笑着骂道："小白眼儿狼！"

时至中午，他们爬到半山腰，到了那座寺庙。

寺庙因地取名，名叫"半山寺"，季言初略有耳闻，听说这里初一和十五香火旺盛，但平时人就有点少。

山里安静，环境清幽，寺庙建筑古朴又不失威严。

顾挽还未进山门，就已经调整各种角度拍了许多照片。

供奉点香油钱，寺庙中午会给香客提供斋饭。

季言初和顾挽中午在寺庙里解决午餐，正好也能休整一下，下午继续往山顶走。

有佛像的地方都不能拍照，顾挽往寺庙后院逛，发现有几处观景的露台，往上一站，俯瞰山下，风景优美而气势恢宏。

顾挽刚举起相机准备拍几张，镜头里忽然冒出个小光头。他坐在露台下面的一个小院门口，不停地耸肩，似乎在哭。

见她放下相机，季言初跟着看了过来："怎么了？"

顾挽指给他看："有个小和尚，好像在那儿哭呢？"

季言初这才看到那个矮矮胖胖的小身影，下一秒，小小的啜泣声就传了过来。

他们走下露台，来到小和尚身后。

面对小孩子，季言初不自觉软下嗓音，温柔地问道："小师父，你怎么了？"

小和尚闻声，身形很明显僵了一下，随即慌张地转身，站起来看着他们。

他顶多只有五六岁，圆滚滚白嫩嫩的，穿着烟灰色的僧衣，脚上是同色系的罗汉鞋。

他眼泪还在两腮挂着，也不忘双手合十，一边打着哭嗝，一边弯腰，奶声奶气地说："阿弥陀佛。"声音又软又糯，样子气鼓鼓的，实在可爱极了。

顾挽觉得小和尚简直就像颗汤圆成了精，招人疼的样子让人恨不得将其抱怀里咬一口。

不过心里虽然这样想，但以她的性格，也做不出来这种事，依旧面色淡淡地站在一旁。

倒是季言初，对付小孩子向来得心应手。

他本就长得好，人也温和，再加上说话轻声细语，总有用不完的耐心似的，无端给人一种莫名的亲切感。

季言初走到小和尚面前，直接半蹲下来，帮小和尚擦掉眼泪，笑着又问了一遍：“小师父，你是受了什么委屈呀，一个人躲在这里哭？”

小和尚圆溜溜的眼睛盯着季言初看了几秒，很快就信任了他，撇撇嘴，委屈巴巴的，又开始掉眼泪。

“师兄、师兄不让我吃巧克力……”

季言初跟着皱眉：“为什么？”

“他说、他说……”小和尚哭得伤心，又开始打哭嗝，嘴角一扯一扯的，说话也断断续续的，“他说我不能……不能再……再胖了。可是，我又不是吃胖的，我是天生胖。”

季言初被他这童言稚语逗得笑弯了眼睛，很捧场地附和：“啊，原来是这样？”

似乎这种话，小和尚跟很多人说过，但季言初是第一个什么都不问就完全相信的。

小和尚很意外，漆黑的眼睛眨啊眨，对季言初的信任度又增加了几分，然后信誓旦旦地说：“嗯，我不会骗你的。”

小和尚张口就把自己的小秘密说了出来：“不信你可以去问我师父，是他说的，把我捡回来的时候就已经这么胖了。”

季言初的笑还僵在脸上，因为这句突如其来的“捡回来的”而愣了好半天没说话。

不过想想也是。

如果不是身世特殊，谁家会舍得将这么大点的孩子送进庙里当和尚？

盯着小和尚粉雕玉琢的脸，季言初忽然想起昨天从姥姥那里回来的时候，临走前姥姥好像往他包里塞了袋糖果。

他从后背取下背包，开始在里面翻找，很快找到那袋糖。

他拿出来拆开，把糖送到小和尚面前，笑着说道：“叔叔没有巧克力，但有糖果，你吃不吃？”

小和尚双眼微睁，盯着季言初手里的糖，还没吃，就馋得直舔唇，眼巴巴地问：“这个糖甜不甜？”

这副小馋猫的样子把季言初乐得不行。

“甜，当然甜。”他挑了挑眉，“不仅甜，而且叔叔这个糖还有魔法，吃

了不会胖。”

“真的？！”意外之喜，小和尚惊得踮起了脚。

“那……那……”他又急切，又有点不好意思似的，后面的话逐渐小声，“那快给我尝尝吧？”

季言初给他剥了一颗糖，塞进他嘴里。

糖塞入嘴里的那一刻，小和尚满足地眯起眼：“啊，好甜！”

他开心地跺了跺脚，然后绕着季言初跑了几圈，笑着说：“真的吃不胖，你看我跑得还是很快，一点都没有长肉的感觉。”

季言初鼓掌附和：“不仅没胖，吃了这个魔法糖，都觉得你开始瘦了。”

始终冷眼旁观的顾挽彻底无语。

什么吃不胖的魔法糖，不就是一袋低聚糖糖果嘛。

这个人，还是那么喜欢骗小孩儿！

因为季言初的那袋糖，后来小和尚非得拉着他们去他负责抽签的那个偏殿，说要送他们两支签。

盛情难却，他俩都配合着各抽了一支。

都是上上签，签文看得似懂非懂。

小和尚又热情地拉着他们去大雄宝殿，找到了住持师父，请师父帮他们解签文。

老住持约莫八十多岁了，颤巍巍地戴上老花镜，将两张签条各看了一眼，笃定地点了点头：“好签，都是好签，门当户对无限好，桂子兰孙好前程。二位天命姻缘，富贵夫妻，求孕得子，将来必定偕老百年哪。”

季言初：“呃……”

顾挽：“啊……”

老主持还摇头晃脑地准备继续往下说，季言初却听不下去了，连忙制止道：“老师父，您是不是解错了，我求的不是姻缘，我求的事业。”

他回头，问顾挽：“你应该求的也不是姻缘吧？”

顾挽脸一红，偏头不看他，含混道：“没……我求学业！”

“对啊。”季言初转头去跟老主持解释，“我求事业，她求的学业，您怎么解成了姻缘？”

老主持推了下鼻梁上的老花镜，不紧不慢地问道：“你们不是从观音殿求的签吗？”

刚才拜的确实是观音。

季言初点头：“是的啊。”

老主持诧异地从镜片后面瞄了他们一眼：“一般去观音殿，不是求姻缘，就是求生子，你们跑那儿去求事业和学业？”

他指了指旁边正在排队抽签的队伍：“求事业和学业在大雄宝殿这里啊。”

季言初侧头看了眼旁边的小和尚，大人的话他无心听，正自顾自坐在蒲团上，把玩着自己脖子上的那串佛珠。

算了。

季言初简直哭笑不得。

不能找小和尚“算账”，又不能当这事儿没发生，他很怕顾挽介意。

毕竟，才在他那里住了一晚，就三番五次被人误会。他一个大男人倒无所谓，小姑娘脸皮薄，自尊心又强，碍于情面不说，心里指不定怎么难受了。

季言初越想越觉得过意不去。

后来下山的时候，他一个劲儿地宽慰顾挽：“小孩儿哪懂什么姻缘不姻缘的，他只是吃了我的糖，想还我一个人情罢了。咱俩抽签时想的都不是那回事，心不诚则不灵，你别太放在心上。”

顾挽走在前面，始终低着头，闷闷应着。

从她的背影也能感受到她此刻心情低落，季言初皱了下眉，小姑娘长大了，心思越来越难猜，不知道她是不是真因为这事儿在生气。

季言初一路上都很忐忑。

等走到了山脚下，他们上了车，季言初提醒顾挽系好安全带之后，到底还是不放心，又佯装轻松随意地说：“这就一乌龙事件，咱当个笑话听听，笑笑就过去了。”

顾挽扭头看向窗外，直接不搭理他了。

仿佛自讨了个没趣，季言初尴尬地敛了笑，暗暗叹了口气。

现在的小姑娘啊，怎么这么难哄？

明明小时候一颗太妃糖就能逗笑的。

顾挽才不管季言初此刻难不难堪，这人从山上到山下，就为这件事唠叨了一路，一副生怕与她牵扯不清的模样。

还有昨天，他不遗余力地跟姥姥解释了一遍又一遍。

“她是妹妹，不可能的。”

“她年龄太小，现在不适合谈这个。”

“好，我会尽快找女朋友。”

顾挽眨了下眼，轻轻地深吸了口气。

说她年纪小，又表示自己会尽快找女朋友，摆明了没考虑过要等她的意思……

晚风伴着落日的余晖习习吹来，顾挽打开车窗，快速后退的夜景从她渐渐失焦的眼睛里掠过。

她似乎又说服了自己妥协，忽然回头，冲季言初笑着说：“言初哥，你放心好了，我本来就是当一个笑话看的。”

或许连她自己都是个笑话也说不定。

夜风将她鬓边的碎发吹乱，从双眸缠绕到唇边。

季言初侧头过来，有点犯傻地愣了愣。

他一直认为，顾挽的长相属于清纯甜美型的，却在这一刻，从她的眼睛里仿佛看到了一整片星河，璀璨夺目，潋滟无边。

那种浑然天成，似乎连她自己都浑然不知的妩媚，像一把钩子，专往人心最深的地方侵略。

让人有点难以招架。

季言初强迫自己挪开视线，心不在焉地回答：“嗯，那就好。”

“晚上想吃什么？”他轻咳，为了掩饰什么，刻意换了话题。

顾挽都没了吃晚饭的胃口了，但还是回应了句：“都行，随便吃点就好。”

昨晚已经随便对付了，今晚他们回来得早，可不能再随便了。

“喜欢吃烤肉吗？”季言初建议性地问道，“天府城那边有家烤肉店很出名，听说还是网红店，要不要去看看？”

顾挽不好扫兴，顺从地听他安排：“好。”

天府城离上城花园不远，吃完饭，回去也很方便。

这家店分楼上楼下两层，节假日来吃饭的人比平时更多。

季言初在半路就打过电话预约排号，到了现场，还是等了二十多分钟才有空桌。

不过是个六人大桌，二楼靠窗的位置，窗外是繁星倒映的护城河，加上霓虹点缀，夜景很美。

二人落座，刚把菜点好，突然听到个声音从他们身后高喊：“季言初？”

季言初闻声回头，顾挽也跟着望过去，发现是两男两女的四人队伍，刚从一楼上来。

为首的就是刚才喊人的那个男的，见季言初回头，随即眉开眼笑道：“嘿，还真是你小子！”

季言初也笑了：“你们约在这儿？”

顾挽跟着站起来，大致猜到，这应该就是昨天闻雅在电话里说的曹严华。

四人浩浩荡荡地走过来，前面两个男生，各穿着一黑一白的T恤，后面跟着两个女生，一个长发一个短发。

长发女生侧着身子从曹严华身后伸个脑袋出来，调侃道：“闻雅说你妹妹来了，今天没空约，你不来，她也不来，我还觉得扫兴呢，这下好了，相请不如偶遇，来来来，快给闻雅打电话。”

她催促旁边的短发女生，笑得更厉害：“就说咱们帮她把季大律师逮住了，让她快马加鞭飞奔过来。”

因为这句话，其他人闹哄哄地笑开了。

季言初似乎也习以为常，只满脸无可奈何：“这玩笑都开多少年了，你们不腻吗？”

他回头，不着痕迹地扯开话题，指着顾挽介绍：“这是顾挽，我妹妹。”然后又笼统地指一指他们，跟顾挽说，“这些都是我大学同学，也没必要知道他们的名字，叫哥哥姐姐就对了。”

“季言初，你什么意思啊，我们不配有姓名是吗？”

他话音一落，那四个人就群起而攻之。

顾挽也跟着轻微笑了笑，站起来乖乖地颔首叫他们：“哥哥姐姐们好！”

她看着乖巧懂事，模样又生得极好，几个人被叫得心花怒放。

那两个女生的注意力果然一下子转移到顾挽身上，啧啧感慨：“季言初，你这妹妹怎么生的，这么漂亮？”

长发女生又开玩笑：“待会儿要被闻雅看到了，该有危机感咯。”

顾挽对这话置若罔闻，淡定地坐下后，捧着茶杯小口小口地抿着茉莉花茶。

曹严华跟季言初提议拼桌，说正好给店家省出一个桌子，减轻一下他们的就餐压力。

“就算闻雅来了，咱们只多一个人，在旁边加把椅子就好了。”

季言初没答，而是低头小声问顾挽：“可以吗？”

“可以的。”顾挽点点头，没什么意见。

那两个女生真的给闻雅打了电话。闻雅一听季言初在，也不刻意掩饰，在电话里就欢欣雀跃地笑开了。

“好的，我马上到，你们要等我来了才能动筷哦。”

笑声依旧是自信而张扬的。

他们点了很多菜，有荤有素，把六人大桌摆得满满当当，很丰盛。

闻雅来得很快，菜上齐后，不过等了十来分钟，她就到了。

她踩着高跟鞋，穿了件黑色 V 领的连衣裙，身材很好，走起路来，身姿窈窕曼妙。她化着精致的妆容，如瀑的头发烫着好看的波浪卷。

如她名字一般，气质优雅从容。

她视线朝里扫了一圈，最后在他们这桌停住，看到季言初的时候，双眼立刻一弯。

“阿言！”

那么一大桌的人，闻雅眼里仿佛只有季言初一个。

一见到他，她整个人似乎都被点亮了，娇俏灵动得像只欢快的蝴蝶，翩翩然地飞了过来。

“开吃了吗？”她撩了把头发，将肩上的小包放下，笑起来更美。

她一来，桌上的人又开始闹腾。

曹严华笑着答道：“你闻大女神都发话了，不等你到，我们哪敢动筷啊？”

闻雅握拳，虚捶了下曹严华的肩：“我那不是开玩笑嘛。”

说笑间，闻雅扫了眼季言初旁边的座位，瞥到位子上坐着的那个陌生小姑娘，了然一笑，问季言初：“这就是你电话里说的妹妹吧？”

季言初点头：“嗯，她叫顾挽。”又换了个方向对顾挽说，“闻雅，也是我大学同学。”

顾挽如刚才一般，点头叫人：“闻雅姐姐好。”

“欸。”闻雅微笑着应声，似乎很喜欢顾挽的样子，眯着眼，在季言初耳边感慨，“哇，妹妹看起来好乖哦。”

季言初偏头去看顾挽，借着这个动作不露痕迹地与闻雅拉开点距离。

“乖？”他想起来的路上，小姑娘还跟他使性子来着，不以为然地扯了下嘴角，“才怪。”

顾挽闻言，抬头很不友好地瞪着他。

季言初挑衅地挑了挑眉，一脸无惧，还使坏地揉乱了她的头发。

顾挽无语，警告似的叫他：“季、言、初！”

仿佛等着她就范，季言初立刻拿手点着她，一副证据就在眼前的表情，又跟人告状说：“看看，哪里乖了？”

顾挽懒得理他。

一旁的闻雅视线循着二人的互动，转了几个来回，忽然娇嗔地拍了一下季言初：“去去去。”

她一副要替顾挽撑腰的架势，挤开季言初，说道：“坐旁边去，你们臭男人懂什么？我一看就知道挽挽是那种又乖又听话的小女孩，我喜欢得紧。”

闻雅把季言初挤得挪了个位子，自己坐到顾挽旁边，热情地问顾挽：“挽挽，一个人来暨安还习惯吗？和同学、舍友相处得怎么样？”

顾挽本就是个慢热到近乎有点冷淡的人，不擅长应付她这种自来熟，只略点了点头，言简意赅道：“还好。”

“没事儿。”闻雅学着刚才季言初那样，拍了拍顾挽的头顶，“以后你在这边遇到什么事儿，都可以来找我。我知道，女孩子不是什么事都方便跟男孩子讲的，你哥哥一个人待习惯了，心思粗糙，没那么会照顾人。以后周末了，可以来我家住，我陪你看剧追漫画，你就当多了个姐姐，多一个人疼你，好不好？”

不知道是不是自己的错觉，顾挽总觉得闻雅话里有话，但抬头看她，从她的眼神里，又只能看到一派真诚温柔。

顾挽觉得自己想多了，沉默几秒，最终强迫自己勾起嘴角，笑着点了点头：“好。”

见她态度转变，闻雅脸上的欣喜更加明显。

闻雅凑得更近了一些，拿出手机问顾挽：“咱们可以加个微信吗？”

顾挽其实不太想加，但又不能拒绝，到底还是拿出手机点开了自己的微信二维码。

闻雅对着扫了一下，很快，顾挽的手机就来了验证消息。

顾挽点开查看，备注上写着“闻雅姐”，然后点击确定。

“加上了吗？”

闻雅凑过来问，好巧不巧，正好瞅到顾挽的微信聊天列表。

看到那个被置顶的,标着“盖世英雄”的微信头像,闻雅一眼就认出了是谁的。

她不动声色，装作什么都没看见。

加了好友后，她又嘘寒问暖地寒暄了几句，饭局正式开席。

之后他们同学间忆往昔，思未来，大多是些顾挽插不上嘴的话题。

顾挽也乐于充当一个没有感情的背景板，机械地闷头狂吃。

席间，闻雅寻了个空隙，在微信上问季言初：【你是做了什么惊天动地、拯救宇宙的壮举，竟博得了“盖世英雄”这样的美称？】

季言初看到微信，回道：【？】

闻雅：【你不知道？】

不等季言初回复，她飞快地打字：【就我刚刚和挽挽加微信时，无意中看到的，你的微信，她备注的是“盖世英雄”。】

季言初很意外，抬头瞥向顾挽。

小姑娘浑然不觉，正低头专心剥虾。

静默一秒，他忽然笑着挑了下眉，很没脸没皮地跟闻雅炫耀：【正常，她从小就非常崇拜我，对我比对她亲哥还好。】

闻雅放下手机，没回，而是直接“嗤”了一声，笑骂了句：“不要脸！”

那娇嗔暧昧的语气，任谁听了，都要浮想联翩。

顾挽偏头看向他们。

桌上其他人也因为闻雅这句话才发现她和季言初刚刚都拿着手机，原来是在私聊。

“什么不要脸？”曹严华很兴奋地笑起来，“闻雅你快说说，我们素来不近女色的季大律师，在你这儿是怎么不要脸的？”

“哎呀，你们这些人，思想不要那么肮脏好不好？”

闻雅红着脸，半嗔半怒地骂，不过也没有真生气的样子。

倒是季言初敛了几分笑，吊儿郎当地说：“再正常不过的事，再普通不过的关系，怎么经你们的嘴里说出来，就都变味儿了？不过玩笑归玩笑啊，注意点儿。”

他指了下顾挽，半真半假地警告：“我家顾挽还在，她年纪小，别什么浑话都往她耳朵里塞。”

顾挽低头继续剥虾，心情差到极点，只装聋作哑地吃东西。

偏偏这个时候，她的手机也响了起来。

顾挽放下虾壳，拿纸巾擦了下手，瞟了眼手机，竟是徐奕南打过来的。

她本来打算挂了待会儿再回的，但想想饭局一时半会儿也结束不了，万一找她有什么事，她顿了顿，还是站起身，划开接听键，准备去旁边讲电话。

谁知划屏的指尖还未收回来，顾挽的手肘不小心被人撞了下，然后闻雅的筷子、勺子哗啦啦掉了一地。

手忙脚乱间，顾挽条件反射一般弯腰捡筷子。

然后，就听到徐奕南清朗温和的嗓音，带着点雀跃兴奋地从手机里传出来。

“顾挽，你国庆没回家怎么也不跟我说啊？我现在在回暨安的车上，估计明天一早就能到。”

饭桌上，大家因为这突如其来的插曲，一时陷入一阵莫名的寂静。

顾挽大脑空白了一秒，才意识到自己不小心碰到了免提键。

她反应过来，快速挂掉了电话。她脸上的情绪不明显，一副再淡定不过的样子。

但是季言初最了解顾挽，这姑娘从小到大都一个样儿，表面越淡定，内心越慌乱。

季言初偏头瞥了一眼顾挽的脸色，果然绷着下颌，一脸僵硬。

“曹严华，听说你最近在相亲？”季言初把玩着手里的打火机，状似随意地挑起这个话题，打破沉寂。

效果显著，所有人的关注点一下子被他带到曹严华这边。

曹严华瞪着眼，震惊的表情很浮夸：“你什么时候也这么八卦？”

季言初懒懒地笑：“我这是关心你。”

其他人立刻加入话题，不能理解地问：“有这个必要吗，才刚毕业就相亲？”

曹严华抿了口酒，皱皱眉，然后摆摆手：“你们啊，还没搞清楚目前的局势。咱不是季言初，只要想谈恋爱了，招招手，就有一大帮小姑娘排队等着。你听我给你们分析分析啊……”

说到兴起，他手肘撑着桌子，还真像个学术研究者似的，一本正经的样子：“我今年二十三岁，如果相亲顺利，年底谈个女朋友，在一起最起码要谈个两三年才能结婚吧？这就二十六岁了。结婚后呢，夫妻要磨合吧，要先享受几年二人世界再要孩子吧？”

他一摊手：“四舍五入，就三十岁了。

“这还是稳打稳算，一点意外不出，那万一这个谈不拢，分手了呢？那我岂不是要蹉跎到三十岁以后才能结婚生娃？”

经他一分析，众人面面相觑，还真有点能体会到这事情的严峻性。

“那我是不是也该开始相亲了？”和曹严华一起来的那个男生，沉默了一会儿后，突然一脸担忧地醒悟。

曹严华拍拍他的肩，两人凑一块儿开始讨论哪个相亲网站比较靠谱，资源比较多，怎么注册账号之类的。

顾挽早吃饱了，坐旁边有点无聊。

她拿起手机点开徐奕南的微信聊天界面，想道歉解释一下，却发现他已经发了几条微信过来。

【怎么突然挂了，信号不好吗？】

【我明天可以去找你吗？中午一起吃个饭？】

【还有两天假，你有什么想去玩儿的地方吗？暨安这边我比较熟，我可以带你去。】

顾挽看完，拿着手机开始打字，礼貌性地回道：【啊，学长不好意思，刚才有点不方便讲电话。还有谢谢学长。不过不用了，我在我哥哥这里，这几天暨安好玩的地方，他基本都带我去过了。】

很快，她手机响了下，徐奕南回道：【哦，原来你哥哥也在暨安吗？】

顾挽：【嗯，他在这边工作。】

徐奕南：【哦。】

顾挽：【嗯。】

聊天就此陷入僵局，顾挽不想找新的话题，盯着手机上方那个“对方正在输入”一会儿跳出来，一会儿又消失。

她皱眉，没有耐心再等，索性把手机按灭了。

她放下手机，一抬头，便对上季言初意味深长的眼神。

那人明明眼里含着笑，顾挽却有种被当场抓包的怯懦感。

顾挽无意识地抿了下唇，在心里不甘示弱地想：我又没做什么亏心事，怕他干什么？要真说起来，他才是最轻浮浪荡的那一个。

顾挽给自己打气，勇敢地无视掉季言初的眼神，然后淡定自若地捧着杯子喝水。

快十点半的时候，他们终于散场。一帮人浩浩荡荡，边说话边往外走。

中途顾挽的鞋带散开了，她便蹲下来系鞋带，再起身时，就远远落在了后面。

闻雅不知何时走到了季言初身侧，正低头与他说着什么，看他的眼神温柔似水，妩媚多情。

顾挽远远站在那里，仿佛回到了多年前，林语跟季言初告白的那个夜晚。

那时候，顾挽迫不及待地渴望时间快一点，赶快长大，赶快长到她羡慕惨了的十八岁。

现在，她终于过了十八岁，终于长大了，她拥有了喜欢一个人的权利和能力。

可为什么，她还是那么懦弱，还是什么都不敢说？

她想起刘夏那年哭哭啼啼说的话。

“不管我怎么拼尽全力地去追，也始终追不上他的步伐。”

“他不知道这个世界上还有一个人这么深切地喜欢着他，他不知道，所以，当他遇到心仪的女孩以后，终会毫无顾忌地喜欢上她……”

顾挽委屈难过得想哭，却发现连哭泣的理由，都已经不能再像小时候那么随便敷衍了。

长大的好处她还没感受到，成年人的无奈倒体会得酸涩深刻。

事实上，她也没多少时间悲伤感怀，赶在那群人走出餐厅前，她收拾好情绪，默默跟了上去。

在停车场那边，他们各自分别，季言初看到后面的顾挽，招了下手：“怎么走的，突然就掉队了？”

闻雅还没走，站在季言初旁边，似乎还有话与他说。

顾挽走过来，伸手：“车钥匙给我，我去车上等你。”

季言初没察觉出她情绪异样，把钥匙递给她：“我很快就来。”

直到顾挽走远，闻雅的视线才从她的背影上抽离回来，问季言初：“曹严华的话，你怎么看？”

季言初点了支烟，抽了口，漫不经心地笑道：“他一晚上说了那么多话，哪句？”

闻雅“啧”了声，觉得他明知故问：“就他相亲的那番言论。”

“哦。”季言初从唇边把烟移开，摇摇头，“这种事情……个人命运缘分皆不同，我没什么看法。”

“你真不急啊？”闻雅嗓音扬了几分，颇有些语重心长地刻意点出，“没见你妹妹都在谈恋爱了，你做哥哥的还不急？”

季言初抽烟的动作一顿，散漫的神情立刻消失：“谁说她谈恋爱了？”

闻雅朝顾挽离开的方向努努嘴：“电话里那男孩怎么说的，你没听到？”

“很平常的一句话，怎么就成谈恋爱了？”

闻雅反问道：“为了她连夜坐车赶回暨安，很平常？”

季言初若有所思地抽烟，没话说了。

其实这些道理他未必不懂，只是自己有点抗拒去深究。

这个信息来得太突然，他之前从未想过，也从未把顾挽与哪个男孩子联系在一起过。

陡然让他接受这样一个信息，他总觉得一时还没做好准备。

说不清道不明，季言初也不知道自己不能接受的点在哪里。

或许是因为觉得顾挽确实年纪还小，也或许在自己的印象里，她还是那个看似少年老成，其实遇事也会哭鼻子的小孩。

这个小孩要和别人谈恋爱？

季言初一想，怎么感觉那么荒唐，且不可思议呢？

仿佛是听到她与某个人玩过家家一样，他微微一笑，并未将此真的放在心上。

只是走的时候，季言初突然心情不是很好，回头叫了声："闻雅。"

"啊？"闻雅正欲转身，听到季言初的声音迅速回过头，脸上还带着某种希冀。

季言初直勾勾地盯着她，眼神沁出几分薄凉，突然笑道："我自己的事，我有安排，你以后别跟我姥姥似的。咱是朋友没错，但关系再好，也有不可僭越的界限。"

闻雅瞬间明白，他这意思，是怪她多管闲事了。

她怔了一秒，脸上浮出有点伤心又有点难堪的表情，本来想着如以往一样装作不在意地忽略过去。但不知为什么，她想起顾挽，想起第一眼看到顾挽时，心里没来由地弥漫起的那股不安。

闻雅咬了下唇，不甘地想再试试。

"季言初，这么多年了，难道我们……"

"闻雅！"似乎早就料到她会说什么，季言初立时打断，没什么情绪地问，"我说过咱俩不可能，你没忘吧？"

一句话把她所有的跃跃欲试都堵在了嗓子眼儿里。

与闻雅分别后，季言初一路心不在焉地往自己车子那边走。

还未走近，就看见了顾挽。

她拿着车钥匙，却没上车，蹲在车尾后边的一棵广玉兰树下。

整个人小小的一团，身影都被树影罩住，脸上的表情也隐在阴影里，季言初只看得到那一双明亮的眼睛是朝他这边看着的。

他深呼吸，所有的阴郁开始消散。

"你怎么蹲在这儿？"季言初笑着走近，伸手一把将她拉起来，"怎么不去车里呢，这里没蚊子吗？"

顾挽没回答，把手里的车钥匙给他。

她开了车门，坐进去，沉默了一会儿才说：“言初哥，我明天要回学校了。”

季言初闻言，偏头看过来，眉头微不可察地皱了下。

“不是还有两天假吗？暨安还有挺多好玩的地方我还没带你去呢。”

顾挽摇头：“不了，以后有机会再去吧。”

季言初不说话了，安静地盯了她两秒，忽然一扯嘴角：“很好。”

他这话听着就有情绪，顾挽立刻看过来：“什么很好？”

季言初转头，目视前方。

“男朋友来了，就不要哥哥了……”他略心酸委屈地叹了口气，摆摆头，寂寥地感慨，“现在的小孩子啊，可真没良心！”

顾挽觉得莫名其妙，眨眨眼，反应了几秒才明白他说的是哪回事，当即道：“你别瞎讲，徐奕南不是我男朋友。”

季言初一副并未拿她的解释当回事的样子，神色寡淡，声音没什么起伏地说道：“哦，不是男朋友，还为了你连夜来暨安？”

他把闻雅反问他的话又丢给顾挽，想听听当事人怎么解释。

但这位当事人不怎么配合，他问出这句后，她卡壳了，动了动唇，却半天给不出回应。

等了半晌，季言初有点不耐烦了，侧头看着顾挽，催促道：“嗯？怎么不说话了？”

顾挽整个晚上本就心情不好，她还没问季言初和闻雅之间是怎么回事，他这没头没脑的一句，反倒上纲上线追问个不停。

她一时气恼，扬起头，反唇相讥道：“为我来暨安就是我男朋友？那闻雅姐为了你，聚会说不去就不去，一听到你在，堵车高峰时段说马上到就马上到，我是不是也可以说她是你女朋友？”

季言初双眼微睁，露出一丝讶异，很少听顾挽一口气说这么多话，笑道：“我就好奇问问，你急什么？”

“我才没急。”顾挽否认，遮掩情绪地看向窗外，瓮声瓮气地说，“怎么，就许你和人搞暧昧，我连交个朋友都不行？只许州官放火，不许百姓点灯？”

季言初愣了愣，又气又好笑：“我什么时候和人搞暧昧了？”

“就……”顾挽要说什么，忽然一回想，好像确实也没见季言初怎么着，一直都是闻雅特别热情，相反，他的态度似乎还挺不冷不热的。

顾挽语塞，一口气堵在胸口，却找不到他的什么把柄宣泄出来。

可还是生气啊。

忽然，她想起今晚饭桌上，季言初唯一跟闻雅互动过的事情，立刻转头说：“今晚那么多人，你俩偷偷私聊，一看就古古怪怪、暧昧不清的。”

季言初不怒反笑：“你知道我们在聊什么，你就说暧昧？”

“聊什么？”顾挽随口问道。

“聊你啊。”

“我？”顾挽颇感意外地扬声，又小声地狐疑，“聊我什么？”

这回，季言初倒不吱声了，只要笑不笑地盯着她。

顾挽被看得心里直发毛，恼道：“你能不能一口气把话说完？”

季言初也不急，依旧那副老神在在的模样，慢吞吞道：“她说，看到你微信里给我备注的名字是‘盖世英雄’，所以想问问我是干了什么惊天动地的大事。”

说到一半，他忽然凑近了些，眼里染上几分自得的笑意，低声问道：“你真给我备注的‘盖世英雄’？”

顾挽的脑子里仿佛“轰”的一声炸响，脸瞬间红了个透彻。

好在车内光线晦暗，季言初也看不清，继续问道：“为什么取这么个名字？”

这个问题，顾挽下意识想拒绝回答，身体也条件反射地后仰，对上他灼然清亮的眼睛，很快别开视线。

她挠了下鼻子，支支吾吾道：“就……刚加你那会儿，我正好想起咱俩第一次遇见的那次。”

她说着，语速渐渐放缓，倒真陷入了那段回忆。

那个既让她胆战心惊，又让她悸动怦然的夜晚。

“就觉得，你是英雄，也是我的救命恩人。”

顾挽看向窗外，低声喃喃，思绪一下子飘去很多年以前……

这个解释合情合理，季言初不疑有他，很自然地接受，根本没想过要更深层次地去探究。

他“嗯”了一声，稍稍坐直身子，开始得理不饶人地谴责她：“所以，你现在就这么对你的救命恩人？”

顾挽默默看他一眼，自知理亏，低下头，没说话。

“你这孩子现在怎么回事啊？”季言初一副抓破脑袋都想不明白的疑惑模样，双手抱肩，啧啧纳闷，“你的心思我是越来越猜不透了，是不是女孩子长大了都这样？”

随即，他又很无辜地嘟囔：“还动不动就朝我发脾气，哥哥有时候都不知道哪里惹了你。”

顾挽把头压得更低，抿着唇，一副乖乖听训的样子。

一旦她乖巧温顺，季言初便舍不得太严厉，又恢复往日那副和煦温柔的哥哥模样。

他怜爱地在她头顶揉了一把，嗓音也跟着轻柔，语重心长道：“我没有要限制你的意思，只是怕你年纪还小，不懂这世道人心险恶。顾远那么放心地把你交给我，我总得对你负责不是？”

季言初停顿一秒，又说道：“我也没说你交朋友不对，如果哪天你真遇上喜欢的人了，我只希望你能提前带过来给我看看，让我帮你看看人品相貌，看和你配不配，也好叫我放心，行吗？”

他好声好气地与她有商有量，顾挽最吃他这一套温柔攻势。

她犹如一只被顺毛的小猫，乖巧听话地窝在那里。

月色温凉如水，夜色寂静安宁，之前郁闷烦躁的心情也渐渐恢复平静。

顾挽向来不是个喜欢倾诉的人，但在这样静谧的夜晚，吐露心声的欲望被鼓动得蠢蠢欲动。

憋在心里很多年的话，这一刻，她很想说给季言初听一听。

顾挽慢条斯理地吐了口气，做足了充分准备，然后坦诚道：“徐奕南确实在追我，但是我……我不喜欢他。”

说到这里，她突然转头，定定地看着季言初，眼神里带着不顾一切的冲动，无惧又直接地迎上他的目光，缓慢开口，一字一顿。

“言初哥，我有喜欢的人，喜欢了很多年！”

季言初震惊，却克制着什么也未表露。

他缓了几秒，仿若只是听到一件再寻常不过的事情，淡淡一笑，问道：“你有喜欢的人了？”

顾挽说：“喜欢很多年了。”

于是，季言初自然而然地猜测：“是你同学？”

顾挽不想撒谎，但始终还是缺乏将一切抖搂开来的勇气。

她只能诚实地说：“言初哥，我现在还不能跟你说太多，因为……那个人还不知道我喜欢他。”

她怅然若失，眼里有掩饰不住的悲伤。

“暗恋吗？”季言初怔怔地看着她这副神情，心里也跟着不忍，微仰了下头，无意识地喃喃了句，“暗恋很苦啊。”

不知为何，一股涩涩的窒闷感在他胸腔里弥漫开，并且越来越浓郁，让他忽视不掉，又摸不着头脑。

两人一时无言。

季言初没敢让自己沉浸在那种情绪里太久，只消沉几秒，为了帮顾挽驱散那些负面情绪，他刻意放松，佯装八卦地问：“那他是怎样的一个人，你总能告诉哥哥吧？”

顾挽瞥他一眼，随即又撤回眼神，低下头，掰着手指头一点一点细数。

“他长得很帅，人很温柔善良，脾气也好，细心又体贴，头脑很聪明，学习也很好，成绩很优秀……”

不等她数完，季言初笑着打断：“合着没有任何缺点就对了呗？”

顾挽眨眨眼，很认真地点头：“嗯，他没有缺点。”

季言初不以为然地反驳：“这世上没有哪个人是没有缺点的。”

“但他就是没有！”顾挽执拗地强调，眼神里透着明显的偏袒和维护。

“哟，还这么护短，说都说不得？”季言初调侃，“这小子可以啊，看把你迷得都快六亲不认了。”

说着，他又使坏地去揉她的头发，半真半假地吃醋：“怎么没见你这么维护过我呢？”

顾挽不耐烦地拍开他的手，对着窗外，不知嘀咕了句什么。

季言初调笑完，静坐半秒，脸上的笑容再也挂不住，开始一点一点消散，内心深处后知后觉地泛起酸溜溜的凄凉。

那个曾经整天对着他言初哥长言初哥短的小姑娘终究是长大了，有了心心念念的那个人，为了那个人，还跟他气恼，什么都不愿意透露，将他当个外人一样。

他想，他的“小尾巴”要跟别人跑了。

一想到这个，他不得不承认……还真挺难过的。

第六章 / 多希望那个人是你

顾挽第二天回的学校，回来也没告诉徐奕南，昏昏沉沉地在宿舍躺了两天。

她一回来就显得心事重重，闷闷不乐，宿舍几个女孩大抵能猜到发生了什么。

想来是在帅气哥哥那里碰了壁，受了情伤回来的。

她们什么也不敢说，什么也不敢问，只心照不宣地没再问过顾挽有关帅气哥哥的事情。

为了哄顾挽开心，让她转移注意力，几个姑娘拉着她一起参加了许多杂七杂八的社团，接触了一些形形色色的学长学姐。

顾挽对那些五花八门的社团没兴趣，但舍友一个个热情洋溢，又用心良苦，一番好意她也不好辜负。

假期一过，季言初似乎又陷入了繁忙之中，偶尔会给顾挽发微信，问问学习和学校生活之类的日常问题。

放完假，顾挽的课程也开始增多，每周除了周末，平时课程基本排满。

日子充实了，倒没了太多时间胡思乱想。

十月中旬，季言初又接了个外地的案子，跟顾挽说要出差大半个月，等他回来，会来学校看她。

顾挽回复说好。

十月底，北方已经开始进入冬季。

宿舍里贴了通知，说要到十一月初全市才统一供暖。

顾挽一到冬天就容易感冒，又不抗冻，十月中旬睡觉就开始套两双袜子，一直等到十一月初供暖，人已经冻得差不多了。

他们社团有个户外的公益活动，顾挽本来已经咳嗽了好几天，打算请个假不去，结果那个社长学姐直接瞪了她一眼，阴阳怪气道：“大家都能去，怎么就你娇气？”

社长学姐转身又在社团群里发了通知:【周六的公益活动全体社员必须都到，谁都不许请假！】

顾挽无奈，只好多穿了件毛衣，硬着头皮跟去了。

活动当天，在外面吹了一整天的冷风，顾挽只觉吹得整个天灵盖都麻木了，太阳穴那里突突抽筋似的疼。

当晚回来，她趴下就起不来了，晚饭都没吃，裹着被子一会儿冷一会儿热，出了一身的汗。

第二天系里有个挺重要的讲座，顾挽去不了，让沈佳妮帮她请了假，捂着脑袋又昏昏沉沉地睡了一上午。

中午林霄给她带了感冒药和午饭，她吃了药，依旧没有胃口吃饭。

顾挽嗓子哑得说不出话来，艰难地对林霄说：“下午我可能还要请假。”

林霄担忧地看了她一眼,说道:“光吃药行不行啊,要不去校医务室看看吧？”

顾挽懒得动，只想睡觉，以前在迎江的时候，冬天也常生病，都是吃点药闷头睡一两天就好了的。

她都病出经验了。

下午照例还是请假，她继续睡觉。

睡到傍晚，顾挽被不断传来的手机微信提示音吵醒。

她从被子里探出只手，在枕头底下摸到手机，按开屏幕看了眼。热闹得很，季言初和徐奕南都发了微信过来。

她下意识先点开季言初的。

【哥哥出差回来了，下午刚到暨安，你有空吗？晚上我过去看看你，顺便一起吃个饭？】

顾挽此刻正头重脚轻着呢,哪还有力气吃饭,但又不好说实话惹季言初担心,想了想,便撒了个谎:【今天可能不行,晚上我们系有个很重要的讲座我要去听。】

然而她并不知道，季言初发微信过来的时候，其实他人已经到了学校。

恰逢傍晚下课时分。

季言初身形高大而清瘦，站在乌泱一片的人潮里，本就鹤立鸡群，再加上他过分精致的长相，走到哪儿，身边总有绕不开的拥挤。

等发现围着他的大多都是女生时，季言初似乎才意识到什么，万分汗颜。

他正步履维艰之际，忽然听到人群里有人叫自己。

“哥哥，哥哥……”

季言初以为是顾挽，抬起视线去找，却发现并不是她，而是她的那三个舍友。

几个女孩子在人群里跳跃着招手，一见到他，小麻雀似的往这边挤，一副大义凛然的模样，将他身边那个莫名其妙的包围圈给冲散了。

季言初摸了下鼻尖，冲她们无奈又感激地笑了笑。

几个姑娘相继叫了人，又叽叽喳喳地问：“哥哥，你是来看顾挽的吗？”

季言初不知道她们话里的另一层意思，只笑着点头说是。

他刚想问怎么没看到顾挽，林霄就义愤填膺地开始吐槽：“本来昨天那个社团活动顾挽就要请假的，结果那个什么社长，拿着鸡毛当令箭，还不允许她请假。”

一旁的厉文静接话：“哎呀，你不知道，那个社长和徐奕南学长是一个班的，听说徐奕南学长在追挽挽，就开始针对上了。为了什么，你们懂吧？”

沈佳妮性子娇弱，但也忍不住义愤填膺：“这人太恶心了吧？她要喜欢就光明磊落地竞争，背后耍什么阴招啊？可怜挽挽前几天就开始咳嗽了，昨天又吹了一整天冷风，回来躺下就起不来了……”

听到这里，季言初的脸色已经很不好看了：“顾挽病了？”

林霄“啊”了声，傻乎乎地说：“你不是听说她病了才来的啊？她都躺一天了，粒米未进。”

季言初拧眉，直接问道：“你们女生宿舍，允许男家长进去吗？”

家长？

林霄被他这个自称震得眨眨眼。

人家一心想当你女朋友，你却想着给人当家长，这下她更觉得顾挽可怜了。

沈佳妮没有那么多心思，主动举手道：“男生不让进，如果是家长，把身份证押在宿管阿姨那儿就可以进。”

几个人把楼号和宿舍号都报给了季言初，然后异口同声地表示她们要去吃晚饭，暂时先不回宿舍了。

她们能帮顾挽的，也就这么多了。

季言初对美院并不陌生，以前读大学的时候，他们宿舍有个舍友的女朋友就是美院的，他陪那个舍友来过几次。

他目标明确地找到顾挽所在的那栋宿舍楼，此时正值晚饭时分，宿舍门口来来往往都是人，有男有女，一个个都很年轻。

季言初夹杂在人群里，看上去并未比他们老成多少，说是大三大四的学生，完全可信。

他刚准备进宿舍楼，一个骑着自行车的男生停在门口，自行车前还挂着两个透明的袋子，一个里面装着颜色各异的药盒，一个是打包的皮蛋瘦肉粥。

像是有某种直觉，季言初下意识猜测这个男生或许就是徐奕南。

男生停好车，开始打电话。等了数秒，电话接通，他眉眼一松，不自觉带上笑，叫了对面一声：“顾挽。”

果然没错，季言初无声挑眉。

徐奕南还未发现旁边有暗暗偷听的人，关切地问：“你感冒好点了没？我给你买了药，你现在方便下来拿吗？不方便的话，我跟宿管阿姨说一声，给你送上去？”

顾挽似乎拒绝了。

徐奕南微微蹙眉，依旧不放弃：“那你吃饭了吗？虽然生病胃口不好，但是也不能不吃啊，你这样躺着只会越来越严重。我给你买了皮蛋瘦肉粥，你多少吃一点。”

不知顾挽说了句什么，只见徐奕南身形僵了僵，脸色难堪地一红，沉默了数秒，才尴尬一笑：“顾挽，你已经说过好几次了，我知道你有喜欢的人，但……”

他嗓音慢慢落寞下来：“咱们做朋友……都不可以吗？”

顾挽态度坚决。

徐奕南眼里那点希冀的光最终暗淡下去，挂了电话，垂头丧气地推着自行车离开。

走到一个垃圾桶旁时，他愣了会儿神，最后将车子前面挂着的药和粥都扔了进去。

季言初心情有点复杂，莫名其妙地生出一丝说不清道不明的同情，他不确定自己同情的是不是这个被拒绝的男孩子，有点没头没脑，理不出头绪。

但他唯一确定的是，顾挽的做法没有错。

季言初把身份证押在宿管那里，上了楼。顾挽的宿舍在二楼，上去后拐弯的第一间就是。

他站在门口敲门，里面的人早被刚才的电话吵清醒了，正裹着被子坐在床上发呆。

听到敲门声，顾挽本能地当作是舍友回来了，正准备下床开门，忽然想起来舍友们都有钥匙，她还病着，不可能还让她起来开门的。

因为徐奕南才闹着要上来，她自然而然把敲门的人当成了他。

顾挽裹了条薄毯在身上，走到门后，却并未开门，而是隔着那道门，哑着嗓子道：“学长，你回去吧，我话已经说得很明白了。”

外面的人却没回应，依旧执着地叩了两下门，不轻不重，不急不躁，还挺有绅士风度的感觉。

顾挽气结，见他不罢休，索性把话说得更加明白一些。

“学长，我都告诉你了，我有喜欢的人。实话跟你说，我喜欢他不是一天两天的事。我这个人，做什么事都比较固执有毅力，喜欢一个人也一样，喜欢了，那就是一辈子的事。这辈子心里就只能装下这么一个人，哪怕别人再好再优秀，我也不会多看一眼，你明白吗？”

也不知道这些话有没有效果，她一口气说话，盯着那扇冷寂的门，屏气凝神地等着。

死一般沉寂了十几秒，门外那人才终于忍俊不禁地开口，还带着戏谑与调侃——

“嗯，哥哥明白了，能给哥哥开下门吗？”

怎么是季言初？

顾挽眼睛一下瞪得溜圆，眼里仿佛有十级风暴席卷而过……

啊啊啊！

这人是什么时候冒出来的？

顾挽内心抓狂，恨不得去挠门板。

她揉揉脸，缓了好一会儿，才恢复一脸若无其事，冷着脸去开门。

一开门，迎上门外那双自带深情的眉眼，眼里流光熠熠，似笑非笑地盯着她。

上次见面还是夏季的着装，这次来，季言初已经穿上了深咖色的大衣。大衣笔挺而熨帖，将他的身形衬托得更加修长匀称。

他站在门口，一副风流倜傥的模样。

顾挽心内怦然，距上次见面差不多隔了一个月，季言初又清瘦了些，看着却更加帅气，精神抖擞。

顾挽下意识咽了咽嗓子，不着痕迹地垂眸，敛尽眼里的惊艳，没好气地埋怨道：“你怎么偷听别人讲话？”

季言初一脸无辜：“你都快用吼的了，我这哪叫偷听？”

“你还强词夺理？”顾挽气呼呼地瞪着他，“要不是你不吭声，我也不会把你当成徐奕南，那我就不会说那些有的没的……也不会白白被你看笑话。”

明明她话里的那个主角是他，他反倒一副置身事外，还揶揄取笑的姿态。即便清楚他其实什么也不知道，顾挽还是忍不住觉得委屈，觉得不公平。

或许人一旦生病，心思就要比平时敏感脆弱得多。

就因为她是暗恋者，很多话不能宣之于口，所以就活该处处卑微，处处被他拿捏吗？

顾挽愤愤不平地想，又气又伤心，眼里不受控制地漫上一层热雾，眼角立刻也红了。

“你……来真的？”

季言初僵住，他只是想逗一逗小姑娘，怎么一下把人给惹哭了？

这下玩脱了。

他一副闯了大祸的模样，手足无措地给她擦眼泪：“别别别，哥哥逗你的，跟你开个玩笑而已。别哭啊……”

季言初又紧张又心疼地蹙着眉，弯腰低头凑到顾挽面前，帮她擦掉眼泪又揉揉她的脸，沉着嗓音低声问道：“小书呆，你是怎么了，从前的小刺猬怎么变成小哭包了？”

明明以前是那么倔强坚韧的小姑娘，遇到坏人都不会掉一滴泪的。

是谁让你有了沉重怅然的烦恼和少女解不开的愁绪心结呢？

是你喜欢的那个人吗？

这个人……怎么这么让人讨厌？

顾挽中午吃的药并没有什么效果，季言初瞅了一眼她的唇，不仅干裂还红得异常，伸手探了下她的额头，烫得厉害。

他拧眉，不悦地问道：“你发烧了，自己知道吗？”

顾挽只觉得口干舌燥，身上有点烫，然后就是头疼、嗓子疼，也没其他的不适，和以前感冒差不多。

季言初二话不说，带着人去了学校附近的医院。

一系列常规检查后，开药，输液。

顾挽坐在留观室里输液，能清晰感受到冰凉的药水通过血管往全身蔓延，仿佛一下子浇灭了身体里烧了一整天的那团火，还挺舒服的。

她躺在椅子上，还是昏昏沉沉的，不知道是药效使然还是怎么的，依旧有点犯困。

看她勉强支撑的样子，季言初拍拍她，柔声道：“你想睡就睡会儿，哥哥在呢，别怕。”

顾挽点点头，似乎真的坚持不住了，没过两分钟，人就睡沉了。

留观室空间大，大晚上的人也不多，暖气开得不是很足，有点凉。季言初怕顾挽又冻着了，把身上的大衣脱下来给她盖上。

他的衣服本来就大，又是长款，像一床小被子似的将顾挽从脖子盖到脚踝，遮得严严实实。

季言初忽然看到她插着针管的那只手，他怕把她的手放进去，待会儿万一回血不能及时发现，所以只好将其放在外面。

素白修长的指尖，骨节柔软不甚明显，细细瘦瘦的，手腕细得仿佛他一只手掌能握两个。手上的血管也很细，一开始药水送快了，手背上还肿起来了，看上去可怜巴巴的。

季言初盯着那只手看了会儿，半晌，鬼使神差地，将她的指尖握进掌心里，无意识摩挲着，久久没有放开。

顾挽虽然睡了一天，可因为头疼发烧，也睡得不安稳。此时药水输进身体里，反倒舒畅得不行，睡得很踏实舒服。

等她幽幽醒来，季言初第一时间出现在她的视线里，笑着问道：“醒了？你感觉怎么样？”

顾挽只觉得手边传来阵阵暖意，下意识抬手，发现点滴早就打完了。

“你怎么也不叫醒我？”

她支着身子坐起来，看到身上盖着的大衣，眼神顿了一秒，然后又把衣服拿起来给季言初。

季言初边穿衣服边说：“看你睡得熟，没舍得叫。”

顾挽因为这话，心口又紧了下，不动声色地要站起来，这时候才发现手边还躺着个暖水袋。

她看向季言初，问道：“你还出去买暖水袋了？”

季言初抖抖衣领：“你睡着了我哪敢走啊，跟护士借的。”

正说着，那个借暖水袋的护士正好过来，也是给顾挽输液的护士。季言初把暖水袋还给她，不停地道谢。

许是这对男女长得都太过养眼了，小护士接过暖水袋，忍不住对顾挽多了句嘴：“你男朋友对你可真是太体贴细心了，一般的男孩子怕女朋友冻着盖件衣服很常见，但是你男朋友连你输液的手都顾及了，这种小细节还真是很少有人注意到。”

说着，她瞥了眼季言初，对顾挽调侃道：“这样的好男人不多见呢，要好好珍惜哟。”

顾挽低着头，等了半秒，惊讶地发现这次季言初倒是没急着否认，也没跟人解释。

她诧异地看向他，发现那人站在旁边正端着手机在查什么，一副事不关己没听清的样子。

顾挽朝护士笑了笑，回了句：“好，谢谢您。”

护士刚走，季言初放下手机，一副思绪才拉回的模样，问道：“感觉怎么样，可以走吗？”

顾挽想问刚才他有没有听到，抿了下唇，到底还是没问。

八成是没听到，以他之前的做派，听到不可能不解释的。

顾挽发现，果然这种引发发烧的重感冒，吃多少药都不如打一次点滴有成效。她一觉醒来，整个人都清醒爽利多了，不觉得嘴里仿佛要喷火，连头和嗓子也不那么疼了。

甚至想起季言初可能因为照顾她没吃晚饭这件事，自己也有种前胸贴后背的饥饿感。

顾挽看了眼时间，刚到十点，还不算太晚。

她缓缓站起来，被季言初虚扶了一把。

“言初哥，你是不是还没吃晚饭啊？我们去吃点东西吧？”

见她终于有了胃口，看来这病没什么大问题了。

两人出了医院，季言初把人带到大学城附近的一家餐厅，名字叫“糯呀芳粥”，一看就知道只做各类营养粥品。

他晚饭一向吃得不多，顾挽又病着，吃不了油腻，索性都吃得比较清淡。

季言初给顾挽点了份鱼片粥，自己点了个皮蛋瘦肉粥，外加几个下饭小菜，简简单单地吃着，时不时扯几句日常的话题。

看到皮蛋瘦肉粥，季言初突然想起徐奕南，以及之前顾挽那几个舍友说的害她感冒的那个什么社长。

他不紧不慢地喝了口粥，随口问道：“我听你舍友说，你还参加了不少社团呢？大一大二的时候，学业比较紧张，我是觉得，对你没有帮助的、没什么实际意义的社团，能不参加就别参加，挺浪费时间的。”

顾挽赞同地点了点头：“我本来也没什么兴趣，是之前林霄她们看我心情不好，为了拉我去散心才参加的。我当时也不好拒绝，等病好了，我就去退掉。”

“心情不好？”季言初喝粥的动作一顿，准确捕捉到她话里的其他信息，“为什么心情不好？”

顾挽拿着调羹，有一下没一下地戳着粥里的鱼片，含糊其词道：“就一些乱七八糟的事……”

季言初已经从她黯然的双眸里看透了一切，放下勺子，淡声问道：“又是因为那个你暗恋的人？怎么一回事，你跟哥哥说说。”

顾挽抬眸看着他，眼里闪过一抹不知名的情绪，又开始戳着碗里的鱼片，仿佛戳的就是那个人，闷闷不乐道：“那个人和另一个女孩子走得很近，我不知道他是不是喜欢那个女孩，心里很害怕，也很难受。”

季言初看她委屈巴巴的，一说这个人就又要眼眶泛红的样子，有点怒其不争地质问：“你不是说他没有缺点吗？”

顾挽点头，固执地坚持：“他是没有缺点啊。”

季言初“扑哧”一声气笑了，拿指尖点了点桌面，笃定地下结论：“在两个女孩之间摇摆不定，这就是个不负责任的男人，你还看不出来？”

他瞥了眼顾挽柔和的五官，又补充道：“还是个有眼无珠的男人，这种人也值得你放心上？”

顾挽抬头，直愣愣地盯着这个自己骂自己的人，一时不知道该不该提醒他。

结果对面的人还以为她这又是用眼神警告维护呢，心想小姑娘没见过世面，被一个男人骗得团团转，挺精神的一个人被整得人不人鬼不鬼，还对他沉迷崇拜得要死。

季言初也来气了，理直气壮地问道：“你这么看着我干什么？难道我说错了？”

顾挽本来挺郁闷伤感的，因为看他这样在不知情的情况下犯傻，居然有点不厚道地幸灾乐祸。

她摸摸鼻子，压着嘴角，又暗爽又矛盾地说：“你别这么讲他，他又不知道我喜欢他啊，你这么骂，他很无辜。”

“你看你被折磨得都快成个小怨妇了，还维护他？”季言初无奈，又觉得很无力，恨不得钻她脑子里给小姑娘洗洗脑，“不管怎样，喜欢一个人，是会让你开心，让你积极，让你变得勇敢而强大的。如果你喜欢他，让你变成现在这副敏感又消极的样子，那我敢肯定，你之所以不敢跟他告白，是因为你潜意识里，也觉得这份喜欢是不对的。”

顾挽一怔，觉得季言初的话一下扎到了她心里最疼的地方。

她抿紧了唇，又低着头，倔强地不说话，也不想承认。

季言初心里也很难受，钝痛钝痛的。

他叹了口气，语重心长地温声劝道：“既然你知道不对，那就别再继续了。你让从前那个自傲坚强、倔强可爱的小书呆回来，好不好？”

他伸手宠溺地揉揉顾挽的脑袋，用同仇敌忾的语气哄她：“咱不喜欢那个男人了，好不好？”

顾挽垂着脑袋，沉默了很久，似乎在犹豫，在挣扎。

季言初颇具耐心地等，等她的回答，莫名其妙地心尖上像悬了一把剑，晃来晃去的。

他喉头发紧，下意识咽了咽嗓子，随着动作，那轮廓明显的喉结上下滚了滚。

顾挽一抬视线，刚好落在他的喉结上。

那颗小吻痣还在……

她失控地微睁了下眼，那一刻，无比清晰地感受到了内心攀爬上来的欲望——冲动地想咬一口那颗痣！

然后，顾挽朝对面的人坚定地摇头，铿锵有力地说：“我不要！我消极敏感，那都是我自己的问题，与他无关。你放心，我会尽快调整好心态，至于喜欢他……”

她停顿了一秒，一字一句道：“在他没有女朋友之前，我是不会放弃的！”

季言初心头的那把剑直直掉了下来，稳准狠地插在了他的心口上。

他简直要无语了，这熊孩子，怎么好说歹说都油盐不进呢？

他脸色严肃地盯着顾挽，靠在椅子上，“啪”的一声，点燃了一支烟，皱眉抽着，似乎真的有点生气了。

顾挽也不怕，时不时瞥季言初一眼，还淡定自若地把碗里的粥喝完。

这事情，说大不大，说小也不小，小姑娘太过痴迷一个人，失去理智地无脑崇拜，万一做出什么出格的事，季言初怎么跟顾远交差？

把顾挽送回宿舍后，回去的路上，季言初给顾远拨了个电话。

顾远接到电话的时候，还在拍夜场，刚过一条，正抱着条毯子坐在一边喝咖啡。

接到季言初的电话，顾远一下来了精神，没个正行地开玩笑：“这大晚上给我打电话，想我想得睡不着啊？”

“滚蛋！”季言初语气不是很好，开门见山地说，“你这周末跟剧组请个假，来暨安一趟。”

顾远纳闷地问：“什么事这么急啊？我的戏马上要杀青了，我还想着正好杀青后去暨安给你过生日呢。”

那还得到十二月底呢。

“不行，太晚了。”季言初直接否决，“这周末就过来。”

顾远在这头哀号：“有这么急吗，哥哥？”

季言初抿了下唇，决定还是实话实说比较好：“你妹妹喜欢上了一个人，被那人迷得五迷三道的，状态有点不对劲儿。”

他说着，心里那团火又烧起来了：“但我怀疑这个男的不是什么好东西！你赶紧过来，咱们想想办法，看能不能找到那男的，把这事儿给解决了。”

听季言初这么说，顾远也不敢怠慢，猛地坐直了身子，问道：“你准备怎么解决？棒打鸳鸯？”

季言初坐在车里,五彩斑斓的霓虹从他眼中一帧帧滑过,却掀不起半点涟漪。

“如果人品可靠，咱就不插手；如果真是个人渣……”他紧了紧下颌，眼里浮现一抹狠厉，咬牙切齿道，“那就狠狠教训一顿！”

电话这头的顾远，被季言初这话一时给吓蒙了。

周六傍晚，顾远从南方某影视基地飞到暨安。

人是六点到顾挽学校的，非得在校门口，坐在车里等到八点左右才进去。

顾挽不明所以。

顾远解释：“就我这人气，我要不等天黑了进来，回头在你们学校引起不必要的骚乱可就不好了。”

他一副“我这都是为你们考虑”的表情，对着后视镜拨弄了下自己额前的几绺发丝。

顾挽朝天翻了个白眼，越来越无法忍受他与日俱增的自恋。

“你这又戴口罩又戴帽子,穿得跟柯南里面的黑衣人似的,鬼才认得出你。”

顾远拿食指点她：“永远不要低估一个粉丝对她偶像的喜欢和了解程度。就上次，我在机场也是这样的穿着，结果就被一大批粉丝团团围住了。然后我就问他们怎么认出来的，你猜他们怎么说？”

顾挽扣好安全带，把不感兴趣直接表现在脸上：“不猜。”

顾远只愣了半秒，当什么都没发生一样继续说道：“他们说是看到我特殊的鞋带系法认出来的，你说可不可怕？”

“可怕可怕。”顾挽看着窗外，很不走心地敷衍。

顾远被她这态度搞得有点窝火，“嗞”了声，直接上手捏住了她的脸，逼迫她把视线转到自己这边来。

“咱俩都多久没见了，你就这态度？既然这么不待见你哥，干吗还上赶着来暨安读书，离我这么近？”

看来顾远至今还是认为，顾挽来暨安是为了他。

顾挽恼怒地拍开他的手，也懒得多解释，顺势埋怨道：“你不是说等我开学后两个星期就来看我？这都几个月了？你怎么不干脆等我放寒假过来直接带我回家过年？”

“哥哥这不是忙嘛。”顾远自知理亏，心虚地解释，“你也知道，你哥这两年正处于转型关键期，可不能动不动就请假，回头那些娱乐记者又该乱写，说我耍大牌了。我好歹得装出一副兢兢业业的样子，先安稳度过了转型期再说。”

顾远这种从歌手转型去演电影的，说好听点，叫唱而优则演，叫转型，其实说白了就是唱片卖不动了，得另谋出路。

娱乐圈那么一个大染缸，各种错综复杂的利益关系，他一个四肢发达、头脑简单的人混迹其中，能站稳脚跟已实属不易。况且对外要防娱乐记者、防对家，防各种负面的新闻八卦，对内又要担心业务能力跟不上，人气下滑，过气被这个圈子淘汰。

顾挽想想，其实顾远也挺难的。

“所以你为什么不干脆听爸爸的话，去他单位做个文职工作算了，既安稳又没压力。”

顾远盯着远处路灯汇聚的璀璨灯河，眼里难得浮现几许认真。

“当你站在高处，做过那个前呼后拥、闪闪发光的人后，就很难再心甘情愿做回那个庸庸碌碌的平头老百姓了。

“顾挽，我不甘心做那个每天除了发发文件，做做表格，然后就泡一杯茶喝一整天的小市民，那样的日子一眼就能看到头，太消磨人、太无趣了。”

顾挽对他这话倒有几许赞同，于是也不再过多说些什么。

两人见面后，顾远带她找了个环境优雅又安静的餐厅吃晚饭。

席间，顾挽问道：“你能在这边待几天？晚上住哪个酒店？”

顾远把菜单递给服务生，等服务生退出包厢才答道：“明天就得回，不住酒店了，待会儿去找你表哥，在他那儿住一晚。”

他口里的“表哥”，自然是指季言初。

顾挽垂着眼，拿旁边的温毛巾擦手，不动声色地旁敲侧击：“你们两个男人住一起，不尴尬啊？”

言外之意是，你要觉得尴尬，其实可以把我带上。

但顾远这种神经大条的人怎么可能听得出来，瞪着眼，理直气壮道："这有什么尴尬的，又不是没睡过。"

听听这话说得。

也就顾挽清楚他俩的取向没问题，这要一般人听了，还不得分分钟误会？

"你一个公众人物，说话能不能严谨点儿？"顾挽忍不住提出建议，又小声嘀咕了一句，"你不要脸，人家季言初还要呢。"

顾远不明就里，还无辜地争辩："我说话哪儿不严谨了？"

兄妹俩一见面就吵架拌嘴，吵吵闹闹间，菜都上齐了。

顾远剥了个虾扔顾挽的碗里，顾挽顺势夹起吃掉，又回到刚才的话题："那你明天还来大学城吗，还是直接从言初哥那里走？"

"当然直接从他那里走。"他一边剥虾，一边用一副"你明知故问"的表情睨着顾挽，"我身边一个工作人员都没带，大白天去你学校，被人围观踩死了怎么办？"

还挺惜命。

顾挽哼一声，不紧不慢地喝了口汤："我怎么感觉你把自己形容得犹如过街老鼠？"

不等顾远生气，她又道："那你这么辛苦跑一趟，就陪我吃个饭？"

顾挽的思绪绕着某个目的很快转了个来回，不满的情绪淋漓尽致地表现在脸上。

"你陪我的时间还没陪言初哥的时间多呢，你到底是来看我还是看他？"她泄愤般地戳了戳碗里的虾，再接再厉地"表演"，"要不是为了能多见见你，离你近点儿，我一个女孩子干吗千里迢迢从迎江跑到暨安来读书？

"可你倒好，几个月出现一次就罢了，好不容易来了，前后陪我一个小时不到，就想着去别人那里。你就不能带着我，让我跟你多待会儿？"

顾挽越说越真情实感，委屈得眼圈都快红了。

顾远听得一愣一愣的，瞠目结舌地说："要不是知道你是我亲妹，我都要怀疑你暗恋我了。"

想想还是不可置信，他狐疑地问道："你这话是对我说的吗？我怎么这么不信，以前天天在一起也没见你对我多依赖。"

话虽这么说，但顾远还是哄着顾挽："等我的新戏杀青了，我就来暨安多陪你几天。今晚不行，你说我就住一晚，还带着你这么个拖油瓶。明天我一走，你表哥还得送你回学校，多麻烦人家。"

既然软的不行，那就来硬的。

顾挽点了点头，把筷子一放，然后拿出手机："行，那我给爸妈发个视频，就说……”

“顾挽，你幼不幼稚，多大人了，还玩告状这一套？”虽然很无奈，但顾远偏偏还挺吃这一套，于是不耐烦道，“哎呀，行行行，带你带你。”

目的达到，顾挽弯着唇，主动给他剥了个虾：“谢谢哥！”

顾远低着头，开始给季言初发微信：【嘿，老季，我见到我妹了。】

没一会儿，那边回了过来：【怎么样，可摸清敌方底细了？】

顾远发了一串省略号……

季言初：【什么意思？】

顾远：【呃……聊着聊着，居然把这事给忘了。】

不等季言初骂人，顾远就立刻回复了句：【我问，我现在就问。狗头 .jpg】

发完微信放下手机，顾远瞟了一眼对面低头喝汤的顾挽，轻咳一声，状似极其随意地问起：“怎么样，新学校的生活可还习惯？和老师、同学、舍友的关系处得可还融洽？”

这个问题，季言初、闻雅，以及视频的时候父母都问过，顾挽耳朵都要听出茧子了，语气都不用换一下地答道：“习惯，挺好。”

顾远眼神飘忽不定地闪烁了下，慢慢往正题上切入：“有了新同学，以前那些关系好的老同学就不联系了？”

顾挽不疑有他，很诚实地回答：“跟我关系好的不就刘夏和余舟嘛，一直有联系啊。”

说到刘夏，顾挽对顾远又一肚子火：“刘夏你知道吧，原来是你的死忠粉，后来因为你老是和女明星闹绯闻，对你死心了，人家现在喜欢的是仇民昊。”

仇民昊是顾远的对家，也是顾远这部新戏的男主角。

顾远没所谓地“啧”了声，倒是对顾挽刚才说的另一个名字颇感兴趣。

他试探性地问：“那个余舟……是男孩子？”

“嗯。”

顾远笑哈哈的：“真让人意外啊，就你这性格，还能交到异性朋友。”

顾挽剜了他一眼，却也不得不承认：“我也就这么一个异性朋友。”

一听这话，顾远神经紧绷，利用菜盘子作掩护，悄悄地给季言初发送“情报”。

【有收获了，目前头号嫌疑人，名叫余舟。】

季言初收到消息，皱眉，似乎对这个名字有点印象：【是不是……顾挽初中时的班长？】

为了求证，顾远也装出一副苦思冥想，忽然又恍然大悟的样子：“哦哦，有印象有印象，好像是你初中的班长吧？”

顾挽诧异顾远居然记得这个，点头道：“不仅是初中，高中三年他也是我们班的班长，现在在帝城大学念书。”

“哇，都考到帝城大学去了啊，真厉害！”顾远别有深意地夸道。

对于余舟的优秀，顾挽从来都是心悦诚服的，于是也跟着附和：“嗯，他确实很优秀，人品也不错，性格脾气都很好，做事也很有责任心。”

她想起余舟，就想起高考结束后的那次告白。

“我记得高中有一次运动会我摔到腿了，还是他背我去医院的呢。当时都不是夏天，结果到医院他累得衣服都湿透了。”

顾挽还在感慨、歉疚、怅然，哪知道自己的话已经被对面的顾远实时直播给了远在家中的季言初。

等把顾挽说的话发送完，顾远在后面又跟了一句点评：【看得出来，小姑娘对这个余舟确实很迷恋崇拜。】

季言初回想着顾挽夸余舟的那些话，和那天她当着他面说的那些，遣词造句都如出一辙，当即拍案：【锁定目标嫌疑人。】

【就是这个余舟！】

晚上十点多，顾远熟门熟路地把车停进上城花园的地下车库。

以前顾挽还没来暨安的时候，他偶尔有行程在这边，或者单纯过来找季言初，都会在季言初这儿小住两晚。

为此，季言初还特意在物业留了把备用钥匙，因为经常出差，不在家的时候，顾远过来也可以直接去物业拿钥匙。

顾远也不见外，差不多拿季言初这儿当自己在暨安的一个落脚点，反正比住酒店不知道舒服自在多少。

他带着顾挽，径直上了十楼，敲开季言初家的门。

他半路上就跟季言初交代过，会带着“拖油瓶”过来，季言初自然不会有异议。

季言初去开门的时候，刚洗完澡出来，穿着一套纯黑色的睡衣，显得又瘦又高。他拿了条干毛巾，正擦着湿漉漉的头发。

顾远率先走进来，他一偏头，看到后面紧紧跟着的那个“拖油瓶”，嘴角的小括号逐渐放大：“这么离不开你哥哥，以后嫁人可怎么办？”

顾远回头，也跟着调侃：“怎么办，总不好拿我当陪嫁丫头吧？那我还得去做手术呢。”

季言初笑得更欢，边给他们拿杯子倒水，边说道：“你做哥哥的，这点牺牲不算什么。”

顾远换好鞋，躺进沙发里就开始找电视遥控器，一听这话，不甘心了，开始互相伤害：“照你这么说，那你也得跟我一起，你不是她表哥嘛。古时候的陪嫁丫头一般都是两个，咱俩一起，正好。”

顾远终于找到了遥控器，打开电视，还没想好看什么，就被顾挽一把抢了过去。

也不知怎么，这俩男人一见面，话题就歪成这样，顾挽怀疑他们在开车，可惜又没证据，只好装作什么都没听到，仿佛注意力都在电视上。

季言初倒好水过来，一杯放在顾远面前的矮几上，一杯直接递给顾挽，说道："晚上你还睡主卧，我和你哥呢，一个人睡次卧，一个人睡小书房……"

"那行吧，我今晚就在次卧将就一下。"不等季言初说完，顾远在沙发这头懒洋洋地开口，还一脸的不情不愿。

季言初愣了愣。

顾远躺在沙发上，换了个比较妖娆的姿势，撑着脑袋，看了眼错愕的季言初，问道："怎么，你作为主人，这点招待客人的自觉都没有？"

季言初被他的恬不知耻气笑了，刚想点头说，成吧，那我睡小书房。

下一秒，顾挽抢先开口："言初哥，小书房让给我哥吧，在老家他的房间就是小书房改的，我想他睡着会比较有亲切感。"

顾远在沙发这头气得踹空气："小兔崽子，你哪头的？合着刚才想哥哥想得都快哭了是假的？"

既然目的达到了，顾挽也不怕实话实说："嗯，周末在学校太无聊，想让你带我出来玩儿。"

顾远骂了句脏话，气得又蹬腿。

不过洗完澡去睡觉的时候，他还是厚着脸皮大摇大摆地进了次卧。

三个人各回各的房间睡觉。

季言初心里还装着余舟那件事，在小书房翻了会儿书，估摸着顾挽差不多睡着了，才小心翼翼地从书房里出来，轻轻敲响顾远的房门。

顾远开门的时候，不知道正在和谁通电话，示意季言初先等等。

然后他去了阳台，语气很不好地冲那头低声嚷："我又不是偷偷跑的，我按正常的流程请假，怎么就不能走？"

"你谁啊，管那么多，投资人了不起啊，有钱了不起啊？"

"看我不顺眼直说，实在不行把我换了，男一男二都让他仇民昊演算了。你不是刚带他参加了什么慈善宴吗？你这么欣赏他，那就多管管他，别来烦我。"

他说完，"啪"的一声挂掉电话，想想，又直接按了关机。

季言初旁观他这一系列操作，出声问道："你这什么情况？"

顾远不以为意地"嗐"了声，含混道："一个爱管闲事的女人。"

"还是个超级有钱的女人？"季言初别具深意地补了一句。

顾远一听这话，立刻大手一挥："你想哪儿去了，我是那种为了钱就出卖自己的人吗？我入行这么多年，清清白白，至今还是处男你信不信？"

季言初翻了个白眼："滚滚滚。"

他才懒得听这些，认真地说道：“我的意思是，你有时候控制一下脾气，说话也注意点方式方法。你那个圈子太复杂，不违背自身原则的情况下，那些有投资方能不得罪就尽量不要得罪。”

明白季言初是一片好意，顾远点点头。

顾远嘴里说知道，没来由地，脑海里却浮现出那个女人一贯冷静自持、不可一世高高在上的模样，像个没有任何感情的瓷娃娃，真是无趣得紧。

顾远正胡思乱想着：只怕这位有钱的投资人，我早就得罪透了。

季言初开口，把他的思绪拉了回来：“顾挽和余舟的事，你打算怎么办？”

顾远偏头，茫然道：“什么怎么办？”

季言初看起来有些急了：“我让你来干吗的，你怎么一副事不关己的样子，到底你是她亲哥，还是我是她亲哥？”

“你看你紧张什么呀？”顾远还是那副不以为意的德行，笑话他，“怎么，小姑娘要谈恋爱了，你这颗滚烫滚烫的慈父心接受不了了？”

季言初愣了下，动动唇，不知道该说什么，总觉得顾远这说法没问题，但又不全是对的。

不过他自己都还摸不着头脑，顾远就更不可能参透他的内心了。

顾远一把揽过他的肩，劝道：“哎呀，老季，你就不要太担心了。孩子总要长大，你一直把她攥在手里，她还怎么独立，怎么高飞呢？”

“她还想飞？”季言初猛地侧头看过来，被这句话刺激到。

顾远眨眨眼：“迟早要飞的啊，说不定以后会飞得离我们越来越远。”

季言初沉默了。

顾远继续说道：“况且吧，这种事情，咱做家长的最好不要插手。我告诉你，感情的事还是得他们自己去处理，好不好，也得他们自己去发现。我们越搅和，小孩的逆反心理越强。你让她分开，她偏爱得死去活来，处理不当反倒弄巧成拙。”

这话有点把季言初震住，将信将疑地看了顾远一眼。

他思忖几秒，到底还是不太放心：“那我们真的什么也不做，就这么任由着她？”

顾远点头：“现阶段，按兵不动，静观其变。余舟不是在帝城嘛，离暨安远着呢，两人相隔千里，暂时是翻不出什么大浪来的。”

顾远拍拍季言初胸口，让他安心。

“况且我妹这人呢，从小别的优点没有，就一点，做事特别稳重靠谱，对自己不利或者什么出格的事，她绝对做不出来。所以你放一百二十个心，就她那个聪明机灵劲儿，怎么可能分辨不出对方是不是不负责任的男人。”

顾远吧啦吧啦说到一半，忽地顿住，话锋一转：“反倒是你，我妹妹这边还没怎么样呢，你怎么就这么沉不住气，急吼吼地把我叫过来，连对方是谁都

没摸清楚，就要教训人家？”

季言初摸摸鼻尖，本能地逃避这个问题，站起来，一边往外走，一边说道：“行吧，既然你这亲哥都说按兵不动，那我也懒得操这份心，去睡了。”

“哎，你也不能不操心啊。”他人还没走到门口，又被顾远抓了回来，“我话是那么说没错，但你是她表哥，孩子毕竟还小，以后还得劳烦你继续多留心，平时帮我把她盯紧一点。”

季言初无语道：“我经常不定时出差，一出去个把月的，怎么盯？”

“傻！”顾远嘟嘴骂，“出差了不知道打电话，发微信，发视频啊？你不出差的时候，周末就叫她来你这儿，在你眼皮子底下总作不出什么妖。”

听顾远把一切安排得明明白白，季言初靠着门，双手抱肩睨着他，冷冷一笑：“合着我又成了给你带孩子的保姆呗？”

顾远一拍手：“哎呀，咱兄弟之间你说这话就见外了，我妹妹不就是你妹妹吗？”

季言初可不再吃他这一套了，在他转身时，泄愤般地照着他屁股狠狠踹了一脚，气到骂人。

第二天一早，顾远吃完早饭就飞走了，把带来的“拖油瓶”又毫不负责任地丢给了季言初。

季言初早习惯了，其实也还挺乐意的，吃早饭的时候兴致勃勃地跟顾挽商量今天去看姥姥，回头要买些什么吃的用的。

路上，季言初提到顾远的，状似随意地跟顾挽提了一嘴：“其实你哥挺不放心你一个人在这边的，昨晚还拜托我，以后要多照顾你，多关心关心你平时的日常生活。”

顾挽不屑地撇嘴：“他就会使唤你，什么事都推给你，自己甩手掌柜当得逍遥自在。”

季言初笑了：“也不是，你哥那工作性质不一样，一年到头也没几天能歇的。你现在长大了，要多体谅体谅他。”

顾挽没吭声，但还是听话地点了点头。

她今天穿了件驼色的大衣，头发散在肩上，戴了顶酒红色的贝雷帽，看上去可爱又温柔，称得肤色格外白皙。

她的美是那种不带任何攻击性的柔和，性子也是淡然恬静的。

她安安静静地靠在那里，像一只冬日里晒太阳的慵懒小猫，看一眼，就忍不住想伸手揉一揉。

季言初侧头看着她，发现她的气色比上周好很多，便问道：“感冒好彻底了？”

“嗯。”顾挽点头，“你陪我输完液，第二天就好了。”

季言初不由得又瞥了一眼她身上的大衣，好看是好看，就是薄了点。

“都遭过一次罪了，还不知道长记性，出门就穿这么点儿。”他眼神往下，又皱眉，“你这是冬天的裙子吗，怎么还带纱？你这么穿真不冷？”

顾挽耳朵一红，哪敢让季言初知道这是为了见他，昨晚特意搭配的衣服。

她又觉得他简直太不解风情，微恼道：“女孩子的时尚你不懂，这是今冬最流行的仙女裙，我们学校的女生都这么穿。而且也不薄，里面有很厚的内衬。”

顾挽一边解释，一边撩起裙摆将里面的内衬厚度展示给他看。

结果这一撩，季言初眼尖，看到她肉色的小腿，不可置信地瞪大眼：“顾挽，你是光着腿吗？”

顾挽一蒙：“啊？”

不等顾挽说话，季言初的声音骤然转冷，脸色也尤为严肃：“小姑娘爱漂亮无可厚非，但你也不能太没分寸吧？外面都零下八九度了顾挽，你怎么想的，光腿穿裙子？”

顾挽举起双手，都快投降了：“我没光腿。”

虽然无语到极点，但顾挽还是打算心平气和地跟他解释：“这个叫光腿神器，这是打底裤本身的颜色，只是做得比较仿真。我不仅穿了裤子，而且还很厚，绝对冻不着的。”

季言初蹙着眉，紧紧盯着她，不说话，腹诽道：都被我抓现形了，你还在这儿胡说八道有用吗？

顾挽见解释不通，也恼了，破罐子破摔道：“来。”

她二话不说，直接拉起他的手就往自己腿上一搭：“不信你自己摸！”

你！自！己！摸！

季言初抚上她大腿的那一刻，脑子空白了几秒，仿佛魔音贯耳，耳边不停回响的就只有顾挽这一句话。

意识到自己做了什么的顾挽，大脑也死机了。

她怎么也没想明白，事情是如何发展成这样的。

顾挽愣了好半晌，看到季言初显然也是一副反应不过来的样子。为了把即将出现的尴尬完美地揭过，她脑子疯狂运转，思索对策。

紧接着下一秒，季言初的手怎么被她拉过来的，就怎么被她送了回去。

并且，为了强调刚才一系列的举动多么稀松平常，她还淡定地转头，画蛇添足地补了一句：“摸到没，我说是裤子吧？”

季言初看向窗外，足足沉默了十几秒，才给回应。

他极为小声，犹如呢喃：“嗯，摸到了。”

之后的两人，一路沉默。

一直到进了敬老院。

今天的气温偏高，太阳尤其好，沈姨推着姥姥和良娣奶奶在楼下小花园晒太阳。

季言初和顾挽一进院子，远远就看到两个老太太旁边还站着一个人。

那人一头迷人的波浪卷，正低头和两个老太太说着什么。

顾挽的脚步微不可察地顿了一下，随即又若无其事地紧跟季言初。

“好巧，闻雅姐也来了。”她轻声道，才有放晴迹象的心情，一下子又灰暗了下来。

他们走过来，闻雅看到他俩，笑眯眯地打招呼：“阿言，挽挽。”

顾挽乖乖地叫人：“闻雅姐。”

季言初点头示意，对闻雅还是不冷不热的，只拿她当最普通的同学对待。

偏偏闻雅别有心思，当上次季言初没有说过那些话似的，而且还很殷切地靠了过来，言语亲近地问道：“你怎么过来也不说一声，不然我就跟你一起了。”

季言初去推姥姥，不声不响地拉开距离，淡然道：“临时决定来的，我们也不顺路，所以就没说。”

良娣奶奶突然插嘴：“言言，这就是你不对了，闻雅以后是你女朋友，哪有看长辈不带女朋友的？”

见良娣奶奶插嘴，姥姥也不甘心了：“谁说闻雅是言言的女朋友？死良娣，你可别乱说。”

眼看着两个老太太又要吵起来了，顾挽赶紧过去推姥姥，哄着她道：“姥姥，我给你买了你喜欢的蛋糕，又香又软的那种，我们回去吃蛋糕好不好？”

姥姥拉着顾挽的手，却不急着吃蛋糕，而是跟良娣奶奶炫耀：“看到没，这才是我外孙媳妇儿，还给我带蛋糕了，多孝顺。”

顾挽和闻雅脸色各异。

季言初只觉人生都要被这俩老太太给搅乱了，当即帮着顾挽推着姥姥回了房间。

“看来啊，我下次不能带顾挽过来了，碰见闻雅呢，我也绕道走，省得你们俩一天天就这点话题吵来吵去，也不嫌烦。”

季言初把姥姥推回来，不知道因为什么，心情有点不好。

姥姥听他这话，当即奓毛，脾气竟比他还火暴：“明明是良娣在那儿瞎扯，你冲我凶什么？”

她本来还有点高血压，季言初怕她一生气就血压飙升，立刻又服软：“谁凶你了，我就是发发牢骚，我哪敢凶您啊。”

见他示弱，姥姥不依不饶：“还不带你媳妇儿过来，怎么，威胁我啊？”

她朝季言初骂骂咧咧，转头又对顾挽笑眯眯地招手："挽挽，你过来。"

顾挽受宠若惊地呆了呆："姥姥，您记得我？"

姥姥一副"你这孩子是不是傻"的表情："我外孙媳妇儿我怎么不记得呢，你真当我老糊涂啊？"

她又交代顾挽："以后这个兔崽子不带你过来，你就自己过来，知道吗？"

顾挽被那句"兔崽子"整乐了，蹲在姥姥面前，笑弯了眼睛，点头道："行，以后我自己过来，咱才不受他威胁。"

季言初正抱着姥姥的被子送到天台上去晒，经过顾挽身边，听到她这同仇敌忾的一句，伸手掐住她后脖颈，恶作剧般晃了晃。

"我看你是翅膀硬了，嗯？"

他言语里满是掩饰不住的宠溺笑意，说完人就走了出去。

顾挽蹲在地上，有半秒的愣神，总觉得他忽然心情又好了。

她摸摸自己的后脖颈，上面仿佛还残留着他掌心的余温，从温热熨帖渐渐变得炽热滚烫。

顾挽后知后觉，才想起来心悸脸红。

天台上地势开阔，光照充足，空气好，还没风。

季言初晾完被子没急着下去，而是靠着围栏点了支烟。

他思绪有点飘，一支烟点燃，也没抽几口，就那么夹在指间，任由淡青色的烟雾在他指尖曼妙缭绕。

从陪顾挽输液那天晚上起，他就发觉自己有些不对劲儿。

那个护士对顾挽说的话，他明明听得清楚真切，却假装去看手机，不想过多解释。

当时他没觉得什么，只当自己不想同不相干的人多费口舌。

但是今天，良娣奶奶误会他和闻雅，姥姥误会他和顾挽，同样的事情，不同的对象，他的心情居然也是截然不同。

对比一下子直白地摆在他面前，他才终于意识到自己有问题。

可是……哪里出问题了呢？

是不是真如顾远所说，他这个哥哥的角色入戏太深，把顾挽攥得太紧？

莫名其妙的占有欲太强？

季言初郁闷地吸了口烟，百思不得其解。

"我什么时候这么变态了？"

正自我吐槽着，楼道里传来了脚步声，他用手肘一撑站直了身，往那边看了一眼。

看清上来的人，季言初眉间微拧。

闻雅端了个塑料盆，里面装着才洗过的衣服，见到季言初，也并不诧异，只笑吟吟地说：“怎么躲在这里抽烟？”

“没，晾被子。”

他匆匆吸了口，把烟头掐灭，打算下楼。

正要走，后面的闻雅急忙开口：“阿言，你是在躲我吗？”

“躲你？”季言初回头，不知这话从何说起，“我干吗躲你？”

闻雅放下手里的盆子，追到了他面前，脸上带着几分凄楚：“既然不是躲我，怎么我一来你就要走，现在和我独处都让你这么难受吗？”

季言初有点无语：“我是上来晾被子的，顺便抽支烟。现在被子晾好了，烟也抽完了，我还待这儿干吗？”

“可是我来了呀……”闻雅有些钻牛角尖，眼眶跟着也红了，“就算你不喜欢我，我们也还是朋友啊……难道你平时见到别的朋友也是掉头就走吗？”

季言初沉默了几秒，忽然心累地叹了口气，转过身，坦然地直接道：“可你并不想跟我做朋友，不是吗？”

闻雅抬头，眼睛一眨不眨地盯着他。

而后，她点点头，承认了：“是，我是不甘心只做你的朋友，我……”

“有意思吗，闻雅？”

季言初晾衣服许久没下来，姥姥说中午想出去吃饭，便让顾挽上来催。结果没想到，顾挽才走到天台门口，还未上去，就听到了季言初这么一句。

顾挽知道听墙脚不对，但不知怎么的，她定定地站在那里，就是挪不动脚了。

天台的两人静默了许久没说话，再然后，她就听到了闻雅细小的啜泣声。

闻雅依旧不肯面对现实地说：“季言初，咱们认识四五年了，你身边一直只有我这么一个女性朋友，我不信你对我真的一点感觉都没有。”

季言初始终冷淡，也很理智：“你也说咱们认识四五年了，如果可能，咱们早就在一起了。”

这话说得在情在理，闻雅无力反驳。

只是她怎么都想不明白，自己到底哪里不够好。

季言初这个人，明明平时待人接物都是一派温和谦逊，怎么一到这个事情上，就那么冷漠无情，不容商量？

她抹掉泪，坦然无惧地对上他的视线，抛出最后一个砝码，也是这么多年，一次次被他拒绝，却让她始终觉得自己还有机会的希冀。

“你既然不喜欢我，那大学那会儿，周文良纠缠我的时候，你为什么要为我出头，还警告他，说我是你女朋友，以后他再骚扰我，你就跟他拼命？”

季言初有点诧异闻雅居然知道这件事。

他以前以为闻雅不知道，所以觉得这种小事也不值一提，如今看来，她不仅知道，还因为这件事误会了什么，那他就很有必要解释清楚了。

他问闻雅："你还记得咱俩是怎么认识的吗？"

闻雅当然记得："不就是在敬老院认识的嘛。"

"是。"季言初点头，"那时候我经济比较紧张，没钱给姥姥交护理费，正好被你撞见，是你帮我垫付的。我一直很感激你，就算后来把钱还上了，也总觉得还欠了你一份人情，所以一直想找个机会还你。之后，就遇到了你被纠缠的那件事。"

季言初顿了顿，偏头看着闻雅，眼里只有真诚，却没半点涟漪："我是为了还你人情才插手的，没别的意思。如果让你误会了什么，我很抱歉！"

闻雅不可置信地盯着他，眼里的委屈、哀戚那么明显。

她泪如雨下，季言初却态度坚决，始终不远不近地站着，没有要靠近安慰的意思，更没有流露出半分怜惜。

偏偏闻雅又觉得季言初这个人可恨又可敬的地方恰恰也在这里，感情的事他从不拖泥带水，第一次就拒绝得干脆利落。

是她一直看不透，总觉得时间是让一切皆有可能的良剂，所以每次季言初明明说得足够清楚，她也闭目塞听，刻意不去理会。

或许，在外人面前，季言初忍受闻雅的故意亲近，朋友们开玩笑时的听之任之，也都是看在那个"人情"上，没有当面斥责，给她留足了面子。

想明白这些，闻雅只觉心酸又可笑。

"你说抱歉干什么？"她伸手拍了拍脸，把眼泪轻轻抹干净，勉强笑道，"该说抱歉的人是我，一个人情，你连本带利都还干净了，我还一直当作别有深意，自己沉浸在自己编织的梦里不愿意醒。"

她笑着笑着，低下头，又开始哭，泣不成声地说："可是我真的好喜欢你，喜欢了那么多年……"

季言初叹气，还是那句话："抱歉，我们真没可能。"

顾挽默默从楼道里退了回来。

往姥姥房间走的路上，她听到了自己锣鼓喧天的心跳声。

陪姥姥吃完午饭，为了错开堵车高峰，季言初下午就带着顾挽回了市里。

路上不堵，他们很快就到了上城花园。

顾挽还要赶回学校，开始收拾自己的换洗衣服以及洗漱用品。

季言初坐在客厅沙发上，看她像只兔子般来来回回，忽然笑道："下次给你买一套洗漱用品放在这儿吧，省得你每次来，瓶瓶罐罐装一包，怪麻烦的。"

顾挽心情甚佳，居然也跟着笑："好啊。"

难得她能附和他的玩笑，又见她身姿轻快，精神头很足的样子，季言初挑眉，问道："你今天心情挺好吗？"

顾挽已经收拾好了，直起腰，灼然透亮的眼睛盯着他，说道："言初哥，咱们晚饭去大学城吃吧，我请客。"

"哟。"季言初嘴角扬得老高，"看来你的心情真的不错啊！"

顾挽也不隐瞒，很诚实地点头："嗯，我现在心情很好！"

她这么坦白，倒把季言初的好奇心给勾了出来："你遇到什么好事了，突然心情这么美？"

明明上个星期还因为那个暗恋的人要死不活的。

想到这儿，季言初眉间的喜悦忽地凝滞了一秒，似是猜到了什么，睨了她一眼，试探着问："怎么，你喜欢的那个人给你什么甜头了？"

顾挽抿唇思索该怎么措辞，才不会让季言初怀疑自己就是那个人。

"就……我之前跟你说的，怀疑那个人喜欢另一个女孩，然后我今天才搞清楚，他和那个女孩之间，其实什么事也没有，是我误会他了。"她看向季言初，笑意浅浅地说，"言初哥，他不是不负责任的男人。"

季言初轻轻"哦"了声，嘴角的弧度不知不觉压下来几分："他自己跟你解释的？"

顾挽不好明说，只能点头："嗯，差不多。"

"行，这是件好事。"季言初也跟着点头，"至少，我就不用那么担心了。"

他脑海里对余舟的印象也越发清晰，才想起来第一次见余舟，余舟把他当成了欺负顾挽的坏人，但还是毫不畏惧地挡在了顾挽前面。

之后为数不多的几次匆匆见面，不是余舟帮请假的顾挽记好了笔记让他转交，就是余舟帮着赶去画室的顾挽值日。

似乎真是个不错的人。

也能看得出来，余舟确实把顾挽放在了心上。

"这是好事。"季言初又喃喃了句，不知是说给顾挽听，还是说给自己听。

后来出门的时候，他无意瞥了眼顾挽，发现她眼角眉梢还挂着消弭不了的笑意。

他出言调侃："就那么高兴啊？"

顾挽依旧很雀跃，看着季言初，眼睛都弯成了小月牙，毫不遮掩地说："是啊，高兴死了！"

那一刻不知怎么了，季言初心口像塞了团棉花，又涩又闷。

他勉强勾起来的嘴角，也再没办法维持住，彻彻底底垮了下来。

他想，自己可能是真的出问题了。

很可怕的问题……

十二月底的圣诞节，月初时大街小巷就充满了过节的气息。

气氛像是过年一样，街道到处拉起了雪花彩灯，商场门口大大小小的圣诞树随处可见，橱窗里的圣诞老人摇摇摆摆，萨卡斯《铃儿响叮当》吹了一天又一天。

圣诞节那天正好是季言初的生日，顾挽十一月的时候就在发愁到时候送什么礼物。

宿舍几个姑娘凑一起出谋划策。

“送皮带。”林霄建议着，如盘丝洞里的女妖精似的，手一伸，五指转圈再收回来，“拴不住他的心，也要拴住他的人。”

顾挽连连摆头，大手一挥：“不行！”

“你哥明年是本命年吧？”厉文静突然有个绝妙的点子，笑得一脸诡异，“不如送一套红色内裤吧？”

顾挽直接一把捂住她的嘴：“你这个还不如林霄的呢。”

林霄赞同道：“就是，你是傻子吗，给人送内裤？”

最后，所有人都把给予厚望的眼神投到沈佳妮身上。

沈佳妮羞羞答答地表示：“我去年给我男神送的是我亲手织的手套，也是因为这个礼物，我们确定了关系。顾挽，你要不要试试，我可以教你。”

林霄一拍大腿：“这个靠谱！”

厉文静也连连点头，怂恿顾挽：“买的礼物哪有自己亲手织的有诚意，咱明天就去买竹针和毛线。”

于是，之后的每个夜晚，顾挽都在沈佳妮的指导下挑灯夜织。

顾挽本来还以为会很难，结果真的学起来才发现，自己在这方面还挺有天赋的。

截止到平安夜，顾挽一共织了三双一模一样的手套，最后挑了一双最好看、最满意的，珍而重之地装进了礼品盒。

如往年一样，她等到十二点，十二点刚过，就把早就编辑好的信息发了过去。

【言初哥，祝你年年有今日，岁岁有今朝，福如东海长流水，寿比南山不老松！】

季言初躺在床上没睡，习惯性地等，等顾挽这条古灵精怪的微信发过来，才笑着回复了句：【乖，哥哥明天请你吃好吃的。】

虽然是圣诞节，但学校不放假，又加上临近期末，顾挽的课程排得实在是满。

顾远也是白天才坐飞机赶过来。

他的戏杀青了，之后会有几天假期，照例把行李往季言初那儿一搬，假期就准备在他那儿过了。

从平安夜开始，学校的过节气氛就很浓，圣诞节当晚更甚。

季言初和顾远过来算早的了，结果学校周边一些餐厅都已经没位子了。

他们索性去了上次顾远去的那家，档次很高，周边学生消费有限，所以他们还订到了一个环境格调都很高雅精致的包间。

顾挽特地订了个双层蛋糕。

她想起那一年，她买的那个蛋糕，季言初最后也没看到，这是多年以来她一直很遗憾的事。

不过那一晚是季言初的劫，她把遗憾埋在心里，不再提及，生怕他由此想起那场不堪回首的梦魇。

唱生日快乐歌切蛋糕的时候，顾挽格外活跃，不敢让气氛沉寂一刻。

季言初明白小姑娘的良苦用心，心里暖得一塌糊涂，于是也乐呵呵的什么都不再去想。

过去的早就过去了。

他不伤心，也不难过，他早已不是当年困在烂泥里的季言初。

因为多年以前，就有个小姑娘告诉过他，他值得更好的人生。

顾挽把自己的礼物送到季言初手上，他拆开盒子，看到里面的手套，眼里的万千星河仿佛瞬间都被点亮了。

“你织的？”

见季言初的小括号明显又愉悦地挂在嘴角，顾挽心动不已，壮着胆子没有逃避他的视线，直直盯着。

“嗯，我跟舍友学的。”

顾远从旁边瞄了一眼，想到自己过生日小姑娘都没这么用心，酸溜溜地呛顾挽：“哟，顾挽你可以啊，看看这上面的粉色草莓织得多少女啊。这么一双谁戴谁娘的手套……”

他朝顾挽竖大拇指：“您还真是别出心裁，诚意满满啊！”

顾挽气鼓鼓的，刚要发作，季言初立刻一把按住她：“还真上你哥的当啊，他这是嫉妒呢。”

说着，他就把盒子里的手套拿出来戴上，双手像招财猫似的抓了抓，眼里欢喜的笑意都漾了出来。

“你的礼物我喜欢得不得了，放心，我会常戴的，哥哥不怕娘。”

“红眼病”的顾远横眉瞪眼地不屑。

听到季言初说喜欢，顾挽的气瞬间就消了，不过她还是有点不服气地问顾远：“说我的礼物娘，那你准备的什么？拿出来给我们开开眼界，我倒要看看有多爷们儿。”

顾远的性子不能激，一激就没了分寸。

他当即就把手边的礼品盒掏出来，拍在面前的桌上，志得意满：“别说，我这礼物还真挺爷们儿的。”

顾挽和季言初都很好奇，伸着脑袋凑过去，瞟了一眼礼盒上的文字——

某国际知名品牌的男士内裤。

顾远豪气冲天地一挥手，把礼盒塞进季言初手上：“限量款，可难买了，你一套我一套，红色的，咱明年本命年穿，辟邪！”

季言初一时不知该说什么好，只觉手中的礼盒十分烫手，有扔掉的冲动。

顾挽默默缩回脑袋，摸了下鼻子，想起那时林霄的话，不由得暗嗤。

看看，还真有送人内裤的傻子呢。

顾远才不管对面两人看到礼物会不会有什么不适，兀自得意了会儿，恰在此时，桌上的手机突然亮起，微信响了一声。

他漫不经心地瞥了一眼，备注名只有一个“渺”字的人发来微信。

【顾远，我们谈谈？】

前一秒他眼里飞扬的神采，在看到这条微信内容之后，瞬间就泯灭了个干干净净。

顾远端起手边的酒杯，一连灌了好几口，仿佛酒壮怂人胆般，灌完酒，才拿起手机，回复了两个字。

【没空。】

消息回过去，他怀着某种希冀等了一会儿，结果那边却再没回音了。

呵。

那个人就是这样，永远高高在上，拥有得太多，所以失去任何东西都不会觉得可惜。

想让她纡尊降贵地挽留，简直做梦。

或许那句“我们谈谈”已经是她把姿态摆到最低的极限了。

顾远自嘲地勾唇，又给自己倒了满满一杯酒。

季言初察觉顾远看了手机后就不怎么对劲儿了，当着顾挽的面也不好问，只出声劝：“顾远，你悠着点儿。”

顾远脸颊已经泛红，灌得太急，头有点晕，说话也开始黏糊了：“兄弟，你过生日，我高兴。”

他把酒灌完，还要再倒。

季言初可不能由着顾远了，立马起身把他酒杯夺了过来：“高兴也不是这个喝法。”

顾挽不是个迟钝的人，也感觉到了顾远心情突然不好，只是刚才没注意到他看手机，所以有点想不明白：“什么情况，刚才不是还好好的？”

她兀自想了下原因，问季言初：“因为你不喜欢他送的礼物？”

“当然不是，我送的礼物天下第一好！”季言初还没说话，顾远醉醺醺地嚷了起来，突如其来的声音吓了顾挽一跳。

他嚷完又对着季言初招手，大着舌头道：“老季，你……你坐下，我有事跟你宣布。”

他显然已经醉了，并且开始进入撒酒疯模式。

顾挽又嫌弃又担忧，问季言初：“他身上酒气这么浓，待会儿你们开车回去被查酒驾了怎么办？”

季言初说道：“我没喝酒，应该没问题的。”

“哎呀，你们别说话了行不行？”顾远感觉自己被忽略了，不满地敲桌子，一边敲，还一边含混不清地叫嚣，“我真的有很重要的事情要宣布！”

“行行行。”

季言初无奈地点头，只好拉着顾挽一起坐下，还牵了牵衣摆，以示态度端正。

坐好后，他严阵以待地盯着顾远，笑着说：“说吧，我们听着呢。”

顾远耷拉着脑袋，情绪看起来很低落，前一秒吵着要说，让他说了吧，又只低着头不吭声。

徒留对面两人一脸莫名，大眼瞪小眼。

就在顾挽耐心耗尽，不想听顾远卖关子的时候，突然发现，对面低着头的人似乎在哭。

顾挽傻眼，到底什么情况啊？

还来不及问，她那一母同胞的亲哥哥突然又抬头了，红着眼睛，泪流满面，撕心裂肺地跟好友哭诉：

“老季——我被人给欺负了！”

季言初：“什么？”

顾挽嘴角抽了抽，此时此刻，真不知道该摆什么表情。

装作没听清或者没听懂？好像都不太好。

顾远都主动跟他们交代这件事了，不发表一下自己的看法，好像确实也不太合适。

顾挽茫然无措了几秒，端起面前的茶杯，抿了口茶冷静了一下，然后才恢复一脸淡定平和，尽量让自己看起来像是见惯大风大浪的样子，漫不经心地“哦”了一声，然后才不紧不慢地问了句：“谁啊，这么饥不择食？”

顾远暴怒又委屈：“顾挽，你这话什么意思？”

季言初侧头，一脸“你这说的是人话嘛”的表情看着顾挽，咳了咳，出声提醒：“好好说话，安慰安慰你哥。”

但不知道哪里不对，他说完这句，竟有种憋不住要笑的冲动。

他轻微叹了一声，挠挠鼻尖，在心里唾骂自己真是没有同情心。

气氛一度陷入微妙而尴尬的境地，对面两人同时噤若寒蝉，只余顾远一个人伤心欲绝地哭。

他一边哭，一边情绪激动地骂道：“她以为她是什么东西，真当我是招之即来，挥之即去的吗？谁稀罕她？

“喜不喜欢都没个准话，每次想来就来，想走就走。

“她拿我当什么？”

他气得把胸脯拍得咚咚响：“当解决生理需求的工具吗？”

“噗——”季言初一口茶全喷了出来，手忙脚乱之际，想的却是去捂顾挽的耳朵。

他转头又斥责顾远：“你行了，有什么话回去再说，别在你妹妹面前胡说八道！”

顾远的神志不是很清醒，也不知道听没听懂季言初的话，但到底也没继续往下说了。

他抹了泪，趴在桌子上，嘴里嘟嘟囔囔，听不清在讲些什么，几秒之后，似乎就这么睡着了。

包厢里渐渐安静，季言初依旧保持着捂顾挽耳朵的姿势，站在她身侧，看到顾远没什么大动静了，这才回头。

顾挽仰起头，乌溜溜的眼睛盯着季言初，暖橘色的灯光打在她的脸上，把本就姣好的面容映衬得更加明丽温柔。

季言初垂头睨着她，视线凝滞，沉溺在她那双清澈如洗的眸子里，怎么也出不来。

他的两只手还捂在顾挽耳朵两侧，姿势看上去像是捧着她的脸。

好像情侣间那么暧昧又亲密。

这个想法在季言初脑子里一闪而过，他像是被什么烫了下，立刻清醒过来，撤了双手。

他别开视线，坐回到椅子上，拿起旁边已经凉掉的毛巾擦了把脸，心想：自己莫不是也被酒气熏糊涂了？

顾挽倒没注意季言初这些心思变化，只是有点不满他刚才捂她耳朵的举动，小声埋怨了句：“我不是小孩子了。”

季言初没听明白：“嗯？”

见他没懂，顾挽挫败地叹了口气，索性直白地说道：“言初哥，过完年我都十九岁了，你别再拿我当小孩看。我成年了，什么都懂。”

为了更进一步证明，她补充道：“我有两个舍友已经有男朋友了，平时聊天，也会聊到一些这方面的话题。”

“所以……”她忽然坐直以示郑重，言语里还带着点不服气的警告，“你别再瞧不起人了，说不定，你懂得还没我多呢！”

季言初蒙了。

其实顾挽从没跟季言初说过这种大胆露骨的话，不过意气用事地说完，她竟然也不觉得后悔。

顾挽想起多年前，第一次来例假那次，季言初明明说过，从那一天起，她就不再是个小孩子了，而是一个可爱的小女人。

他怎么说的，她就怎么当了真。

从餐厅出来，两人架着顾远，相隔的距离不算远，可谁都没说一句话。

车子开到校门口停下，顾挽下车前准备把顾远放倒在车后座，觉得让他躺着会舒服一些。

季言初下车，开了后车门，说道：“让他靠着坐，躺下待会儿路上万一吐了，容易呛到。”

顾挽想想也对，又把顾远扶了起来。

扶他起来的时候，顾挽发现他闭着眼睛，眼角还有眼泪，嘴巴轻微嚅动，似乎在叫谁的名字。

顾挽顺手帮顾远擦掉眼角的水渍，从车子里出来，对季言初说：“我哥这个事……”

季言初忙答道：“放心，我不会坐视不管。”

“明天等他清醒过来，我会好好问问他，如果……”他抬眸，瞥了一眼顾挽，谨慎地措辞，“如果真是对方在你哥不愿意的情况下与他发生关系，那么只要收集的证据充足，就算告不了强奸，也能告她性骚扰。”

顾挽一言难尽地看着他，沉默了几秒，到底还是忍不住吐槽：“言初哥，你长这么大还没谈过恋爱吧？”

季言初：“啊？”

“是不是也从没喜欢过一个人？”

“呃……”

“连心动是什么滋味都不知道吧？”

季言初被气笑了：“顾挽，你过分了啊。”

顾挽无所谓地耸耸肩，反正今晚更出格的话都说过了，她没什么好怕的。

隔着车窗，她指了下里面的顾远，说道：“我哥睡着了还在哭，梦里都在叫那个人的名字。你刚也听到了，他们不止一次这样，如果说第一次不是他自愿的，可那之后的每次，能回回让一个女人得逞，你说因为什么？”

季言初动了下唇，没说话。

两人相对无言间，顾挽发现夜空里时不时有几片白色羽毛状的东西在飘，她伸手接了片过来，惊喜道：“言初哥，下雪了。”

“今年暨安的雪下得有点迟啊。”

顾挽搓了搓手，然后双手揣进羽绒服口袋里，催促季言初：“你们回去吧，待会儿雪下大了不好开车。”

说完，她便往学校里面走。

季言初却突然叫她：“顾挽。”

顾挽回头：“嗯？”

北方的雪，相较南方潇洒豪气得多，眨眼的工夫，从天而降的雪花就变得密集了，仿佛之前一直没下，蓄势待发就等着这一刻倾其所有。

季言初站在不远的地方，隔着夜色里白得发亮的雪幕盯着顾挽，心口无端泛起淡淡的不舍，还有遗憾怅然。

“你有喜欢的人了，现在你哥也有。”季言初难为情地笑了下，低头，声音略微带着落寞，“我怎么感觉又只剩自己一个人了，想想还挺……”

他没好意思往下说，觉得自己矫情得过分。

“可能是你刚刚的话刺激到我了，哥哥现在有点难过。”季言初刻意用了开玩笑的口吻，故意一脸委屈地说，“现在好像就我没人喜欢了。”

顾挽闷不吭声，用黑漆漆的眼睛盯着季言初，忽然抬脚，一步一步朝他走了过去。

她三两步便站到了他面前，二话不说，伸手一把搂住他的腰，侧脸顺势贴进他的怀里。

季言初只觉心跳得厉害，还伴随着轻微的窒息。

他愣愣地僵在那里，任凭顾挽搂着，不敢有任何举动，像被人一下扼住了咽喉，连呼吸都不敢太用力。

“言初哥，你不要难过。”

她的声音，从他怀里传出来，带着点软糯。

“你这么好、这么优秀，或许早就有人不远万里、跋山涉水地奔向你了，只是你自己还不知道。”

季言初闻言，眉梢动了下。

哦，这原来是个安慰的拥抱。

他浑身紧绷的神经瞬间松垮下来，耷拉下双肩，心安理得地回搂住顾挽，涩涩地笑了起来：“是吗？要真有这么一个人，那哥哥还挺希望，她能跑快点。”

把顾远连拖带拽地折腾到家，已经是晚上十一点多了。

顾远一路忍着，刚进家门，直接就冲进了厕所大吐特吐。

季言初不放心，跟在顾远后面，靠在卫生间门口看他几乎快要把胃都吐出来，皱眉不悦道：“你说你这又是何苦？”

哗啦啦一阵冲水声响起，顾远吐完，瞬间感觉舒服了很多，意识也清醒了不少。

他摇摇晃晃地站起来，靠着盥洗台，打开水龙头，如自虐般，一连掬了十几捧凉水扑到脸上。

季言初还是冷冷地靠在门口，默然无语。

看到顾远停下动作，连发丝都在滴水，季言初伸手抽了条干毛巾，扔到顾远头上，交代道："先洗澡，洗完出来把事情说清楚。"

可顾远顶着毛巾没动，过了一会儿，又一屁股坐在马桶盖上，拿下毛巾，整个人颓丧无力地愣在那里。

季言初无声地叹了口气，问道："真这么喜欢？"

顾远垂着脑袋，沉默半秒，突然喃喃了句："我这次完了！"

因为这句话，季言初神色微顿，然后忧心忡忡地看着他，轻唤了声："顾远……"

"她其实也挺难的。"顾远微抬了一下头，视线盯着前方的一片虚空，怔怔地说，"她爸妈在她很小的时候出意外双双过世，那时她才十二三岁吧，她爷爷就她爸这么一个儿子。她下面呢，还有个弟弟，听说心理上有什么病，挺严重的，于是家族企业里所有的重担就都落在她一个人肩上。"

说到这里，顾远停顿了下，不知想起什么，眼眶又是一热。

"她跟我说，她虽是盛行的总裁，但命运从来不是由她自己掌控，连婚姻甚至是喜欢一个人都不能……她未来的另一半，只会是对盛行发展有帮助的人。她也明确表示过，不会为了我与她爷爷对立，置家族利益于不顾。"

他说完后，季言初立在门口好半天，才走过来拍了拍他的肩。

季言初虽然心里很替顾远难受，却也不得不坦诚地劝慰："她都把话说得这么清楚了，你也别再执着，让自己少吃点苦。"

顾远垂着的脑袋点了点，握着毛巾的手指忽然紧了紧，又挫败地摇头。

"我知道，我这个人吧，纯粹的恋爱脑，也听人背后嘲讽过我是个傻白甜。"

他又点点头："我确实是这样的人，这些我都认。"

"你看。"他抬头看着季言初，自嘲一笑，耸耸肩道，"那个女人都这么对我了，我呢，还念念不忘，还觉得喜欢她是一件开心又幸福的事，你说我贱不贱？"

季言初咽了咽嗓子，从来没觉得自己的词汇这么匮乏过，依旧只是拍拍顾远的肩，无力苍白地劝道："你别想太多。"

"可我不能不想啊。"顾远突然情绪激动地说，"我真的控制不了自己。"

他委屈巴巴的，一脸痛苦，无计可施的样子。

"我一想到，往后余生，如果身边没了这么个人，那人生真就寂寞如雪，没了半点意思。

“老季……”他声音寂寥到极点，“那种感觉，你是不会明白的。”

季言初气结，腹诽道：这兄妹两人今晚是商量好了的吗，存心合起伙来刺激我？

但同时，他又因为顾远这话，思绪不由得陷入恍惚。

他想起今晚雪夜里的顾挽，想起被她抱住的那一刻，胸腔里掀起的惊涛骇浪，以及她说或许有那么一个人的时候。

他差一点想说——“多希望那个人是你！”

猛然间，如醍醐灌顶一般，季言初震惊地睁大了眼。

他终于意识到自己的问题所在了。

第七章

言初哥，你把我也带走吧？

自圣诞节晚上那场大雪过后，暨安的气温骤降到零下十几度。

过完元旦，没几天就是期末考试，顾挽期末复习阶段很忙，除了正常上课，课余不是泡在图书馆，就是待在画室练习。

临近年关，季言初不再各地出差，但是应酬交际一下子增加不少。

律所的老板谢秉诚是季言初自毕业实习开始就一直带他的师父，对他很器重，所以只要是谢秉诚代理法律顾问的一些企业高层聚会，谢秉诚都会带着季言初一起出席。目的就是为了给季言初扩展人脉，做个宣传，为将来的案源打好基础。

谢秉诚之所以对季言初如此毫无保留，一是因为季言初的个人能力确实优秀出色，而且他和季言初的工作默契度很高，对季言初的人品也十分信任欣赏，一直有把季言初培养成律所合伙人的想法。

只是季言初执业年限未满五年，所以此事暂时还没摊到桌面上明讲。

顾挽期末考试考完，第二个星期就开始放寒假了。

她定的一月十五号的票，和几个同校的老乡约好了一起叫车去车站。

结果季言初说什么都不同意，走的前一天傍晚，去学校把她接了过来，第二天非得亲自送才放心。

不仅如此，因为不能亲眼看着顾挽上火车，他还给自己买了到下一站的往返票。

直到进了候车室，顾挽还在小声叨叨："你也太夸张了，我这么大的人了，又不是第一次坐火车，还能把自己搞丢了吗？"

季言初把刚买的奶茶塞到她手里，正准备说话，顾挽的手机突然响了。

"肯定是我妈，问我什么时候到。"顾挽一边摸手机，一边笃定地猜测。

结果摸出手机一看来电显示，居然是余舟。

顾挽下意识看了眼季言初，随即起身，走到一个僻静点的地方，按了接听键。

“顾挽。”余舟那头也不是很安静，但他的声音听上去雀跃有活力，“你什么时候回迎江啊？”

顾挽答道：“我今天的车。”

余舟“啊”了声，又问道：“几点到迎江，你东西多不多，要不我去接你吧？”

他殷勤地解释：“我前天就到家了，今天被我妈拉出来陪她买年货，在家无聊得很，也没什么事做。”

顾挽还是想也不想就拒绝了：“不用了，谢谢你啊，我爸妈会来接我，而且我东西也不多，很方便。”

余舟又“啊”了声，略尴尬地笑了笑，说道：“哦，那好吧。”

他说完也没急着挂电话，静默半秒，突然问道：“顾挽，你见到你喜欢的那个人了吗？”

顾挽被余舟问得一愣，握着手机，视线不知不觉又瞥向季言初那边。

“嗯，见到了。”

余舟又沉默了几秒，再忐忑地试探：“那……你跟他告白了吗？他又怎么说呢？”

顾挽看到有两个学生模样的女生，拿着手机走到季言初面前，红着脸，不知道说着些什么。

季言初摆摆手，又礼貌地摇摇头，跟那两个女生指了下顾挽的方向，也不知道说了些什么，最后那两个女生一脸失落，垂头丧气地走开了。

顾挽皱眉，老实说道：“还没，不敢说。害怕连现有的东西都会失去。”

电话里很嘈杂，电话外也人声鼎沸，顾挽没听清余舟又说了什么，她只看到季言初朝她这边看了过来，略带不耐烦地指了指腕表。

她与余舟道别，匆匆挂了电话。

顾挽小跑过来，要背包，被季言初抢先拎在了手里，她又去拉行李箱，也被他一把夺了过去。

季言初的力道无端有些重，顾挽莫名其妙看着他。

“怎么啦？”

她一回想，觉得肯定跟刚才那两个女生有关，于是问道：“刚才那两个女生找你干吗？”

季言初没什么表情地说：“要微信。”

“哦。”顾挽点点头。

顿了顿，她突然问道：“你没给，现在又后悔了？”

季言初：“什么？”

顾挽嘟嘟囔囔的，有些不高兴：“是你自己不给的，怎么还冲我撒气啊？”

季言初定定地看了顾挽好几秒，一口气堵在胸口，最后还是劝自己算了，别跟这小孩一般见识。

“行了，排队检票吧。”他泄气地说。

季言初的心情确实看起来不是很好，顾挽本是随口开个玩笑，也没听他否认，反倒她自己开始耿耿于怀了。

上了车，季言初的位子与顾挽隔了好几排，顾挽旁边坐的是个与她年纪相仿的男生，应该也是个学生。

男生二十岁左右的年纪，性格大胆而热烈，毫不遮掩地一直盯着顾挽看，探究和感兴趣的眼神也毫不避讳。

顾挽有些尴尬，假装去看窗外，始终拿后脑勺对着他。

结果下一秒，她肩膀被人拍了拍。

“嘿，美女。”

顾挽回头，对上那男生爽朗的笑脸。

“你也是学生吧？我工大的，你呢，你是哪个学校的？”

“暨美。”顾挽言简意赅地回答。

男生更加热情：“啊，离我们学校很近啊。”

他边说边摸手机，开始朝最终目的迈进：“咱俩加个微信吧，以后可以一起约着出来玩。”

顾挽刚想说算了，一抬视线，就看到了站在男生后面的季言初，以及他身侧那个四五十岁的阿姨。

他脸上没什么大的表情，整个人看起来有些冷峻，直接无视旁边的男生，朝顾挽伸手：“过来。”

顾挽下意识站起来，很听话地拉住他的手，从那个男生腿边跨了过去。

眼看顾挽都要被别人牵走了，男生到底有些不甘，出声问顾挽：“同学，你这是……”

不待顾挽开口，季言初答道：“哦，我怕她一个人坐这儿不自在，所以让她换到我旁边。”

男生还不死心：“你是谁？”

季言初弯了下嘴角。

对方问了三个字，他也礼貌地回了三个字：“男朋友。”

男、朋、友？

不仅那男生愣住，连顾挽也震惊地看着季言初。

季言初仿若未闻，侧身对那个愿意换座位的阿姨道过谢之后，牵着顾挽回到他自己座位那边。

顾挽坐下后，好半天都回不过神来，满脑子只有“男朋友”三个字。

男朋友，男朋友……

顾挽再也按捺不住，主动去拉季言初的衣袖：“言初哥，你刚才为什么说是我……”

说了一半，她脸颊遏制不住地红透了，那三个字也没好意思说出口。

季言初看起来倒是挺正常，毫不扭捏地说：“他不是找你要微信嘛，我看你一脸抗拒，就好心出面帮你挡一下。”

说着，他居然学起她之前的样子，问道：“怎么，你又后悔啦？”

顾挽扭头：“当然没有。我只是很意外你会那么说，你说是我哥不也行吗？”

顾挽心想：而且你平时也是这么说的啊。之前不还总是一副生怕别人误会的样子，跟闻雅解释、跟姥姥解释、跟主持师父解释、跟同学解释……

这么算起来，他嘴还挺累的。

季言初瞥一眼顾挽那表情，看着像是一脸的不乐意。

他心虚地挠挠鼻尖，找了个冠冕堂皇的理由：“我下一站不是要下车了嘛，我怕我走后那小子再来骚扰你，索性撒个谎，让他断了念头。”

这个理由说辞，符合他一贯的行事作风，顾挽是完全信的。

顾挽眼里的神采不由得暗了暗，默默点了下头：“哦……”

她很庆幸自己刚才足够清醒，没有脑袋一热就胡思乱想，曲解他的“好意”。

否则，自己岂不成了下一个闻雅？

想到这里，她一肚子邪火乱窜，突然郑重其事地问道：“言初哥，我能给你提个建议吗？”

季言初一愣：“啊？”

顾挽也不管他有没有反应过来，径直说道：“以后，遇到女孩子需要你出手相助的时候，能不能多开动开动你的脑筋想想其他的办法，不要一遇到事就‘自我牺牲’地去给别人当男朋友？”

季言初想要解释：“我也没……”

“虽然出发点是好的，但是怎么看怎么不负责任。”

顾挽压根儿不给他开口的机会，还怕他的“直男”思维理解不了其中玄妙，开始举例说明。

“就像贾宝玉，算是个绝世‘大暖男’吧，但很可惜，他最大的致命点也在这里，看到个女孩就想去温暖一下，好像全天下的女孩他都有义务去照顾似的，就显得很不负责。你看最后，果不其然，只剩他一人孤独终老了吧。”

顾挽摊摊手，看着季言初，发出最后的灵魂拷问：“没人愿意成为黛玉、宝钗之流，我想，你也不希望别人讽刺你叫季宝玉吧？”

后来在回程的火车上，季言初仔细想了想顾挽的那番话。

自然而然地，他联想到之前和闻雅的那些误会，似乎就是因为他好当贾宝玉才造成的。

季言初于是给顾挽发了条微信，真诚道歉：【你说得很对，就算是帮人解围，我这个方法也是不对的，哥哥接受批评，并且保证以后绝不再犯。】

消息发过去，顾挽可能是睡着了，没有回复。

季言初犹豫了几分钟，索性趁着顾挽不会立马就回，鼓起勇气又发了一句：【说哥哥是你的男朋友，是不是让你很困扰？】

发完之后，季言初立马将手机揣进了口袋。

当时看顾挽对那个男生一脸不耐烦，其实也是临时起意冲上去说自己是她男朋友的。私心想试探一下，如果自己这么说了，顾挽会是什么反应。

然后，他或许能通过顾挽的反应来决定自己接下来该怎么办。

他人生第一次喜欢上别人，还是一直叫自己哥哥的妹妹。

还是自己好兄弟的妹妹。

季言初越想越觉得自己人品有问题。

他羞愧难当地搓搓脸，心想：幸好幸好，幸好顾挽一巴掌拍醒了他。

“否则差一点就做了插足别人感情的小三了。”

他小声嘀咕，想想还是一阵后怕。

临近年关，外出务工人员都陆陆续续回到迎江，整个迎江市一下子热闹非凡，人满为患，每天都处在一种喧嚣亢奋的气氛里。

去市里吃个饭，逛个街都要堵车一两个小时。

顾挽自从被刘夏约着去星河广场看了场电影，遭受了观影两小时，堵车两小时的非人折磨之后，果断决定，在家宅完整个寒假，所有约会一律取消，谁的面子都不给。

父母的工作还是老样子，年底了，总有开不完的专题报告会、总结会、动员会等，反正不管是不是过年，他们都是照忙不误。

顾远之前在季言初那儿待到一月初，然后匆匆忙忙又进了新剧组，估计又不能回来过年了。

顾挽差不多都是一个人在家，除了画画、看漫画，就是追剧，基本上一天的时间就这么消磨过去。

她也会和季言初发发微信或者视频，但年关之际，他也很忙。通常顾挽都准备睡觉了，他才发个视频或语音过来，说他才刚到家。

他的声音也经常不是微醺就是疲惫的，每每如此，顾挽心里就百转千回地难受，从未觉得一个假期会这样漫长难熬。

数着日子，新年终于来了。

除夕晚上，吃过年夜饭，和顾远以及其他亲戚通完电话后，顾挽揣着手机跑到楼下，找了个僻静的地方，站在路灯下给季言初发视频。

视频发过去不到两秒，就被人接通了。顾挽靠在路灯的灯柱上，感受到手机振动，立刻站直了身子。

结果下一秒，屏幕里出现的却不是季言初的脸，而是姥姥的。

顾挽倒没诧异，笑眯眯地跟姥姥说新年好。

隔着手机屏幕，姥姥似乎又把顾挽忘了，把手机拿远又拿近地端详，最后还是茫然地问：“你是哪位啊？”

顾挽抓抓脑袋，哭笑不得地解释：“姥姥，我是挽挽，您不记得我了吗？”

姥姥眨眨眼，陷入苦思冥想。

还没等她想出个结果，那边传来季言初的声音：“谁啊？”

姥姥乖乖地回答：“她说她叫挽挽。”

季言初爽朗的笑声透过屏幕传到这边，顾挽的心跳突然乱了节奏。

很快，屏幕里出现了季言初的脸，他嘴角高高翘着，两个小括号招人又显眼地挂在上面。

“挽挽，新年好啊！”

季言初接过姥姥的话，含着雀跃兴奋的笑意，这声挽挽叫得那么顺口又自然。

为了过年喜庆，他今天穿了件红色的高领毛衣，下面配了件纯白的休闲裤，看起来年轻又帅气，风姿绰约，气宇不凡。

顾挽神魂皆是一荡，脸唰一下就红了，好在是站在路灯下，灯光映着看不大出来。

她讷讷地抿了下唇，才小声道：“言初哥，新年好。”

“乖。”季言初边给姥姥开电视，边笑吟吟地说，一眼扫到她头顶的路灯，诧然道，“你怎么在外面啊，不冷吗？”

“啊，还好。”顾挽挠了下鼻尖，眼神朝远处的夜色里瞟。

等冷静下来，她才回答道：“我爸妈和邻居叔叔阿姨在打麻将，我一个人怪无聊的，就出来走走。”

季言初“嗯”了一声，静默几秒后，忽然问道：“三十晚上也没有约一些同学朋友出去玩吗？”

还真有，只是顾挽害怕又堵车，懒得出去。

但她没觉得这件事有什么不能说的，于是很坦然地说道：“余舟倒是约了我去看电影，不过除夕晚上出去玩的人很多，市里太堵车，我就不想去了。”

怕自己突然提到的人名季言初不熟悉，顾挽又补充：“余舟，你记得吗？就我初中那个班长，以前你还骗过他，说你是我表哥的那个男生。”

季言初嘴角的弧度微不可察地敛了敛，“啊”了声，点点头：“有点印象。

你和他……关系挺好？”

顾挽点头，如实地说：“嗯，他人很不错。”

季言初一时语塞，所有的好心情一下荡然无存。

还好他足够坚强，情绪并未外露半分，沉默几秒，又换了话题：“你过生日的时候，还没开学吧？”

顾挽也不是很清楚，掰着指头算了下：“哦，年初十，是还没开学。”然后又一脸恍然地小声嘀咕了句，“难怪余舟说今晚不约就等初十呢。”

季言初才捞起来的一颗心，“扑通”一声，又往更深的地方沉了下去。

年初一到年初六，顾挽被父母支配着连轴转了六天，四处拜年。

每每到这个时候，她才深切体会到他们家族的庞大，各种七大姑八大姨，平时一年都见不着一次面，这个时候不知道从哪些边边角角都冒了出来。

偏偏一见面还特熟的样子，上来就是一阵乱七八糟的炮轰，从学业问到情感问题。

顾挽像个木偶一样僵笑了六天，最后终于忍无可忍，撂挑子不干了。

她打电话给顾远，让身为长子的他赶快回来拜年。

远在剧组的顾远听到顾挽难得气急败坏的怒吼，也暂时从失恋的阴影里逃离了半刻，笑得幸灾乐祸。

之后在家瘫了三天，顾挽才勉强恢复一些元气。

初九晚上，余舟给顾挽打电话，约她第二天吃午饭。

顾挽年三十晚上已经拒绝过一次，也不好总拒绝他，况且人家还是一片好心给她过生日。

但因为之前的种种，顾挽觉得他们两个人这么单独见面也怪尴尬的，于是把刘夏也拉着一起去了。

过年期间，各种娱乐场所也未歇业，聚餐聚会的人甚至比以往更多。

因为有刘夏这个灯泡挡着，余舟之前所有的安排无形中被打乱。

三个人一大早碰头，因为离午饭的点还远，于是去了商场。

刘夏提议先去看一部据说是春节档票房第一的喜剧电影，她早就心心念念想看了，看完正好出来吃饭。

顾挽没意见，余舟即使有意见，也既不敢怒也不敢言。

精心谋划的一场以过生日为借口的约会，现在变得简单又毫无新意，甚至连看电影的座位，两人中间都隔着一个刘夏，余舟简直挫败到极点。

电影演到中场，顾挽去了趟厕所，好不容易逮到的机会，余舟立刻也跟着一起出去了。

男女厕所都在通道的尽头，顾挽走在前方，余舟从后面追了上来，叫道：

“顾挽。”

顾挽回头，见他欲言又止地想说什么，笑道：“这电影挺好看的，快点，别错过重要情节。”

即将出口的话，被她硬生生堵了回去，不知是有意，还是她真的觉得电影很好看。

余舟抿了抿唇，点头说“好”，即将分道的时候，还是忍不住问了句：“顾挽，待会儿看完电影，我送你回去吧？”

顾挽顿住犹豫了几秒之后，她似乎决定了什么，索性转身，释然道：“算了，看你吞吞吐吐我也难受，有什么话，你现在就说吧！”

“啊，我……”

余舟挠挠后脖颈，一时不知从何说起，因为顾挽突然一下子这么直白坦然，反倒杀了他个措手不及。

沉默酝酿了将近一分钟，怕顾挽不耐烦，余舟支支吾吾地开口，问道：“你一直不敢跟那个人告白，是不是因为……也不确定他会不会喜欢你？”

说完，他懊恼地挠了下头，觉得自己说了句不讨喜的废话。

紧接着，余舟又语无伦次地说：“我的意思是……我……我可以等，就是如果，我是说如果，你以后，假如告白没有成功的话，我能不能……哦不，是你，是你能不能……”

他微喘着气，极度紧张地看着顾挽，说到后面，声音渐渐低落下去。

“到时候……能不能再考虑一下我？”

顾挽也沉默了，一时间没有吱声，但看余舟的眼神，平静而不兴波澜。

要说第一次，她有愧疚，那是因为她真拿余舟当好朋友，所以觉得拒绝会伤害到朋友，她心里很难受。

但是这一次不同了，因为之前该说的，她都已经说清楚了。余舟再这样，就是他自己执迷不悟，她并没有半点错处。

顾挽觉得现在这个情况，与当初撞见季言初和闻雅在天台上那个状况差不多。

于是，她也像季言初质问闻雅那样问余舟：“你是不是压根儿就没想过要成为我的朋友？”

“啊？”余舟茫然地看着她。

“余舟。”顾挽正色，很认真地告诉他，“你要清楚，咱们能不能成，其实和我告白成不成功一点关系也没有。我对你没有那种情感，所以，不管那个人喜不喜欢我，我们最后怎么样，都改变不了我和你的结局，你明白吗？”

说清道白，后半场的电影，顾挽也没心情再看了。

她低头给刘夏发了条微信，说她有事，要先走了。

发完微信再抬头，她索性把话说得更直接明了一些。

“余舟，一直以来咱们俩关系都很好，我也很珍惜咱们这份友谊。但说真的，这么多年，你应该很了解我的为人，在这方面，我从来不是一个喜欢拖泥带水的人。之前你也豁达畅快，说过做不成恋人，大家还是朋友，如果……”

顾挽顿了下，叹了口气，带着最后的决然说道：“如果你那些话不是真心实意的，那我想，不管什么关系，咱们都就此打住吧！”

临走之前，她再次表示：“谢谢你今天陪我过生日，再见。”

说完，她头也不回地走到电梯口，按开了电梯。

余舟僵在原地愣了十几秒，就在顾挽即将进电梯的前一刻，仿若突然惊醒般，飞快地追上去，拉住顾挽的手臂。

“顾挽，我只是……”他眼眶泛红，一脸难堪和痛苦，轻言责备，“你也没必要……把话说得这么难听吧？”

顾挽拂开他的手，一脸冷若冰霜。

“刀不快，见不了血，没有伤口，你也长不了记性。”

下一刻，她人已经进了电梯，低头毫不犹豫地按了关门键。

直到出了商场大楼，顾挽找到一个偏僻的花坛边坐下，才重重吐出一口浊气。

她有点后悔今天答应余舟出来，不过很快，又觉得至少做了个了断，虽然现在心情复杂又沉重，但总归没让某些错误一直拖下去。

顾挽坐在台阶上失神发呆，说不清因为什么，此时此刻，竟十分想念远在暨安的季言初。

这个人也有意思，除了昨晚过了十二点，第一个在微信上跟她说了句“十九岁生日快乐”之后，今天一整天，竟是半点反应没有。

顾挽掏出手机，又看了遍他最后的那条微信，确定之后他再没发过新的信息，撇撇嘴，气呼呼地把手机塞回包里，并孩子气地想：等回到暨安，我第一件事就是要去把上次送他的手套要回来。

她织了几天几夜，凭什么给他戴？

“扔给顾远也不给他，没良心，呸！”

刚骂完，手机应声响了起来，顾挽拿出来一看——

呵，巧了。

没良心的打电话过来了。

毕竟才骂过他，顾挽心虚地环顾四周，确定没有别人听到，才划开了接听键。

负面情绪还没散掉，她没好气地问道：“干吗？”

那边未语先笑，笑声仿佛震在顾挽的心弦上。

顾挽瞬间泄了气……

真是要命，她又很没骨气一样，所有的坏心情一秒钟被治愈了。

“怎么，过生日都不高兴啊？”

季言初清朗的声音传过来，含着笑意，顾挽在电话这边仿佛都能看到他嘴角的小括号。

她嘟嘴，闷声怼他：“有什么可高兴的，又不是第一次过生日。”

季言初无辜地“哦”了声，停顿了数秒，似是自言自语般，又委屈巴巴地冒出来一句：“可这是我第一次陪你过生日呢。”

顾挽起先没反应过来，还想说怎么是第一次，以往的生日，你不都发过信息，寄过礼物嘛，连她现在画画的数位板都是他买的。

直到猛然间意识到，他刚刚那句话里好像夹了个“陪”字。

陪？！

顾挽“噌”地一下站起来，放在腿上的包也掉在地上，里面装的一些零碎的东西掉了一地。

“你刚说什么？”

她已经什么都顾不上了，紧紧握着手机，激动得嗓音都在发颤。

“你现在……在哪里？”

季言初轻轻笑了声，气息带动着电流，直往顾挽耳朵里钻。

“如果哥哥现在去见你，你会不会高兴一点呢？”

季言初自当年离开后，就没再回过迎江市。

因为季时青的关系，他对这座城市情感很复杂，又因为也在这里遇见了顾挽和顾远，感受到了得之不易的友情与温暖，也曾让他在某个午夜梦回的夜晚，对这座南方小城念念不忘。

好像，真正觉得自己长大，是个成年人，也是在这里。

季言初循着第一次偷偷跑出家门的那条路线，穿街过巷，找到当初今安画室的那条小巷子，一路缓缓而来。

这条巷子如今看起来似乎没有当初那么晦暗逼仄了，两边的墙壁也重新粉刷过，原来那些鬼画符似的涂鸦也一起被掩盖，仿佛从来没存在过。

唯一没有改变的，就是巷子中间那盏破旧的路灯。

灯罩和灯柱上面的锈迹更加斑驳破败，像个被风霜侵蚀得快要倒下的老人，撑着最后一口气，倔强孤傲地伫立在此，冷眼旁观世事变迁。

季言初站在路灯下失神，想起很久以前，顾挽像个小蘑菇一样蹲在这里。

午后温暖的阳光从巷子口投了进来，将整条巷子染上旧时光般的橘黄光线。

他的影子也被拉得老长。

蓦然抬头，光洒进来的方向，他的“小尾巴”正朝他飞奔而来。

有那么一刻，季言初很想张开双臂，让顾挽直接扑进自己的怀里。

然后，再贴着她的耳朵，诚恳地跟她道歉。

“顾挽，对不起。”

“我喜欢你！”

季言初怔怔地站在原地，看着顾挽由远而近地跑过来，直到站在了他面前，他仿佛才从梦里醒过来似的，茫然了一秒，才笑着说：“我去清河苑找你，才知道你们搬家了，所以只能来这儿等你。”

可惜，他还是恢复了理智与克制，什么都没说，也什么都没做。

顾挽喘了好一会儿才调整呼吸，皱着眉点头：“是啊，我高中那会儿搬的，搬到御景苑了，离原来的地方也不远。”

因为家里换房子，顾挽还记得自己当时偷偷哭过好几次。

那时候，她觉得季言初可能永远也不会再来迎江了，他们三个人的小基地也要被换掉。而那些短暂温暖的快乐，最后会连同他存在过的痕迹一起，被时光一点点覆盖、掩埋。

顾挽怎么也不甘心。

于是，才有了目标，定了方向，无论山高水远，哪怕遍地荆棘，她也要一步一步走到季言初面前。

他们的故事，绝不该就此潦草收笔，无疾而终。

“迎江的变化很大，我差一点连这里也找不到了。”季言初笑着说，抬头看看那个旧阁楼，原来开着画室的地方已经残败，门窗都被不入流的小广告贴得密不透风。

顾挽顺着他的视线看过去，跟着说：“是啊，这几年发展飞速，旧街道都要整改翻修，这里马上也要拆了。”

顿了顿，她瞥一眼季言初的脸色，见他一派平和，才敢继续说：“余老师的画室后来转给了她同学，开得很好，换到鼓楼那边去了，不过名字不叫今安画室了。”

季言初还看着那个旧阁楼，不知想起了什么，好半天，才低头“嗯”了一声，然后问顾挽：“你后来还见过余老师吗？”

顾挽摇了摇头，说道：“她离开的时候说要去环游世界，应该不会再回迎江了吧？”

“也对。”季言初若有所思地点头，忽地牵了下嘴角，“希望她现在已经遇到真心待她的人，被爱，也有所爱，幸福美满，余生顺遂。”

“会的。”顾挽拽着季言初的衣摆，轻轻地晃了一下，“你也会的。”

闻言，季言初转头看过来。

顾挽笑了笑，又笃定地说：“我们都会的！”

季言初才欲泛皱的心，仿佛被一双温柔的手轻轻抚过，那些曾经疼痛过的沟壑伤痕，也被一些柔软温情的东西填满、弥补，渐渐看不到原来的模样。

“嗯！”他笑眯眯的，温柔而宠溺地揉了揉顾挽的脑袋，像哄小孩似的，“看你这么乖，也不枉哥哥大老远坐车过来。”

说着，他又后退一步，上下打量了她一眼，皱眉道：“你不是回来过年吗，怎么感觉还瘦了？”

顾挽觉得季言初纯属胡扯：“我今早称还重了两斤呢。”

反倒是他，过年期间暂停工作，不用出庭辩护，也不用天南海北地跑，竟也没见他长肉。

顾挽瞥了眼季言初棱角分明的脸部轮廓，清晰而流畅的下颌线，所有的欢喜心动都被她很好地隐藏在胸腔里。

他们一起往巷子外面走，顾挽边走边问：“你今晚准备住哪里，你这次过来……真的只是给我过生日？”

面对质疑，季言初有点不满了：“怎么，你还怀疑我的诚意？”

这无疑是否定的回答，顾挽开心地笑了起来，拉了一下季言初的袖子，说道：“那走吧，带我去吃好吃的。”

“行，你想吃什么？”

顾挽想了下，也不跟季言初客气：“想吃火锅，想吃蛋糕，吃完饭想去买奶茶喝，还想看电影。”

就像普通情侣约会那样……

季言初一如既往的好说话，不管顾挽提什么都点头说好，百依百顺，有求必应。

两人吃完火锅出来已经是午后两点多，从火锅店出来便去附近的商场看电影。

大抵因为过年，越晚商场越热闹，人流量很大。

一楼的奶茶店门口在做什么活动，一大群年轻的男女拥挤在一起，人头攒动，很吸引人。

顾挽为了买奶茶，也挤过去围观，看到很多情侣在旁边那个特制的玫瑰心形框架里比爱心拍照。

顾挽问店员：“你们在做什么活动啊？”

店员很有礼貌地回答：“哦，因为过两天就是情人节了嘛，我们店提前做特惠活动，只要情侣在我们指定的玫瑰心形圈里拍张比心的照片，贴在店内的爱心墙上，就可以免费领取两杯新品奶茶和两盒冰激凌。”

这个活动确实足够实惠，他们才吃完火锅，商场内暖气又足，顾挽正觉口干舌燥，还挺想吃点凉的。

她回头，朝正往人群里挤的季言初招手，把店员刚说的话复述了一遍，然后跃跃欲试地怂恿季言初："言初哥，要不我们也去拍一个吧。只要咱俩不说，他们也不知道我们是不是真的情侣，对吧？"

季言初神色不明地睨了顾挽一眼，转头去看拍照的那个小型的布景区。

粉色玫瑰的背景图，加上那个白纱装饰的红色玫瑰架，怎么看怎么像结婚似的。

虽然他确实很想和顾挽拍张合照，但这种……也太甜腻了，他有点招架不住。

他收回视线，摸摸鼻尖，难为情地说："你想吃冰激凌，哥哥给你买吧？"

顾挽一脸不解："有免费的，干吗还要自己掏钱？你看看这个活动，多划算呀！"

"你是觉得尴尬吗？"她过来低声问着，还以一副过来人的姿态拍拍季言初，"没事的，都是为了免单。以前我哥为了免单，更豁得出去，还假装是我男朋友跟我求过婚呢。"

顾挽浑然不觉季言初眼里已经对某位哥哥寒光乍起了，还在安抚他："你这是没经验，多做几次就好了，又不是真的，也没必要放在心上。"

季言初还想说什么，顾挽暗暗一抿唇，直接拉着他往那边走，看起来一副免单心切的模样，碎碎念道："哎呀，你别犹豫了，快点快点，这么划算的活动，名额有限，晚了咱们想参加都没机会了。"

季言初就这么哭笑不得地被顾挽拉了过去，和她头靠着头站在那个玫瑰框架里，又被使唤着单手举过头顶，笨拙别扭地摆了个半圆的动作。

店员按下拍照键的前一秒，顾挽小声下命令："一二三，笑！"

季言初很听话地高高扬起了嘴角。

俊男美女，这一对本就过分惹眼，引来周遭无数惊艳的目光，结果照片一出来，拍照的店员更是大声惊呼："哇，这也太好看了吧，两位的颜值简直比某些演员明星还要好看。"

店员一边夸赞，一边手脚麻利地将手机连上旁边的照片快打机，很迅速就把照片打印出来了，随后在爱心墙上选了个中心位置，将照片贴在了上面，并在随身带着的小本上开了个号码条给顾挽。

顾挽拿着号码条，乐颠颠地去柜台那边排队领奶茶和冰激凌。

人群拥挤，熙熙攘攘，等顾挽拎着奶茶，捧着两盒冰激凌出来，一转身，就被季言初稳稳地接住了。

顾挽几乎是被季言初牵着带出来的。

等离人群远了一些，顾挽把两盒冰激凌都送到他面前："一个草莓味、一个香草味，你要吃哪个？"

季言初无所谓："都行，看你喜欢哪个。"

顾挽看看草莓的，又看看香草的，两个口味她都喜欢，一时选择困难。

很少见她这么孩子气，季言初被逗笑了，建议道："要不你两个都尝一口吧，哪个不好吃再给我。"

顾挽心动地眨了下眼，没说好，也没说不好。

她沉默了几秒，才小心翼翼地问："行吗？"

季言初脸上的笑容更大："行啊，今天你过生日，你最大，怎样都行。"

他说得豪爽大度，心无城府。

顾挽却因为最后那句"怎样都行"，神色陡然凝滞。

那一刻，她脑子里鬼使神差地在想，怎样都行吗？

那……亲你一下行不行？

意识到自己脑子里似乎跑进了什么奇怪的东西，顾挽的脸瞬间红到了脖根。

她慌忙低下头，掩饰性地用勺子挖了一块冰激凌塞进嘴里，冰凉沁人的口感一刺激，脸上的热度稍稍退却，人也清醒了不少。

到底没好意思两种口味都尝，顾挽把另一盒还给季言初："算了，言初哥，我觉得草莓味的很好吃，我就吃这个好了。"

季言初误以为她是有所忌讳，敛了下嘴角，也不强求，点头道："行。"

两人并肩走到电梯口，准备去四楼看电影。

顾挽心里还装了件事，眼看电梯要下来了，她双眸闪烁，忽然惊呼了一声："呀，我外套落在奶茶店了。"

不等季言初反应，她把手上的东西和包一股脑儿塞到他手上，只拿了个手机就朝奶茶店跑，边跑边回头冲季言初喊："言初哥，你先上去，我拿了衣服就去找你。"

跑到尽头，再拐个弯就是奶茶店。

顾挽没找到刚才拍照的店员，只能去柜台找点单的店员，问道："您好，刚才我和我男朋友的照片，你们能给我发一份留底吗？"

她还挺怕自己行迹败露了，说着话，眼睛还看着来的方向，生怕季言初跟了过来。

"啊，好的，您稍等。"正好刚才拍照的手机就放在柜台上，点单的店员拿起手机，温柔道，"这边需要先加一下您的微信，然后再发给您。"

顾挽把早就调出来的微信二维码送过去，扫码，添加，照片接收后点击查看原图，保存到手机里。

她用最快的速度做完这些，然后拿起自己故意丢下的外套，道过谢，又如来时那般风驰电掣地跑远了。

顾挽刚走，先前拍照的店员从后厨出来，看到她的背影"咦"了声："那个漂亮的小姐姐回来干吗？"

点单的店员说：“哦，她外套落在店里了，过来拿，还要了刚才和她男朋友拍的照片。”

拍照的店员又“咦”了声：“刚才她男朋友已经跟我要过照片了啊，没告诉她吗？”

他们俩看的电影，正是顾挽上午没看完的那部喜剧片。片子拍得很不错，既搞笑又烧脑，节奏也挺快的。

进电影院之前，季言初又给她买了一大桶爆米花。电影的前半部分，她已经看过了，所以大多的时间都在低头吃爆米花。

季言初见她吃东西比看电影还要专注，低着头凑过来，轻声问道：“不好看吗？”

他的声音极轻，顾挽没听清楚，便也凑近了些，小声问道：“什么？”

她怕打扰到其他人，不知不觉就越过了安全距离，耳朵几乎是凑在季言初的唇边。

顾挽心无旁骛，倒没多想。可季言初垂下双眸，好巧不巧，视线落在她精致可爱的耳垂上。

要说的话忽然就停在了唇齿间，他怎么也不敢张嘴了。

也不知哪根神经搭错了，那无端生出的饥饿感越发明显，季言初不由自主地咽了咽口水。

季言初羞耻又悲哀地发现，自己的某些思想好像越来越不可控，越来越危险。

小姑娘还保持着侧耳倾听的姿势，一副心无城府的单纯模样。

季言初的罪恶感更加浓重，下意识微微后仰了些许，才用气音一本正经地说道：“我是问你，是不是觉得这个电影不好看？”

因为环境的因素，就算与顾挽拉开了距离，也比平时正常说话的距离要近。若有似无的气息，还是轻轻袅袅地扫到了顾挽的耳郭。

最敏感脆弱的神经仿佛猝不及防地被人拨动了下，顾挽只觉头皮一麻，脑袋里“轰”的一声，从天灵盖瞬间酥到了脚底板。

她下意识缩了下脖子，一时间连气都喘不匀。

“没……”

终于意识到什么，顾挽慢慢坐正了，放下爆米花，一脸正气凛然，转头去看大银幕。

她神情姿态看起来有些慌张，刻意专注的痕迹也很明显。

还有刚刚，她缩脖子的动作，季言初也看到了。

明明平时算是再正常不过的举动，但他现在也开始担心，就算是拉开了距离，会不会依然让她不舒服、不自在，甚至感觉被冒犯了？

他神色僵了半秒，后知后觉地感到难堪。

气氛不知什么时候变得尴尬又微妙。

两人心思各异，在后半场的时间里，竟没有任何交流。

电影看完，时间是傍晚五点多，两人都不怎么饿，却又差不多是饭点，于是草草地随便吃了点。

顾挽昨天就跟父母报备过，今天过生日，很有可能一天都会和同学在外面。但她毕竟是一个女孩子，父母又因为工作经常都不在家，一个人回去太晚了总归不好。

所以一出商场大楼，季言初就打了车要送她回家。

路上顾挽一直在想，正月初十，大部分上班族应该都已经复工了，不知道季言初这样突然跑到迎江来，会不会耽误他的工作。

两人坐上出租车，一关门，顾挽就回头问道：“言初哥，你们律所还在放假吗？”

季言初将半开的车窗摇上去，随口回答：“我们初八就上班了，不过开年没什么案子，我就休了几天年假。”

“哦。”顾挽点点头，稍稍宽心，忽然又抬起头，问道，“那你明天还在迎江吗？”

季言初这才回头，盯着她看了一秒，摸不准她眼里灼然的光亮算不算希冀，但忽然那股越挫越勇的倔劲儿上来。

他偏头看着她笑，厚脸皮地问了句：“怎么，舍不得哥哥走吗？”

没想到心思会被猜中，顾挽很明显愣了下，心思微动，突然也不想否认了，只别开视线去看窗外，壮着胆子，就这样没有吱声儿。

这反应倒是在季言初的意料之外，才被打击得发蔫的心，忽然又逢春化雨，有了点生机。

顾挽扭过头去不看季言初。

他偏偏不依不饶，没脸没皮地凑过去追着问：“真是舍不得我？”

仿佛不可置信，又仿佛沾沾自喜。

不管是他语气里，还是脸上，都有不可遏制的笑意。

顾挽有点后悔，觉得自己就不该默认的，这人蹬鼻子上脸，平白无故被他看了笑话。

于是她回头，心有不甘地改口：“也没多舍不得。只是觉得你千里迢迢来给我过生日，所以不管你什么时候走，出于礼貌，我都应该表示一下不舍之情的。”

季言初不声不响地盯着顾挽，好半天才“扑哧”一声笑出来，然后存心使坏地揉乱顾挽的头发，又气又无奈地骂道：“你个养不熟的小白眼儿狼。说句好听的哄哥哥开心都不行？”

狠归狠，骂归骂，但言语里依旧满是隐藏不住的宠溺。

而事实上，季言初也没有真如表面上那么计较顾挽有多舍不得。

因为只要她有一丝不舍，他就已经很开心，很满足了。

车子开到御景苑门口。

天色已经黑透，如今的他们已经是成年的男人女人，况且顾挽是一个人在家，季言初不好再进去，只能把她送到楼下。

对此，顾挽倒是有些不能理解："在暨安的时候，你也是一个人在家，我怎么就能过去呢，而且还经常在你家里住？"

季言初笑道："那情况不一样。"

"怎么不一样？"顾挽依旧不明白。

季言初没说话。

因为他自己也不知道该怎么解释，反正就是感觉和在暨安的时候不一样。

楼下不远的地方有盏路灯，路灯下还有张双人座的长椅。

灯光投下一片温暖昏黄的光晕，将底下的长椅也笼罩在那一团静谧温馨的光线里。

既然季言初不愿意上去，顾挽也不想就此分别，于是指着长椅问道："那我们去那边坐会儿，总行吧？"

季言初顺着她指的方向看了眼，发现周遭有几分熟悉，笑了笑："除夕那晚，你是不是就站这儿给我发的视频？"

"嗯。"顾挽点头，也不管他同不同意，率先坐了过去。

她到底还是忍不住，不顾他刚才在车上的调侃，又问了遍："你明天到底还在不在迎江？"

见她磨磨蹭蹭的，不肯上去，言语和细微的动作表情，都让季言初的心情越发晴朗。

他站在路灯下，笑起来面带春光，眼里像是含着月下湖水，潋滟而清亮。

"你到底要干吗？"

他还是不肯正面回答，不紧不慢，笑吟吟地问。

顾挽自然也倔强地不肯明说，别开脸，信口胡诌道："如果你明天还在这里，就想请你吃饭，表示感谢。"

不等他回答，顾挽又问道："你订的哪家酒店，我明天去找你？"

季言初沉默，看了她一眼，才如实相告："我没订酒店，今晚就得走。"

他半开玩笑地说："所以你那顿饭，只能留着等你开学再补给我。"

"为什么这么急啊，你不是在休假吗？"

顾挽原来以为他最快也是明天一早走，却不想他今晚就要走。

她有些着急地站起来，问道：“你已经买好车票了？”

“嗯，来的时候买的就是往返。”季言初解释说，“明天敬老院那边要给老人家统一做体检，我得跟过去看看情况。”

“那……”顾挽想说什么，又忽地戛然而止。

她微抿了抿唇，才改口：“那你几点的车？”

“十点零四分。”

现在已经八点多，去高铁站的时间尚够。

顾挽又提议：“那我送你。”

“大晚上送什么呀，你一个女孩子回来不安全。”季言初想都不想就拒绝了，“况且夜深了，外面冷得要死，回头再把你冻感冒了怎么办？”

他看了眼时间，拍了下她的头顶，催促道：“行了，你上去吧，我也该打车过去了，待会儿怕堵车。”

他边把顾挽往楼道那边推，边嘱咐道：“你去暨安的时候，提前告诉我，到时候我去车站接你。”

顾挽被季言初推到楼梯口，又站那儿不动，回头看他。

他笑容浅淡，像赶小鸡一样挥手：“回去吧，回去吧。”

顾挽忍着什么话都没说，又深深看了他一眼，这才转身上楼。走进楼道她就开始跑，一口气跑到三楼，趴在阳台上往下看。

季言初等她走后似乎又站了会儿，因为她都上三楼了，他还没走多远。

他今天穿了件黑色大衣，身姿修长挺拔，看上去格外俊逸倜傥。

但此刻夜色寂寥，他一个人形单影只地走在路上，只是背影都弥漫着无尽的孤寂凄凉。

先前尽力压抑着的不舍又汹涌地冒了上来，顾挽吸了下鼻子，突然拿手机给陶嘉惠打电话。

电话刚接通，她就用最快的语速说道：“妈妈，暨安那位哥哥因为有事来了迎江，今晚就回去。我想反正我没几天也要开学了，能不能跟着他一起回暨安？”

陶嘉惠此刻还在实验室里，听到她的话，稍稍思索了几秒，有些为难：“行是行，你哥哥那个同学倒也是信得过的人，就怕你跟着又给人家添麻烦……”

不等陶嘉惠说完，顾挽就迫不及待地打断：“哎呀，您放心吧，我又不是小孩子，不会给人添麻烦的。”

得到允许，顾挽一颗心快要飞出去了，挂了电话，人就疯了一样往楼下冲，生怕追不上。

她三步并作两步跑下楼，结果才一出楼道，之前已经走远的人也微喘着跑了回来。

两人在楼下遇到，皆是一愣，随即又不约而同地失笑。

“差点忘了。”季言初笑着说，从大衣口袋里掏出了个黑色的丝绒盒子，递给顾挽，“生日礼物。”

顾挽接过盒子，不由自主地屏息打开。

里面是一条做工精致的锁骨链。

链条如银色流水般细腻顺滑，项链前端的吊坠是由许多细钻拼成的两个闪耀的字母——GW。

顾挽将项链小心翼翼地捧在手心，欣喜地看着他：“是我的名字。”

“不是什么贵重的链子，但那两个字母我觉得很有意思。”季言初定定地看着她，“也不知道你喜不喜欢。”

“喜欢！”顾挽简直点头如捣蒜，“当然喜欢。”你送什么都喜欢。

看她反应，季言初满意地笑了：“行，喜欢就行。对了，你刚才急吼吼地跑下来做什么？”

顾挽把项链放回盒子，宝贝兮兮地扣上，然后抬头，笑意盎然地说：“我妈让我跟你一起去暨安。”

因为高兴，她眼睛都弯成了两个小月牙。

她又朝他走近了两步，眼里被灯光染上清凌的波光，无比兴奋又雀跃地看着他，怂恿了句：“言初哥，你把我也带走吧？”

这句话犹如一拳暴击，砸在季言初的心脏上，能感受到轰然沉重的力量，却没有半分疼痛。

而那些他拼命想捂住的秘密，也因为这一句仿佛陡然有了茂盛的生命力，疯狂地往他心尖上爬。

他承认。

他被诱惑了！

时间有些赶，顾挽上楼手忙脚乱地收拾行李。

她放假回来的时候带的东西就不多，除了几身换洗的衣服、鞋子和几本画册、书籍，其他就是一些零碎的日用品。

等她收拾好，季言初提起箱子掂量了下，和回来时的重量基本差不多。

他开玩笑道：“你这箱子还是这么轻，回来过年，都没买几身新衣服吗？”

顾挽低头翻着钱包，临出门，最后检查一遍身份证、银行卡、学生证等一些东西是不是都在里面。

她头也不抬，说道：“我爸妈忙到大年三十那天中午才回来，年货都没置办多少，哪还有空给我买新衣服。”

出来锁好门，季言初跟在顾挽身后，调侃道：“你总说自己不是小孩子了，怎么过年的新衣服还非得爸妈给你买？”

顾挽回头反驳他：“这你就不懂了，新年嘛，收到的每一件礼物都是带着美好祝愿的，衣服更是新年新气象的象征，肯定要长辈送才有幸福感啊。”

季言初一愣，不知想到什么，神色微敛：“啊，原来是这样。”

听出他嗓音不知不觉低沉了几分，顾挽才猛然反应过来自己似乎说错话了，停住脚，等他走到自己身边，才轻轻叫了他一声：“言初哥……”

“嗯？”

季言初一脸随性淡然，仿佛刚才那瞬间的消沉只是顾挽的错觉。

顾挽抿了下唇，还是有些冲动地说道：“以后过年，你给我买新衣服，好不好？”

季言初觉得小姑娘这个要求等于把他自动划分进了“长辈”的行列。

当然这不怪她，毕竟，从前他自己也一直是很自觉地待在那个“长辈”的行列里的。

错在他，没能一直那么安守本分……

季言初苦涩地失笑，却也立刻点头：“好啊，哥哥给你买，以后每年哥哥都给你买。”

顾挽满意地点头，下一秒，也非常痛快地表示：“那我也会给你买的，以后每年都买。”

季言初一顿，脸色怪异地看着她：“你给我买，什么意思？难不成你还想做我长辈？”

顾挽无语地翻了个白眼：“我只是举了个长辈的例子，没说一定要长辈才能送啊。其实其他人送意义也是一样的啦，家人啊、朋友啊，恋人之类的，都可以的。”

季言初猛地抬眸，眼里闪过不知名的神色。

所以，恋人也是可以的？

他因为这个说法，不由得失神几秒。

明知道顾挽或许只是无心说到这个，没什么特殊意义，可他就是忍不住心猿意马、神魂荡漾。

顾挽的一句话、一个动作，甚至一个眼神，现在都能轻易左右他的心情。

患得患失，忽悲忽喜，他简直……快要发神经了！

凌晨三点多，他们终于回到上城花园。

季言初八点前要赶去敬老院，差不多还可以眯两三个小时。

利用顾挽洗漱的时间，他将主卧的被子铺好，并叮嘱顾挽明早多睡会儿，起来自己出去吃早饭，他大概中午才能回来。

交代好一切，季言初也草草洗漱了下，随即回次卧，倒床上就睡着了。

顾挽一进房间，就看到主卧床上新换的那套粉色床单。

季言初的衣物、生活用品大多是以黑白灰色系为主，这么少女的颜色，绝不可能是他的风格。

而且，之前也从没见他用过这套床单，唯一的可能性是最近或者年前才买的。

为谁买的，自然不言而喻。

顾挽喜滋滋地爬上床，缩进又软又蓬松的被子里，左闻闻右嗅嗅，好像被子里都藏满了阳光的味道，炽烈而温暖。

不知是因为高兴还是激动，这个点，她半点睡意也没有，躺在床上翻来覆去，回想起兵荒马乱的一天，到此刻，都还有种不真实的虚幻感。

早上因为余舟而难受生气，中午因为见到季言初而雀跃欢喜，但那时候她肯定不会想到，到了晚上，竟然就已经和他一起回到了暨安。

顾挽想起昨晚让季言初带她一起走的时候，他当时是愣了好一会儿的。

过了好半晌，他才反应过来，说道："好，那你跟我一起走。"

眼若湖光水色，笑如烟笼春山。

那一刻，季言初就像个浪荡又深情的纨绔子弟，莫名有种要带她连夜私奔的既视感。

意识到自己又在想些奇奇怪怪的东西，顾挽两只耳朵像是被火烧了，烫得不行。

她慢吞吞地把半张脸缩进被子里，闭眼数羊，强迫自己不要再胡思乱想。

次日，顾挽睡到十点多才起床，季言初什么时候出门的，她全然不知道。

因为起来得太晚，估摸着楼下早点的摊早就收摊了，她索性也没出去，自己煮了袋泡面凑合。

她边吃边看电视，一碗面磨磨蹭蹭吃到十一点多。

吃完面又把碗洗了，顾挽窝在沙发上给季言初发微信：【言初哥，姥姥体检完了吗？】

季言初可能还在忙，顾挽等了一会儿，也没见他回，于是百无聊赖，刚准备把她一直追着的漫画更新看了，恰在此时，手机微信消息提示音响了。

她以为是季言初，打开微信看了眼，却是刘夏，发来语音问："顾挽宝贝，你心情好点没有？"

顾挽想起昨天和余舟闹得不愉快，结果找了个借口在微信上跟刘夏说一声就走了。

后来因为季言初过来，她一下午昏头昏脑的，竟也忘了给刘夏一个解释。

不管是第一次还是第二次，余舟告白的事顾挽始终谁也没说过，她还在这边冥思苦想该怎么措辞，刘夏已经连发了好几条十多秒的语音过来了。

“昨天电影看完后，余舟拉着我聊了好久，他把你们的事都说给我听了。”

“他当时心情很低落，说话也语无伦次的，但作为常年混迹情场的‘老油条’，他开口说第一个字时，我就知道他想表达什么。”

“其实高中那会儿，我就看出这小子对你有心思，只是那时候我以为你还没开窍呢，也就没多嘴。”

“我一直觉得姐们儿我挺了解你的，结果听余舟昨天那意思，你不喜欢他，是因为你心里早就有人了。”

“这事儿我怎么不知道？你喜欢谁？余舟说你喜欢的那个人在暨安，你一个迎江人怎么和暨安的勾搭上了？不会是网上认识的吧？”

“所以你也是为了这个人，好好的帝城美院不读，跑去读暨安美院？”

刘夏说话向来快人快语，打开话匣子就跟机关枪似的，压根儿不给别人说话的机会。

顾挽抢在她下条语音发过来前，赶紧按住对话框说：“姐妹，您先喘口气，好歹让我也回一句行不……”

八成是看到左上角显示了对方正在说话，顾挽一句话还没说完，刘夏才不管三七二十一，直接一个视频打了过来。

顾挽无语凝噎。

让她喘口气？不存在的。

顾挽按了接听，屏幕里画面都还没完全跳出来，就听到刘夏那激动又八卦的声音，还威胁她：“你最好赶紧老实交代，否则我现在就冲你家去挠你，你信不信？”

反正她已经到了暨安，于是顾挽有恃无恐地摇头：“不信。”

“嘿，小妮子要造反了是不是？”刘夏本来人还缩在被子里，一听这话，直接从床上跳了起来，“你赶紧的，我等不及了。”

刘夏和季言初压根儿不认识，而且一个天南一个海北的，估计这辈子也不可能见面，仗着这一点，顾挽也没什么好顾忌的，有一说一。

“他和我哥是高中同学，我上初中那会儿就认识他了，是个特别帅也特别温柔的人。”

从顾挽嘴里听到她夸人帅可不简单，毕竟，风靡万千少女的顾远在她眼里，也不过是歪瓜裂枣一枚。

刘夏的好奇心简直跟看着饵却吃不到的小鱼似的，急得上蹿下跳。

“能让你赞一声帅，还是特别帅，我想象不出来，这男人该是何等的人间极品。”

她有一种恨不得从屏幕里爬到顾挽这边来的迫切：“赶紧说说，赶紧说说，哎呀，急死我了。”

顾挽屈膝窝在沙发里，倒是一脸事不关己的冷淡，不紧不慢地说：“我就告诉你一声，确实有这么一个人，但你要想听其他什么风花雪月的故事，抱歉姐妹，我现在还不能给你。”

刘夏一脸疑惑：“你这什么意思？”

刘夏急得只差直接飞到顾挽身边了。

顾挽有心无力，挠了下鼻尖道：“我目前还处在暗恋阶段，而且对方还总拿我当小孩儿对待，估计打死都不会想到我喜欢他。”

刘夏惊了：“你不是从很早开始就暗恋他吗？

“这么多年过去了，你好不容易考到暨安去了，一个学期都过去了，你居然还在暗恋？”

这恋爱进度，她简直嫌弃到溢于言表。

顾挽心虚地为自己辩解：“去年一整个学期他都很忙，每次一出差就是一两个月，我们见面的机会本来就不多。”

刘夏做了个停止的手势：“我要是你，心心念念那么多年，憋着一口气考到暨安，在暨安第一次见到他，我就会告诉他我喜欢他！”

顾挽惊诧地“啊”了一声：“不太好吧，见面就告白，感觉好奇怪，万一……”

“我知道。”刘夏明白顾挽的顾虑，立刻打断她的话，“我知道告白不一定会成功，但最起码……”刘夏敛尽脸上的散漫，很认真地告诉顾挽，“从那一刻开始，他就不再会继续拿你当小孩子看了。在接下来相处的日子里，才会正视你的成长，才会用一个成年男人看待成年女人的目光来看待你，你懂吗？追逐爱情，也如一场战争，破釜沉舟，方得始终！”

顾挽懵懵懂懂，虽然不太明白其中玄妙，但莫名觉得刘夏说得很在理，对她油然生出一种不明觉厉的崇拜。

顾挽抿唇低头，消化吸收了下这位“情感导师”的至理名言，再看刘夏，犹如在看一座人生岔路口上的指路明灯。

顾挽虔诚地求助：“那我现在该怎么办？”

见她弱小无助又可怜，刘姓导师也不忍心就此袖手旁观，于是开始一点一点地了解实际情况。

“你现在和他到底是个什么状态？”

顾挽随口道：“嗯，就还和以前小时候一样……”

她忽然想起了什么，又顿住，迷惘地摇了摇头：“有些地方好像又不太一样了。”

“刘导师”毒辣的眼睛看出些端倪：“具体说说。”

顾挽不知道怎么开口，脸颊不受控制地开始发烫，甚至都不敢直视“刘导师”的眼睛：“就……”

她抿抿唇，又舔舔唇，因为实在困惑，也只能如实相告：“就以前吧，喜欢就是喜欢，除了看到他紧张或者开心，也没有别的想法了，但是最近……”

顾挽苦恼地挠了下头：“最近我一看到他，想法就好奇怪，他靠近一点，我就很想抱他，甚至……想亲他。

“你知道吗？”顾挽指了下自己的脖颈，“他喉结这里有颗痣，我小时候也仅仅是喜欢多看两眼，觉得长在那里很性感。可是现在，他的喉结、他的痣，我都不敢再看，一看我就特别想……”

她有些难以启齿，停住了，搓了搓脸才把后半句艰难地挤出来：“特别……想咬。”

说完，顾挽立刻坐直了身子，脸色凝重紧张地盯着刘夏，问道：“刘夏，你说我是不是有点变态啊？”

刘夏又恢复成“导师”高深莫测的样子，但笑不语地故意逗她，等她真的着急了，才招招手，劝道：“淡定淡定。”

反正想知道的已经知道了，刘夏半真半假地开始胡扯：“你这种表现啊，属于心理和生理上的同时觉醒。”

见顾挽有些蒙，刘夏继续说道：“简单来说，就是你对他，已经从小女生单纯的喜欢，升华成了女人对男人的占有和欲望。”

刘夏用食指指着太阳穴，一本正经地深入分析：“因为无论是从心理上还是生理上，你都已经不能满足只是暗恋了，于是，你的大脑让你产生一些冲动，其实就是在给你发信号。”

顾挽开始有些无措：“发什么信号？”

刘夏又开始沉默，等吊足了顾挽的胃口，才不紧不慢地开口：“催你赶紧告白的信号。”

顾挽想都没想就退缩，疯狂地摇头：“不不不，这个真的不用太急，我还没准备好，先等等再说吧。”

“不能再等啦。”刘夏急得直摆手。

她直直盯着顾挽，压低了嗓音，半调侃半恐吓地说：“因为你的潜意识里啊……已经迫不及待想占有他了！”

顾挽被刘夏的话吓得不轻，刘夏的话音都还未落，顾挽就已经“啪”的一声把视频挂了。

也顾不上刘夏会在那边幸灾乐祸笑成什么样子。

顾挽扔烫手山芋般把手机丢到了沙发另一头，然后躺倒在沙发里，扯过旁边的薄毯将整张脸盖了个严实。

刚躺下不到两秒钟，玄关处传来钥匙转动的声音，顾挽简直是惊魂未定地又"噌"一声爬了起来。

手忙脚乱间，毯子还盖在她脑袋上。

季言初一进门，就看到个人影从沙发上弹了起来，再看她头盖毛毯的造型，不由得挑眉："一个人在家玩这么嗨？"

顾挽连忙解释："没有，我在睡觉。"

顾挽一边说，一边一把拉下毛毯，没承想因为静电作用，头发瞬间炸成了鸡窝。

这下，季言初直接笑出了声："怎么还奓毛了，跟个小狮子似的。"

顾挽又羞又囧，两只手不停地摸头发，等把头发捋顺了，才问道："姥姥体检完了？"

"嗯。"

季言初换好拖鞋过来，坐在沙发另一头："本来早就好了，后来良娣奶奶那边出了些问题，医生又要求她做了一些其他的检查。姥姥又不肯走，所以就一直在那儿等着。"

听到季言初良娣奶奶，顾挽自然而然想起闻雅，若有所思地点了下头："那良娣奶奶没事吧？是闻雅姐陪她去的？"

季言初随口又"嗯"了一声："应该没什么大问题吧，医生只是比较谨慎认真而已。"

他看了顾挽一眼，发现她心不在焉地低着头，一副没什么精神的样子，便问道："怎么还在沙发上睡觉，昨晚没睡好吗？早饭吃了没有？"

"吃过了，就无聊嘛，在沙发上躺着躺着就睡着了。"

她信口胡诌，正说着话，一抬头，不设防地撞上他直视过来的眼神。

那黑白分明的瞳孔里，仿佛漾着波光粼粼的湖水，不笑而自带深情，能藏沁人心脾的朝露，亦能藏扣人心魂的雷电。

顾挽忽然又想起刚才刘夏说过的那些话，视线不由自主地下移，移到他的喉结处……

白色衬衫的衣领扣到最保守的上方，将那点清晰而突出的轮廓衬托出几分禁忌自持，矜贵得仿佛神圣不可侵犯。

但偏偏那颗吻痣又如诱饵一般肆无忌惮，在最不容许违背道德的净土上，恣意撩拨，诱人行凶。

前后只不过一秒，顾挽便狼狈败北。

她迅速撤回目光，起身，甚至都想不出一个体面点的借口，慌不择路地往卫生间跑："哎呀，肚子好痛，我去上个厕所。"

她冲出去的速度之快，连季言初都愣了愣，犹疑地在她身后问道："你早上吃的什么，是不是吃坏肚子了？”

顾挽随手甩上卫生间的门，“哐”的一声，惊天动地。

季言初皱眉，喃喃自语：“真吃坏肚子了？”

他还在想待会儿要不要带她去楼下药店看看时，旁边有什么东西“叮叮”响了两下。

他闻声低头，拿开乱成一团的薄毯，薄毯下面，顾挽的手机安静地躺在沙发上。

画画的人有个习惯，因为颜料经常弄得满手都是，不方便碰手机，但为了能一眼看到信息内容，所以总喜欢把手机调成锁屏微信内容可见状态。

季言初发誓，他真不是有心看到那两条微信内容的。而是他一掀开毯子，那两条微信就躺在屏幕上，直接映入他眼。

刘夏：【年轻人，太压抑自己的欲望对身体可不好哦！】

刘夏：【下次见到他，请勇敢地拿下他！】

两行文字，不过分秒之间季言初便看完，像是有个千斤巨石从天而降，“轰”的一下，又重又狠地砸在他的心窝上。

他疼得微眯了下眼，连一丝讥讽自嘲的苦笑都挤不出来。

难怪顾挽总是强调自己已经长大了。

难怪她要据理力争地说她什么都懂。

原来……她对余舟，竟已经生出这样的心思了吗？

季言初的一颗心，犹如在数九寒天掉进了冰窟窿，精神大受打击。

加上前一天坐了一天火车，舟车劳顿，又没怎么休息好，免疫力下降，当天晚上，就有点头重脚轻的感觉。

他怕顾挽看出端倪会担心，晚上还强忍着难受，给他们俩做了晚饭。

后来临睡前吃了两片感冒药，以为睡一觉就没事，结果晚上一会儿冷一会儿热的，迷迷糊糊难受了一夜，第二天，人都起不来了。

他向来没有睡懒觉的习惯，哪怕是周末，一般七点多也已经起床了。

顾挽知道他这个生活作息，八点多的时候，想着可能是他连续忙了两天太累，破例睡了会儿懒觉。

但一直等到快九点半，还不见季言初房间有起床的动静，顾挽察觉不对劲了，去他门口敲门。

“言初哥，你醒了吗？”

没人回应。

没经过允许，她也不好贸然开门进去，只好站在门口给里面的人打电话。

她听到房间里的手机响了，大概十几秒后，终于被人接了起来。

“顾挽……”

季言初的嗓子哑得不像话，顾挽是一到换季必感冒的人，多年经验积累，一听他声音就知道怎么回事了。

“你是不是感冒了？”她又轻轻敲了下房门，对着手机说，“我现在方便进去吗？”

季言初鼻音浓重地“嗯”了声，顾挽推开门，看到他正从床上起来。

一身黑色的睡衣衬得他面色越发苍白，平时朝气蓬勃的一个人，此刻看起来格外萎靡颓丧。

怕是病毒性感冒，来势比较凶猛。

趁他坐在床边还未站起来，顾挽走过去，伸手摸了摸他的额头，马上就蹙起了眉头：“言初哥，你在发烧。”

季言初有点迷糊，自己也拿手探了下额头：“我就是觉得有点头疼。”

顾挽二话不说，直接搀着他起来：“走，咱们去医院。”

季言初确实难受得紧，也心知拖不得，点点头，很顺从地听她安排。

“你在客厅等我，我换个衣服，洗漱一下就来。”

季言初这个样子，自然不能开车。顾挽等他收拾好后，背上包，拿上手机、钥匙等物品，便带着他去楼下路边打车。

不管是上楼下楼，还是走路上车，顾挽始终紧张得过分，像是在照顾一个不懂事的三岁小孩，跑前跑后，走哪儿都把他牢牢牵着。

季言初有点哭笑不得，但同时又忍不住心酸晦涩，觉得生病也不全是坏事，至少有个借口，可以让他这么理直气壮地牵着她的手。

即便这种亲近过分短暂，也如饮鸩止渴般，但他仍甘之如饴。

打车不过二十多分钟就到了医院，这家医院正好是姥姥体检的那家。

季言初很熟，在哪儿挂号，在哪儿看门诊，留观室在哪儿他都门儿清。

在二楼看完门诊，医生开了要输液的药，顾挽省得季言初再跟上跟下地跑，索性先把他送到留观室安顿好。

“你先在这儿等我，我去一楼缴费，马上就回来。”她像交代个小孩子一样交代他。

季言初戴着口罩，闷闷地“嗯”了一声。

隔着口罩，他垂眼坐在那里，顾挽看不到他脸上的表情，只看得到他鸦羽般的睫毛，以及那露在口罩之外的半截高挺鼻梁。

季言初今天的心情似乎一直都很低落，顾挽想，兴许是因为生病，她自己生病的时候也这样。

顾及他的心情，顾挽从旁照顾得更加细致周到，临走的时候又问他：“你早上都没吃饭，饿不饿？待会儿你输液的时候，我去给你买点吃的，你想吃什么？”

想起顾挽也还没吃早饭，季言初愧疚地看她一眼，终于打起点精神说：“我现在吃不下，待会儿你自己去外面吃点吧，我这边输上液就不用看着了。”

顾挽点头，随口说“好”，刚要走，季言初又叫住她：“顾挽。”

他从羽绒服口袋里摸出自己的钱包，递给她：“刷我的社保卡，里面有钱。”

“哦。”顾挽回身，接过钱包。

她懒得连钱包一起拿下去，就顺手打开，在一众银行卡里翻找社保卡。

见她翻找的地方不对，季言初出声提醒：“在另一边，身份证后……”

说到一半，他才陡然想起自己藏着的某个秘密。

他脸色骤变，指尖一抖，还未做出力挽狂澜的举动，顾挽已经“唰”的一下，从身份证后面抽出了他的社保卡。

随着社保卡一起飞出来的，还有张照片。顺着那个力道，照片像只蝴蝶一样，在两人之间打了个旋儿，最后不紧不慢，飘飘荡荡地落在顾挽的脚边。

一个好奇，一个慌乱，两人不约而同地低头。

照片恰好正面朝上，那一男一女靠在一起，单臂举过头顶，在上方圈出一个爱心，脸上的笑容皆是耀眼夺目。

顾挽“咦”了一声，将照片从地上捡起来，眼里神色犹疑不定，愣愣地看着季言初。

季言初整个人已经僵在了那里，隔着口罩，顾挽根本不知道，他那本就没什么血色的双唇，变得更加干燥苍白。

微妙的气氛沉寂了五六秒后，顾挽怀着某种不敢置信的猜测，小心翼翼地问道：“这张照片……”

“这张照片……”不等她说完，季言初倒抢先反问她，“你没有吗？”

顾挽惊呆了。

谁能想到，其实她也有不可言说的心虚，她眼神微闪，摇头嘴硬道：“我没有啊。”

于是，各怀鬼胎的两个人，开始了互相欺骗。

季言初佯装一脸惊讶：“你没有吗，那个店员说了会一人送一张的啊，我这张就是她送的。”

顾挽故作诧异：“那为什么没有送给我啊？”

为了自证清白，她还加了句：“别说照片了，我连个电子版的都没有！”

季言初一本正经地蹙眉：“那怎么回事啊？会不会是人太多，漏了？”

顾挽点头：“有可能。”

她嘴上这么说，但心里却在想：怎么我后来回去的时候，那个店员都没跟我说送照片的事啊？难道是那个点单员不知道有这个规则吗？

亏她还偷偷摸摸像做贼一样。

许是开春，天气渐渐转暖，迎来各种细菌病毒滋生传播的时节。整个留观室坐满了戴着口罩、病恹恹的患者。

此时的留观室比上回顾挽生病那次可热闹多了。

顾挽缴完费，把缴费单交给了输液的护士，季言初便催着她出去买吃的。

“你看看时间，都快中午了，你赶紧去弄点吃的。”季言初挥手赶她，“我就两袋药水，输完了我给你打电话，行吗？”

留观室里输液的太多，顾挽待在这儿连个坐的地方都没有。况且就她那点微弱的免疫力，季言初隔着口罩都害怕传染给她，哪还敢让她被一屋子的感冒患者围着。

顾挽自己倒没觉得什么，也不知道害怕，早上走得急，连口罩都忘了拿。

她拒绝季言初：“我现在压根儿不饿，外面冷，也懒得出去，等你吊完水咱俩一块儿去吃就行。”

季言初才扎上输液管，现在干啥都不怎么方便，顾挽一百个不放心，而且说真的，她也确实不饿。

拒绝了几次之后，季言初还苦口婆心啰里啰唆地劝，顾挽索性就跟没带耳朵出来似的，蹲在他脚边看手机，理都不理他了。

这小姑娘有时候倔起来真能把人气到心梗。

季言初无可奈何，不说她了，也省得为难自己，拍了下她的肩，妥协地说：“那你去跟护士姐姐借个口罩戴上总行吧？”

顾挽终于抬起头，眼角得逞地弯了弯：“这个行。”

得亏两袋药水都不多，差不多半个小时吊完一袋。

等药水都吊完了，季言初感觉头疼已经有所缓解，精神也好了许多，只是嗓音依旧沙哑。

拔完针，他拿酒精棉按着针眼，顾挽还跟来时一样，挽着他的手肘，半搀着他往楼下走。

走到一楼，他们准备从后侧的大门出去，那边正好是良娣奶奶昨天做检查的 CT 室。

季言初下意识朝里面的走廊瞥了一眼，结果这一瞥，立马就站住不动了。

即使在白天都有些晦暗不明的走廊里，一排排空荡的公共椅尽头，身姿窈窕的女人，双手捂脸，哭得旁若无人，看上去那么无助又可怜。

季言初还未说话，顾挽就已经认出了那个女人。

“是闻雅姐。”她看向季言初，用手戳了戳他的胳膊，“怎么回事？”

季言初的神色凝重忧郁，有种不好的预感：“八成是良娣奶奶的检查结果出来了。”

顾挽愣愣的，一时说不出话来。

她和季言初一起朝闻雅那边走，还未走近，闻雅听到动静，也朝这边看了过来。

“闻雅。”季言初不轻不重地叫了一声。

女人哭得梨花带雨的双眼水雾迷蒙，看上去极为楚楚可怜。

即便是季言初此刻戴着口罩，声音喑哑，只从身形轮廓，闻雅也能一眼认出他。

看到季言初的那一刻，闻雅哀恸的情绪仿佛被砸开了口子，几乎崩溃地朝他跑了过来。

“阿言！”

季言初还没反应过来，闻雅已经扑进了他的怀里。

不知从哪儿冒出来的心虚，季言初下意识扫了眼顾挽，然后发现小姑娘也是微瞪着一双眼，有点始料未及的样子。

他安慰性地在闻雅的肩上拍了两下，随即将她从怀里轻轻扶起来，问道：“到底怎么了？”

这个时候，顾挽也顾不上多想，见闻雅哭得上气不接下气，也走过去抚着她的背，温声道：“闻雅姐，你先别哭，慢慢说，有事大家一起想办法解决。”

闻雅感激地看了顾挽一眼，调整了下情绪后才说道：“我奶奶的检查报告出来了。”

她顿了一秒，看着季言初，眼里不禁又蓄满了泪：“肝癌晚期！”

即便刚看到闻雅的样子就有所预料，但真真切切听到结果，季言初的眼皮还是不受控地重重跳了一下。

沉默半晌，他才消化这个消息，心情沉重地问道：“那你们打算怎么办？”

闻雅抹掉眼泪，摇了摇头：“我爸妈还不知道，我得回去跟他们商量。”

“我奶奶年纪大了，医生说如果化疗的话，老人家身体恐怕会受不住。”她想起医生说的那些话，呼吸滞重，“可是不化疗又怎么办，难道真就坐着等死吗？”

话虽如此，可在场的三人心里也都清楚，癌症晚期，就算是化疗，也终归是尽人事听天命罢了。

不管怎么决定，终究是别人的家事，季言初不好多说，也确实给不出什么好的建议。

三人一路无言，走到医院门口。

临别前，季言初说道：“有什么事你给我打电话，有需要我帮忙的地方尽管开口。”

“还有我。”顾挽默默举手。

她虽然知道自己作用不大，但还是跟在季言初后面，真诚地说：“有什么我能帮得上忙的，也请尽管开口。”

闻雅朝顾挽勉强地挤出个笑容：“好，谢谢。”

他们说完，走到前面路口去打车。

闻雅还在原地，看着那两道远去的背影若有所思。

顾挽不知在说些什么，没注意已经走到靠马路的一侧，但季言初第一秒就发现了，也没打断她，直接绕到她的左边，不着痕迹地将她往里挤了挤。

本是再寻常不过的举动，但闻雅向来心细如尘，还是一眼就看出了其中端倪。

顾挽走在左侧，季言初的目光在左；顾挽走到右侧，他的目光也随之改变。

那么专注又深情的视线，季言初以为自己隐藏得很好，却不知道眼睛不会骗人。

噩耗陡然而至，让季言初本就消沉的心情更是跌至谷底。

这件事给他冲击很大，上了车之后，他一直郁郁寡欢地低着头，都没怎么说话。

顾挽不知道季言初在想些什么，偷偷瞥他一眼，发现他眉头拧得很深，眼里也是一片冷峻严肃，似乎周身都笼罩着一层低气压。

顾挽极少见他心情差成这样，无端胆怯，在一旁乖乖坐着，也不敢贸然说话。

“我想去看姥姥。”

就在顾挽努力把自己无限透明化的时候，季言初突然开口。

顾挽随之一震，不自觉地挺直身板，立刻点头：“好。”

他偏过头来，眼里幽深晦涩，带着点罕见的无理取闹，又不容置疑地说：“现在就要去。”

顾挽迟疑地“啊”了声：“你才吊完水啊。”

这次换她苦口婆心地劝道：“咱们先回去，你好好休息一下，明天上午……哦不，明天一早我就陪你去，好不好？”

结果，季言初的耳朵也没带出来。

他低着头，不说话，垂着的睫毛不停颤动着，看上去有点脆弱委屈，却又很怪异莫名的乖。

这种感觉太奇特了，顾挽的心脏开始怦怦乱跳，自己都搞不明白他这个样子自己有什么好心动的。

但她就是忍不住悸动怦然，还莫名其妙母性大发。

顾挽为了哄季言初开心，毫无底线地妥协退让，点头说：“那好吧，咱们现在就去，不过要先吃点东西，行吗？”

季言初茫然无焦距的双眼终于有了点神采，抬眸定定地看着她，好半天才点点头：“好。”

两人到敬老院的时候，正赶上老人们午休的点。

他们索性也没进去，打算在旁边不远的餐厅里吃了午饭再过去。

季言初胃口不太好，自己的没动两口，倒是用公筷不停给顾挽夹了许多菜。

他们吃完午饭，又去了常去的那家烘焙屋，给姥姥和良娣奶奶买她们喜欢的那款蛋糕。

到了敬老院，季言初和顾挽先去了一楼，准备把蛋糕送给良娣奶奶。结果一进她的屋，发现里面已经聚集了好多人。

闻雅、闻雅的父母、院里的人，以及姥姥和沈姨都在。

姥姥一看到季言初，就高兴地招手，跟他说：“言言，良娣她要回家了。”

良娣奶奶坐在一旁，也是满脸喜色：“对啊，儿子媳妇都孝顺，听说我身体不舒服就非要接我回家休养啦。”

季言初瞥了一眼闻雅，发现她眼角还是红的，脸上是强撑出来的笑容。

之后他又扫了众人一眼，才发现除了姥姥和良娣奶奶自己，其他人脸上的表情都带着一丝勉强。

眸色变换间，他就把事情猜透了，于是，他也装作什么都不知道，把蛋糕送到良娣奶奶手上，口罩外的眼睛微微弯了下，温煦谦和地说：“那奶奶您回去要好好养身体，想吃什么想喝什么都跟闻雅说，让她给您买。”

良娣奶奶捧着蛋糕，乐呵呵地笑：“行行行。”

随即，她又偏头看了眼站在季言初身后的顾挽，脸上的笑容缓了缓，终究有些意难平地问：“又带女朋友来看你姥姥啊？”

就这个问题，顾挽这个旁观者看得最清楚。

季言初纵有一百颗想解释清楚的心，在这些老人面前也怎么都掰扯不清楚，下次来的时候，照样还是同样的问题。

所以以往他都是模棱两可地“啊”一声带过去，顾挽私心作祟，向来也是默许的。

顾挽以为今天依旧是同样的过场而已，都准备好了季言初敷衍过后，她默认般地说句“奶奶好”了。

结果，下一秒，却听见季言初说：“不是，奶奶您误会了，她是我妹妹！”

顾挽怔住，牵起的嘴角也僵在了那里，连闻雅都有些微诧异地朝季言初瞟了一眼。

顾挽不知道季言初为什么要这么说，明明已经很久没这么特意跟人强调她的身份了。

顾挽紧紧抿着唇，不好问，也不敢问，更觉得如果揪着问了，反而显得奇怪。

你要他怎么说？

季言初本来就该这么说，以前也是这么说的，后来只是嫌麻烦而已啊。

如果他不吱声，就被你当成默认，不觉得很过分吗？

送走良娣奶奶之后，他们一行人回到姥姥的屋子。

姥姥因为良娣奶奶的离开有些不舍感伤，季言初也不知在想什么，两人一路都没说话。

顾挽也心事重重，脑子里胡思乱想着刚才季言初的反应，结果手里的蛋糕没放稳，“啪嗒”一下掉在了地上。

突如其来的声响，将三个人都拉回了现实。

顾挽第一时间把蛋糕盒子拎起来，但里面已经成了一摊烂泥。

“我再去买！”

即便季言初在后面叫她，说没关系，不用了，但她不知怎么了，眼睛里已经泛起一层水雾。她不敢让季言初看见，逃也似的往外跑。

季言初没察觉异样，竟也没追。

没走多远，顾挽听到姥姥问季言初：“这孩子真不是你女朋友？”

顾挽下意识顿住脚，又站在那里挪不动了。

季言初沉默了一瞬，然后“嗯”了一声：“您以后也别再这么说了，她一个女孩子，总被这么误会不好。”

不知想到什么，他又顿了顿，才继续说道：“要是以后她谈男朋友了，闹出误会可怎么办？”

姥姥这会儿已经忘了自己之前说过什么，一脸委屈：“我什么时候说过她是你女朋友啦，我才没说。”

季言初也懒得计较，叹了口气，忽然换了个话题，问道：“姥姥，要不我把您也接回去吧？以前是我不在您身边，后来是要上学，可现在我能挣钱，也有时间，我可以雇个专职护工在家里照顾您，这样我每天下班回来就能看到您了。”

他话音未落，姥姥想也不想就拒绝：“哎呀，我才不要，我在这里住习惯了，关系好的朋友都在这里，跟你回去我天天一个人在家，还不得闷死。”

她想了想，又说道：“而且你还没谈对象呢，让别人知道你还得供着我这么个老不死的，谁愿意跟你？”

姥姥挥挥手，敷衍道：“等你谈了女朋友再说吧。”

“那就谈吧！”季言初忽然说道。

姥姥愣住，门外的顾挽也愣住了。

季言初无视老太太见了鬼般的表情，继续淡淡地开口：“我会尽快找，您的那些老伙计如果谁有合适的人选，也可以给我介绍介绍。”

这下姥姥真的慌了：“你是不是受什么刺激了？”

“没有，总要谈的嘛，这么耗着也不是办法。或许谈过一次，人就清醒了。”

他后面这句说得莫名其妙，姥姥有点担忧地问：“言言，你最近是不是遇到什么不开心的事了？”

“没有啊。”为了不让姥姥担心，季言初强打起精神，嗓音扬起几分，“就是突然很想您，想您时时刻刻都待在我眼皮子底下。”

姥姥刚想嫌弃地说“那我还不得被你烦死”，结果下一秒，额头就被他亲了一口。

季言初落寞寂寥地说：“老太太，您可得一直好好的啊，您要是怎么了，那我……”

他呼吸轻颤了下，那个画面，他想都不敢想。

如果连您也不在了。

那这个世界上，就真的再没有爱我的人了！

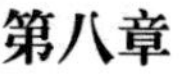

第八章

/

顾挽，你饶了我吧……

顾挽在季言初那儿差不多待了一个星期左右，元宵节过后，学校就正式开学了。

不知道是不是顾挽的错觉，总觉得季言初自敬老院回来之后，心里就已经做出了选择和决定。

虽然他表面看起来，对她的照顾一如既往般无微不至，人也依旧是温暖和煦的，但顾挽就是觉得，有什么东西在他心里已经被强制冷却。

他开始变得刻意而客气，温柔的态度里也带着不易察觉的疏离，顾挽能明显感觉到，他是有意想将他们的距离拉开。

之前听季言初说过，今年律所会将他的工作重心调回到暨安，外地的案子如无必要，他就尽量不接，所以今年出差的情况会很少。

但三月初开学后，顾挽等到了月底，季言初似乎都很忙，一直没抽出空来学校看她。在微信上找他，虽有问必答，大多也是寥寥数语，常以工作忙为借口搪塞。

后来顾挽也来气了，觉得这人就是莫名其妙，自己又没得罪他，干吗突然这样冷淡，一副和她不是很熟的姿态？

索性，她也懒得理他了。

四月中旬，顾挽他们班组织了一次野外写生，写生地点在离学校不远的孔雀湖。

那天林霄不小心扭到了脚，是同班的一个男同学将她从车站背回了学校，林霄顺势脱单。

至此，宿舍四个人，就只剩下顾挽这一朵“牡丹”独自美丽了。

很快五一将至，宿舍三个外地人都不回家，就林霄一个本地的，又正处在热恋蜜月期，自然也要留下来和男友腻歪。

既然都不回家，几个年轻人一合计，决定五一当晚大家一起出去玩。

顾挽本来不想凑这个热闹，其他人都带男朋友，就她一个“电灯泡”在那里发光发热不是很好。

而且，她还在纠结，五一要不要去季言初那里。

拖拖拉拉挨到四月三十日晚上,季言初的微信依然安静如鸡,顾挽没耐心了,赌气地发了句：【言初哥，五一我不去你那里了，舍友聚会，我们要出去玩。】

等了不到半分钟，那边回了消息，简单冷漠的一个字：【好。】

顾挽直接把手机往桌上一磕，动静大得吓人，把其他正商量着明天逛街买什么行头的三个人吓了一跳。

顾挽很少发这么大的脾气，三个人同时围了过来。

“这是怎么了？”厉文静问道。

顾挽抿唇沉默，过了一会儿，突然说道：“你们明天逛街要干些什么？”

林霄在自己身上比画了下：“从头买到脚，还有烫头发，做美甲。”

“好。”顾挽痛快地决定，“我也跟你们去。”

厉文静贼精，一眼就看出来她这反应所为那般，拍了下她的肩，笑着揶揄：“怎么，在帅气哥哥那里碰了壁，终于意识到要好好捯饬自己了？”

沈佳妮在一旁立刻赞赏地点点头：“挽挽，你有这个想法就对了，男人都是视觉动物，虽然你已经美若天仙了，但你最大的问题就是穿着保守和一成不变。

“男人嘛，都是视觉系的，再漂亮的女人，看久了都会腻。所以我们女人要学会包装自己，要时不时让他们眼前一亮，如千面娇娃，我们撩拨他，诱惑他，却永远不受他们掌控，多刺激！”

“原来如此啊！”

林霄两眼放光，听着资深前辈的“恋爱课堂”，恨不得当场拿个小本本记录下来。

然后她又去怂恿顾挽：“挽挽，你明天买件性感的衣服换上，聚会完让他来接你，我看他还能不动心？”

顾挽还在气头上，被她们几个一鼓励，那股越挫越勇的倔劲儿还真上来了，竟在脑子里又气又荒唐地想，也不是不可以。

第二天，四个人一早就出了门。

五一假期的第一天，不管是商家还是消费者都铆足了劲儿，商场人山人海，做促销搞活动的随处可见，热闹非凡。

就连附近的第二医院，仿佛都知道在这种节假日里，人都比较亢奋，容易做出冲动的事，便在商场外面的广场上搭了个临时工作台，在宣传传染性疾病安全防御知识。

几个姑娘从旁经过的时候，被志愿者一人强塞了个正方形的包装袋。

三个有对象的，红着脸互相取笑般各自推搡了下，又心照不宣地把东西默默放进包里。

唯独顾挽，一个连恋爱都没谈过的人，看了眼躺在手里的那个红色的正方形的包装袋，问她们三个：“我这个你们谁要？”

都是经事不多的小姑娘，自己的放包里都已经是羞羞答答的了，谁还能厚着脸皮说要？

三个人同时摆手，劝道：“你自己留着吧，万一用得着呢。”

顾挽嘲讽地笑了下：“这东西也有保质期的吧？”

几人不明所以，点了点头：“有的。”

顾挽又笑了：“那估计等它发霉长毛了，我都用不上。”

厉文静最先过来，拍拍顾挽的肩，没个正行地安慰：“年轻人，凡事不要那么绝望，说不定今晚帅气哥哥就有所行动了呢？”

顾挽嘴皮子动了动，说的什么厉文静没听清。

其实她是爆了句粗口。

季言初要是付诸行动，她把头拧下来。

四个人买完衣服还要去烫头发。顾挽在她们几个人的建议下，买了件黑色后背镂空的吊带长裙，其实到这里，顾挽已经清醒了，后悔了。

所以当其他三个人顶着满头的卷发筒，势必要理发师给她们打造出个媚骨天成的性感大波浪的时候，顾挽想起了闻雅那头迷人的鬈发。

她很不讲义气地退缩：“我不烫了，我觉得鬈发并不适合我。”

林霄一脸的恨铁不成钢，咬着牙含混不清地提醒：“撩拨他，诱惑他，你忘了？”

顾挽什么都不听：“不烫。”

旁边的理发师坐不住了，进来的肥羊还能让她溜了？

“这位美女。”他稍显娘娘腔地开口，“你的脸型是典型的鹅蛋脸，其实剪什么发型都不丑。不过你的五官看着很显小，顶一头大卷确实有点违和。”

他左右端详了下，思忖几秒，然后眉梢一扬，给出真诚建议：“要不我给你剪个初恋头吧，最近这个发型很火，非常适合你。”

顾挽腹诽道：我的初恋还没开始就已经死了，还剪什么初恋头，为什么会有叫这种名字的发型？

本来她打算宁死不剪的，结果其他三个都已经烫上了，本着要丑大家一起丑的原则，在她们几个的逼迫之下，顾挽的长发被理发师剪断了。

看到发丝一点一点掉在地上，顾挽还真有种挥刀断情丝的悲怆。

所幸理发师的手艺没有让人失望，顾挽剪完，看着镜子里的自己，竟真的觉得挺好看的，比长发精神多了。

厉文静第一个夸赞："天啊，顾挽，你这个发型也太好看了吧？"

顾挽也半开玩笑地问："看起来有没有好清纯，好不做作？"

林霄鼓掌附和："太清纯，太不做作了！"

沈佳妮抬头看看自己头顶的焗油机，有点后悔地说："早知道我也剪和你一样的发型了。"

烫头耗时太久，等她们三个弄完，天都要黑了。回宿舍捯饬收拾完，已经是傍晚六点多。

顾挽换上白天买的那条吊带裙，只觉得后背凉飕飕的，到底还是怕冷，在外面又套了件短款的牛仔外套。

厉文静和沈佳妮的男朋友大家之前都见过，林霄的本就是同班同学，大家都很熟，虽然里面就顾挽一个单身，倒也没觉得不自在。

几个人吃完饭之后，原本打算去唱歌的。

结果大家觉得一出来聚会就是唱歌，实在没意思，于是一商量，决定去明月河那边的酒吧一条街玩。

顾挽全程充当背景板，实际连个"灯泡"都算不上，他们说去哪里玩，她都没意见，跟在后面就对了。

在场七个人，除了林霄有过几次去酒吧的经验，其他人都是头一次。

一进去，里面的音乐热浪迎面扑来，几个人的兴奋因子很容易就被调动了。

他们找了个大的卡座坐下，几个男生为了不显得自己那么没见过世面，点的喝的都是一些名字中带有英文的鸡尾酒。

"顾挽，你要不也试试？"林霄轻推了下她的肩，坏笑着怂恿，"反正待会儿让你哥哥来接，喝醉了也没关系。"

顾挽抱着橙汁喝了一口，摇头道："不了，我喝醉很可怕的。"

"啊？怎么可怕？"林霄来了兴致。

顾挽回想起人生唯一喝醉的那次，皱眉摇头："算了，不想说，反正不是什么好的回忆。"

一首激荡疯狂的摇滚歌曲过后，接下来是首涓涓流水般的情歌。

舞池里的男男女女开始两两拥抱成团，随着音乐轻摇慢摆。情歌缓缓，旋律曼妙，歌词暧昧，舞池里的气氛也开始浪漫升温。

顾挽孤家寡人，自然是独自坐在那里欣赏别人的浓情蜜意。她甚至无聊到在人群里寻找她的三个舍友。

结果发现，那三个一个比一个不要脸，都和自家对象交头接耳，吻得一个赛一个激烈。

顾挽终于意识到自己不该跟着他们出来的。

一点都不顾及她的感受，这谁受得了？早知道还不如在宿舍多画几张稿。

她百无聊赖地拿出手机，顺手打开了微信，盯着置顶的那个“盖世英雄”直发呆。

忽然鬼使神差地，她给季言初拨了个语音电话。

电话很快被接通，季言初那头安静至极，他的嗓音清朗温润，仿佛是贴在顾挽的耳朵边说话一样。

他一开口，就是叫她的名字。

“顾挽？”

明明很近，顾挽却觉得遥不可及。

似乎很久都没听到过季言初的声音了，顾挽有些恍惚，一时也不知道开口说什么。

她还没想到要挑个什么话题才不显得那么突兀，结果听筒里传来一个她再熟悉不过的女人的声音。

“阿言，谁啊？”

顾挽如鲠在喉，舌尖狠狠地抵在了齿关上。

季言初跟顾挽说：“顾挽，我现在有事，等会儿再回电话给你。”

挂了电话，顾挽下意识看了眼时间，已经是晚间九点半了。

这么晚，他和闻雅有什么事啊？

她愣了愣，想起之前季言初在敬老院跟姥姥说的那些话——

“我会尽快找。”

“有合适的，给我介绍介绍。”

顾挽不敢往下想，她觉得自己需要冷静一下，于是去摸自己的杯子。

结果杯子拿到手里，她才发现橙汁已经喝完了。

她很自然地把视线瞥向林霄的那杯酒……

季言初给顾挽拨回去的时候，他才刚把良娣奶奶的住院手续办完。

大晚上闻雅哭着打电话来求助，说她奶奶情况很不好，打了120，结果她爸爸一时心急，心脏病又犯了，一下拖走了两个。

就她和她妈妈在医院，两个女人已经慌得不成样子。

季言初自然不能坐视不理，于是赶到医院，忙前忙后，等终于把一切都办妥了，人还没出医院大厅，就给顾挽拨电话。

电话拨过去，过了好一会儿才被接通。

“啊，是言初哥吗？”

对方无奈又慌乱，却不是顾挽的声音。

季言初听到那边震耳欲聋的音乐声，眉头一凛，沉声问道：“你们在哪儿？

顾挽呢？”

林霄对着手机喊：“我们在明月河这边的魅色酒吧，言初哥你快过来，顾挽喝醉了。”

季言初赶到魅色酒吧时，他们七个人刚走到门口。

不止顾挽，连沈佳妮和厉文静走路都有一点不稳当。

但醉得最厉害的还是顾挽，别说走路，她连脚都不知道怎么挪了，被一个他不认识的男生半搂着腰，她还把手臂绕在那个男生脖子上。

季言初几乎是一个箭步就冲到了那个男生面前，将顾挽一把夺了过来，脸上的神色戒备又愤怒：“你是谁，怎么带她来这种地方喝酒？”

林霄见季言初眼里的狠厉，感觉下一秒他的拳头就要挥过来了，忙拦在自家男朋友前面说：“言初哥，你误会了，这是我男朋友。”

面对季言初的黑脸，林霄下意识缩了下脖子，小声解释：“顾挽醉了，我一个人弄不动，才让他帮忙的，你别误会啊。”

听到这话，季言初的脸色终于有所缓和，瞥一眼怀里脸色通红，不省人事的顾挽，又蹙眉道：“她这是喝了多少，怎么醉成这个样子？”

林霄摆摆手：“她一开始真没喝，点的是橙汁，后来我们几个去跳舞了，也不知怎么了，回来就看到她把我的酒给喝光了。

“我那酒口感和饮料差不多，喝的时候不觉得有什么，但是后劲儿特别大，我估计她是当饮料一口干了。”

季言初简直无语，凛冽如霜的眼神扫了一眼他们几个，没好气地问：“你们几个怎么跑到这种鱼龙混杂的地方喝酒，还喝得醉醺醺的？女孩子大晚上出来都没有一点防范意识吗？”

几个人被训得默不吭声。

顾挽还在他怀里靠着，季言初也懒得多费口舌，又问他们：“你们现在打算去哪儿？我给你们叫车。”

三个女生在这种如家长般的威严压迫下，哪还敢再去别的地方，纷纷乖巧地表示：“回学校，回学校。”

季言初给他们拦了两辆出租，付过车费，看着他们上车。

临上车之前，林霄怯懦地指了下他怀里：“那顾挽……”

“顾挽我带走。”季言初面无表情地说话，就差把“我现在很生气，后果很严重”写在脸上了。

林霄又缩了下脖子：“好嘞，好嘞。”

等他们一行人走后，季言初看了眼怀里的人，试探性地叫了声：“顾挽？”

怀里的人似乎想睁眼，却又艰难地睁不开。

季言初无奈地叹了口气，索性弯下腰，将顾挽打横抱了起来。结果发现小姑娘一米六七的个子，却轻得可怜，两个月不见，很明显又瘦了许多。

又见她换了新发型，人倒是更精神靓丽，就是有了刘海之后，本就不大的脸显得更小了。

季言初一路有的没的想着这些，把人轻轻放在车后座，给她系好安全带，然后开车回他那里。

半路上，顾远突然给他打电话。

季言初的手机连着蓝牙，直接点了下控制台前的屏幕，很没耐心地开口："说！"

顾远似乎永远没个正行，阴阳怪气地抱怨："干吗对人家这么冷淡？"

季言初简直连敷衍他的兴致都没有："我挂了。"

"别别别……"听出来季言初的情绪不对，顾远马上问道，"怎么了，吃炸药啦？"

季言初顺势点头："嗯，还是你妹妹喂的。"

这下顾远就听懂了："小兔崽子给你惹祸了？"他语调一变，"她现在在旁边吗？你把电话给她，我来帮你骂两句。"

"唉，行了，你可拉倒吧。"听他这么说，季言初又心生维护，从后视镜瞥一眼后座熟睡的人，不以为意地说，"也没多大事，就今晚她和同学聚会喝多了，我才把她接过来。"

顾远反应很大："你说什么？顾挽喝醉了？"

季言初下意识掏了下耳朵："别担心，人没事儿，在我车上睡着呢，你别鬼吼鬼叫把她吵醒了。"

顾远急得舌头快要打结："哥哥呀，我不是担心她有事儿，我是担心你会出事儿啊！"

不等季言初发问，顾远自顾自地开始解释："她上次喝醉酒，是我考大学那一年，升学宴上被人给灌醉了。这小妮子，喝醉后简直不是人啊，对我又打又咬就算了，还踢断我一根肋骨，我差点死在医院。"

"真的假的？"

季言初半信半疑，又看一眼后座睡得安静乖巧的小姑娘，总觉得顾远的话有过分夸张抹黑的嫌疑。

"总之，今晚无论她怎么闹，你都尽量顺着她，别和她硬碰硬。"临挂电话之前，顾远还貌似很不放心地交代了句，"哦，对了，你一定记得保护好自己，别受伤。兄弟，祝你好运！"

听到这话，季言初觉得顾远脑子有病，不以为然地扯了下嘴角。

结果车子刚开进上城花园，后座的人突然醒了过来，睁开眼睛就拍窗户，跟被绑架了似的大叫：“放我出去！放我出去！”

季言初回头：“等一会儿，马上就到了。”

“不行……我要吐了。”顾挽还在继续猛拍窗户，大着舌头说，“我要吐车上了。”

没办法，季言初只好停车，然后下车把她扶出来。

他将顾挽扶到马路牙子上坐着，一边帮她顺着背，一边说道：“吐吧，吐出来就好了，吐出来就不难受了。”

顾挽听话地点点头，弯腰伸着脑袋，尝试了几下，忽然偏头盯着季言初，眼神和语气都不怎么友好地说：“你能不能别看，你看着我吐不出来。”

季言初愣了下，随即被气笑了，点头：“行，那你慢慢吐，我去车上给你拿点水。”

他刚站起来，一转身，还听到小姑娘默默吐槽了句：“真没礼貌！”

季言初新奇又意外地回头，看到那个小醉鬼还在努力尝试怎么让自己吐出来，似乎并未发现自己的吐槽被听到了。

季言初“呵”了声，忍着脾气，去给她拿水。

顾挽坐在那里，只觉得胃里翻江倒海似的，想吐，却又怎么都吐不出来。

试了几次还是不行，她有些泄气地捂住眼睛，开始发脾气：“算了算了，不吐了。”

“吐不出来就算了。”季言初把水递给她，“来，喝点水。”

然而顾挽还是捂着眼睛坐在那里，不接水，也不动。

“顾挽？”季言初又碰了碰她。

过了一秒，顾挽终于有了反应，却是双肩一抖，带着哭腔抱怨：“为什么吐不出来？我真没用，连这点事情都做不好……”

越说越伤心，她揉了把眼睛，还真的委屈巴巴地哭起来了。

季言初瞠目结舌地沉默，过了一会儿，虽然还是有点生气，可想想又觉得好笑，于是蹲在那儿笑出了声。

听到笑声，顾挽一下止住哽咽，拿开手盯着他。

“你是在嘲笑我吗？”

她脸上满是泪痕，眼角通红，看上去脆弱又可怜，一副深受打击、难过不已的样子。

季言初忍不住伸手去蹭她的脸，帮她把眼泪擦干净，好脾气地安慰道：“哥哥没有嘲笑你，吐不出来咱就不吐了，又不是什么大不了的事儿。夜深了，外面凉，咱们上楼好不好？”

他说着就要去扶她起来。

结果小姑娘却一把挥开他的手，虽然意识涣散、眼神迷离，但态度异常坚

定倔强。

“我不，我要在这里吐，我一定可以吐出来。”她信誓旦旦地保证，“我能做到的，你要相信我！”

季言初简直哭笑不得，想不明白顾挽为什么要对这件事这么执着，更想不明白，平时乖乖巧巧的小姑娘，怎么一喝醉就成了这么个不听话的淘气包。

“顾挽。”他耐心都快耗尽了，直接去拉她，“外面起风了，你再这么吹下去会感冒的。你乖一点，跟我回家。”

顾挽醉醺醺的，本就浑身无力，折腾了几次，只能任由季言初半抱着了。结果听到他最后这一句，也不知道哪里受了刺激，她又突然从他怀里挣脱，踉踉跄跄地往后退了好几步。

“我又不是小孩子，我为什么要乖？”顾挽伤心又愤怒地控诉，“你为什么总拿我当小孩儿看？”

喝醉了，她人也变得奇奇怪怪，情绪稍一激动，眼泪就不受控制地往外冒。

她用手背抹着泪，呜呜咽咽哭得伤心至极。

“我哪里不乖了，你让我做妹妹，让我叫你哥哥，我都听你的，你还要我怎么样？”

季言初无言以对地站在那里，一颗心像是被揉了千百遍再扔进盐水里泡着那样难受。

他眼底浮起一丝隐忍着的痛苦，喉结无声地滚了滚，好半天，才低沉落寞地说道：“那你就再乖一点，别给我惹麻烦，别让我有借口忍不住去找你。你就乖乖地待在学校，让我离你远远的，可以吗？”

天知道这两个月他是怎么熬过来的。

好几次，实在挨不过思念，人都已经到了校门口，却只能像个无家可归的游魂一样，坐在街边一支接一支地抽着烟。

从月朗星稀磨蹭到天际泛白，最后等理智回笼，再狼狈不堪地开车回去。

季言初知道自己喜欢顾挽，却从不知道原来这份喜欢那么可怕，能把精神饱满的人，活活折磨成没有灵魂的行尸走肉。

那时候，他才真的切身体会了顾远之前说过的那些话。

他想，他大概也完了！

再怎么努力，也找不回从前那个自己。

茫然无措，却无计可施，只能眼睁睁看着自己一点点沦陷，一点点迷失。

季言初不知道顾挽有没有听清他的话，听没听懂他的意思，不过之后，却不再哭闹，变得安静至极。

季言初将顾挽背上楼，到家后把她放在沙发上，然后去卫生间拧了下热毛巾，给她擦脸擦手，之后又打了热水给她洗脚。

顾挽乖巧得过分，让她闭眼就闭眼，让她伸手就伸手，与刚才相比，完全像是换了另一个人。

季言初一开始以为她酒已经醒了，给她弄干净之后，还让她自己回房间睡觉。

她也点头，顺从地回了房间。

兜兜转转忙了一夜，季言初终于得空喘了口气，歇了会儿，也拿了换洗衣服去卫生间洗澡。

洗完澡，他从卫生间出来，发现客厅一片漆黑。

他记得去洗澡的时候客厅是开着灯的，他回头按了下卫生间的灯，是亮的，没停电。

难道是灯坏了？

季言初一边擦头发，一边往客厅沙发边的立式台灯那边走。

经过餐厅的时候，不经意间瞥见餐桌上有一团黑影。

他猛地顿住脚，倒没被吓着，因为他一眼就能认出那是顾挽。

外面的风已经息了，月亮从云层里钻了出来，透过窗户，将一大片皎洁的月光铺在桌面上，也把她半边身影照亮。

不知什么时候，顾挽把外面的牛仔外套脱了，这下，季言初才看清她里面穿的是件什么样的裙子。前面的浅 V 领口开口不大，倒是一般人都能接受的规矩板正，却不想裙子后面才是别有天地。

清浅如水的月光照在她后背那片雪白的肌肤上，将她细腻柔美的蝴蝶骨描摹出精致深刻的形状。

裙子下摆开衩很高，她坐在桌上，双脚交叉地垂在半空，童真未泯地晃着，不知道在惬意什么。

季言初沉默地站在那里，看到这情景，擦头发的动作也僵住，下意识咽了下口水。

“顾挽……”

他不轻不重地叫她。

顾挽闻声回头，精神不似刚才那样萎靡，反而是兴致勃勃地指着窗外，笑着说：“你看，月亮。”

季言初顺着她指的方向抬头看了一眼夜空，今晚的月亮又大又圆，确实很美。

他慢慢走了过来，靠在餐桌边，声音也不知不觉变得轻柔：“不是让你去睡觉吗，怎么又出来了？”

顾挽看着清醒，说话却很慢，甚至还有些语无伦次：“我想起来了，你帮我出头，还帮我付了车费，我都没有好好感谢你。”

季言初一愣，这下才察觉不对劲儿，认真打量着她，怀疑她可能还没清醒。

意识到这一点，他赶紧伸手虚扶住她，害怕她一个不稳当从桌子上栽下来。

顾挽注意到季言初的举动，晃晃腿，没心没肺地冲他笑：“谢谢你，你对我可真好！”

季言初被这稚气未脱的话给逗笑了，笑她喝醉了更像个孩子了。

他忍不住揉揉她的脑袋，柔声说道：“不用谢，哥哥对你好是应该的。”

“要谢的，要谢的！”

顾挽不知怎么又急了，左右环顾，像是在找什么东西。

她扶着季言初跳下桌子，又慢吞吞地挪到沙发上去摸索。

季言初不放心，始终跟在她身后，不明所以地问道：“顾挽，你在找什么？”

“礼物。”顾挽一边摸索，一边说，“我要送你礼物，我要感谢你。”

下一秒，她在沙发上摸到了自己的小包，一脸喜色地打开，然后埋头翻找。

纸巾，不行。

马克笔、手绘本，也不行。

润唇膏、护手霜，还是不行。

巴掌大的小包快要被翻个底朝天了，她还是没能找出一件像样的东西做礼物。

顾挽把手伸到最下面的小暗格，挫败沮丧地掏了最后一把。

忽然，她摸到了个什么东西。

她满怀希冀地拿出来一看，纳闷地歪歪脑袋，想不起这是什么。

不过，既然藏在那么难找的地方，她想，一定比其他东西都贵重得多。

于是，她喜滋滋地扔了包，把那东西紧紧攥在手里，跑到季言初面前：“我找到了，我找到礼物了。”

季言初由着她闹，只希望她闹完赶紧回去睡觉，于是也颇具耐心地配合着：“真的吗，什么礼物？”

顾挽握着拳头伸到他面前，却故作神秘地不摊开。

季言初笑了笑，像陪小孩子过家家一样，佯装一脸喜悦地期待：“什么呀？真的是送给我的？”

顾挽用力地点头：“嗯，你对我这么好，我要报答你。”

“真乖。”季言初很受用地摸摸她的头顶，然后伸手，笑着说，“那给我吧，哥哥还挺好奇你会送什么礼物给我。”

顾挽抬头，从他半弯的眼睛里，像是看到了投在湖面的月光，那么温情，让人心驰神往。

如同受了蛊惑般，她痴痴地盯着季言初看了好半晌，然后在他掌心里慢慢摊开手掌，小声说：“这是我的宝贝，我现在把它送给你。”

半明半暗的光线里，季言初握着那个四四方方的包装袋，起初还怀疑莫不是方便面的调味包？

直到他慢慢捏出里面那一圈圆形的轮廓……

犹如一个响雷，炸得季言初头皮一阵发麻，仿佛石化了般，站在那里好半天不知道动。

送完“礼物”的人又默默爬回到餐桌上看月亮，回头发现季言初僵在那里，歪了下脑袋，还挺气人地问：“怎么了，收到礼物还不开心啊？”

季言初也不知道自己该哭还是该笑，像个傻子一样，捏着那个小包装袋直愣愣地在那儿杵着。

他想起之前在顾挽手机里看到的那两条微信。

所以，这是要为行动提前做准备了吗？

像是猛然间又挨了个霹雳，正好在他心口上狠狠开了一道口子。

季言初微张了下嘴，原想质问些什么，却又蓦地顿住，悲哀地发现自己似乎并没有这个资格。

于顾挽而言，自己算什么？

客观一点，仅仅只是她哥哥的一个好朋友而已。

哪怕跟她关系再好再亲密，可不管怎么说，毕竟也不是亲哥哥。

平时管东管西，她已经足够宽容，不予计较，但如果连她恋爱处朋友的事都要插手，那就真的太不拿自己当外人了。

季言初讪讽自嘲地轻扯嘴角，沮丧又颓败，不知道怎么就把自己作到了这步田地。

桌上的人还在扭头盯着他，见他脸色不是很好，也跟着蹙眉，有些许失落地问：“你不喜欢我的礼物吗？”

季言初闻声抬头，视线落在她的眉眼间，复杂而深情，而后颓丧地笑了下，摇了摇头：“不是的。”

“那你为什么不开心？”顾挽很执着，或者说很在意，“你看你总是皱着眉……”

她伸手，下意识想去帮他抚平眉间的褶皱，身体不自觉前倾。

季言初怕她从桌子上掉下来，三两步跨了过来，揽着她的肩，与她面对面站着。

顾挽坐在桌上，比平时站在他面前的高度要低一些，他只要微抬下巴，似乎就可以抵着她的头顶。

她仰着头，亮晶晶的眼睛盯着季言初，抬手将他眉间的褶皱揉掉，然后从他额头摩挲到嘴角。

模糊不清的意识里，她还记得，只要季言初的嘴角稍稍勾起，那两个俏皮可爱的小括号就会浮出来。

“我喜欢你的小括号……”顾挽温暾缓慢地说。

“小括号？”季言初不知这是什么东西，纳闷不解，“什么小括号？”

“嘘——”顾挽突然紧张，把食指竖在唇边，压低嗓音说，“这是个秘密，不能让他知道，让他知道我就完了。”

她一晚上都是这么醉言醉语的，说话做事都没什么逻辑。季言初无语了一秒，也就没把这话放在心上。

喝醉之后，顾挽的胆子相较平时大了许多，坦然无惧地在季言初脸上来回扫视，仿佛在仔细描摹他的五官轮廓，即便对上他探究迟疑的眼神，也不躲不避。

这个人的眼里仿佛有星星，像整条银河都倒映在里面，久久凝视，只觉得里面有个浩瀚无穷的世界。

顾挽迷迷糊糊的，一头扎进去，就再也不愿出来了。

黑暗里，不知道是谁的视线开始升温。

顾挽脑袋不大清醒，但潜意识里还是知道必须打住，不能再看了。

再看，她就要闯祸了。

于是她低头，依依不舍地别开视线，眼神向下，却在收回来的那一瞬间，从他喉结上一扫而过。

——那颗痣！

她猛地顿住，视线定格，牢牢锁在那颗吻痣上，怎么也挪不动了。

“我也喜欢你这个。”

顾挽又指着季言初的脖子，再抬头，对上他的眼睛，言语听着有几分贪得无厌的霸道。

季言初对她的“胡言乱语”已经见怪不怪，摸了下自己的脖子，漫不经心地问道：“哪个？喉结？”

顾挽捣蒜般地点头。

季言初被她这样子逗笑了，忍俊不禁地问道：“怎么，你也想长一个？”

他偏头，见小姑娘还痴痴盯着，眼神看起来很奇怪，像羡慕，又像是带着某种渴望。

难不成还真想长？

他现在完全摸不透这个小醉鬼的脑回路了。

于是季言初惩罚性地揉乱她的头发，存心使坏地告诉她：“别想了，这个东西只有男孩子才会长。”

“我知道。”顾挽点点头，怅然地垂下脑袋，不知在想些什么，突然变得沉默不语。

酒真是个危险的东西，能将那些潜藏在最隐秘角落里的欲望轻易找到，然后只需轻轻一钩，贪念就像洪水猛兽，不听话地纷纷冒了出来。

不仅如此，一旦出来，它们还会继续往上钻，一层一层，强势野蛮，最后浮在她的心尖上，张牙舞爪地挠……

仿佛挣扎了一个世纪那么久，顾挽依旧迷糊彷徨，觉得被这种感觉折磨得很辛苦。

她想幸福一点，快乐一点。

恍惚中，她还拼了命地想抓住什么，似乎有非常重要的东西不容错过。

错过了，或许这辈子也再不可能了。

那种怅然若失的心情，就像很多年前的那次，她在巷子里等到天黑，也等不到季言初一样。

“可以亲一下吗？”

她突然脱口而出。

说完，她眨了眨眼，呆了一瞬。

脑子里消弭不散的想法，没想到就这样猝不及防地被她说了出来，没有震惊和慌张，反倒惊奇地发现，原来把想说的说出口，似乎也不是那么难。

羞于启齿的秘密，她从来没跟别人讲过。

其实从很久以前，她就开始经常做着同一个梦。

梦里光怪陆离，又暧昧旖旎……

耳边充斥着呼吸声，水底有交缠的藤蔓，以及月下律动的光影，还有肖想过无数遍的人，都在那片一望无际的海浪里浮浮沉沉。

只可惜顾挽的声音太小，季言初没怎么听清，于是又毫无防备地附耳过来，问道：“你刚说什么？”

平时不敢说的话，此刻能轻易说出来，顾挽像是尝到了甜头，那些不敢做的事，也想不计后果地试一试。

她失焦的眼神因为这个想法突然恢复了一丝神采，蠢蠢欲动地抿了下唇，然后眼睁睁看着季言初一点一点凑了过来。

喉结和吻痣都缓缓靠近，贴着她的眼皮，近在咫尺。

仿佛她只用稍微张嘴，就能一口咬住……

喉结被猛然袭击的那一瞬间，季言初的大脑是空白的。

反应过来后，他首先想到的居然是顾远跟他说的那些，说顾挽喝醉了就喜欢又打人又咬人。

季言初还在想，不会今晚自己也要进医院吧？

突然，喉结被那滚烫温软的舌尖轻轻一撩而过。

那浑身犹如触电的感觉让他瞬间汗毛竖立，喉结处传来的酥麻感也让人头晕目眩。

顾挽的动作未停，还在继续向上游走。

季言初终于意识到，这小姑娘压根儿不是在咬人，而是……

“顾挽？”

刚一开口，他羞耻地发现自己的嗓音已经染上一层被某些情绪浸润过的沙哑。

他顿觉脸红心跳，慌忙将怀里的人推开了些，惊疑不定地看着她：“你……你在干什么？”

顾挽眼神迷乱，本能地想往他那边靠。

“就想亲亲……”

她的言语和表情看起来都有些无辜，可手上的动作一点也不含糊，摸到了他的T恤下摆，很利落地就钻了进去。

顾挽的指尖才刚触及他的肌肤，季言初仿佛被烙铁烫了一下，立刻朝后退了几步。

见他要走，顾挽急了，毫不犹豫地从桌子上跳了下来。

季言初怕顾挽摔着，不由自主地又迎了上去，然后结结实实地将她抱了个满怀。

他的手掌正好按在她后背的皮肤上，冰冰凉凉，细腻光滑，软玉温香的身体如丝缎般，让人爱不释手。

贪恋的火苗簇簇燃烧，明知道跨出这一步很可能万劫不复，但隐忍的神经已经绷到了极限。

季言初也是血气方刚的男人，心爱的姑娘温软在怀，他也不得不面对自己最真实的生理反应。

黑暗中，他颓然地叹了口气，好半晌，才求饶似的低喃了句：“顾挽，你饶了我吧……”

可扑在怀里的人压根儿什么也听不进去，蛮不讲理地将他搂得更紧。

他默然无语，终究心有不甘，忽然打着商量问道：“如果……我给你亲了，那你能把你喜欢的那个人忘掉吗？不要喜欢他了，行吗？”

听到这话，顾挽像是被什么扎了一下，痛快地放开了他，从他怀里猛地坐了起来。

季言初顿觉喉头苦涩，勉强挤出一丝笑，还不死心，更加耐心温柔地哄道：“只要你不喜欢他，你想亲哪里都可以，这样也不行吗？”

一时脑热的孤勇渐渐冷却，顾挽木讷地盯着他，将醒未醒间，听明白了他的意思。

她抗拒地摇头，身体不由自主地后退。

季言初绝望地眯了下眼，却在那一瞬间，心灰意冷地放弃了所有挣扎，破罐子破摔地想：不如就放纵这一次吧？

就今晚。

他只要今晚！

哪怕短暂，至少在跌进深渊的时候，他曾经也是触摸过那道光的。

“算了，都没关系。”

季言初极尽卑微地做出妥协退让。

你不喜欢我没关系，无法忘掉那个人也没关系。

甚至此刻，把我当成是他，解决你的需要都没关系。

季言初猛地坐起来，在顾挽还没反应过来的时候，伸手扣住她的后脑勺，然后不顾一切，将双唇覆了上去。

顾挽下意识缩起双肩，瞪着眼睛愣愣看着他。

看到他勇猛无畏地冲过来，却在闭上眼睛之后，睫毛不安无措地抖得厉害。

看到他明明都说了没关系，却在亲吻的时候，泄愤地咬一口，又心疼地舔一舔。

顾挽还待再看。

下一秒，他温热的手掌捂住她的眼睛。

漆黑一片里，只听到他痛苦纠结的嗓音，贴在她的耳边近乎央求：

“别看。哥哥现在很丑陋。”

风息了又起，皎洁的月亮也缓缓躲进了云层。

夜已深，白天繁华热闹的城市，此刻也仿佛即将进入睡梦，变得沉默安静。

然而室内不可遏制的情绪才刚刚燃起。

漆黑静谧的房间里，压抑沉闷的呼吸声混杂着凌乱错杂的脚步声。

顾挽仿佛又被人灌了十几杯鸡尾酒，不管是大脑还是呼吸，始终都是缺氧的状态。

她虽然意识恍惚，但精神尤为亢奋。

顾挽像一个踮起脚都吃不到糖的小孩儿，馋了好久，却在猝不及防间，那块糖居然自己掉进了嘴里。

她惬意地咂吧了下嘴，发现味道果然和她梦寐以求的一样，随即兴奋地一睁眼，所有的分寸是非全都抛到了脑后，变得不管不顾。

“顾挽……”黑暗里，男人的声音无奈又隐忍，“轻点……”

喉结处的那块皮肤，有很明显的刺痛感，他忍不住喉头发颤，可偏偏觉得痛苦又快乐。

迷迷糊糊的人听了他的话，动作一顿，好似偷糖吃得正欢的小孩突然被抓包，僵在那里，心虚得半晌没了反应。

季言初察觉到顾挽的紧张，又有点哑然失笑。

“自作孽，不可活。”

季言初的声音很轻，仿佛只是梦里不经意的呓语。

下一秒，他又觉得吓到她很过意不去，俯低了唇，贴在她的眉眼间，边亲边哄，毫无底线地继续妥协："好吧，你要喜欢就咬吧，你想怎么样都行。"

顾挽意识模糊间睁了下眼，在半明半暗的光线里，似乎只能看清对面人的眼睛。

那双眼睛从来都是澄澈清明的，有最和煦的笑意，也有最温柔的深情，然而此刻，却满是挣扎的痛苦和纠结又沉沦的惘然。

长夜漫漫，时间像是静止了，下一秒，又仿佛稍纵即逝。

天光微亮的时候，顾挽困倦到眼皮都掀不开，抵不住睡意，沉沉合眼的前一秒，她恍惚间终于看清季言初的脸，带着极致的温柔和凄凉的怅然，低下头来轻吻她……

荒唐又疯狂的一晚过去，当清晨的阳光透过窗帘缝隙灼人双眼时，季言初动作轻缓地从床上起来。

他不声不响地穿戴好一切，回了自己房间，洗漱完毕后，去厨房给顾挽做早餐。

浓郁香稠的鸡丝粥熬好需要将近一个小时，在这一个小时里，他几乎做好了所有的心理建设，以及各种应对的办法。

粥熬好了，他热了一笼小汤包，又煎了两个荷包蛋。

将煎蛋装盘的时候，季言初终于听到主卧的房门"咔嗒"一声响，被打开了。

没来由地，他忽然自嘲地勾了一下唇。

其实，他哪有什么各种应对的办法。

他唯一的办法，就是等顾挽醒来，一切看她什么态度。

昨晚的一切，如果她坦然接受，那他自然喜闻乐见，把一切都挑明了，他顺理成章，名正言顺地追求她。

但如果，她要是不愿接受……

季言初洗了手，撑在操作台边低着头，犹豫良久，仿佛才下定决心地抬起头来。

顾挽要是不认，他季言初也不是那种没皮没脸的人，大家就当酒后意外，事过无痕。

他自然不会给她添麻烦，更不会影响到她和她喜欢的那个人的感情。

季言初把吃的都端上桌，顾挽已经洗漱收拾好坐在了餐桌边。她垂着头，一副无精打采，又心事重重的样子。

季言初神色微凝，僵硬了一两秒，才迟疑地将鸡丝粥放在她面前，神色如常地说：“快吃饭。”

仿佛没提防到他已经走到了旁边，他一开口，顾挽身形很明显抖了一下，然后慌乱无措地把头压得更低。

她拿起筷子，佯装低头喝粥，连喝了两三口也没抬头。

季言初眼神暗了暗，本就没几丝胜算的希望一下又被浇灭大半。

将手里其他的东西也都放到了她面前后，他好脾气地提醒：“还有包子和鸡蛋，别光喝粥。”

顾挽停下动作，轻轻“哦”了一声，终于不得不抬起头，做贼心虚地扫了季言初一眼。

那一眼扫得极为快速，结果还是一下就注意到了季言初那贴着风湿膏药的脖子。

这是什么鬼操作？

顾挽的表情一下木在了那里。

很显然，因为昨晚的肆无忌惮，季言初的喉结那块怕是已经不能看了，所以他才想了这么一个招儿。

可是，可是……

他今天穿的是纯白色衬衫啊，知道那块棕色的膏药贴在那里有多显眼吗？

虽然看起来有那么几分禁欲病娇，可这么一贴，谁不知道是为了遮掩什么东西啊。

啊啊啊，简直是欲盖弥彰！

简直没眼看，可她又不敢出言提醒，最后只能一言难尽地捂着额头夹了个包子，继续埋头喝粥。

季言初始终抱着希冀耐心地等顾挽先提及昨晚的事，可是一直等到早饭接近尾声时，她似乎都没有要开口的意思。

吃完饭，季言初正收拾碗筷，才陡然听到顾挽开口，却是说：“言初哥，我上午要回学校了。”

明明是为了逃避，她却推脱说：“明天我们系有位学姐在市图书馆开小型个人画展，我和舍友约好了要去看的。”

季言初擦桌子的动作停了停，很快又恢复如初地点点头：“好，你等我先去看看良娣奶奶，然后再送你回学校。”

顾挽一怔：“良娣奶奶怎么了？”

季言初低着头，郁闷沉重地说：“她的情况不太好，昨晚急救进的医院。”

他这么一说，顾挽才忽然反应过来：“所以昨晚你和闻雅姐是在医院？”

季言初没什么情绪地“啊”了声，说道：“她爸爸着急，心脏病犯了，也一起进了医院，一家就剩两个女人，闻雅被吓坏了才给我打电话。”

“哦。”顾挽理解地点点头，随即表示，“那上午我跟你一块去医院吧，我也想去看看。”

“行。”

季言初没什么意见。等他收拾完，两个人就出了门。

他们俩早上起得都晚，早饭吃得也晚，到医院的时候，闻雅都在吃午饭了。

良娣奶奶还在重症监护室，季言初他们只能在门外远远看了一眼，之后又去看了下闻雅的父亲，他已无大碍，差不多明天就可以出院。

现在闻雅一个人两头跑，忙得焦头烂额。

季言初他们也不便过多打扰，既然人看了，心意也到了，他和顾挽便打算回去，不在这里给她添麻烦。

闻雅送他们出去的路上，一直在说感谢的话。

“得亏你认识肿瘤科的刘副院长，奶奶住进来以后，他对我们照顾挺多的。”

季言初不以为意地解释：“他是我之前的一位当事人，我帮他打赢过一个医闹的案子，本是我职责所在，他却一直记着，是位医德很高的医生。”

闻雅赞同地点头，说话间，视线不经意扫到他的脖子，猛地眼神一僵。

“你这里是……”

猜测到那可能是什么，她震惊又难以置信，不自觉伸了手，仿佛要去揭他那块膏药。

看到她的举动，季言初条件反射地后仰了下，而后佯装镇定，摸了下鼻尖信口道：“啊，没事，被家里的猫挠了一下。”

身后的顾挽偷偷摸鼻子，心虚地将视线瞟向远处。

闻雅向来精明，眼神只在这两人身上来回扫了一眼，是怎么回事她便心中有数了。

虽然失落，心有不甘，却又莫名觉得，这早就是她意料之中的事。

从第一次见顾挽，看到顾挽给季言初的备注时，那种终究难得偿所愿的担忧，就在闻雅心里隐隐发酵了。

所以那天，闻雅就沉不住气了，故意弄掉了筷子，碰了顾挽的手肘。那个一看就是男孩名字的人打来的电话，就被她不小心点了扩音。

意外收获，那句暧昧不明的话，她把言外之意清楚明白地翻译给季言初。

就是那一次，季言初反应很大。

也是从那个时候开始，她隐约猜到，自己可能胜算全无。

“哦。”闻雅勉强勾了下唇，开玩笑地问道，“你什么时候还养猫了？”

季言初轻咳了一声：“最近，才养不久。”

闻雅注意到他说话的时候总是不经意去瞥身边的顾挽，微露窘迫，耳根更是罕见地红了一小片。

闻雅几乎从没见过季言初这么局促不自信的样子，也很新奇地挑了下眉，存心装傻地捣乱："那你养的小猫不是很乖啊，经常这么挠你？"

季言初耳下的绯色开始向上蔓延，尴尬地搪塞道："也没，平时很乖的，可能……惹她不高兴了吧？"

闻雅一脸理解地点头，又真诚地奉劝："那你下次可得仔细些，别再惹'她'不高兴了。"

季言初不知想起什么，眼神晦暗，垂眸静默了两秒，才突然说道："不会再有下次了！"

他说得决绝坚定，顾挽闷不吭声，心口猛地一沉。

花开春暖，五月暮春，顾挽站在烈日骄阳下，却犹如深陷凛冽寒冬。

一颗心仿佛被冻出了裂痕。

回学校的路上，车内的气氛寂静而沉闷。

顾挽一直看着窗外，没心情讲话。开车的人似乎也有足够的耐心，没有刻意挑起什么打破僵局的话题。

车子到达校门口，顾挽挎上包，准备下车。

季言初握着方向盘的指节突然用力至泛白，终究一时不忍，出声叫她："顾挽。"

顾挽开门的动作顿住，回头看他。

季言初脸色哀戚，一字一句地艰难开口："昨晚的事……"

"昨晚什么事？"

不等他说完，顾挽蓦地打断，唯恐他说出自己不愿听的话来，她索性掩耳盗铃，不听不闻。

她将轻松和浑不在意那么明显地摆在脸上，耸了下肩，笑着说："我喝醉了就容易断片，昨晚的事半点也想不起来了。如果我有什么不恰当的举动，言初哥，你可千万不要放在心上。"

季言初忍不住偏头，与她四目相对的眼睛里一片通红。

"这也能断片儿？"他有些不可置信，甚至些微嘲讽地问。

"你就当是我不懂事，跟你胡闹，你做哥哥的不要同妹妹一般见识，行不行？"

顾挽莫名委屈，脑袋一热，说话就有点不管不顾。

没有光亮的黑夜，他们可以抵死缠绵，眼里仿佛燃着火，带着电，恨不得溺死在对方那汪温柔的深渊里。

如今白日昭昭，又不得不各自分程，回到原点，套上他们固有的身份。

欲言又止的话、压抑克制的目光，通通泯灭在漫长无尽的沉默里。

眸中的炙热渐渐冷却，变得疏离凉薄，季言初似乎明白了顾挽的意思，扬起下巴，启唇“呵”一声笑了出来，而后慵懒地点点头，声音极轻地说道：“行啊。”

得到季言初肯定的回应，顾挽以防嘴角的弧度会忍不住垮下来，又努力地往上扯了扯。

她带着笑意下车，潇洒从容地道别转身。

即便是背对着季言初，紧绷的神经依旧不肯放松一丝一毫，每走一步都在提醒自己要保持住，不能失态，不能出丑，不能让他看出自己的狼狈不堪。

如果他们注定有缘无分，终将淡漠疏远。

那顾挽希望自己转身离去的时候，至少能保留住这最后仅剩的一点体面。

嗓子眼儿里憋着的那口气，直到进了宿舍楼，顾挽才敢重重吐了出来。不过几分钟的路程，她仿佛用尽了全身的力气。

顾挽扶着楼梯扶手，一点一点往楼上挪，双脚像是灌满了铅一样沉重。

好不容易挪到宿舍，顾挽发现其他人都不在，只有沈佳妮还在睡觉。

她拿上换洗的衣服，不声不响地进了浴室，关上门，将喧嚣的一切都隔绝在外。

打开花洒，温热的水流立刻哗啦啦地倾泻而下，不消片刻，浴室里一片水雾弥漫。

睫毛和眼睛里仿佛都沾染上了水汽，顾挽视线所及的一切都变得朦胧不清。

她眨了眨眼，一连做了好几个深呼吸，可是眼前还是什么也看不清……

过了很久很久以后，顾挽终于洗完澡，从浴室里出来。

沈佳妮已经睡醒了，顶着鸡窝头，目光呆滞地坐在床上醒神。

她陡然看到顾挽的样子吓了一跳，把被子掀到一边，急忙下床过来问：“挽挽，你怎么了，眼睛这么红？”

顾挽吸了下鼻子，还能挤出一丝笑来：“啊，没事，洗澡的时候不小心，水冲到眼睛里了。”

沈佳妮半信半疑地盯着她。

顾挽看上去很累的样子，连脏衣服都懒得去洗，人就往床上爬。

她边盖被子，边对沈佳妮说：“我昨晚喝醉了，头疼得厉害，一晚上都没睡好，我现在得补补觉。”

沈佳妮看出来顾挽说到后面，情绪都有点绷不住了，但也体贴地装作什么都没察觉，若无其事地说：“哦好，正好我也饿了，我去食堂弄点吃的，不打扰你休息。”

顾挽蒙头缩在被子里，只觉得涌出来的泪烫得她眼角疼，瓮声瓮气地“嗯”了一声，就再也说不出其他的话来。

对于昨晚的记忆，她确实有些模糊，但还不至于断片。

她知道她和季言初发生了什么，也知道这场火都是她自己点燃的。

季言初这个人向来稳重自持，做事有分寸有规划，积极又上进。他从前就已经活得那么艰辛了，这几年生活好不容易才步上正轨。

姥姥现在身体硬朗，精神状态都很好，他也准备要好好相亲恋爱，过几年，娶一个温柔贤惠的女人，互敬互爱，然后生个一儿一女，后半辈子过得轻松惬意，幸福美满。

可是现在这一切，都被她给毁了……

是她一时任性，不听劝诫，非得把好好的一个人逼到如今这么尴尬的境地。她愧疚难堪，自责自嫌，只觉得以后再也没脸面见季言初了。

五一过后，顾挽的课程又紧张起来，为了不让自己停下来胡思乱想，她把所有的心思全部投入学习上，没课的时候不是在画室就是在图书馆。

她不再把季言初挂嘴上，周末放假的时候也不再去他那里，甚至一个月下来，微信都没聊过一两句。

这次不是季言初躲顾挽，而是顾挽远远躲着季言初。

整个五月，季言初也过得人不人鬼不鬼的，有事没事就捧着手机发呆，跟掉了魂儿似的。

小姑娘整整一个月都没给他发过只言片语，这是以前从未有过的事，这么一副唯恐避之不及的样子，着实让他备受打击。

有时候瞅着顾挽的微信头像，他甚至怀疑她其实已经把他删了。

季言初也不敢问，更不敢擅自给她发消息，害怕自己不当的举动会招致她更深的厌恶。

时间很快到了六月初。

顾远历时五个多月的拍摄，再有个把月，新戏即将杀青，杀青之后会有一个小长假。

某天晚上，顾远给季言初打电话，想约他到时候去滨城海钓。

季言初想都不想，一口回绝：“不去。”

顾远一下就跳起来了：“这事儿你可是早就答应过我的，大男人别说话不算话好吗？”

他在那边兀自盘算：“正好那时候顾挽差不多放暑假了，她进大学之后我都没好好陪过她，趁这个机会带她来我这边逛逛。”

季言初本来还完全没兴趣，结果听到这话，神情凝滞了半刻，突然又松口，态度模糊地说了句：“那到时候看吧，我不一定能请到假。”

顾远置若罔闻，就当他答应了，开始吧啦吧啦地跟他讨论到时候玩耍的计划和路线。

季言初心不在焉地听着，思绪又不知道飘到了哪里。

顾远发现自己说得都嘴角挂沫了，也没听见那边回应一两句，人跟死了似的。

他刚要谴责，冷不丁地，那边的人又“活”了。

季言初没头没脑地冒出一句：“顾远，上次你提过的那个女人，你和她后来怎么样了？”

顾远像是被人猛地掐住了脖子，喋喋不休的声音戛然而止。

耳边陡然没了动静，季言初回神，突然意识到什么，忙充满歉意地解释道：“兄弟，我不是存心戳你的痛处，就是……”

他忽地抿唇，不知道该怎么把心里那些涩然苦闷说出来。

他的朋友没几个，能说心里话的更只有顾远一人，再加上顾远的遭遇和自己差不多，怎么说也算是个“前辈”。

季言初觉得自己这段时间的纠结矛盾，或许只有顾远能懂，也只有顾远能给出一些比较有实质性作用的建议。

斟酌了一番措辞后，季言初谨慎地隐去事件中的关键人物，只含糊其词地说道：“就是我有个不愿透露姓名的朋友啊……”

还没说完，顾远插嘴：“想必那个朋友肯定不会是你吧？”

季言初僵了一秒，而后叹了口气：“算了，挂了吧。”

“别啊，别啊。”顾远忙在那边叫嚣，“我胃口都被你吊起来了，你不说我今晚还能睡啊？”

僵持了一会儿，他妥协道：“行行行，我知道了，是你一个朋友，那你跟我说说你这朋友怎么了？”

季言初又犹豫挣扎了会儿，才吞吞吐吐地开口：“就他喜欢上了一个女孩，可这个女孩呢，已经有了喜欢的人，因为某种……不可控的意外，我和她，哦不……我朋友和她发生了……关系。现在女方对这事儿不太想承认，我……我朋友这边却有点放不下。”

他难为情地咽了咽口水，停顿一秒，然后继续说：“所以就想问问你，假如我朋友挑明了，想和她喜欢的人公平竞争的话，你说……这算不算不道德？还有就是，如果，我是说如果啊……”

他紧张地舔了下唇：“如果这个人是我，我做出这种插足别人感情的事，你会不会鄙视我，甚至与我断绝往来？”

顾远听着听着就有点坐不住了，气不打一处来，大声质问：“兄弟，你是不是傻啊？”

他冲着电话愤愤不平地咆哮：“不是，老季你怎么想的啊？就你这身材、这长相，什么样的姑娘找不到，犯得着自甘堕落给别人当小三儿？”

季言初抚额：“你……你小点声儿。”

“哎呀，我这暴脾气压不住了。”

顾远在那头真气得不轻，兄弟受辱比他自己受辱更不能忍，况且这人还是比亲兄弟还亲的季言初。

“老季，你这很明显是遇到脚踏两只船的女人了啊，就这种人，你还稀罕什么，争什么？”

这话季言初听着就不高兴了，立刻冷着嗓子警告：“你说我就说我，别骂她，她不是那种人，错都在我，是我……勾引的她。”

“你看看你看看，还护上了。”顾远恨铁不成钢，气得直叹气，“不行，我忍不了，我明天……不，我现在就跟剧组请假，我不能看我兄弟白白被人欺负了，还一声不敢吭！”

季言初尴尬地挠鼻子，觉得顾远的措辞有问题：“也不能……这么说吧？”

顾远现在什么话都听不进去：“那女的叫什么？我明天到，后天你带我会会她。老季，你别怕，兄弟我绝对为你撑腰到底。”

季言初轻轻嘀咕了句：“我倒还好，就怕你到时候怕。”

没想到顾远耳尖，立刻扬声：“我怕什么？哦，她欺负了我兄弟，完了还想当什么都没发生？现在这些女的怎么都这样，天下有这么白捡便宜的事儿吗？”

“你放心，老季。”他拍拍胸脯，安慰季言初，“凭咱俩的关系，就算她是天王老子，我也得为你讨回公道！”

听顾远越说越认真，季言初意识到他不是开玩笑，忽然又觉得不该把这事告诉他。他这人行事作风没头没脑不知轻重，偏偏还喜欢雷厉风行，回头别把事情整得无法收场。

自己和顾挽走到这一步，在顾挽看来肯定是件不光彩、见不得光的事，现在还拉她哥哥下场，万一闹起来，小姑娘丢了颜面，指不定这辈子都不想再见到自己了。

季言初越想越慌，开始后悔自己一时憋不住郁闷，跟顾远吐露心事。

“顾远。”他在这边叫了一声电话那头还在骂骂咧咧的人，企图挽回余地，“这事儿……你能不能别管？让我自己来处理行吗？”

顾远现在对季言初一百个不放心：“你自己处理，怎么处理？你连‘是我勾引的她’这种话都说得出口了，你让我怎么相信你处理得好？”

季言初哽了哽，试图好好跟他讲道理摆事实：“这毕竟是我的私事啊。

你看，上次你被人这样那样，我也很尊重你，不该问的不该管的，我都没多说一句话。”

顾远安静了一秒，似乎觉得季言初说得有几分道理，几秒之后，态度有所松动：“那你自己能行？”

季言初看着远处几点晕开的灯火，压低嗓音道：“行不行的这件事也总得要说清楚。”

他自嘲地扯了下嘴角，忽然又说：“顾远，我现在才发现，原来我这人挺浑蛋的。”

顾远不明所以：“啊？”

季言初在黑暗中叹了口气：“发生的时候，是我主动的。当时我就想啊，哪怕和她没有结果，哪怕这晚是给她喜欢的人充当替身，我都认了。我只要这么一晚，天亮以后，各归各处，我绝不给她带来半点麻烦。可是现在，我后悔了！”

顾远握着手机，怔怔地听着，听到季言初语气中透出从未有过的失意怅然，颤着嗓音说道：“顾远，真的，我这辈子还没这么贪婪卑劣过。想不惜一切手段得到那个人……”

顾远口头答应季言初倒是爽快，说了不再插手过问他感情上的私事，结果当晚辗转反侧，纠结了一晚，还是放心不下。

主要是从没见过季言初对哪个女人这么弥足深陷过，这次是真的一个猛子扎进去就出不来了。

关键对方一听就是个擅于玩弄感情的女人，顾远不能眼睁睁看着自己兄弟栽在这种女人手上。

明知道前面是火坑，如果看着季言初往里面跳都不去阻止，那他算什么好兄弟啊。

想通这一点，顾远一个鲤鱼打挺从床上弹起来，当即就跟剧组请了假，买了第二天一早的飞机飞往暨安。

六月的暨安，天气不冷不热，晨光熹微，空气清新怡人。

城市路边的花朵沾满了晶莹剔透的露珠，一朵朵开得娇艳欲滴；环卫工人打扫的声音听起来也充满了惬意；街边的早点铺子开始起锅烧油，刺啦啦炸着油条，香味儿从街头飘到了巷尾……

顾远没有半点心情感受这难得的俗世烟火，一出机场就租了辆车，开车直奔上城花园。

一路上，顾远边开车边盘算，今天是要找那女人算账的，但是他有点担忧，万一对方很难搞，他和季言初对付不了怎么办？

试想，季言初这么精明睿智的一个人，都能被她玩得晕头转向，被卖了还上赶着帮她数钱，可见此女心机和手段都不容小觑。

仔细斟酌思量后，他突然半道折返，掉头去大学城找顾挽。

和女人对撕还是该找个女帮手才行，省得到时候他们两个男人对战一个女人，骂不过还难逃仗势欺人之嫌。

况且，从小到大，顾挽怼人的功力没有谁比他更清楚了，十次能有九次被她怼哭。

顾远有百分之百的信心，不管对方是什么牛鬼蛇神，只要顾挽出马，通通怼到他们怀疑人生。

利用路上的时间，顾远还简单布局了一下战术。

车子开到学校门口，不过八点十分，他给顾挽打电话。

因为是周六，顾挽此时还没起床。她睡得迷迷糊糊的，被铃声吵醒后，怕影响到其他人，摸到手机就划了接听，缩在被子里轻轻“喂”了声。

顾远言简意赅地说：“我现在在你学校门口，给你十五分钟，收拾好赶紧出来。”

“哥？你怎么突然来暨安了？”

听到是顾远的声音，顾挽诧异了一秒。

但是，也仅仅只有一秒，下一秒，她声音又恢复肆无忌惮的懒散：“我还在睡觉，懒得出去，你晚点再来吧。”

知道顾挽就要挂电话了，顾远在这边不耐烦地扬声：“小崽子，我没跟你开玩笑，你表哥出事了，十万火急，赶紧的。”

季言初出事了？！

这下顾挽睡意全无，人立刻从床上坐了起来，都来不及多问，只说了句：“你等我十分钟。”说完挂了电话，以最快的速度下床洗漱。

她收拾好自己，坐进顾远的车里，刚好用时十分钟。

对此，顾挽仍不满地埋怨顾远：“学校又不是不让开车进去，上次还知道去宿舍楼下接我，这次怎么了，车子没油还是你更红了，现在连进校门都害怕引起骚乱被踩死？”

听听，听听。

这一见面就怼，怼得多漂亮！

顾远一脸崇拜享受，就差给她鼓掌喝彩了。

见他被骂还一脸飘飘然，顾挽狐疑地瞪着他，难掩嫌弃：“你这什么恶心的表情，越骂越开心了？”

她现在怼得越狠，顾远听着越高兴，甚至还兴奋雀跃地提出要求：“哥哥我今天就要你这怼天怼地的气势，就现在这状态，给我保持住了！”

顾挽觉得顾远这辈子也就这样了，绝不会随着年龄的增长、生活阅历的丰富而变得成熟稳重，哪怕他活到八十岁，也依旧是个傻瓜。

同时，她也觉得陪个傻瓜在这里鬼扯的自己更是脑子有坑。

顾挽懊悔地皱了下眉，直接切入正题：“你刚说言初哥怎么了？”

前一刻还眉开眼笑的男人，情绪毫无过渡，瞬间双眉倒吊，换成一副天要塌了的表情，咋咋呼呼地说：“顾挽，你知道吗？你表哥出大事了！”

“这句话你刚在电话里已经说过好几遍了。”顾挽对顾远拙劣的卖关子手段极度厌恶，言语几乎是从牙缝里挤出来的，“我不需要你任何气氛烘托，直接说重点！”

话音未落，顾远倒也干脆利落地说：“你表哥被人睡了！”

“咳咳咳……”

顾挽在车里咳得地动山摇。

顾远一脸理解地帮她抚着背：“很震惊对吧？我刚知道那会儿反应跟你差不多。”

不知道是不是咳的，顾挽脸红得几乎要滴血。她捂着嘴，但神色还勉强算镇定：“这事儿非同小可，你没了解情况可不能随口乱说啊。”

顾远正色道：“谁不了解情况？这事儿整个过程和细节我差不多都了解清楚了。”

顾挽捂嘴的指尖突然泛白，连脸上的血色也陡然退了个干净，说话终于开始断断续续的：“你你你……你怎么知道的？”

顾远用一脸“这还用问”的表情看着她：“当然是你表哥自己告诉我的。”

顾挽差点气得当场吐血，倒抽了口凉气，疑惑道：“你们兄弟之间这么藏不住秘密的吗？被人欺负了很光彩吗？一个个嘴没把门儿，什么事情都往外说？”

顾远被训得缩了下脖子，想起自己那档子事，颇有几分难堪，声音不由得小了几分：“我那事儿只对你俩说过，老季这事儿目前也只有我俩知道。你放心，家丑不可外扬的道理我们懂。”

顾挽捶捶胸口，差点心梗，都不知道该怎么接他这话。

不过顾远压根儿也不等她回应，下一秒，又恢复一开始那副大惊小怪、咋咋呼呼的表情，焦急愤慨地说：“哎呀，你现在就不要在意这些细节了，我今天来找你是有更重要的事。”

他愤怒地砸了下方向盘，才说道：“顾挽，你不知道，你表哥这事和我那事还有点不同，我那对象至少是个正经纯良、人品敦厚的姑娘，可他那个，唉……”

唉是什么意思？

顾挽一偏头，顾不上生气，忽然对他最后那个语气词十分介意。

于是她放下手，坐直身子，较真地问道："你有话说话，唉声叹气是什么意思？"

顾远没注意她的反应，兀自气到摇头，还用食指不停地点着方向盘："还能是什么意思，他遇到的那个就是个不折不扣的坏女人，事后就不认账的女流氓！"

顾挽刚要暴怒，又似乎从他字里行间窥探到一个信息，于是迟疑了半秒，强行摁住情绪，试探着问："哥，你是不是……还不知道那女的是谁？"

"说起这个我更来气！"顾远眉头拧得都快打结了，又开始捶方向盘，"你说说季言初这人啊，清心寡欲二十多年，从来也没见他对哪个女人感兴趣过，害我还曾经一度怀疑他怕不是喜欢我……"

"嗯？"

顾挽当即一个眼刀杀过来。

盲目自信的人还以为顾挽紧张的是他，立刻安抚："不过你放心，你哥性取向绝对正常，就算他季言初想，我也不会答应的。"

扯远了，顾远又拉回正题："我的意思是，就这么一个向来洁身自好，还聪明机灵的人，这回不知怎么搞的，色迷心窍，居然被个小姑娘耍得团团转。

"傻子都看得出来他是被玩了，他倒好，还百般维护，打死不肯透露那女人的名字。"

顾远又痛心又担忧地摇头叹气："唉，更没尊严、没出息的话他都不害臊地说出口了，顾及他的面子，我也不好在你这儿讲。"

不知是真的说到了伤心的地方，还是说累了，顾远终于沉默了下来，只剩一阵阵的长吁短叹。

趁着顾远好不容易安静的空当，顾挽谨慎地瞥了一眼他的脸色，然后小心翼翼地问："哥，如果……你知道这女人是谁，你会怎么做？"

怎么做？

问得好！

顾远猛地抬头，眼里闪过一抹狠厉，定定地看着顾挽，反问道："就我兄弟这姿色，被人欺负了，那人还不想承担任何责任。顾挽你说，天底下能有这么白捡便宜的好事吗？"

顾挽心虚地挠了下鼻尖，忽然很大声地说："你……你干吗问我啊？"

"我就是问你，如果这事儿放在你身上，你觉得会有那么简单吗？"顾远来回比画了下，接着又补充，"当然，我知道你肯定干不出这么丧尽天良的事儿，我就是打个比方。"

顾挽的脊梁骨都快要被他打的比方压弯了，她微吐了口气，索性直面惨淡地问道："直说吧，你到底想怎么样？"

顾远依旧没察觉出她话里的不对劲儿，一拍她的肩，总结性地说：“总之，我是绝对不允许我的兄弟被人这么白白欺负，所以今天找你来，就是为了给你表哥出一口恶气。”

顾挽内心那股不好的预感越来越清晰，随之而来的担忧与慌张也越来越浓重。

“出口恶气？”她强行绷住表情，淡定地问道，“怎么出？”

顾远也不绕弯子了，开门见山地说：“你待会儿跟我去找你表哥，今天不管用什么招儿，无论如何也得让他带我们去见见那女的，咱们当面跟那女人好好理论理……”

“我不去！”

还没听完，顾挽的表情就裂了，情绪失控地怒吼。

吼完她整个人就呈现一种暴走的状态，连坐姿都充斥着满满的抗拒，直接想开门走人。

“要去你自己去，我肯定不会去，我坚决不去，不去不去……”

顾挽一边碎碎念着这些，一边着急忙慌地去拉车门的开关，好几下都滑脱了手。

趁她没打开门，顾远眼疾手快地按了下锁门按钮，再来责备她：“顾挽，你这什么态度？合着你表哥这么多年都白疼你了是吧？”

见顾挽满脸通红，似乎快要急哭的样子，顾远心里虽然有些疑惑，但转念又想，八成是觉得让她去跟别人吵架这事儿太丢脸了，小姑娘家不知道哪里来的那么多莫名其妙的自尊心。

他无法理解地摇摇头，又只能软下嗓音，晓之以理动之以情地劝道：“顾挽，你想想看，从咱认识季言初到现在，这么多年，他对你那可真是掏心掏肺的好啊，连我这个亲哥哥都被他比得犹如一个摆设。这样一个比你亲哥还亲的人，看着他被人欺负，你能忍？”

顾挽毫不犹豫地说：“我能忍！”

顾远不可置信地瞪着她，出言警告：“顾挽，没你这么忘恩负义的啊。”

顾挽不管不顾，还在锲而不舍地扳车门，发现被上锁了之后，她回头，眼神也带着警告：“把门打开。”

“我就不。”顾远态度还挺蛮横。

两人的眼神对峙了十几秒后，顾挽突然拿出手机，又使出老一套：“我跟爸妈说，就说你非得让我去跟别人打架……”

“咔嗒”一声，话未说完，一声轻响，门锁应声而开。

顾挽逃也似的开门下车。

眼睁睁看着她下车，毫不留恋地甩上车门，然后真的头也不回地往学校里跑，顾远终究有些不甘，一踩油门，把车停到她旁边，然后按下车窗，以最快的语速说道："上次他为了你和余舟的事，天知道他有多担心，大晚上的叫我来暨安，半夜跑我房里商量对策。听说人家对你不好，他一个律师居然想着要去教训人家。他对你都好到这份儿上了，现在他被人欺负，让你帮着骂那女人几句都不愿意？"

他拿手点着顾挽，最后发出触及灵魂的斥责——

"顾挽，你不是人！"

他骂完又是一脚油门，仿佛害怕顾挽打过来似的，车尾冒出一阵黑烟，瞬间溜出老远。

直到远去的车子在路的尽头只剩一个小黑点，顾挽还愣在原地，对顾远刚刚的话一头雾水。

为了她和余舟的事？

余舟对她不好？季言初还要去教训人家？

这都什么跟什么？

良娣奶奶自从入院之后，情况一直不太乐观，这几天更是一直昏迷，不省人事。

敬老院那边已经派人来看过好几次，聊表慰问，几个之前和良娣奶奶要好的老伙伴也相继跟过来看过了。老人们大多走路不是很方便，出来一次不容易，权当是做最后的告别了。

季言初之前一直有意瞒着姥姥这件事，怕她知道了承受不住打击。

结果最近几天往医院跑的老人多了，不知道谁在她那里说漏了嘴，姥姥昨晚半夜给他打电话，要他今天务必送她去医院一趟。

季言初最近睡眠质量一直不好，一个晚上也睡不了几个小时，昨晚因为和顾远的电话，更是整晚失眠。

左右睡不着，于是天刚微亮，他便去敬老院接姥姥。

他去得足够早，结果到的时候，姥姥居然已经收拾妥当，等了他好一会儿了。

开车到医院，时间尚早，季言初带着姥姥在外面吃过早饭才进去，顺便还给闻雅带了份鸡丝馄饨。

姥姥进了病房，看到病床上骨瘦如柴、浑身插满管子的老人，瞬间顿住脚，回头茫然地问季言初："这是良娣吗？"

季言初也很震惊病魔吞噬人的生命如此之快，他也就一个星期没来，没想到老人家就已经是一副皮包骨头的枯槁模样。

这显然是弥留之际的迹象。

他也愣了一秒，然后心情沉重地点头："是，她是良娣奶奶。"

听到回答，姥姥眼圈瞬间就红了，颤巍巍地挪到床边，轻轻握着良娣奶奶的手，仿佛怕吵醒她似的叫了声：“良娣？”

闻雅给他们俩倒了水，又给姥姥搬来了椅子，难掩伤心地说：“姥姥，您和她说说话，她兴许能听到的。”

姥姥点点头，在椅子上坐下来，双手还是握着良娣的手不放，笑着说：“死良娣，你不是跟我说，你是回家享福去了吗？你看看你现在这副样子，难看死了。”

姥姥像往常跟良娣斗嘴一样，故意调侃她：“前两天，张老头来看你了吧？你难道也是这副样子？”

闻雅这段时间差不多快把眼泪流干了，即便已经哭到麻木，听见姥姥的话，依旧忍不住眼眶泛酸。

季言初瞥见闻雅伤心难受的样子，不想她继续待在这种伤感的氛围里，索性拍了下她，提着手上的馄饨，轻声道：“让老姐妹俩说些悄悄话吧，咱们出去坐会儿，正好你把馄饨吃了，不然过会儿要凉了。”

闻雅知道他是好意让自己换换心情，于是点点头，提着馄饨，带他去了医院楼顶。

楼顶安宁清静，和下面的人声鼎沸是两个极端。

天光微亮，太阳还没升起，却早早地将天际的云层渲染出大片的橘红，像少女脸上浓淡相宜的胭脂妆，精致漂亮。

闻雅无声地搅动着碗里的馄饨，却没什么胃口。

季言初也一直不发一言，在旁边安静地靠着。

两人就这么待了好半晌，闻雅才突然说：“我感觉就这两天了。”

没头没尾的话，季言初却一下就听懂了。他支起身子，眉头略拧了下，苍白无力地劝着：“你别胡思乱想。”

闻雅低下头，涩然地笑了下：“其实也好。这段时间我一直待在医院，生老病死见得多了，许多事也就看开了。

“像我奶奶这样，说句大不敬的，与其整天备受病痛折磨，还不如早点解脱的好。”

虽然她说的是那么个道理，但对比一下家里的老人，季言初五味杂陈地叹了口气，也不知道该怎么继续劝她。

两人又静默了一会儿。

闻雅很快自己调节了过来，埋头吃了口馄饨，无意转头，瞥见季言初白净的脖子，想起之前那块滑稽的膏药，不禁莞尔一笑。

她拿勺子舀着馄饨，状似随意地问起：“你家那只小猫没再挠你了？”

压根儿没提防她会突然问起这个，季言初下意识摸了摸喉结，轻咳了声：

“啊……没。”

闻雅从鼻息里发出轻笑，低头搅着馄饨，也不说话，忽然又抬头，意味不明地笑着看他。

季言初反应了两秒才陡然明白过来，颓败地扯了下嘴角：“你看出来了是吗？”

“嗯。”闻雅坦诚地点头。

季言初不说话了，垂眼盯着地面，从侧面看，浓密的睫毛在他眼睛上方翘出一个很让人心动的弧度。

闻雅盯着看了一会儿，强迫自己收回视线，笑着说：“你最近瘦了很多，状态看起来也差，你们在一起……不顺利吗？”

季言初轻微掀起眼皮，朝远处的天际看了一眼。太阳升起来了，却依旧缩在浓厚的云层里，仿佛在害怕什么。

他又微微吐了口气，才偏头看着闻雅，忽然说道：“闻雅，对不起。”

闻雅愣了一瞬，笑道：“好好的跟我道什么歉？”

季言初轻轻抿唇，情绪非常失落：“就是觉得以前没有站在你的立场为你想过，说过很多过分的话，觉得很抱歉。

“许多事，不发生在自己身上的时候，总是事不关己地说着风凉话，只有等到亲身经历过一遍，才能知道个中滋味有多苦。”

闻雅很意外季言初会说这些话，但仔细一想，却又觉得，恰恰是他才会这样说。

这个人对待感情，向来做不到敷衍将就，深情而不滥情，不喜欢，于是从一开始就不会给你任何希望。

看起来冷漠无情的做法，其实对对方何尝不是一种尊重？

闻雅释然地笑笑，很真诚地说：“季言初，你不需要跟我道歉，因为你没有做错，知道吗？”

季言初诧然，顿了一秒，也带着点调侃：“我知道我没做错，就是觉得方法有些粗暴，所以还是应该道歉。”

“哈哈……”闻雅豁然地笑出声，不在意地招招手，“行吧行吧，你的歉意我接受了，原谅你。”

季言初眼尾下压，终于弯起眼睛跟着笑了下，然后重新靠回到旁边的栏杆上，姿态放松了些许，紧绷的表情也略有松动。

见他情绪稍稍转晴了一些，闻雅不动声色地扫他一眼，才坦然问道：“不如跟我说说吧，你和小姑娘到底怎么回事，兴许我还能帮上忙呢。”

季言初挠了下鼻尖，难为情地“嗐”了声，倒没指望她真能帮上什么忙，只简略地说了个大概。

“还能怎么回事，落花有意流水无情，我喜欢人家，但人家没看上我。”

“嗯？”闻雅瞪了瞪眼，一头问号，“没看上你？”

不对吧，她看到的情况可不是这样。

她不免好奇地问：“你怎么知道顾挽没看上你？你表白被拒绝了？”

“我可能连表白的机会都没有。”季言初苦笑，“她有喜欢的人，不止一次在我面前表示过，说自己多么多么喜欢那位。”

“这不对呀。”闻雅纳闷地指了下他的脖子，“你上次这里遮遮掩掩的，不是她弄的？”

“咳咳咳……”

季言初有点招架不住闻雅的直接，当即抵着唇，咳得脸红脖子粗。

“那是个意外……”他咳完缓了缓，尴尬地解释，“她当时……喝醉了。”

闻雅极少见到季言初这么窘迫难堪，一时也觉得挺有意思，嘴上理解地“哦”了一声，却故意拖长了尾音，笑得有些幸灾乐祸。

季言初斜睨她，也很无奈地“嗤”了声，认栽地点点头：“笑吧。”

真得到允许了，闻雅反而又觉得过意不去，压着嘴角敛了笑意说：“我没别的意思啊，就是觉得，你这么个大男人，竟然被一个小姑娘酒后轻薄了，想想还是挺搞笑的。”

说着似乎又戳到了闻雅的笑点，她捂着嘴，又笑个不停。

这段时间她也不容易，估计很久都没这么开怀笑过。

季言初权当逗她乐了，不仅听之任之，还索性做了一个请便的手势。

闻雅笑够平复完情绪，终于又回归正题，问了句：“那既然你知道她喜欢谁，你就没打算跟对方一较高下吗？反正男未婚女未嫁的，公平竞争又不犯法，况且……”

闻雅又半开玩笑地怂恿他：“你和她都那什么了，你是抢占先机的人啊，怕什么？”

季言初竟然认为闻雅的这番说法有那么几分道理，一颗心被鼓动得跃跃欲试。

然而只雀跃了半秒，他忽然想到个问题，又觉得棘手。

他如实地告诉闻雅：“其实，她并没有确切地告诉我她喜欢谁，我只是听她形容，大概猜到是她的一个同学。”

闻雅挑眉，眸光一闪，很快就能抓住其中的重点：“她没有明确告诉你那个人的名字？只是形容？”

季言初点头：“嗯。”

随即，他又颓丧地表示：“不过已经形容得够具体了，不难猜。”

“哦？有多具体？”闻雅故作一脸好奇，“真那么有指向性，能让你那么笃定是她的同学？”

说起这个，季言初便想起小姑娘掰着手指头数着那人优点的样子，不禁有点吃醋，没好气地复述她当时的话：“说他长得很帅，人也温柔善良、优秀、脾气好、细心体贴、头脑聪明、学习很棒之类的。”

他也掰着指头数，闻雅跟着一下一下点头。

“就这？”

季言初略不忿：“这还不够？”

合着所有优点被那个男孩子一个人占全了才满意？

闻雅好笑道：“我不是那意思，我是说，就这个形容，根本一点指向性都没有啊。是不是你太先入为主了？主观认定是那个同学，所以不管顾挽怎么说，你都觉得她是在说那个同学？”

见季言初陷入沉思，闻雅瞥了他一眼，又意味深长地补充：“就这形容，我觉得套在你身上也说得过去啊。”

季言初猛地抬头，恍惚了片刻，很快便摇头否定：“这不可能！”

“这有什么不可能？”闻雅反问，又去指他的脖子，拿眼神暗示。

季言初仿佛脑袋被敲了一棒，清醒了几分，从前并未在意的那些细枝末节，也开始渐渐在脑海里清晰明朗——

“我暂时还不能告诉你他是谁，因为那个人……还不知道我喜欢他。”

“我喜欢他不是一天两天，也不是一年两年的事了。”

“言初哥，你能不能别再拿我当小孩儿了？”

“或许早就有人不远万里，跋山涉水地奔向你了，只是你自己还不知道。”

“言初哥，你把我也带走吧？”

……

有什么东西在季言初胸腔里剧烈燃烧了起来，他不知道是不是自己意识过剩，自作多情了，他有满脑子的疑问，急需找顾挽问个明白。

他情绪开始激动，胸膛剧烈起伏着，他看着闻雅，眼神焦急无措，但眼里的那抹光却灼热透亮。

什么都不必说，闻雅已经了然一切。

她会心一笑，看起来不耐烦地冲他挥手：“赶紧去，赶紧去。”

“那我姥姥……”

闻雅为了让他安心，马上说道：“我妈上午会来换班，我回家的时候顺道送姥姥回去。”

“麻烦你了。”季言初顾不上许多，说着话，人已经拔腿朝楼道口跑了。

“季言初！”

在他即将走到那扇铁门门口时，闻雅突然又叫住他。

季言初拉开门，回头问道："怎么了？"

闻雅最后一次犹豫，顿了半秒，还是选择告诉他："你看过《大话西游》吗？顾挽的秘密，都藏在那部电影里。"

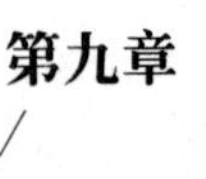

第九章

/

这次我会负责的！

季言初确实没看过《大话西游》，因为他不怎么喜欢周星驰那种夸张无厘头的表演方式。

所以就算周星驰是香港喜剧片不可超越的时代标杆，拍摄过的经典影片无数，季言初也没能静下心来好好欣赏过几部。

季言初很疑惑闻雅最后的那句话，但是他现在太着急见顾挽了，根本没有心情先去看电影。

可是一旦你越着急想去做一件事，想见一个人，总会有各种各样的意外来阻挠你的计划。

季言初急吼吼地把车子往大学城的方向开，只开到半路，就接到了顾远的电话。

“这么早，你怎么不在家啊？”顾远在电话那头不知因为什么事气急败坏，“啧啧”了两声，又突然怀疑他，“你是不是又去找那个女人了，昨晚在她那儿过夜的？”

季言初嘴角一抽：“你说什么浑话呢。”

不然有你后悔的。

他又解释：“我早上去了一趟医院，我姥姥的一个朋友住院了，我陪着去看看。”

这边顾远已经进了屋，甩了鞋走进厨房去翻季言初家的冰箱，结果什么吃的也没找到：“那你现在回来了吗？我一早下了飞机，又去找顾挽，折腾到现在都没吃饭。”

季言初一脚踩住刹车，连嗓音也不由得扬高：“你来暨安了？你还去找顾挽了？”

“对呀。”

顾远在冰箱的角落里找到一支雪糕，心情终于开朗了几分。

他拆开包装，咬了一口，含混不清地问：“惊不惊喜，意不意外？”

季言初沉默了一瞬，开始有些担忧：“那我跟你说的事……你没在顾挽那儿胡说八道吧？”

顾远动作稍顿，带着谴责反问道：“这么大的事，你还打算瞒着顾挽啊？”

季言初扶额，这哪是瞒不瞒的事啊？

顾远不明所以，随即反应过来，觉得季言初大概是怕丢脸，于是安抚道：“哎呀，大家都是成年人了，顾挽肯定能理解你的。”

“你这话什么意思？”季言初只觉一个晴空霹雳在头上炸开，嗓音抖了下，有些慌张地猜测，“你不会……真跟她说了吧？”

顾远大大方方地承认：“对呀，我本来想让顾挽跟我一起去找欺负你的那女人算账的，结果这小没良心的，一听说是去吵架，像是被狗撵了似的，跑得比兔子还快！”

说到后面，他刚摁下去的怒火又蹿上来，骂骂咧咧道：“这小鬼越来越不像话，你算是白疼她一场了。”

“你也活该！”顾远骂完顾挽又来骂季言初，“她这个样子，都是你给惯出来的，怪不得别人。”

季言初这头蓦地陷入一片死寂。

好半晌，顾远正疑惑，才冷不丁地听到他在那头不冷不热地“呵”了声。

季言初重新启动车子，利落地掉头。

“顾远，你一定要等我回来哦。”

他言语听起来淡定平常，似乎还有一丝温柔夹杂其中，但以顾远对他的了解，已经从这句话里听出了几分寒意。

顾远突然感觉后背阴风阵阵。

“兄弟……我也是为你好。”他自我弥补地补充了句。

那头又该死的没声音了。

顾远更慌，战战兢兢的：“老季，你是不是要回来揍我？”

“怎么会呢，远哥。”季言初还是那副冷中带笑的样子，甚至还颇有兴致地学起顾远平日里那个的口吻，“人家只是想你了！”

“我……我才不信！”顾远开始害怕。

当然，恼归恼，气归气，季言初不可能真的把顾远炖了。

不仅没炖，看顾远为了他的事也算是奔波劳碌，季言初一时心软，回来还给他煮了碗鸡蛋面。

看着顾远犹如恶狗扑食一般的吃相，狼吞虎咽地吸溜着面条，季言初简直没眼看，深觉自己对他实在是太仁慈了。

“你慢点，没人跟你抢。你不就一顿没吃吗，怎么跟才从牢里放出来似的？”

顾远吸溜着面条，囫囵着声音抱怨：“剧组盒饭不跟牢饭一样啊，还没你这清汤寡水的面条好吃呢，这几个月，我就没一顿吃饱过。”

他风卷残云般地吃完面，又倒豆子似的把早上去找顾挽的事前前后后说了遍，还是对顾挽袖手旁观的行为表示不满：“小崽子就会窝里横，平时怼我那叫一个伶牙俐齿，让她对付一下外人，你看看，瞬间怕了！”

季言初懒得理会顾远，现下连维护顾挽的心思都顾不上，光听他叙述事情经过，就已经尴尬得快把脸给搓秃了皮。

之前满腔的激动与热情就这样被顾远一桶冷水给浇灭了，季言初现在已经没有脸面和勇气去找顾挽了，他需要冷静一下，重新再做做心理建设。

季言初挫败无力地靠在沙发上缓了会儿，忽然又想起闻雅说的那部电影，左右无事，现在倒是有空看一看了。

他拿出手机，一搜才知道，原来《大话西游》是分上下两部的。

也不知道闻雅说的是哪一部，正打算问，转念一想又作罢，反正他现在有空，可以从第一部慢慢看。

既然闻雅说这电影里藏着顾挽的秘密，那每一个细节他都不愿错过。

季言初才把电影投屏到电视上，顾远洗好碗，从厨房里出来，一屁股倒在沙发上，睨了一眼电视屏幕：“《大话西游》啊？”

季言初“嗯”了声，回头问道：“你看过？”

“看过几百遍了。”

顾远不太感兴趣的样子，掏出手机懒散地翻着，确定许渺没发任何消息，悻悻地按灭手机，又瞥了下屏幕。

发现季言初看的是第一部，他眉头略松：“第一部看得少，第二部我都快看吐了。”

季言初下意识又看向他。

顾远解释道：“你不知道，顾挽特别喜欢第二部，以前逼着我陪她看了不知道多少遍，台词我都能倒背如流。”

说着，他为了显摆自己的台词功底，说来就来，给季言初轮番表演。

顾远头一歪，一副刀架在脖子上的姿势，念念有词：“当时，那把剑离我的喉咙只有零点零一厘米，但是四分之一炷香之后，那把剑的女主人将会彻底爱上我……”

这段演完，他又无缝跳转到下一个经典场景，“噌”一下跪在沙发上，双手做出端着金箍的姿势，缓缓往自己头上套，边套边说：“曾经有份真诚的爱情摆在我面前，我没有珍惜，等到失去之后才后悔莫及，尘世间最痛苦的事莫过于此……”

不得不说，顾远模仿得很到位，演技也没话说，那种幡然醒悟，无法割舍，然而为了人间大道，又不得不选择斩断自身七情六欲的痛苦悲凉，被演绎得很到位。

季言初心思微动，莫名笃定自己要找的答案就在这第二部里。

于是他果断略过“月光宝盒”，直接切换成“大圣娶亲”。

电影的字幕出现，略微伤感的前奏响起，芦苇荡里的紫霞仙子划着竹筏由远而近，季言初的一颗心不知不觉也跟着被提了起来。

他一秒都舍不得快进，屏气凝神，全神贯注地等。

等到了至尊宝无意拔出了紫青宝剑。

也等到了紫霞仙子落寞地说“天黑了，我要去找姐姐了”。

还有那个期限是一万年的谎言。

当至尊宝追悔莫及地戴上金箍，镜头很巧妙地转换到了紫霞仙子这边。

悲喜交替，情绪对比很强烈。

她身着霞帔，头戴凤冠，满心欢喜无限憧憬：“我的意中人，是个盖世英雄。我知道有一天，他会在一个万众瞩目的情况下出现，身披金甲圣衣，脚踏七彩祥云来娶我……”

听到这段台词，季言初脑子当即“嗡”了一声，整个人就像傻了一样，愣愣地从沙发上站了起来。

他仿佛瞬间失聪了似的，耳边再也听不到任何其他的声音，整个世界变得落针可闻般的寂静。

我的意中人，是个盖世英雄！

盖、世、英、雄！

原来如此！

季言初胸腔里像是灌满了岩浆在激烈烧灼，锣鼓喧天的频率，似乎下一刻就要从口舌间震荡出来。

原来这就是顾挽的秘密……

明明是件值得开心的事情，可说不清为什么，季言初却心疼得要死。

他已然没有心思去剖析至尊宝的追悔莫及有多少，也没有耐心去看影片的最后是否能有一个完美的结局。

他只知道，他的顾挽，他的小尾巴，是跨越了茫茫山海，冲破了岁月青春，那么笨拙，却又那么坚定，历经了千辛万苦才小心翼翼地走到他的面前。

他怎么可以这么蠢，这么笨，她的心思，竟是一点端倪也没看出来。

季言初一声不吭地转身，去酒柜找车钥匙的时候，粗重滞重的呼吸声连顾远都听到了。

顾远本来没在意，直到发现季言初在找什么东西似乎找不到，急得翻箱倒柜才察觉有点不对劲儿。

“老季？”顾远起身，走过来拍拍他，“找什么呢？”

电影接近尾声，孙悟空一捧沙吹迷了所有人的眼，然后借着夕阳武士的身躯，把亏欠的那个吻还给了紫霞仙子。

季言初忽然也不纠结了，转身走到玄关处换鞋。

“你要去哪儿啊？”

顾远发现他情绪很不对劲，在他即将出门的前一刻拉住他，却猛地发现，他整个人都在轻微的发抖。

“兄弟，你别吓我啊！”

顾远又拍了拍他：“电影看得好好的，怎么突然跟中邪了似的？”

季言初深吸了口气，侧眸认真看了眼顾远，然后突然一把搂住顾远的脖子，亢奋激动地说：“顾远，从今天开始，你就是我亲哥！”

顾远一头雾水。

认识季言初这么多年，这么恶心的话，他绝不可能说得出口的，顾远更加慌了。

顾远还在想要不要送季言初去医院看看时，季言初放开了他，下一秒，拉开门就跑出去了。

顾远站在门后呆了几秒，才反应过来，赶紧掏出口罩戴上，随后追了出去。

他径直下到地下停车库，发现季言初的车还在，想来这个人刚才八成是在找车钥匙。

顾远也没拿车钥匙，但此刻也来不及了。

他从安全通道爬楼梯上一楼，边跑边给季言初打电话，结果半天也没人接，顾远怀疑季言初甚至连手机都没带。

出了小区门，早已看不见季言初的人影，顾远一时手足无措，无奈，只能给顾挽打电话。

顾挽虽然年纪小，但遇事比他沉着冷静得多，兴许她知道接下来该怎么做。

电话很快被接通，顾挽刚“喂”了一声，顾远便脱口说道：“顾挽，怎么办啊？你表哥好像中邪了！”

不待她问，顾远继续十万火急般地说着：“本来我俩看《大话西游》看得好好的，也不知他受了什么刺激，突然就从家里跑出去了。

“我看他那样子疯疯癫癫的，还说什么从今天开始我是他亲哥。顾挽，我担心他这样跑出去会出事，你说我现在该怎么办啊？”

顾远一股脑儿说完，气都有些喘不匀。

等了五秒钟，他等对面给一个回应，然而下一秒，只听到“嘟”的一声轻响。

顾远眨眨眼，又茫然了五秒钟，才意识到电话居然被顾挽给挂了。

他拿开手机，对着漆黑的屏幕咆哮："你们一个个的，都是什么意思？"

周末的上午，顾挽通常喜欢在学校画室待着，但今天因为早上顾远来闹了一通，她一点练习的心情都没有，于是一上午就在宿舍窝着。

宿舍其他几个都是有对象的人，周末大好时光自然不会在宿舍待着。

顾挽最近开始在网上接一些要求不会太麻烦的商插，她平时练习的作品也会在微博上晒出来，因为画技过硬，慢慢积累，也有几万的粉丝了。

这张插画甲方催得不是很急，所以顾挽画得很细致，目前就差一个收尾。

她本来打算今天把它完成的，结果打开电脑呆坐了一上午，愣是一笔都没动。

直到顾远的电话打过来，她神游天外的思绪才被拉回来。

虽然顾远的话很急，说得很没有条理，但是顾挽还是瞬间抓住了重点。

"大话西游""跑出去了"的字眼一蹦出来，她心里不由得跳了一下，然后像是尾巴着了火的猫，吓得立刻挂了电话。

入夏的气候，早上温度适宜，正午的时候就有点闷热了。

今天是多云的天气，太阳始终半遮半掩地躲在云层里，天气预报说下午一两点会有雷阵雨。

顾挽关了电脑，趴在阳台窗户上往外看。微弱的阳光确实彻底不见了，浓厚的云层也不知什么时候开始变得黑沉压抑。

眺望远处的天际，隐隐似有闪电的微光乍现。

顾挽脸色看起来愈发冷峻僵硬，平静的表面掩盖住内心的惊涛骇浪。

她静坐了大概十来分钟，在这十分钟之内做好了所有的心理建设。

被季言初发现就发现了吧。

十三岁到二十岁的喜欢，不管好坏，总得有个了结不是？

她调整呼吸，深吸一口气，起身回到室内，换上她最喜欢的那件连衣裙，然后洗了把脸，抹完水乳，还给自己涂了层淡淡的口红。

收拾好一切，她走到宿舍全身镜那边照了照，蓦地想起多年以前，季言初玩笑里的那个理想型。

顾远不禁莞尔，自我鼓励地想：其实自己离那个目标也不算太远的吧？

换好鞋，她带着把伞出门。

刚到楼下，一声闷雷炸响，豆大的雨滴便砸在伞面上。

一旦起势，风雨便来得格外凶猛，才从宿舍走到校门口，已然演变成狂风暴雨了。

顾挽撑着伞，孤零零地站在校门口等。柏油马路上的积水已经能漫过人的脚背，雨滴疯狂错乱地从空中掉下来，像炒豆子似的在地面砸出千千万万朵小水花。

她的伞是红色的，哪怕是隔着朦胧的雨幕，也很显眼。

季言初的车子还在很远的地方，就瞧见了等在风雨中的那团火红。

虽然看不清伞下的人，但强烈的直觉让他笃定那就是顾挽。

万分急迫的心情，让他觉得开着车子都是慢的。来不及扫码，季言初将钱包里所有的现金都掏出来给了司机，手忙脚乱地下车，然后不管不顾，大步朝顾挽的方向飞奔了过去。

大雨倾盆，不过眨眼的工夫，他就已经浑身湿透。

在离顾挽只有十来步远的地方，他忽然又停下了脚步，站在雨幕里，直直盯着她。

雨水从季言初的头发滴到脸上，压塌了发型，精致熨帖的白衬衫也被打湿了，紧紧贴着身躯，平时擦得锃亮的皮鞋，此刻也全然不顾地泡在了浑黄的泥水里。

顾挽默然不语地抿了下唇，不得不承认，这个人，即便是落魄狼狈到尘埃里，那双眼睛也依旧藏着火和电，只需一个眼神就能将她燃烧殆尽。

实力悬殊，命中注定，她无论如何都逃不掉。

并且，也不想逃了！

过了好半晌，季言初才艰涩困难地叫了她一声，欲言又止地说道："顾挽，我……我有话想问你。"

顾挽挣扎不过半秒，随后便毫不犹豫地走到他面前，将他一起遮在雨伞之下。

"好。"

季言初紧张地舔了下唇，长长地吐了口气，随后莫名笑了下，才问道："你对我……是那种吗？"

顾挽心口突突直跳，心虚地别开视线，面上强作镇定，明知故问："哪种？"

风雨倾斜着扫过伞下，将她鬓边的发丝和睫毛沾了一层水雾，看上去湿漉漉的，无辜又无端诱惑。

季言初咽了咽口水，换了种问法："你来暨安上学，到底是为了哪个哥哥？说实话，别骗我！"

顾挽下意识又看向他，对上他灼热欲燃的眸子，脸上的波澜不兴终于维持不下去了，脸颊渐渐攀爬上绯红。

"反正……"她低下头，嘟嘴，小声嘟囔了句，"反正不是为了顾远！"

"那是为了谁？你说清楚一点。"

对面的人不依不饶，出奇地较真执着。

顾挽什么话也没说，季言初话音刚落便抬起头，眼神坚定无惧地盯着她。

她这次没有躲闪，没有回避，只是紧抿着唇，就那么肆无忌惮地与他直面对视。

这样的眼神，已然表明了一切。

季言初也默然无言地回望着她，交织的视线，从开始的孤勇倔强慢慢褪去伪装，蕴藏的温柔深情终于浮出水面。

两人之间，除了风声雨声，还有渐渐灼热的呼吸声，再没有其他任何声音。

数十秒后，季言初突然“扑哧”一声笑了出来。

“你个小白眼儿狼。”

他低头，宠溺地骂了句，而后上前，双手捧住顾挽的脸，随即偏头覆了上来。

他报复性地在顾挽唇上亲了一口，恶狠狠地埋怨：“差点折腾死哥哥了！”

顾挽错愕震惊地眨眼，由着他又亲又咬，只剩满头的问号。

他这什么意思啊？

风声雨声，伴随着绵密的接吻声充斥耳畔。

顾挽只觉得自己的心跳都在鼓动着耳膜，一下一下，发出巨大的声响。

季言初的攻势强势又霸道，和他平时温润谦和的做派一点也不一样。顾挽艰难地撑着伞，被迫承受，渐渐有点招架不住。

一阵风过，摇摇欲坠的小红伞终于被吹走了。

没了碍事的雨伞，顾挽反倒瞬间轻松了不少。

左右两人已经湿透，于是她也不管不顾，伸手搂上季言初的脖子，渐渐有了反守为攻的勇气。

很久以后，风雨渐息。

顾挽从浴室洗完澡出来，穿着酒店特有的那种白色臃肿的浴袍，脸色红扑扑的。

她瞟了眼站在窗户前的男人，别扭地说道：“该你洗了。”

“嗯？”

季言初转过身，猛地瞥见顾挽脸红得不成样子，不由得失笑，觉得小姑娘这反射弧未免太长了些，现在才想起来脸红。

他指了下旁边矮几上刚泡的姜茶：“刚淋了雨怕你感冒，我就跟前台要了袋姜茶，赶紧喝了。”

“哦。”

顾挽乖乖应了声，却没动，不由自主地瞥了眼就在季言初手边的杯子，有点不敢过去拿。

想想也是奇怪，明明跟他什么事情都做过了，害羞的情绪好像现在才反应过来。

看他一眼，离他近一点，她都紧张得有点喘不过气。

“这么磨蹭，我是不是应该过去喂你？”

见她动作慢吞吞的，季言初眼尾向下压了压，眼神清透明亮，仿佛洞察了一切。他心情确实很好，眉梢一挑，那对小括号就很明显地挂上了嘴角。

季言初端起杯子走过来，然后塞进顾挽手里，笑着说："不烫的，我都给你吹凉了。"

他一如旧时，笑起来的时候，眼里仿佛星辰闪耀。

顾挽的眼神是愣怔到不知掩饰的沉迷，季言初也陡然顿了下。

到底都是第一次这么倾心喜欢着一个人，哪儿那么容易做到游刃有余。

季言初腼腆地挠了下鼻尖，嘴角的笑意却更浓，指了下浴室："那我去洗澡了。"

趁他洗澡的间隙，顾挽坐在椅子上，边喝姜茶，边捋了下他们俩现在的关系。

因为回宿舍随时怕舍友回来，回他家又有顾远在中间杵着，为了找一个既能换洗又能安静谈话的地点，季言初才带顾挽跑到酒店开了间房。

季言初很快就洗完澡出来了，身上穿的也是和顾挽同款的浴袍，他将腰带随意在胯部系了个结。

男款浴袍比女款的显然要大很多，领口也更敞，衣襟上没有扣子。

他脖颈的线条优美流畅，锁骨是标准的一字型，轮廓深刻，看上去清瘦，但顾挽知道，他身材明明很好。

她手指下意识微动，似乎朦胧的记忆也开始一点点觉醒。

她想起那个荒唐的夜晚，最后他伏在耳边的那声呼吸低喃……

"你在想什么呢？"

季言初擦着头发走过来，见顾挽又是那副呆呆的样子，心念一动，弯腰低头，在她唇瓣上轻碰了下。

动作很快，一触即离。

等顾挽反应过来，季言初阴谋得逞地挑了下眉，笑着去拿吹风机。

顾挽抿了下他刚才亲过的地方，羞耻地发现，兴许是之前他太过肆意凌厉，此刻双唇竟有些轻微的肿胀刺痛。

不知不觉，才消下去的滚烫又重新涌了上来。

"言初哥……"等季言初吹干头发，她也调整好了情绪，轻声叫他，谨慎地措辞问道，"我们现在……算是什么关系呀？"

季言初回头，放下吹风机在她对面坐下，脸上带着浅浅的笑意："那你说呢，我们现在什么关系？"

顾挽嘴硬："我不知道。"

季言初沉默了一瞬，突然骂她："小流氓！"

顾挽不甘地动动唇，想反驳，又赧然地什么也没说。

"看来你是真不打算对我负责啊？"季言初看起来极其失望痛心地摇摇头，

叹息了声，然后才仿若无计可施地说，“那我只能跟你哥哥坦白了，就说夺走我清白之躯的那个人就是他一母同胞的亲妹妹，希望他能大义灭亲，为我主持公道！”

“你还好意思说？”说起这个事，顾挽才想起来要跟季言初算账，“那个事情，你怎么能告诉我哥，你……你都不害臊的吗？”

突然被质问，季言初一脸无辜，仿佛受了天大的委屈：“哦，你可以事后不认账，我还不能为我莫名其妙失去的贞操讨个说法？”

顾挽被堵得语塞，蛮不讲理地轻吼：“那也不能告诉我哥！”

季言初顿了顿，没说话。

就在顾挽反思自己刚才是不是太凶了的时候，却又听到季言初可怜兮兮地抱怨：“我毕竟是第一次经历这种事情，又遇上个没良心的，当时害怕极了，就只能跟好朋友倾诉啊。”

又来了，又来了。

这个人从前就喜欢装可怜，现在还玩这一套。

顾挽被季言初的话臊得脸通红，恼羞成怒地扑过去揪他的脸：“季言初，你这个人脸皮怎么这么厚哇？”

季言初笑呵呵的，任由自己被扯成青蛙嘴，顺势将人搂进怀里，抵着她的额头问道：“你叫我什么？”

从前偷偷叫他名字，偶然被他听到，他也会这么问。

只是那时候，顾挽心里藏了太多胆怯懦弱，像个躲在背后做坏事的小孩子，才试探着伸出脚尖，他回头一个眼神，就被吓得缩回了原地。

但是此刻，季言初含笑的眸子里分明盛满了期待怂恿，顾挽怔然，忽然就有了无限笃定和勇气。

“季，言，初！”

她重新又叫了一遍，坦然无惧，一字一顿，然后便看见男人眼里的万千星河，瞬间都被点亮了。

“啊，我突然想起来了。”季言初笑意盎然地说，“你第一次叫我的名字，好像是在你家附近那个公园的亭子里。是一个傍晚，你跑来给我送蛋糕。”

他靠得更近，鼻尖在顾挽的鼻子上亲昵地蹭着，眼里细碎闪耀的光仿佛快要溢出来。

“是不是那个时候，你就已经喜欢我了？”

顾挽眼神微闪，难为情地后仰了下头，想从他怀里挣脱出来，不想却被季言初搂得更紧。

“我才没有……”

顾挽边挣扎边否认，但双颊迅速蹿上来的绯色早将她出卖了个彻底。

季言初直直凝视着她，故意不依不饶追着她的眼神，仿佛她不承认就不肯罢休似的。

“哎呀……你好烦！”

顾挽恼怒地推他，推不开，最后羞到无地自容，干脆一不做二不休，直接报复性地一口堵住他的唇。

陡然被堵住嘴，男人双眼微睁，蒙了一瞬，下一秒，眼尾渐渐弯了起来。

他含混不清地骂了句，眼中的光变得越来越炽热。

在顾挽又有下步举动的时候，季言初忽然不放心地问道：“你今天没喝酒吧？”

他喉结滚了下，忍住冲动，再次确认：“这次你要再说断片儿，我可不饶你了！”

顾挽的脑袋直往季言初怀里拱，羞怯地保证：“你放心好了，这次我会负责的！”

顾远驱车到达暨安美院校门口，是在傍晚时分。

正赶上饭点，学校像没关好栅栏的马棚，乌泱泱的千军万马从校门口拥了出来。

顾远有个新剧在播，最近人气攀升得很快。

他瞥了眼外面的架势，心想：以我现在的知名度，此时下车，那还不得分分钟被人踩成肉饼啊？

即便坐在车里，雨后的傍晚光线昏暗，他还是谨慎地摸出墨镜戴上，并且庆幸自己租了辆足够低调的车，远远地停在校外最不起眼的一个角落，躲在车上不敢下来。

他给顾挽拨了个电话，没响几声，竟然又被对方给挂了。

之前发的十几条微信也不回，他不知道这小妮子今天在搞什么鬼。

偏偏季言初也赶着一起出状况，上午神神道道地跑出去，一直到下午也不见人回来，害顾远担心得连中午的外卖都没吃上几口。

顾远实在也没别的办法，尝试着再给顾挽发微信语音：“小崽子，你作什么妖呢，老不接我电话？”

“你表哥自上午出去到现在还没回来，你不接电话也不回微信的，都这么大人了，你俩做事能不能成熟稳重起来，别让我这么操心啊？”

“我在你学校门口，赶紧给我出来！”

顾挽听完语音，从被子里伸个脑袋出来问正穿衣服的男人：“我们现在怎么办？”

男人扣好衬衫领口最上面的一颗扣子，回头说道：“你让他在上次我们一起吃饭的那家餐厅等着。”

顾挽眨眨眼：“你要干吗？”

季言初帮她把烘干熨好的衣服拿过来，趁靠近的间隙，又捏着她的下巴在她唇上咬了一口，又痞又坏地笑：“跟我远哥炫耀一下女朋友。”

顾挽脸热，随即又有点担忧：“你说我哥会不会生气？”

“嗯？”季言初整理衣袖的动作一顿，“那我倒要问问他对我哪里不满意了，还生气？”

顾挽觉得这人越发不要脸了，瞪了他一眼，恼道：“我跟你说认真的。”

见小姑娘真的有些忐忑，季言初揉了揉她的头顶，恢复了一丝正经，说道：“放心吧，不会的。”

顾挽看向他：“你就知道？”

“因为我能做到一辈子对你好啊，顾远他相信我！”季言初信心满满地说。

在顾挽眼神愣怔的那一秒，他又低头，像只黏人的猫一样，在她脖颈间慵懒地蹭了蹭。

“如果你哥还是不答应，那我就求他。”顿了顿，季言初最后附在她耳边，豁出去地保证，“跪下来求都可以！”

收到顾挽的回信，顾远当即开车去了上次那家餐厅，订的还是上次那间包厢。

他只叫了壶碧螺春，也没心思点菜，喝完两轮汤，那两位才姗姗来迟。

顾挽一进来，见顾远靠在椅子上，一副等得不耐烦的样子，腿抖得跟癫痫发作了似的。

艺人最起码的形象包袱简直被他踩在脚下摩擦。

不过听到动静，顾远倒是立马就抬头看了过来，见顾挽和季言初一前一后进来，他满头问号，连珠炮似的问：“你们怎么遇到的？”

他又质问顾挽：“你怎么一直不接我电话，微信也不回，想造反？”

然后视线一转，他又来骂季言初：“你小子怎么回事？这一天都跑哪儿去了，是不是又找那个女人去了？”

季言初再一次郑重申明道：“我说了，以后不许叫她渣女，再叫信不信我揍你？”

“哟呵？”顾远被这话气得从椅子上跳了起来，“这么多年兄弟，你为了个女人居然要揍我？”

“我说什么来着，我说什么来着？”他一副痛心疾首、恨铁不成钢的表情点着季言初，跟顾挽抱怨，“看看你表哥，被个女人骗得五迷三道的，见色忘友，连我这个兄弟都不想要了！”

“你还是人吗？”他失望至极地控诉。

这句话仿佛骂到了季言初心里。

说到底，这件事季言初确实做得有失分寸，面对顾远总有种“我让你帮我照顾妹妹，你却把她照顾成了女朋友”的卑鄙。

季言初忽然无言，略微感到窘迫地挠了下鼻尖。

场面突然安静下来。

顾挽默了默，终于忍不住开口：“我觉得季言初没错，不管对方是怎样一个人，哥哥你都不能‘渣女渣女’地叫，显得自己很没有涵养。你是个公众人物，要时刻注意自己的言行举止。”

顾远不可置信地偏头看她，差一点又要跳起来：“你还帮着他说话？”

他手一挥，扯着嗓子吼道：“我还不是为了他好啊？你知不知道他被一个渣……”

“她不是渣女！”顾挽及时打断顾远，又扬声补充，“她没有不想负责，没有脚踏两只船，更没有喜欢过别人，从始至终她喜欢的人只有季言初一个！”

她一口气说完，胸口剧烈起伏着，既委屈又愤慨地瞪着顾远。

顾远茫然地眨眨眼，被顾挽瞪得莫名其妙：“你这么激动地冲我嚷什么？你到底哪头的，竟然帮那女人说话？”

他兀自反应了一秒，突然似有所悟：“你是不是认识那女人？”

顾挽一时也没了声音。

这不就等于默认吗？

顾远仿佛一下子全明白过来了：“我说怎么一跟你说季言初的事你就反应这么奇怪，让你帮忙出口气跑得被狗撵了似的，合着你和那女人认识是吧？”

说着说着，他感觉思路越来越清晰了，想到季言初出现在顾挽学校附近，又是和她一起进来的，他猜测的目标更加明确了。

“那女人也是暨安美院的学生？”

这次顾远不问顾挽，而是回头看着季言初。

季言初不着痕迹地扫了一眼身边的姑娘，轻微咳了咳，点头“嗯”了一声。

顾远跟审犯人般地问道：“她是不是和顾挽一个系的？”

季言初睨了他一眼，主动抛出点线索：“你再把范围缩小了猜。”

“缩小？”顾远狐疑地瞅着他，“同一个班？”

“再缩。”

“同一个宿舍？”

“再缩。”

顾远显露出一丝不耐烦：“她们不是单人单铺吗，还能是同一张床？”

季言初继续淡淡地说：“再缩。”

“缩缩缩，缩什么！”顾远终于暴躁了，“再缩我就只能猜和顾挽是同一个人了！”

季言初如释重负地舒了一口气，不再多言，只定定地看着顾远。

顾远被这眼神盯得心里发毛，反应迟钝地问：“老季，你这什么意思？我我……我不是很懂。”

“兄弟，你看……”季言初用手在他俩之间比画了下，显得有点没皮没脸地问，“你介不介意咱俩亲上加亲呢？”

顾远终于明白了季言初的意思，陡然想起来刚才顾挽好像是叫他“季言初”来着，而不是一直以来的“言初哥”。

顾远再次想到早上顾挽的反应，还有季言初失踪和顾挽不接电话，再到两个人现在一起出现。

整条线串起来，就比刚才要顺畅多了。

“顾挽？”顾远还是有点不敢相信，搭着顾挽的肩，三观摇摇欲坠地问，“欺负……你表哥的人……是你？”

顾挽强撑着一脸平静，抿着唇不回答。可她到底是个女孩子，耳朵肉眼可见地红了。

“嘿，注意言辞！”季言初及时过来，把满面通红的小姑娘直接按进了自己怀里，然后捂住她的耳朵，转头自己也没个正行地对顾远说，“我是主动献身的。”

顾远一脸震惊，一时有些无所适从地看着这两个抱在一起的人。

“我现在该怎么办？”他反倒过来问季言初，“我是该高兴呢，还是该愤怒地把你暴揍一顿？”

“随你。”季言初一副任顾远处置的样子，“只要你能同意我和顾挽在一起，你今天就是打死我，我也认。”

顾挽被这话吓到了，立刻从季言初怀里钻出来，极其护短地拦在他前面，威胁顾远：“顾远，你要敢碰他一下，我就敢让你肋骨再断一次。”

她不维护还好，这么明显的偏袒，顾远立刻就吃醋了：“哎哟，他是什么宝贝疙瘩，还碰不得？”

他趁顾挽没留意，伸手在季言初肩膀上拍了一下，挑衅道：“我还就碰了，怎么着吧？”

“你幼不幼稚？”顾挽气得在顾远小腿上踢了一脚。

顾远吃痛地“嘶”了声，越发替自己抱不平：“我怎么幼稚了？哦，你俩背着我搞这么多小动作，我连不满的情绪都不能表达一下？”

左右不是顾挽的对手，他索性把矛头对准季言初，指着季言初骂道：“季言初，你看看你这干的叫什么事儿？”

“远哥说得是。”季言初这个时候倒是会来事儿，做小伏低的姿态摆得够真诚，给顾远重新续了杯茶，毕恭毕敬地端到他手上，“远哥，喝茶。”

季言初转身又把他刚才坐过的椅子拉开了些，稍抬下巴，脸上始终是掩饰不住的笑意：“来，远哥，坐着骂，站着累得慌。”

顾远一拳头仿佛砸在棉花上。

季言初这副嬉皮笑脸的样子他看着就来气，但偏偏这人顺毛的手段高明得很，态度恭恭敬敬的，一口一个“远哥”叫得他又不好意思真发火。

伸手不打笑脸人……哦不，笑面虎，估计就是这种感觉。

顾远坐下，喝了口茶。既然季言初把姿态放低了，那他也不跟这人客气，瞬间摆起哥哥的架子，拿手点着季言初数落：“你说说你，咱俩一周最少得通一次电话吧？结果你喜欢顾挽这事儿，从头到尾，愣是半点都不跟我透露，直到东窗事发兜不住了，你才拐弯抹角地来跟我说，你说我气不气？”

这个时候，无论顾远说什么，季言初都只得顺坡下，好脾气地点头，给他再添了点茶水。

季言初愿意惯着顾远，顾挽可不愿意，立刻出言反驳：“都是成年人了，凭什么这种事还要跟你说，你自己和别人发生关系也没提前跟我们报备啊？”

后面，她压低了嗓音小声嘟囔：“不也是事后觉得自己被人抛弃了才来跟我们哭。”

“噗——”顾远一口茶直接喷了出来，才得意扬扬立起来的威信瞬间塌了个稀碎，气得手舞足蹈。

“谁说她抛弃我了？”

为了扳回立场，他开始闭眼瞎吹：“实话告诉你，许渺现在喜欢我喜欢得不得了，拿我当心肝儿宝贝似的疼，我只是低调，懒得跟你们炫耀罢了。”

“哦！”顾挽撇撇嘴，一百个不相信。

顾远气得磨牙，又没办法真的跟她证明什么，只能转移话题：“你别故意把你们的事和我的事混为一谈，这两件事性质压根儿就不一样。”

“怎么不一样？”顾挽反问。

“你是我妹妹。”顾远指指她，又指指季言初，“他是我兄弟。”

他最后又指着自己的鼻子：“你们俩背着我好了，谁都没通知我一声，我感觉自己被孤立了。被兄弟和亲妹妹同时背叛的心情，你们俩能懂吗？”

季言初自知理亏，没说话，顾挽也沉默了几秒。

几秒之后，她到底还是不服气地吐槽了句：“矫情！”

不过声音温软不少。

顾远也开始自我消化，尝试着接受兄弟变妹夫的事实。

等最初的愤怒发泄完了之后，他理性一分析，觉得这样其实也没什么不好。

毕竟季言初的人品比他自己的还可靠，他是完全信得过的。

小姑娘长大了，总有恋爱嫁人的一天，与其把她交给其他不了解、不知底细的人，那当然不如知根知底的好。

况且，就凭季言初这长相、能力、学历等，那都是一等一的优秀，被自己妹妹给收了，也算是肥水不流外人田吧?

这么一想，顾远甚至又有一种白捡了个便宜的得意。但这种得意，他现在还不能表现在脸上。

他瞥了一眼旁边还站得跟个小丫鬟似的季言初，依旧没好气地嚷嚷：“你还杵那儿跟个门神似的干吗，不吃饭了？”

他怨气满满地抱怨：“中午担心你们我饭都没吃几口，快饿死了。”

“我今晚得吃点好的！”他晃着菜单，冲季言初叫嚣，“你请客啊。”

这意思已经很明显了。

季言初恍然了一秒，嘴角缓缓抿出一个弧度：“行。”

他在顾远旁边坐下来，顾远点完菜，一偏头，不期然瞥到他的脖子。

刚才季言初一直站在暗处，扣子又扣得比较保守，一时很难发现，现在他坐到了灯光下，衣领也因为动作向下褪了点。

于是，隐在领口里的秘密，怎么也遮不住了。

注意到顾远的眼神，季言初下意识低头，随即干咳了声，伸手拉了拉领子。

“喊。”顾远鄙夷不屑，但嫉妒的神色已然明显。

“伤风败俗！”他撇撇嘴，冷哼了句。

临近暑假，接下来的考试季顾挽会特别忙，她今晚就不跟去季言初那里了，省得明天她再回来，来回折腾也累。

晚饭过后，季言初送她回学校，大明星依旧怕自己被踩死，躲在车上不肯下来。

当然，顾挽也巴不得这个“大灯泡”别跟过来。

从校门口到女生宿舍楼下，正常步行速度不超十分钟的路程，他们用了二十多分钟。

顾挽还是不满意，觉得自己走得太快了。

时间不算晚，此时宿舍楼门口聚了好几对情侣，大多正交头接耳地说着悄悄话。

隐在昏暗的地方，甚至有几对从相拥的姿势轮廓来看，很明显是在接吻。

顾挽不着痕迹地朝那边瞟了一眼，随即脸一热，垂下了视线，回头跟季言初说：“我要回去了。”

“嗯。”

季言初点点头，捏了捏她的指尖，却没半点要放开的意思。

顾挽也很有耐心地等着，想起兵荒马乱的这一天，依旧有种不真实的虚幻感。

明明早上还在想他们是不是真不可能了，然而此刻，竟能和季言初十指紧扣地一起走在校园里。

“像在做梦一样。”顾挽不自觉地感慨出声。

闻言，季言初略挑了下眉，笑着调侃：“你经常做这种梦吗？”

顾挽恍然愣了下，随即甩开他的手：“才没有！”

男人被逗得笑出声，低低沉沉的嗓音很好听。

顾挽只觉耳朵更烫了，又赌气地说了遍：“我要回去了！”

这次语气没那么软，还带着点威胁。

“生气啦？”

季言初脸上依旧挂着笑，厚着脸皮又去拉顾挽的手，却被她一把甩开。

他也不觉得难堪，索性将人拉到一旁的花坛边半抱着坐下，笑呵呵地凑过来，主动跟她坦白：“我也做过的。”

这下，顾挽有些意外，抬头看着季言初。

今晚的月色很美，温柔得像水一样。夏季的夜空，繁星铺满苍穹，远处的草丛树林里，零星传来几声早蝉的鸣叫。

季言初的眼睛在夜色里也如月色般明亮。

他嘴角挂着笑，宠溺又温柔地说：“就我发现自己喜欢你的那会儿，梦见过好几次像今晚这样牵着你的手送你回宿舍。

“我梦见咱俩年纪一样，我和你读同一所大学。你不是叫我哥哥，我也不认为你是妹妹，我敢让全世界的人知道我喜欢你，也敢用最放肆热烈的方式追求你，然后……”

说到这里，他突然戛然而止。

顾挽忍不住追问：“然后怎么样？”

“啊。”季言初换了副懒散随意的神色，故作轻松地说，“然后我就醒了。”

“醒了之后呢？”顾挽不依不饶。

季言初看了她一眼，沉默良久，才扯了扯嘴角，说道：“等我醒了发现是梦，就很难过。”

顾挽抿了抿嘴唇，心情很复杂，又欣喜，又酸涩，还有种仿若劫后余生般的庆幸。

她乖顺地将自己的手塞进季言初的掌心，说道：“我们现在在一起了。”

她静静地盯着他们握在一起的手，为了安慰季言初，她开始将自己藏进青春岁月里的秘密一点一点剖开来给他看。

“言初哥，你还记不记得林语姐姐跟你告白的那次，我哭得特别厉害？”

季言初点点头，他记得那次。

顾挽不好意思地笑了笑，说道：“我跟你撒谎，说我肚子疼，其实不是的，我是仗着当时你对我的纵容，有些无理取闹地撒娇，生怕你和别的女生做朋友了。”

季言初诧异地看着她，略微张着嘴，表情有点震惊。

顾挽不去看他，垂下眼，继续轻轻缓缓地说：“我不想叫你哥哥，不是嫌哥哥多了或者你不好，是因为我怕我叫你哥哥，你就真的会一直当我是妹妹，不可能会喜欢上我了。

“后来答应，是你说我叫哥哥算是帮了你的忙，我就在想，既然我帮了你，那以后我让你帮忙做我男朋友，你肯定也就不好意思拒绝了。

“我说要给你介绍对象，也不是真心的。我说要等到十八岁以后，是想着等长大了，看能不能有机会把我自己介绍给你。

“还有……”

“别说了，顾挽。”

季言初心疼得听不下去，一把将人抱进怀里，用尽了全身力气，恨不得就此与她融在一起。

他的人生，从没此刻这么悔恨过。

他想起十三岁的顾挽，木讷又倔强，对谁都冷淡得像个没有感情的小刺猬，却唯独对他，温暖热情得像颗小太阳。

在他孤独的时候给他送蛋糕，告诉他，他是个重要的人。

在他受伤的时候抚慰他，告诉他，她可以为他做任何事。

他的小尾巴，一直那么笨拙，那么坚定，默默跟在他的身后。

为什么自己就从没想过回头看一眼呢？

或许，在某个瞬间，他要是能猝不及防地回头，说不定那些小秘密，他就能早一点知道了。

“傻子！”季言初颤抖着去吻顾挽的唇，懊丧自嫌地喃喃道，“我也是个傻子。”

“怎么办？”他抵着顾挽的额头，仿若私语般轻声问她，“欠你这么多债，我该怎么还呢？”

思考了半秒，他似乎很快就找到了解决办法，转悲为喜地勾起唇。

小括号逐渐扬起的瞬间，他又慢慢靠近过来。

顾挽感觉到自己的耳垂被季言初轻轻咬了一下，然后便听到他征求性地问道：“顾挽，我把一辈子都赔给你，好不好？”

大明星在等待的时间里给自己订了张晚上的机票，让季言初直接送他去机场。

路上，季言初开着车，轻抿的嘴角一直高高扬着，怎么也压不下去。

副驾的人时不时瞥他一眼，终于忍无可忍，酸溜溜地泼冷水：“就谈个恋爱而已，又不是结婚，你至于乐得跟个傻子一样吗？”

季言初侧头看过来，发现顾远今晚一直对他冷嘲热讽的，并且从知道他和顾挽在一起了之后，说话做事就带着股莫名其妙的得意和高傲。

不愧是演员，角色进入得够快，大舅哥的架子摆得自觉又顺畅。

行吧，看在这点的份上，他暂时不跟顾远计较了。

季言初又抿了下唇，笑意从嘴角蔓延到眼睛里。今天的心情简直好到爆炸，好像不管顾远怎么嘲讽打击，他都能好脾气地不予计较。

不仅如此，他还恬不知耻地交代顾远：“你回头帮我试探着问一下叔叔和阿姨，看他们能不能接受顾挽现在就谈恋爱。”

顾远划手机的动作一顿，惊叹这人的脸皮之厚：“让我帮你问，你还要不要脸？”

“你听我给你分析啊。”季言初不疾不徐地转动方向盘，在路口拐了个弯，然后说道，“我是想，如果叔叔阿姨现在就能接受的话，那今年年底，我就准备跟着顾挽一起回迎江陪二老过年了。”

不等顾远骂他臭不要脸，他招招手，示意顾远别着急，又说道：“你看啊，你因为工作，这几年几乎很少陪爸妈过年吧？我早点被叔叔阿姨接受，二老也就等于多了个儿子孝顺。

“你放心，我会连带着你那一份儿加倍地孝敬叔叔阿姨。这样二老高兴，你也可以心无旁骛地在外拍戏，你说是不是？”

这套说辞倒是挺打动人心的，顾远盯着季言初，不甘地动动唇，倒也没说出什么反驳的话来。

“那要是我爸妈现在还不能接受呢？”顿了会儿，顾远没好气地反问。

季言初拍了下他的肩，笑意盎然地看着他：“所以啊，我为什么让你去试探呢？”

顾远迟钝地眨眨眼，没悟出来。

季言初只好直接点破：“因为如果他们不接受，就要靠大舅哥你来帮我游说了啊。”

说着，他又开始给顾远灌迷魂汤：“毕竟你是顾家长子嘛，你的话在这个家里还是足够有分量的，对吧？”

顾远果然被捧得飘飘然：“那当然！”

季言初迫不及待地说：“那我就当你答应了？”

“你等等！”

顾远也没那么好糊弄，意识到不对劲儿，暂时放下了手机，然后双手抱肩地打量季言初，也学他平时那种高深莫测的眼神盯着人看。

直把人看得心里发慌，顾远才冷笑道：“季言初，你可以啊，你个老奸巨猾的人，才确定关系就想着见家长？”

他又开始拿手点季言初：“你想得可真够美的！”

行迹败露，季言初摸摸鼻子，只尴尬了一秒，又觍着脸问：“不行吗？”

“当然不行。”顾远睨他一眼，也终于逮到个机会调侃他，“万一你俩没谈几天就分手了呢？”

季言初也是个老油条，立刻摇头：“我如果分手，那铁定是我家小姑娘不要我了。”

“你还不知道我吗？”他指指自己，恬不知耻地自夸，“人生活到现在也就谈过这么一次恋爱，纯情的男人也都很专情的，你放一百个心吧！”

“呕——”顾远听不下去，捂着胸口做出干呕的动作，回头大骂，“季言初你谈个恋爱怎么变这么恶心？”

“你这叫什么话？”季言初终于忍不住不满地抱怨，“你当初说只要一想到余生没有许渺，就觉得寂寞如雪。我那时候听了也直反胃，可也没当着你的面吐出来啊。”

顾远只觉脸皮有些刺挠，不太愿意承认自己说过那种恶心的话，含混地推诿：“我那是酒后胡言乱语，和你可比不了。”

不等季言初发言，他胡乱地一挥手，颇有点恼羞成怒地说：“哎呀，反正不管怎么说，我是不会帮你去游说我爸妈的，你想都不要想！”

“真不帮？”

季言初斜眼睨过来，仿佛是最后的警告。

可顾远毫无察觉，还在愤愤不平地计较季言初揭他这么羞耻的老底。他态度坚决，不容商量地摇头：“绝不可能！”

“行，那下车吧。”季言初一边停车，一边点头，“毕竟你也没有义务替我做这些，我能理解的。”

然而这个男人嘴上说着理解，回头又笑眯眯地对一脸错愕的顾远说道：“哦，对了。我在物业给你留的那把钥匙，我准备收回来了。”

顾远愣住了。

季言初笑笑，一脸自豪地解释：“我现在可是有女朋友的人，你一个男人总突然出现在我家，会有诸多不便。”

“如果我这个做法让你有什么不舒服的地方。”他顿了顿，脸上的笑意终于转冷，勾唇甩了句，“那你就自己克服一下吧。”

说完，季言初准备踩下油门。

顾远进个学校都怕被围观踩死，这可是机场，开玩笑。

于是，在季言初启动车子的前一秒，他很干脆地扒在车窗边求饶：“言哥言哥，别这样嘛，万事好商量。”

季言初停车，还挺诧异：“啊，能商量吗？”

“能能能……”顾远头点得像鸡啄米。

季言初指尖在方向盘上悠闲地敲着：“你这意思是肯帮我游说了？”

“瞧你这话说得。”顾远笑得极尽谄媚，“兄弟你的事不就是我的事嘛，我怎么可能不帮？”

“那你下次放假回去就说？”

“没问题！”

“只许成功不许失败？”

“那必须的！”

季言初得寸进尺：“还得每天在二老面前不停地夸我。”

顾远忍了忍，回道：“行！”

尝到甜头，季言初的脸皮厚得越发没了底线：“今年我想去你家过年！”

顾远咬牙，一拍大腿，豁出去了一般：“别说过年了，我把顾家长子的位子让给你都行。开心了吗，言哥？”

顾挽的考试差不多延续了一个星期才结束，七月中旬，学校正式开始放暑假。

各大高校放假时间差不多，这段时间大学城比平时更加热闹。

有拖着大包小包准备回家的，也有许许多多准备假期就留在这里兼职打工，忙着找工作的。

顾挽宿舍里除了本地的林霄，其他两个都是直接回家，反正这才大学生涯里的第一个暑假，她们都还恋家得很，也没必要现在就开始兼职积累社会经验。

顾挽本来也是打算回迎江的，但临到放假前两天，到底还是舍不得和季言初分开将近两个月。于是，晚上跟陶嘉惠视频的时候，她尝试着提了下暑假不回家，想在这边打工兼职的想法。

才一提出来，就被陶嘉惠无情地拒绝了。

顾挽舔了下唇，继续软磨硬泡：“您看您和爸爸工作那么忙，一个月也回不来一次，整个暑假我就一个人在家，多无聊啊，还不如兼职有意思。”

陶嘉惠还是反对：“没意思也至少在家里，你一个女孩子在外面，离我们那么远，万一出去工作遇到麻烦怎么办？遇到坏人怎么办？

“咱家又不是什么困难的家庭，需要你这个年纪就出去打工兼职吗？你还是个学生，不知道社会险恶，小姑娘在外面很容易被人欺负的，你说我怎么放心？”

“这个您不用担心的。”为了留下来，顾挽不惜先斩后奏，“我已经找到一家画室兼职的工作，就在季言初他们律所的对面，上下班跟他的车，不会有什么危险的。”

“就你哥哥那个同学吗？”陶嘉惠听了这话，语气终于有所松动，但很快又改口，“人家上班还得带着你这么个拖油瓶，太麻烦人家了吧？要不你还是回来算了，别折腾了。”

好不容易快要说服陶嘉惠了，顾挽怎么可能算了：“哎呀，也就顺便的事儿，季言初自己都说不麻烦，况且画室那边我也跟人说好了，明后天就可以去报到上班。”

为了彻底打消陶嘉惠的顾虑，顾挽又说道：“房子季言初也帮我租好了，离他们家很近。我这边要是有什么事，他也能随时过来帮忙，您真的不用担心。”

听顾挽都这么说了，陶嘉惠犹豫半晌，才终于肯点头：“那行吧。”

下一秒，她又不放心地交代道：“那你可得听话懂事一点，别给这个哥哥惹麻烦。”

顾挽高兴得差点跳起来，忍住激动的情绪，波澜不惊中还故意带着一点不耐烦：“好啦，我知道了。”

“还有啊……”陶嘉惠没有就此作罢，忽然发现顾挽刚才是直呼人家姓名的，又教训她，“你怎么老季言初季言初地叫，一点礼貌都没有。你在他面前可不能这样啊，要叫哥哥，听到没？”

顾挽心想：才不要叫哥哥。

不过她表面上还是老老实实，乖乖地说道：“我只是背后这么说，当着他的面一直都是叫哥哥的。”

之后陶嘉惠又絮絮叨叨叮嘱了她许多事，东拉西扯了会儿才把视频挂了。

讲完视频，顾挽迫不及待地给季言初发微信：【季言初，我暑假可能回不去了。】

她这句话说得有点歧义，季言初刚洗完澡出来，看到这条微信还以为顾挽遇到什么麻烦了，立刻拨了电话过来，问道：“怎么回事？”

顾挽有点不好意思回答，才不愿意说是因为舍不得他，要是这么说了，还不知道他会得意成什么样子。

这个人自从和她确定了恋爱关系后，脸皮越来越厚，成天嘴里没个正经。顾挽算是明白了，合着以前的温文尔雅全都是装出来的。

顾挽盘腿坐到床上，扯过一旁的毛绒娃娃抱在怀里揉，又用上刚才一样的托词：“我爸妈研究院的工作太忙，我回去基本也是一个人在家待着，太无聊了，所以我想暑假就在这边找个兼职做做。”

她说得足够一本正经，但是对面那人听了，还是瞬间就笑出了声，意味深长地“哦”了一声，拖着长长的尾音，听着就欠揍。

顾挽脸一红，转瞬改口：“算了，我还是去找我哥吧。”

“那不行。”季言初闻言，立刻反对，“去找顾远不太合适吧？”

顾挽刚想问这有什么不合适的，下一秒，就听到他在那边浅浅地坏笑：“毕竟，你现在也不归他管。”

顾挽被撩得耳根一软，脸颊瞬间就爬上了温度。她把怀里的娃娃粗暴地揉到变形，也不知道是生气还是高兴。

即便看不见顾挽，季言初似乎也能想象得到她此刻面红耳赤的模样，笑了笑，不再逗她了，恢复一丝认真地问：“你们哪天放假，到时候我去接你。”

“后天正式放假，不过考完试就已经停课了。”

顾挽打量了眼床头堆放的娃娃和书，起身把那些都放进对面的衣柜里，然后问季言初：“你明天下午有空吗，我上午把床单洗好，下午就可以过去了。”

季言初“啊”了声：“我明天下午要出庭，可能过不去。”

他沉吟片刻，又说道：“要不你把床单拿到这边来洗吧，我上午去接你，行吗？”

既然下午出庭，上午肯定有很多准备工作要做，顾挽不想季言初这么赶，怕耽误他，忙说道：“没关系，我后天过去也行，后天正好周六……”

话未说完，季言初又突然出声：“那现在吧？”

“啊？”

顾挽一时没听懂，季言初重复：“我现在去接你，你把东西收一收，我很快就到。”

季言初似乎立刻就行动了，顾挽听到他拿钥匙的声音，瞠目结舌：“现在都快十点了，太晚了吧？”

她都洗完澡准备睡觉了。

季言初动作迅速，已经进了电梯。他没有顾挽那么别扭，心里想什么就说什么：“你不说过来还好，你一说，我就恨不得立刻飞过去找你。”

顾挽又开始脸红，声音也不自觉放软放轻：“可是现在真的很晚，你这样来回跑今晚得多晚才睡，会不会耽误明天的工作？”

季言初出了电梯，走到自己车子跟前按了开锁。挂断电话前一刻，他听到她这么说，不由得笑着抱怨：“睡很晚总比整晚睡不着要好吧，某只小猫总在别人心口乱挠，自己又躲得远远的，让人怎么睡？”

他这说的什么鬼话？

顾挽怀疑这人又在说荤段子，却苦于拿不出证据，只好咆哮一句：“听不懂你在说什么！”然后又羞又恼地把电话挂了。

夜晚路况良好，从市里到大学城一路畅通，没堵车。接到人，回到上城花园已经十一点五十分。

夏天的衣服占地儿少，重量轻，顾挽只拿了一个行李箱，也没多重。季言初之前开玩笑，说要给她备一套生活用品在这里，后来还真给她买齐全了，所以其他的东西她也不用带。

顾挽把箱子推到房间，把衣服用衣架一件件归置好挂进衣柜。

这间主卧，从顾挽去年刚来暨安睡过那一晚之后，基本就等同于她的专属房间了。

挂完衣服，她回头打量了下整个房间，不知不觉屋内的摆设布置与刚来那会儿已然变化了许多。

原来烟灰色的墙面很早以前就刷成了淡粉，老气的红木书架换成了新派的水曲柳书架，床单上有红底白色的小雏菊，蓝底窗帘上印着黄色太阳花，还有一个少女风格的贵妃榻。

种种改变，季言初不是一蹴而就，而是润物无声般一点一滴地改动。一开始可能只出于关怀体贴，再后来，就隐含了其他的心思。

这次再来，书桌和床头柜上又多了两个相框。书桌上摆的相框里是顾挽的单人照，床头柜上摆的是年初在奶茶店门口，他们为了活动比爱心的那张合照。

而合照旁边，则是顾挽画的那张全家福。

画里的季言初还是十八岁时的模样，爽朗灿烂，朝气蓬勃，和当时的他正好相反。

顾挽慢慢蹲下来，把下巴枕在膝盖上，盯着那个眼里仿佛藏着星星的少年，久久不能回神。

思绪似乎飘到很久以前，她视线扫过笑容被永远定格的那对年轻男女，然后垂下眸，到底有些耿耿于怀。

“如果你们还活着，会不会后悔呢？”

顾挽沉默半秒，忽然又觉得如今人都不在了，再问这些，根本毫无意义。她兀自抿了下唇，想到什么，又一脸释然。

“没关系，不管你们后不后悔，都没关系了。”

她伸手，指尖轻轻抵在画中少年的额间，停顿半秒，然后又缓缓游走，从眉眼流连到鼻峰，经过唇畔，最后停在带钩的嘴角上。

她仿佛自言自语般，缓缓低喃：“余生百味，浮世漫长，从今往后，你再也不是一个人了！我会永远陪着你，倾我所有，把我能给的爱都给你……”

话音刚落，有温热的手掌抚上她的脸颊，她还来不及反应，后背也跟着撞进那人坚实宽厚的胸膛。

顾挽下意识回头，只来得及看清那双通红的眼睛，下一秒，滚烫炙热的吻犹如狂风暴雨般侵袭而来。

他们有过两次经历，季言初在床上也和平时的为人一样，绅士而体贴，哪怕控制不当，动作凌厉了些，也都会温柔地说声对不起。

但此刻，他什么话也不说，呼吸滞重，亲吻也霸道肆虐。

顾挽被季言初搂着腰，扣着后脑勺，除了被迫承受半点动弹不得。

寂静无声的房间，只余彼此交缠的呼吸声。

顾挽被他抱到床上，他的手从她衣服下摆钻了进去。

即便季言初动作算不上温柔，也有些生涩，顾挽却不觉难受，反倒更体谅地凑近他。

因为她的那句话，季言初内心深埋的那块症结被一下揪了出来。

季时青死后，季言初几乎没再想过从前的事，离开迎江的那一晚，看上去就已经释怀放下一切。

可只有他自己最清楚，多少次午夜梦回，最害怕的是什么，最求而不得的又是什么。

季言初的父母从没爱过他，最疼他的姥姥终有一天也会抛下他，原以为到那个时候，这世上就再没爱他的人了。

他像个矛盾又执拗的孩子，很用力地一遍又一遍，不敢相信似的，病态到要用这种极端的方式来确认什么。

直到最后一刻，他附在顾挽耳边，所有的痛苦委屈都随着那声压抑的轻吼一起发泄了出来。

顾挽从没见季言初这样失控过，他一直是个很会掩饰自己情绪的人，看上去永远爽朗温煦，把所有的负面情绪都藏在背光的角落深处。

顾挽紧紧抱着他，眼泪也遏制不住地往下掉。

“言初哥，没事了……”她一下一下地抚着他的脑袋，坚定不移地告诉他，“苦都吃完了，以后剩下的就只有甜甜蜜蜜！”

顾挽体贴，什么都没说，但确实被折腾得不轻，晚上睡得都不怎么安稳。

她迷迷糊糊的，半夜似乎梦见了一片漫无边际的海，徐徐的海风轻轻吹着，她坐在一块海中漂着的大浮冰上，不觉得冷，反倒清凉舒爽得不行。

她惬意地蹬蹬腿，后来才慢慢睡沉……

这一觉好梦，醒来的时候，已经是上午十点多了。

季言初似乎早就出了门，顾挽从枕头下面摸出手机按开，发现他九点多的时候给自己发了几条微信。

【我熬了粥，还蒸了饺子，你醒来记得吃。】

【早上我炒了两个菜放在冰箱里，你中午煮点饭，热一下就可以吃了。不要吃外卖，不健康。】

【那个……】

【药在床头柜上，如果还疼的话，继续抹一点。】

顾挽半眯着眼，读到最后一条，开始还没怎么读懂，等反应了几秒，眼睛才倏然睁大。

什么叫还疼？

继续抹一点？为什么是继续？

顾挽忽然想起昨晚那个清凉舒爽的梦，还有海风、冰块……

难道……

那时候，是他在给自己抹药吗？

顾挽的脸一下红得像被火烧了似的，温度高得仿佛成了笼屉里刚蒸出来的包子。

那个场景，她连想象一下都羞耻得简直没脸见人了。她抓狂地在床上打了几个滚，最后直接拿被子蒙住头。

“啊——季言初，你个不知廉耻的老流氓！”

白天一整天，顾挽一个人待在家里，画画、看剧、刷微博。她是一个已经宅习惯了的人，这样的生活安静而自在，也并不觉得无聊。

她中午煮了米饭，热了下季言初给她炒好的菜，午饭很好对付。

期间她在招聘网站上看了好几家画室在招暑假工，工作内容不外乎就是收拾收拾画室，不忙的时候出去发发招生广告，忙的时候负责带带基础班的学生，很轻松，也毫无难度。

顾挽在几家离季言初律所不远的画室投了简历，暨安美院的学生，自然都是争相抢着要的，不出十分钟，好几家都给出了肯定的答复。

反正她现在能接到一些商插，赚钱的事不用愁，找兼职本来就是个幌子，也不用急，想着等周末如果有空，再让季言初陪她一起去看看。

下午四点多，季言初还没回来。顾挽刚看完一个美食博主的水果布丁制作教程，觉得还挺简单，有点跃跃欲试的冲动。

她去楼下超市买了需要的食材，又在生鲜区转了很久，掂量了一下自己的厨艺，最后只买了鸡蛋和西红柿。

平时季言初做饭的时候她也总在旁边围观，看他的操作，好像也不是很难。

东西买回来，还没开始，顾挽有点飘飘然地幻想，想着待会儿季言初下班，回家一开门，那香飘十里的场景。

还有季律师夸她贤惠能干，惊喜不已的表情……

晚上五点半，季律师准时到家，打开门，忽然闻到一股味儿。

他皱了皱鼻子，犹疑道：“什么东西烧煳了？”

“啊！”

回应他的是顾挽的一声尖叫，声音是从厨房里传出来的。

季言初来不及思考，本能地朝那边冲了过去。

他冲到门口，看到里面的场景愣了半秒，才一把将那个灰头土脸的人捞了出来，然后接过顾挽手里的锅盖，挡着脸部直接冲到灶台边，将锅盖住，又眼疾手快地关了火。

火熄灭，锅里烧焦的鸡蛋不再乱跳，他又接了一碗水，倒进锅里。

冷水下锅，一股黑烟顿时蹿了起来，季言初盯着那股煳味儿很浓的黑烟，忽然笑出了声。

“是厨房装修风格你不喜欢？”他回头看顾挽一脸狼狈的样子，眼里的笑意更浓，“不喜欢跟我说啊，你想怎么改咱就怎么改，这一言不合炸厨房是什么道理？”

顾挽被他调侃得脸红了一片，小声嘟囔：“我怎么知道鸡蛋和油在一起还会炸？”

本来还希望通过今天的晚餐展示一下自己贤惠能干的一面，没想到最后竟是这样狼狈收场。

顾挽瞥了一眼季言初嘴角那始终憋不回去的笑意，越发觉得丢脸，恼羞成怒地掐他：“你能不能别笑了？”

“好好好，我不笑。”季言初象征性地躲了一下，嘴里虽这么说，结果只停了一秒，反而仰头笑得更欢。

顾挽正要生气，猛然看到他脸上那么灿然生动的笑容，轻微抿了下唇，又释然地眉头一松，什么都不想计较了。

反正心血来潮为他做饭的初衷就是想哄他开心，不管过程如何，只要最终目的达到了，其他的就都不重要。

季言初将烧黑的锅重新刷干净，冲顾挽抬了抬下巴：“要不你先去洗澡吧，洗完了正好我饭也做好了。”

他手脚麻利，做事有条不紊，顾挽尾巴似的跟在他后面挪来挪去，也帮不上什么忙，反而有些碍手碍脚。

七月的天气已经很炎热，她在厨房待了一会儿，身上早就出了一层薄汗，黏腻腻的，于是很听话地先去洗澡。

差不多二十来分钟，顾挽洗完澡出来，边擦头发边走到厨房门口，看到季言初正把煮好的面条装碗里。

他上班时大多都是白衬衫黑西裤的精英穿着，此刻系着围裙在厨房忙碌的身影，别有一番韵味。

看到他后背的衬衫被汗沁湿了一片，顾挽蓦然想起一年前，在小翁山脚下他帮她们几个女生换轮胎的情景。

那是她来暨安后第一次见到季言初。

也是他们分别后的第五个年头……

顾挽垂下视线，不知想到什么，心下微动，突然从后面紧紧搂住他的腰，瓮声瓮气地说："季言初，我们以后永远别分开了好不好？"

"嗯？"陡然被人抱住，季言初蒙了一秒，随即回头，"谁说我们会分开？"

怕刚出锅的面汤烫到顾挽，季言初将人往旁边抱了一点，在她水润的唇瓣上亲了一口，笑道："怎么洗个澡出来就一脸委屈，你看你嘴噘得，我还以为你在跟我索吻呢。"

这人说不到三句话就没个正行，不过顾挽才欲泛皱的心情倒也被他就此抚平了。

"你好烦啊，我不理你了。"

顾挽佯装恼怒地瞪了季言初一眼，再推开他，嘴噘得更高，气呼呼地转身去客厅，连面条都不愿意帮他端。

季言初也不在意，满脸堆笑，端着两碗面乐呵呵地跟了出来。

他的厨艺向来一绝，连最普通的西红柿鸡蛋面也能做得色香味俱全，卖相极佳。

顾挽吃了口面条，不免又想起自己刚才的"油炸鸡蛋"，默默惭愧了几秒，难为情地开口："要不周末你教我做饭吧？"

季言初从碗里抬起头，一脸诧然："好好的干吗想学做饭？"

"迟早要学的嘛，以后居家过日子了，我不可能还把什么事情都丢给你啊，总得帮着分担一些？"

她本来就是顺嘴说的，压根儿没多想，但季言初听着听着却笑了，一脸骄傲自豪地拍拍她的头："嗯，真是个勤奋好学的好孩子。这么早就开始学习如何当个贤妻良母了！"

和季言初在一起，顾挽就不愁自己会气色不好，脸上的毛细血管一天要充血个百八十遍，再这么下去，指不定脸上要留下两块消不掉的高原红了。

她抿抿唇，换了种解释："我是觉得我一个在家无所事事的人，还得等你给我做好一日三餐，自己想试试煮个面条吧，还差点把厨房炸了，好像除了学习和画画，其他什么事也干不好，就……有点像废物。"

说到后面，她声音渐渐低了下去，委屈巴巴地坐在那里，像犯了什么错似的。

"谁说你是废物？"季言初好气又好笑，从对面绕过来在她旁边坐下，拿鼻尖去蹭她鼓起来的脸颊，轻声哄道，"你才不是废物，你是我捧在手心里养着的小宠物。"

顾挽的脸又红了，微偏了下头，没什么力度地反驳了句："你才是宠物。"

“嗯。”季言初好像压根儿不知道什么是害臊，极其坦然地承认，“我也是你的宠物，又乖又听话，还特别忠心护主的那种。”

“你这个人真是……”顾挽简直被季言初逗得没脾气了，哭笑不得地去扯他的脸，“这张老脸你是不是真的打算不要了，啊？”

季言初还是笑着点头：“嗯，脸可以不要，我只要你！”

好好好，是在下输了！

男人，请你不要这么骚了行不行？

季言初靠得很近，能清晰地看到小姑娘的脸以肉眼可见的速度红得仿佛要渗血，唇瓣也被咬得娇艳欲滴。

他无意识地咽了下口水，纳闷自己明明才吃饱，怎么无端又生出一股饥饿感？

“总之，以后你不许再说自己是废物这种话了。”

季言初就势在顾挽唇上吻了吻，眼中别样的情绪越来越浓，边亲边赞赏：“你看，你现在就知道心疼我了，已经很有贤妻的样子啦。”

顾挽最后盯着天花板的灯，意识涣散，不知道怎么吃饭吃得好好的，两个人就滚到了沙发上。

她想，一定是因为季言初的那个称呼。

她藏着星星的眼睛悄悄弯成了月亮。

嘿。

她终于从小女人升级成小贤妻了！

暑假的第二个星期，顾挽就把兼职工作确定下来了。

她上班的画室与季言初的律所就隔了一条街，隐在市中心最繁华的写字楼后面，颇有闹中取静的韵味。

画室的楼下，也有一条不长不短的巷子，好在不是迎江那种偏僻寂静的，而是人来人往，豁亮而喧闹。

每当夕阳西下，暖橘色的光斜斜照进巷子，季言初从这里走过，去接顾挽下班的时候，也还是会有种虚实交错的恍惚感。

时间仿佛回到他十八岁的那年，他总靠在背阳的墙边等顾挽下课。

他一抬头，就能看到被阳光照亮的那截楼梯，乖乖巧巧的小姑娘背着画板，从上面慢吞吞地走下来，即便看到他，也永远是一脸不为所动的淡然。

要到多年以后的现在，季言初才明白，那双故作冷淡的眼睛里，当时到底掩藏了多少秘而不宣的情绪。

七月底，良娣奶奶去世的噩耗传来。

老人被病魔折磨了几个月，虽然亲人离世难免伤痛，但至少不用再看着老人生不如死，到最后走了，闻雅一家反倒替她松了一口气。

只是姥姥有点接受不了，得到消息的那天，就已经偷偷抹过几次泪，后来去殡仪馆告别，情绪就更加低落，全程都没怎么说话。

顾挽这天也请了假，陪着季言初和姥姥一起来送别。

虽然因为闻雅的关系，良娣奶奶一直对顾挽没个好脸色，但是顾挽想起第一次见她，老太太说话很急，牙齿还总漏风的样子，依然觉得很可爱。

回来的路上，车上的气氛尤为沉重，顾挽是第一次去殡仪馆送别逝者，情绪一时有点缓不过来。

“姥姥，要不您还是搬回来住吧？”

季言初很担忧姥姥的状态，把她一个人送回敬老院不放心，在车上好说歹说地劝着。

顾挽也从旁帮腔：“是啊，姥姥，您回来住吧，您一个人在敬老院，言初哥就总记挂着，干啥心里都不踏实。”

“我不回去了。”姥姥偏头看着窗外，不知是不是又想起了良娣奶奶，叹了口气，喃喃地说着，“我们那帮老伙计在一起也待不了几天，多待一天就赚一天，你们就别为难我了。”

关于这个问题，季言初和她争论过不止一两次，老人每次都态度很坚决，软磨硬泡都无济于事，偏偏又不能跟她急，她还有高血压。

所以每次最后都是季言初忍气吞声地妥协。

车子开到敬老院，上楼刚进房间，姥姥忽然又说想吃蛋糕，她让季言初去给她买，还叮嘱要买两份。

平时他们给姥姥买蛋糕就习惯性买两份，一份给姥姥，一份给良娣奶奶。

季言初心里有点难受，临走前悄悄交代顾挽，让她陪着老人多说说话。

等他走后，房间里陷入短暂的安静。

姥姥坐在窗前的轮椅上，看到季言初高大的身影从院门口走了出去，她神情有片刻的恍惚，记忆忽而清晰又凌乱。

仿佛上一刻，眼前还是他十几岁的样子，每次来看她，总带着一身的伤，怎么问，都倔强地说是不小心摔的。

一眨眼，单薄清瘦的少年长大了，不再是脆弱可欺的小可怜，不仅变得伟岸强大，甚至身边都有了风雨不弃的那个人，也不再落寞孤独。

姥姥欣慰地叹了口气，转头问顾挽：“挽挽，言言他妈妈……是不是走了很久了？”

没提防姥姥会猛然间问出这样一句，顾挽呆呆地看向她，一时不确定该怎么回答。

顾挽记得姥姥糊涂的时候是不知道温馨去世了的，而且季言初也说过，他并没有在姥姥面前提及过温馨去世的事。

所以顾挽有些为难，恰恰又是良娣奶奶刚走，姥姥正伤心的时候，所以尤其害怕自己有什么言语不当，会刺激到老人。

见顾挽僵在那里半天没说话，姥姥面色柔和下来，指了下旁边的椅子，和蔼地说："你们不用瞒着我，我都知道。今天在殡仪馆看到良娣那张遗照，我想了很久，仿佛以前……也在哪里见过这种照片。"

她停顿片刻，等顾挽搬着椅子坐到了她旁边，才又笑着说："回来的路上，我突然想起来了，我看过的那张，是我女儿温馨的遗照。"

姥姥之前说话很少这么言语明朗，逻辑清晰。顾挽犹疑不定地打量她一眼，谨慎地问道："姥姥，您……想起什么来了吗？"

"嗯。"姥姥慢悠悠地点头，视线不知不觉又朝窗外很远的地方飘，"想起了一些以前的事。这些年，言言应该过得很辛苦吧？"

那些细枝末节虽然记得模糊，但这一点，她却尤为笃定。

顾挽无言，缓缓握住姥姥的手，视线垂得很低，沉默良久后，才若有似无地点了下头。

"嗯，非常辛苦。"她盯着眼前的某处虚空直发愣，向姥姥娓娓说道，"我认识他的时候，温阿姨已经去世了，当时言初哥十八岁，是被……"

说到此处，顾挽下意识瞥了一眼姥姥，才继续道："是被季叔叔从暨安接到迎江去读书。"

果然，提到季时青，姥姥眉头一皱，脸色也变得难看，但也没打断顾挽的话。

"言初哥在迎江也没读多久，季叔叔又因为公司出问题被相关部门稽查，然后跟着……也去世了。"

顾挽话音未落，姥姥诧异地扬声："季时青死了？"

顾挽有点摸不准姥姥现在的心情，迟疑地点了下头："嗯，六年了。"

老人对这个时间跨度很意外，顿在那里好半晌才仿佛从某段回忆里抽回思绪，唏嘘怅然地深深叹了口气。

"冤孽啊，都是冤孽！"她痛心又气愤地摇头，"他们三个倒都走得干干净净，我可怜的言言到底是作了什么孽，要摊上他们这样的父母？"

他们三个？

顾挽耳尖，一下就听出了这话里的怪异之处。

因为季言初非同寻常的身世，她几乎是下意识断定，姥姥话里的那第三个人，应该就是季言初的生父了。

也不知怎么，她想起多年前，知道自己身世后沿街游荡的季言初，以及上一次他因为一句"你不再是一个人"而失控和压抑的呜咽。

季言初那么渴望爱、渴望家庭的一个人，说不在意，那绝对是假的。

或许只是因为没有一个知情人可以让他追问，也或许，即使有那么一个人，问了，势必又要引出另一段尴尬来。

所以他这么多年，才一直克制着自己，不闻不问。

不敢问，不能问，但并不代表他不想。

顾挽探听之前，也在心里考虑衡量了许多，会不会显得自己很多事？这算不算侵犯季言初的隐私？他知道了会不会不高兴？

可最终，这些杂七杂八的想法都被她摒弃在脑后，不管他的身世有多不堪，他依然是他。

他们的爱绝不会因为这个而受到丝毫影响，好的坏的，那是他的，自然也是她的。

于是，在那个余晖铺满窗棂的下午，姥姥将多年前的故事说给了顾挽听。

“其实故事很简单，不过是一场狗血俗套的造化弄人罢了。

“馨馨和季时青是高中同学，说起来，也算是青梅竹马两小无猜，两个人高中那会儿就在一起。为了这事儿，班主任没少请家长。

“但年少时的感情嘛，比较单纯无畏，似乎越有外力阻挠，反倒越情比金坚似的。”

不知想起什么，姥姥不禁失笑，片刻后，又略微拉下了嘴角：“可我从一开始就不看好他们，其实他们两个人的性格很像，都是偏执又疯狂的人，爱则爱得热烈纯粹，可一旦感情出现问题，又都会歇斯底里地不退不让。”

顾挽抿紧唇，忍了忍，却还是问了句：“后来他们感情出问题，是因为温阿姨她……”

“出轨”两个字她说不出口，那毕竟是季言初的妈妈，仿佛这个污点一说出来，那不堪的污渍也会沾染到季言初的身上。

顾挽不忍心。

姥姥耷拉着眼皮，视线垂落在地上，沉默了半分钟才继续说：“他们结婚三年多，却一直怀不上孩子。

“季时青是个自尊心极强、极好面子的人，他不敢去医院检查到底是不是他的问题，不仅自己不去，也不让馨馨去。

“后来……”

说到这里，姥姥似乎有些艰难，顿了顿，却还是继续往下道：“后来有一次，他们高中同学聚会，季时青生意忙，就让馨馨一个人去了。我不知道那晚是怎么促成事情发生的，事后馨馨很后悔，跟我哭了好几次。

“可没过多久，馨馨竟然发现自己怀孕了，她本来完全没想过要这个孩子的，结果偏偏也是巧了，和她有过关系的那个男同学也是个短命鬼，聚会之后还没一个月，竟然出车祸死了。”

顾挽眼皮颤了颤，抬眸看向姥姥，似乎故事接下来的走向，她也能猜到个大概。

“是不是温阿姨觉得，既然那个人死了，就死无对证，她可以放心大胆地生下孩子，可人算不如天算，最后秘密还是被季叔叔知道了？

“于是，季叔叔要离婚，她不肯，他们互相折磨的同时，又把所有的愤怒怨恨化作暴力，施加在从始至终才是最无辜的那个孩子身上，对吗？”

姥姥沉默无言，验证了顾挽的猜测没错。

“凭什么？”顾挽忽然气愤地问。

她也不知道自己此刻是什么心情，说到后面，眼圈有点发热，分不清是因为对温馨和季时青的气愤多，还是对季言初的心疼更多。

她忽然有点后悔听这个故事，也发现自己远没有想象中的那么宽容豁达。

即便事情过去多年，如今早已物是人非，她再来质问、再来愤怒有些无济于事，也没任何意义，但就是忍不住，委屈到想哭。

她忽然很想抱抱季言初。

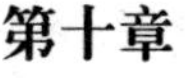

第十章

/

她的五年，他的一辈子

季言初买完蛋糕回来，和顾挽留在院里吃了晚饭。

因为良娣奶奶毕竟是院里住了很多年的老人，突然离世，很多人都很难过。

为了照顾大家的情绪，院里在小礼堂举行了一场夜谈会，还专门请了几位心理专家，疏导解答一些老年人的心理健康问题。

季言初也有点不放心姥姥，便和顾挽推着姥姥去小礼堂开座谈会。

席间听到一半，顾挽的手机突然响了起来，她看了眼，是陶嘉惠发来的视频。

她朝季言初使了个眼色，然后轻手轻脚地出去，找了个僻静一点的凉亭坐下。期间，视频自动挂断一次，但紧接着，那边又迫不及待发了过来。

这次顾挽按了接听，视频接通后，陶嘉惠的脸出现在屏幕里。

顾挽发现她是坐在家里的客厅沙发上，身后墙上是季言初当年很羡慕的那张全家福。

“妈，您休假了？”

顾怀民和陶嘉惠很少休假，以前顾挽和顾远还小的时候，他们还会每隔一两个月回来待几天。现在儿女都出门在外，他俩就更一心扑在工作上，没有特殊情况，几乎都不会休假。

顾挽有些诧异，再加上陶嘉惠视频发得很急，于是下意识又问：“您是和我爸一起休假的吗？是单纯休假，还是家里出什么事了？”

陶嘉惠始终坐在那里没说话，就那么直直盯着顾挽。

顾挽说完，对上她的眼神，忽然察觉过来，只怕是和自己有关。

这么兴师问罪的姿态，顾挽向来通透，自然第一时间就能猜出来因为什么。

她陡然沉默，无意识抿了下唇，才问道：“是我哥跟您说的？”

“他要不说，你打算瞒到什么时候？”陶嘉惠这边终于有了反应，虽是质问，但语气还是温婉柔和的。

顾挽心知有愧，微垂了下眼，在陶嘉惠隔着屏幕的注视下，还是不由自主地红了脸。

“妈，咱打电话吧，被您这么盯着……”顾挽挠了下鼻尖，小声说道，“有些话说不出口。”

陶嘉惠被顾挽这句话给气笑了，没好气地点头：“行，我倒要看看你怎么跟我解释。”

她说完就挂了视频，没隔两秒，电话就打过来了。

顾挽接通，陶嘉惠只甩了两个字：“说吧。”

态度闲散而言简意赅，仿佛就等着顾挽认罪似的。

顾挽又默然无言了一瞬，酝酿了会儿，才斟酌着问道：“妈妈，如果，我是说如果，我非季言初不嫁的话，您和我爸会是什么态度啊？”

陶嘉惠仿若在认真思考，拖着嗓音“嗯”了好几声，半晌后骤然转冷地说：“什么态度？你说呢，当然是不同意了。”

“为什么？！”顾挽不由得扬声，眉头也跟着皱紧了，忙不迭地解释，“妈，季言初是个非常优秀、非常好的人，真的真的。他正直善良、积极上进，非常非常温柔，对我也特别特别好，真的真的。我不知道该怎么跟您说，怎么让您相信，但是……”

“我相信！”陶嘉惠出声打断，“从你哥哥的描述中，我们也看到他对你无微不至的照顾，我相信，他是个很好很温柔的人，对你也不错。但同时，我们也知道，他没有父母，而且父母去世的方式都很……”

她停顿了下，用了一个比较委婉的词语：“不同寻常……再加上还有一个八十多岁的姥姥要养，家又远在暨安。”

说到此处，她又轻微叹了口气，语重心长道：“挽挽，你也要体谅一下我们做父母的心情，父母在，不远嫁，这个道理你难道不懂？”

顾挽没说话，这也是为什么她不敢跟父母提和季言初恋爱的事。

她就是怕父母会对季言初的家事有意见，她不想让季言初去面对这些，因为一旦面对，就势必要受到伤害。

顾挽想起季言初的身世，眼圈不知不觉又红了。

她抬起头，不停地眨眼睛，将泪意强行压下去之后，才好好地跟陶嘉惠讲道理：“首先，关于他父母的事，我只能跟您说，那些都是他们自己的选择。每个人都是独立的个体，他们选择用什么方式离开这个世界，和季言初一点关系都没有。

“从某种程度上讲，他也是个受害者。如果这也要成为他的一个择偶负分项的话，那就太不公平了。

“第二，关于赡养姥姥的事，我觉得这件事情本身，就是对他人品德行的一个很好的鉴定。

“况且他十八岁就失去了双亲，在这种情况下，他不仅很优秀地完成了学业，还靠着兼职、奖学金等收入付了自己的学费和姥姥的护理费。现在，他也靠自己的能力买车买房，工作上也很得老板赏识。难道您不觉得他很厉害、很优秀吗？”

但厉害优秀的同时，想到他一个人是吃了多少苦，才这么慢慢熬到今天，顾挽止不住又红了眼睛。

“最后一点，您说暨安远。其实我一直有关注，今年年底，暨安到迎江的航班就要开通了，坐飞机的话，单程只要两个多小时。”

顾挽说着说着，情绪又开始激动，声音也轻微发抖，甚至带了哭腔。

可即便她如此好说歹说，陶嘉惠始终没有给出认同的回应。

陶嘉惠毕竟是自己的妈妈，要真狠心完全不顾父母的感受，顾挽也实在做不出来。

所以，顾挽最后几乎是低声下气地求陶嘉惠。

“从小到大，大多数时候，我是最听您的话的，您让我考全校第一，我从没拿过第二；您说跳级不好，老师几次跟我提我都一口回绝。”

“我可以跟您保证。”她举起手，做出指天发誓的手势，“以后其他任何事，我还是会听您的，绝对的您说一不二。但只有学画画和喜欢季言初这两件事，您能不能让我自己做决定？”

视线掠起，她盯着不远处从小礼堂窗户漏出来的某个光点，想起季言初失控的那天，抵着她的额头说“我喜欢你”的时候，眼里的星河万千。

顾挽又垂下眼，握着手机的指尖紧到发白，忽而坚定不移地说：“妈妈，这辈子，我想活得欢欣雀跃没有遗憾，唯有梦想和季言初，不能辜负！”

此后她再不多说，也没有挂电话，像是和陶嘉惠做着无声对抗。那边不吱声，她也拥有无尽的耐心，不言不语地一直等。

一直等到手机的温度灼热了她的耳郭，仿佛过了一个世纪那么久。

终于，在某一刻，陶嘉惠轻轻叹了口气，无可奈何地说：“那怎么办，年底放假的时候带回来看看？”

“您说……什么？！”

顾挽本来耷拉的双肩，在听到这一句的时候，突然立了起来。

她猛地抬头，脸上满是震惊，眼睛里的光亮得仿佛是星星着了火。

“您是同意我们在一起了，并且让我今年带他回家过年，是这意思吗？”

她欣喜若狂，却还不忘反复确认。

陶嘉惠又气又好笑，佯装生气地说道：“不同意还能怎么样，我女儿伶牙俐齿能说会道，这么拼命地给我洗脑。我一想想，居然也觉得我这未来女婿还挺优秀的。”

顾挽难为情地抿了下唇，红着脸，还是坚持自夸：“我男朋友本来就很优秀，不用我给您洗脑，等您看了就知道。”

晚上九点，夜谈会结束，季言初和顾挽回了市里。

在这期间，顾挽始终憋着一口气，之前当着敬老院那些外人的面，她所有涌到舌尖的话一句也说不出来。

一直到回了上城花园，走进那个属于他们俩的私密空间。

季言初开了门，让顾挽先进去，随后自己跟进来，还未关上门，顾挽忽然转身一把抱住他的腰。

她几乎是扑过来的，力道很重。季言初猝不及防，在那个冲力之下，直接靠在了门后，将大门“哐”的一声撞关上了。

“小色胚，怎么还搞突然袭击啊？”

季言初虽然笑骂她，可下一秒，又自然而然地将她搂进怀里，在她颊边亲了一口，柔声问道：“怎么了？”

顾挽将脸埋进他怀里蹭了蹭，含混不清地说：“没什么，就想抱抱你。”

“我白天的时候，就已经很想抱你了，可是一直没有机会。”她委屈巴巴地说着。

季言初双眸低垂，看着小姑娘的头顶，抬手宠溺地揉了揉，沉下嗓音问道：“是不是良娣奶奶走了，你心里有点难过？”

“是。”顾挽点头，又摇头，“也不全是。”

“那还因为什么？”

季言初就那么靠在门后，任由顾挽紧紧抱着，指尖插进她的头发里，有一下没一下地梳着。

顾挽的嗓音细声细气的，轻轻缓缓地说：“言初哥，我有世界上最好的爸妈，乡下的爷爷奶奶也很和蔼可亲，我还有两个当大学教授的舅舅和舅妈，对我非常好。我外婆很早就走了，只有一个外公，他很严肃，但是每年过年，他包的红包都是最大的。我还有个傻哥哥……”

顾挽顿了半秒，有点嫌弃，突然想起顾远也有可以加分的地方，于是继续说道：“他虽然傻，但钱多，人也很好骗。如果你哪天缺钱的话，我可以帮你一起骗他。”

季言初静静地听她说了这么多，神色复杂，却强装淡定地问：“你到底想说什么？”

小姑娘突然从他怀里抬起头，直视着他，波光粼粼的眼睛里一片热忱：“我把我的爸妈给你好不好？那些亲戚长辈的爱、外公的红包、哥哥的钱，我都给你。他们都特别疼我，肯定也会特别疼你的。以后只要是我有的，也都是你的，你拥有的家人会越来越多，得到的爱也会越来越多，所以……”

她轻喘了口气，因为情绪激动，胸口轻微地起伏着。

“所以言初哥，你以后不要再想温阿姨和季叔叔了好不好？他们不是合格的父母，你不要惦记，不要在意了，好不好？”

季言初微仰着头，后脑勺抵在门后，浓密的睫毛低垂，在眼尾投出很深的阴影，眼神说不上雀跃，甚至下压的嘴角弥漫着一丝淡漠和受伤。

“姥姥是不是跟你说什么了？”

他的神情有些冷峻，又这么一针见血地问出来，顾挽忽然就明白了他为什么不高兴。

“你也知道对不对？”顾挽犹疑不定地看向他，“姥姥以前……也跟你说过吗？”

“嗯。”他坦然地承认。

顿了顿，他又“哧”一声笑了出来：“这些事，她费尽心力地想瞒着我，却总在一些看上去特别清醒的时候，又犯糊涂地全都讲给我听。”

顾挽“啊”了声，老实地说道：“她今天就是看着特别清醒，说话特别有条理，我还以为她病好转了呢。”

季言初勉强牵了下嘴角，又主动交代了句：“那个人叫陈牧之，和他们是高中同学。”

“你……不想让我知道吗？”顾挽怯懦地瞟他一眼，小心翼翼地问道，“你是不是在生气？”

“没有。”

季言初摇摇头，默然了一秒，随后眼里掠过一丝脆弱，弯腰将头埋进她的颈窝，闷声道：“就是觉得有点难堪，怕你会因为这个不喜欢我。”

“怎么会！”

顾挽想都不想，宝贝似的将他抱得更紧。

“我想你活得开心一点，那些人那些事，你不要想，不要在意。”她也学着他的样子，极温柔地摸着他的头发。

季言初愣了愣，拉直的唇线因为她的举动，又缓缓翘出了弧度。

“以前会，现在不会了。”

顾挽摸头的动作一顿，雀跃道：“真的吗？”

“嗯。”他点点头，轻声说，“因为我这个人啊，就像小狗一样，只认对我好的人。”

季言初靠近顾挽的脖颈，最后的话几乎是贴在顾挽耳边说的。

“谁对我好，我就死死缠着谁，咬住她的衣角，这辈子都不松口。”

因为季言初这句话，顾挽搂上他的脖颈，只觉得心里酸酸胀胀的，很难受。

“你才不是狗，你是这个世界上最好的人！”

顾挽踮起脚，难得热情主动地去吻季言初，有点放肆大胆，亲完仿佛意犹未尽，还在他温润的下唇上轻轻咬了一口。

季言初被她撩得浅浅地抽了口气，心里的阴霾瞬间就被驱散干净，眼里的笑意清清亮亮的，快要溢出来。

“热不热？要不要先洗澡？”

他声音温柔得仿佛在呢喃，并用双手捧着她的脸，拇指在她脸侧无意识摩挲着。

顾挽好像一秒都离不开他似的，距离拉开一些，几秒后又迫不及待地往他怀里钻。

她含混地应了声，手臂又顺势搂在他的脖子上，像个树袋熊一样，吊在他身上不下来，略微撒娇道：“你给我放水。”

季言初不禁莞尔，像揉小猫似的哄道：“好，我去给你放水。”

他稍稍直起腰，想从顾挽臂弯里出来，可怀里的人纹丝不动，还是搂着他不放。

季言初简直哭笑不得，无可奈何地说：“顾挽小朋友，我今天才发现，原来你这么黏人的？”

“嗯，我就是喜欢黏着你。”顾挽坦然无惧地承认，并且又把脸往他颈窝深处蹭。

出乎季言初的预料，她突然含混不清地说了句：“季言初，我们一起洗吧？”

“什么？”

几乎是下意识的反应，季言初的喉结猛烈地滚了滚，眼里飞快掠过一丝惊喜的诧异。

“你今天怎么……这么乖？”

后面几个字，他仿若叹息。

敏感脆弱的神经仿佛被人弹了一下，顾挽心口和呼吸皆是一颤。

她突然抬眼，很认真地问他：“那你喜欢吗，开心吗？”

季言初嘴角的弧度明显，声音依旧轻轻的：“非常喜欢，特别开心。”

他开心，她就开心，她心里也开始有光漏了进来。

顾挽眨了下眼，点点头：“那就好。”

季言初有点想笑：“所以你是为了哄我开心吗？”

“是。”顾挽很诚实地点头，并且又问道，“我还能做什么事让你开心呢？你都告诉我，我可以努力。”

季言初终于被她的话逗笑了。

他眉梢愉悦地挑了挑，食指弯成钩，像逗猫咪一样在她下巴脖颈处轻微地挠来挠去。

他明明很享受，却还要得了便宜卖乖地假装为难："我觉得你太宠我了，这样会不会不太好？"

在顾挽还没想清楚这样到底好不好的时候，季言初又很自觉地恃宠而骄，立刻笑着问："真的只要是让我高兴的事，你都会努力吗？"

说这话的时候，他眼角眉梢皆弥漫着某种不知名的笑意。

顾挽眨眨眼，虽有警觉，可牛皮都吹出去了，这个时候再反悔好像也有点说不过去，于是索性大方痛快地点头："当然。"

听到她肯定的回答，季言初眉眼间的笑意更浓。

等顾挽进了浴室，里面传来水声，季言初才不紧不慢地起身，去阳台收了他和顾挽的睡衣，然后走到门口敲门。

"挽挽，开门。"他嬉皮笑脸地叫。

浴室里传来顾挽恼怒的吼声："我才不跟你一起洗。"

季言初从善如流地点头："好，我只是给你送衣服，你开门拿一下。"

顾挽拿浴巾裹着自己，将信将疑地走到门后，开了一条小缝，将手伸了出来，说道："拿……"

话音未落，外面的人轻推了下门，整个将她抱在怀里。下一秒，他自己也跟着挤进去，顺手利落地关上门。

"你这个人真的是……"

一夜疯狂，顾挽后来累到沉沉睡着以后，季言初开始懊悔不已，半夜又爬起来偷偷给她抹药。

他轻手轻脚地才刚弄好，床头柜上的手机突然连续响了几下，伸头看了一眼，是顾远的微信。

他下意识瞥了床上的姑娘一眼，无端心虚，低低咳了声，帮她盖好被子，这才拿着手机从房间里退出来。

顾远一连发了十几个崩溃大哭的表情。

【言哥，对不起，任务好像失败了，呜呜……】

季言初犹如当头一棒，站那里好半天才想起来问：【能问下叔叔阿姨对我哪方面不满意吗，我可以改！】

等了一会儿，顾远回道：【我不知道哇，没来得及问。他们要揍我，我从家里逃出来了，现在在滨城呢。】

季言初：【你这话我怎么听不懂？】

于是，顾远开始一五一十地交代：【不是你让我试探一下我爸妈对你的看法嘛，不是你让我每天不停地夸你嘛，我都照做了啊。我每天几乎都要暗示他们好几遍，你很帅，很优秀，将来和我迟早会是一家人。】

【等等……】

季言初飞快地打字：【我怎么感觉哪里怪怪的？】

顾远依旧觉得无辜：【我没觉得哪里有问题啊？】

随即他又愤愤不平地吐槽：【结果他们骂我不学好，说我放着大把的美女不找，居然跟一个男人鬼混。我妈气得都去厨房拿刀了，要不是我跑得快，兄弟，你可能都见不到我了，呜呜呜……】

季言初只能打出一长串的省略号。

顾远：【所以，上飞机前，我给我妈妈发了条微信坦白，我说跟你鬼混的不是我，而是我妹妹。言哥，求你原谅我，我这么做都是为了保命。哭到咬手绢.jpg】

季言初沉默良久，突然问顾远：【你住的是海景别墅吗？】

听季言初这么问，顾远忽然来劲儿了：【是啊，我准备明天去海钓，你要来吗？】

季言初简直气到磨牙：【看到那一望无际的大海没有？】

顾远：【嗯？】

季言初：【现在下楼，拔腿狂奔，然后不要犹豫地一头扎进去吧！】

顾远捧着手机的手一哆嗦……

因为每天上下班都有顾挽陪着，季言初暑假期间就没有特意调年假，争取把假期都攒到年底，想着这样等顾挽回家过年的时候，他才有时间偷偷去迎江看她。

八月底，临近开学的前一周周末，季言初带着顾挽又去了一次小翁山。

外面的天气炎热，山里依旧清凉惬意。

半山寺和一年之前几乎没有变化。

巍峨壮观的寺庙静静伫立山间，暮鼓晨钟，幽静淡然，时间仿佛在这里也都放缓脚步，变得极轻极缓。

午饭依旧是在庙里吃的。在斋堂吃饭的时候，季言初又遇到了那个胖胖的小和尚。

小和尚机灵又聪明，记忆力还超好，居然还记得季言初。

他远远地就看到了季言初，这次也不叫“施主”了，直呼道：“有糖哥哥，有糖哥哥。”

他屁颠屁颠地跑到季言初面前，胸前的佛珠都晃到了后背。

季言初被他可爱的模样逗得直笑，弯腰半抱着他，替他将佛珠整理好，才笑着说：“小师父，你这一年又瘦了不少啊？”

小和尚嘿嘿笑了两声，还挺自豪地说：“我很少吃巧克力，都是吃你那种魔法糖，所以瘦了好多。”

顾挽瞥一眼小和尚比去年更有肉的小脸，又瞥一眼眯眼鼓掌说“好厉害”的男人，不轻不重地哼了声：“撒谎精。”

“两个都是。”她强调。

“咦？”听到顾挽说话，小和尚的注意力立刻转到她身上，黑溜溜的大眼睛眨了两下，然后才回头问季言初，“有糖哥哥，你今年又带老婆来求子啊？”

“咳咳咳……”

顾挽直接被他这话呛着了，咳得脸通红。

季言初则捂着肚子笑出了声，也不否认，而是问道：“你怎么就知道她是我老婆呢？”

“因为去年也是这个姐姐啊。”小孩子单纯，理由也很简单。

“哦，有道理。”季言初居然还一本正经地点头附和。

然后他似笑非笑地看了顾挽一眼，在接受到对方恼怒一瞪之后，继续没皮没脸地问小和尚：“我今年给你带了两袋糖，你还会不会送我们姻缘签呢？”

听到有糖，小和尚高兴得直蹦跶，小鸡啄米似的点头：“送送送，送你们一百支。”

“一百支太多了，两个就行。”季言初伸出剪刀手比画了下，越说越来劲儿，“最好一个小言初，一个小挽挽，凑个好，圆圆满满。”

小和尚没听懂，点头跟着瞎承诺：“行行行，没问题。”

听到这里，顾挽终于忍不住，用脚踢季言初：“你要不要脸？”

季言初索性脸皮厚到底，摇头道：“不要，要宝宝。”

“自己生。”

顾挽脸红，不想理他，丢下这么一句就要走。

可她最后还是被季言初拽了回来，去小和尚蹲守的观音殿去求了两支签。

“二位天命姻缘，富贵夫妻，求孕得子，将来必定偕老百年哪！”

戴着老花镜的主持连解签的台词都懒得换。

不过这次季言初没再打断，跟着他摇头晃脑地照单全收。

后来下山的时候，顾挽忍不住问季言初：“你是不是特别喜欢小孩儿？”

季言初想了想，说道：“看吧，长得漂亮可爱的就喜欢。”

顾挽点点头，想起小和尚的样子：“嗯，那个小和尚是挺可爱，肉嘟嘟的，看着就想捏。”

季言初眉头略挑，想起什么，忽然笑了：“你小时候也挺可爱的，也是一脸婴儿肥，肉嘟嘟的。”

他微眯了下眼，想起十三岁的顾挽，总是一脸少年老成，心口不由得瞬间变得柔软，故意调侃道：“不过你那时候可比小和尚难哄多了。我记得第一次给你糖吃，你还不要，当时又不熟，我还挺尴尬的。”

“尴尬？”顾挽回头，一脸不以为然，“我怎么看不出来你尴尬？”

“你别把骗小孩子帮你写作业的事掐掉不说啊？”她故意拆他的台。

季言初憨憨地笑，两人就这么一边拌嘴，一边走到山下。

临上车前，顾挽忽然叫住他，很认真地说道：“季言初，你真想要孩子的话，还得再等两年。再等两年，我就毕业了。”

季言初一愣，反应了半秒立刻解释道：“没有，我跟小孩儿开玩笑的，你别当真，我不着急的。”

“嗯。”顾挽点头，仿佛没听他的解释，兀自盘算，“虽然我不在意，但最好程序步骤不能乱，咱们得一步一步来。先见家长，再结婚，最后才能要孩子。”

她抬起头，面露一丝羞涩地盯着季言初，嘴角又抿着一丝得意的笑：“所以今年过年，你跟我一起回家吧？让我爸妈看看你，咱们一家人在一起过年，团团圆圆的。”

季言初瞳孔骤缩，震惊到有点说不出话。

“阿姨和叔叔不是……不同意吗？”僵了半晌，他才突然想起什么来。

顾挽偏头：“谁说的？”

“你哥。”

“你别听他的。”顾挽挥手，嗤之以鼻，“他在我们家算个屁！”

今年的暨安冷得特别早，十一月初的时候就已经下过几场雪了。

月初顾挽有张插画的稿子结算款下来了，有大几万。她一直揣着这笔钱，盼着圣诞节，然后提前半个月就把生日礼物准备好了。

结果圣诞节那天下大雪，偏偏季言初还有个推不掉的酒局，不能来学校和顾挽一起过生日。

顾挽订好了蛋糕，也把礼物包装得很好看，接到他不能过来的电话，难免失落沮丧。

快到晚上十一点的时候，她不知道季言初的酒局有没有结束，有点不放心地问道：【你那边结束了吗，你有没有喝酒？】

五六分钟之后，季言初的微信才过来，也很无奈：【还没呢，喝了一点。】

消息后面还跟了一个小狗委屈求抱抱的表情包。

顾挽盯着那只一脸快哭出来的小狗，似乎也能想到他在酒桌上表面谈笑风生，内心崩溃到墙角画圈圈的样子。

左右礼物买都买了，这么干等着不送，顾挽觉得自己简直不作为。

于是她突然起身，开始换衣服。

她们宿舍几个基本都是夜猫子，不到十二点坚决不放下手机睡觉。虽然大家都没睡，但这个点看到顾挽换衣服也都伸个脑袋出来问。

“挽挽，这么晚了还出去啊？”

沈佳妮问完，厉文静接着道：“这个点儿了，宿管阿姨都锁大门了吧，你怎么出去？”

顾挽套上了羽绒服，换好鞋，这才抬头，胸有成竹地回答：“没事，林霄有办法。”

闻言，三个人同时把目光投向被窝里的林霄。

林霄也是牛，此刻正缩在被窝里打游戏，仿佛后背还长了眼睛似的，感知到无声的关注，她立刻从被子里钻出来，并且还能顺畅地接上话。

“要出去是吧？”她看了一眼顾挽全副武装的造型，回了一个OK的手势，调出微信界面，发了条语音，“姐妹，起床开窗。”

顾挽提起桌上的蛋糕，朝林霄晃了下手机：“谢了姐妹，给你发红包了。”

“都是自家姐妹，客气了不是？”林霄一边慷慨地挥手，在顾挽即将出门的时候，又忍不住八卦地问，“你是去给言初哥过生日吗？今年你准备送什么礼物？”

见她这么问，其他两个舍友也好奇地趴在床上伸出脑袋。

顾挽挠了下鼻子，含混道：“就很寻常的礼物，没什么特别的。”

“哦。”林霄点点头，想起她去年为了生日礼物差点挠秃头的事情，突然很贴心地给了个建议，“挽挽，你要是实在没什么特别的礼物送的话，你就把你自己当作礼物送给他啊。有些男生啊，还挺喜欢这个调调的。”

顾挽没听懂：“什么调调？”

林霄指了下顾挽手里的蛋糕，意欲不明地坏笑：“看到盒子上的丝带没有？知道角色扮演吧。你可以扮演一下蛋糕，顺便记得给自己打一个漂亮的蝴蝶结哦。”

话音一落，沈佳妮秒懂，哐哐拍着床铺，鬼吼鬼叫：“妈呀，好害羞，林霄你好会啊！”

相对而言，厉文静就淡定得多，冲林霄竖了个大拇指：“牛！从去年你建议顾挽送皮带的时候，我就感觉到你的气质与我们格格不入。”

顾挽也终于懂了，甩门而去的前一秒，也痛斥道：“林霄，你不对劲儿！”

林霄一脸无辜……

顾挽从一楼同学开的小窗户跳到外面，冷风迎面一吹，瞬间打了个寒战。

北方的冬天是真的冷，深冬夜晚的风更像是淬了冰的刀子。

她走到校门口去打车，等车来时，人已经冻得发抖。

到了上城花园，季言初还没回来，顾挽开了门，脱掉鞋连拖鞋都懒得穿，直接踩在地板上。地暖效果很好，隔着厚厚的袜子，热度也立刻从脚底传到她的四肢百骸。

顾挽惬意地舒了口气，仿佛终于活了过来。

她看了眼时间，距明天差不多还有二十多分钟，也不知道季言初能不能在十二点之前回来。

她把之前买的各种香薰蜡烛都找了出来点上，关了家里的灯。拆蛋糕盒子的时候，将丝带拿在手里，脑袋一抽，还真考虑了下林霄的那个“建议”。

下一秒，她又疯狂甩头，不断拍打自己的脸：“顾挽，清醒一点，你和林霄不一样，你不是那样的人！”

为了杜绝这个念头冒出来作祟，她把丝带和蛋糕盒一起扔进了垃圾桶。

光点蜡烛，好像气氛还不够，可惜她来的时候没有买玫瑰，好在上周末季言初给她买过一捧，放在餐桌上的花瓶里养着，还没有蔫掉，凑合能用。

玫瑰花瓣被她全摘了，在门口摆了个爱心，剩下的撒在客厅、沙发，以及放蛋糕的桌子上。

布置好这一切，顾挽四周看了看，怕还有什么遗漏，突然才想起最重要的——生日礼物。

她去沙发上的包里把那个方形的丝绒盒子拿出来，刚拿到手，玄关处传来钥匙转动的声音。

顾挽捧着盒子回头，季言初刚好进来，两人视线相撞，皆是一愣。

季言初朝里扫视一圈，嘴角的小括号立刻愉悦地挂起：“我还当家里遭了贼呢，原来是我家田螺姑娘回来了。嚯，好大的阵仗啊！”

他笑吟吟的，鞋也忘了换，看到地上的玫瑰爱心，童心未泯一样跳了进去，笑道：“你要跟我求婚吗？”

顾挽布置的时候没想那么多，现下瞟一眼四周，嗯……确实还挺像的。

正尴尬，玫瑰圈里的男人又调侃她：“你信不信，如果此刻你手上真有戒指，我肯定会被你哄昏头，答应嫁给你。”

顾挽看了眼手里的丝绒盒子，忽然纠结要不要拿出来。

季言初已经从玫瑰圈里又跳了出来，笑呵呵地跑到她面前，低声问道：“生日礼物吗？今年又是什么，好期待。”

顾挽抿唇，犹豫半秒，仿佛突然想通了什么似的，也懒得纠结了：“既然你都这么说了，那我就顺便求个婚吧。”

她将黑色的丝绒盒子打开，把那对做工精致的戒指送到季言初面前，也难得逮到机会调侃他一回："君子一言，你现在反悔不了，得嫁给我了！"

季言初真的没想到还能说什么来什么，他不可置信地盯着顾挽手里的盒子，甚至还傻乎乎地问了句："这……是戒指？"

顾挽无语到想笑："不然呢，钥匙扣吗？"

"所以你嫁不嫁？"顾挽继续逗他。

季言初厚脸皮也不是一天两天，当即笑呵呵地点头："嫁！"

然后他又嬉皮笑脸地过来亲她，有模有样地商量："我能带着姥姥一起嫁过去吗？"

顾挽也有模有样地咋舌："你这嫁妆有够贵重的啊，舍得给我？"

他垂眼，亲昵地拿鼻尖去蹭顾挽的脸："你都舍得把所有的家人送给我，我还你一个姥姥还能舍不得？"

顾挽点点头，仿若捡到宝，兴高采烈地收下："正好，我没有外婆。"

闻言，季言初眼中神色微动，忽而想起自己本来一无所有，只有姥姥，是因为遇见了顾挽，他才拥有了一切。

这个小姑娘慷慨地把什么都给了他。

季言初莫名有点鼻酸，仿佛跋涉了千万里，又经历了一场冰雪寒冬，最后才终于走进一片热气蒸腾的温泉里。

一颗心都被泡得软乎乎的……

定制的对戒内圈都刻上了他俩的名字缩写，女戒刻的是"JYC"，男戒刻的是"GW"。

三分钟后，季言初百年不变的朋友圈终于更新了一条动态。

【24岁的"礼物"！】

配图是一男一女十指交握的手，无名指上都戴着明晃晃的戒指。

这么一语双关的情话，这么高调的示爱，怎么都不符合季律师从前的行事风格。

一时间，他朋友圈里炸开了锅，留言数以秒计地纷至沓来。

闻雅：【这是……要给你家小猫冠姓？】

曹严华：【我相亲对象都还没确定。】

谢秉诚：【哟，小季有对象啦，恭喜恭喜！】

远远远：【这我妹妹送的？你问问她我过生日的时候送我一箱核桃是什么意思？】

圣诞过完，很快就到了元旦，天气预报预测不久将有暴雪来袭。

考虑到学生年关安全返乡的问题，暨安各大高校今年都提前了期末考试的时间，考完试，也就开始陆陆续续放寒假了。

学校放假后，顾挽为了等季言初一起回迎江，在别的同学把自己裹成粽子，拖着大包小包像逃难的时候，她就穿着单衣，窝在季言初那个暖气充足的房子里，安逸得像条惬意又满足的咸鱼。

年关将至，季言初忙得像陀螺。

但谢秉诚知道他有了对象，今年还要去女方家见家长，年底各方应酬就没再让他参加，还特别人性地额外给他批了十天年假，等他手头上的案子处理妥当，就可以提前放假回家。

腊月二十五，季言初手上的工作基本都告一段落，二十六带着顾挽逛遍了暨安的各大商场柜台，给顾挽一家子都买齐了见面礼。

腊月二十七一早的飞机飞迎江。

顾挽早上起得早，途中睡了一觉，被季言初叫醒的时候，飞机已经降落在了迎江机场。

这边与暨安冷冽的空气不同，一下飞机，冬日正午的暖阳照得人浑身暖烘烘的，温度也很高，惬意得让人睁不开眼。

顾挽刚把手机开机，就接到了顾远的电话："我在机场外面，车子开着双闪，我不敢下去，在车上等你们。"

等拿到行李，和季言初一起往外走，顾挽才想起什么来：顾远是傻子吧，机场外面那么多车，哪辆不是开着双闪？有什么用？

好在顾远来得够早，车就停在出口旁边，他们一出来就看到了。

季言初一上车，顾远就回头跟他说："我爸妈为了迎接你，在怀江酒店订了包厢，以示隆重，咱直接去那里吃午饭就行。"

"好的，谢谢远哥。"季言初点头，中规中矩地回答。

顾远本来都回头看着前方了，听季言初这么说话，又诧异地把头扭了过来，贱兮兮地笑他："哟，言哥，这可不像你，之前叫我去跳海的嘴脸可完全不是这样的。怎么着，丑女婿第一次见岳父母，紧张啦？"

季言初正襟危坐，看着还真挺紧张的。

顾挽靠在季言初的旁边，轻轻握住他的手，小声说道："我爸妈人很好的，别害怕。"

季言初沉默，但下意识把她的手握得更紧。

其实还在暨安临出发的时候，他就开始紧张了。

到现在上了车，好像更严重了，他甚至隐约感觉自己的胃部都在痉挛。

车子开到怀江酒店，顾远让侍应生去停车，他则带着顾挽和季言初去楼上订好的包厢。

"我爸妈早就到了。"顾远再次回头，看一路上都没说什么话，进了酒店，脸色更是苍白僵硬的季言初，贴心地跟他透露，"我觉得我爸妈也挺紧张的。

我妈为了见你，昨天还特意去烫了个贵妇头。我爸更夸张，多少年不穿西装的人，一大早翻箱倒柜，不知道从哪个犄角旮旯里扒拉出了件西服穿。”

顾挽闻言抬头：“咱爸那身材能穿西装？”

顾远沉默一瞬，只吐了一个字：“啧……”

他巧妙地用了这么一个包罗万象的语气词表达了一切之后，继续安慰季言初：“所以，既然大家都紧张，半斤对八两，你也用不着害怕。”

他还用力拍拍季言初的肩，打气加油：“没事儿，尽情散发你的人格魅力，去征服他们吧！”

虽然无语，但季言初还是很感动，有点庆幸顾远够惜命，上次让他跳海他没去。

一行人径直上二楼，包厢的大门被侍应生打开。

顾挽走在前面打头阵，结果还没进去，就看到顾怀民和陶嘉惠已经相携迎了出来。

同时看到的，还有顾怀民那被衣服快勒成米其林轮胎的肚子。

她瞥了一眼旁边的顾远，对上哥哥“你懂了吧”的眼神，也回了个一言难尽的：“啧……”

当然，顾怀民同志肯定不会知道儿女此刻正对他的穿着很不礼貌地评头论足。

他翘首以盼，一心只想见识一下把他辛辛苦苦养了二十年的宝贝骗走的小子到底长什么样。

结果顾挽他们一进来，顾怀民一眼就看到跟在自家闺女后面的男人。

他向来嘴笨不会说话，更不知道一个男孩子长得过分帅气该怎么夸。

总之，看到未来女婿的那一刻，他无端地为自己儿子捏了一把汗。

倘若这个男孩当年也跟他儿子一起进军娱乐圈，那后来肯定就没顾远什么事儿了。

从愤愤不平到称心如意，顾怀民和陶嘉惠前后只用了三秒钟。

并且，在季言初走到他们面前，恭恭敬敬半弯着腰，笑眯眯地叫他们“叔叔阿姨好”的时候，顾怀民一激动，一热情，说话就没怎么过多斟酌：“如果我没猜错的话……你就是小季？”

季言初笑着点了点头。

陶嘉惠也笑着说：“可算是把你们盼回来了，饿了吧，坐那么久的飞机累不累？”

顾挽说道：“累倒不累，才坐两个小时，不过饿是真的有点饿。”

“那让服务生上菜吧？”陶嘉惠朝一旁的顾远抬下巴，吩咐完后转头又对季言初说，“言初，过来坐。”

“哦，好。”

季言初受宠若惊地笑着点头，忙牵着顾挽一起坐过来，心情也变得不那么紧张了。

坐定后，陶嘉惠低头过来问他：“怎么没把外婆一起带过来，老人家一个人在暨安过年会不会孤单？”

季言初礼貌地颔首，回答道：“长途跋涉的，我怕她受不了。不过也不孤单，她和好多老伙计都在敬老院一起过年，挺热闹的。”

陶嘉惠闻言点点头：“也是，老人家年纪大了，可不能这么折腾。”

她兀自想了一秒，突然看向顾怀民，心血来潮般地提议：“要不咱们明年去暨安过年吧？”

在顾怀民还是一脸蒙的时候，她快人快语地解释：“总不能让言初的外婆明年还在敬老院过年吧，咱得礼尚往来，今年是言初过来的，明年咱就跟着挽挽一起陪他们过年。”

顾怀民略一思考，随即点头同意：“可以啊，反正咱俩常年扎在院里，都很少出去看看，就当去暨安旅游了。”

一旁的顾远也举双手赞成：“那敢情好，这样我过去找你们也方便，省得我每次从滨城回迎江，大包小包的，累都累死。”

“那咱就这么说定了，你俩没意见吧？”陶嘉惠偏头问季言初和顾挽。

季言初愣了愣，内心感激又感动，立刻回道：“当然没意见，暨安好玩的地方还挺多的，到时候我带你们去逛。”

感受到他情绪的波动，顾挽在桌子下面去拉他的手，安慰性地在他掌心挠了挠。

说话间，菜已上桌。

一家人边吃边聊，话题从明天买年货的分工问题聊到听说年三十会下大雪的天气问题。

“下雪好，下雪才有过年的气氛。”说到天气，陶嘉惠瞥一眼季言初清瘦的身形，又关切地问，“言初，你衣服带够没有？你别看南方气温没有北方低，但我们这边冬天很湿冷，又没暖气，尤其是晚上，很容易冻着的。”

“没事的阿姨，我衣服带了挺多的，酒店也可以开空调，应该冻不着。”

季言初说话始终得体又礼貌，从行为举止也能看得出来是个谦和有涵养的人。

接触越多，陶嘉惠简直越看越满意。

只是听到季言初说酒店晚上有空调，她不禁敛眉：“怎么，你晚上打算住酒店吗？”

季言初挠了下鼻尖，支支吾吾地解释：“啊，我怕家里住不下，来的时候就随便订了家。”

其实哪是怕住不下，只是来之前也不确定他们会不会喜欢他，怕万一造成尴尬，他也好有个落脚的地方，不让顾挽担心。

季言初订酒店的事，顾挽虽然不知道，但他的心思顾挽明白。

只是她明白后再去细想，又因为他这种卑微的打算有点难过。

“家里又不是没房间，干吗要住酒店？”顾挽装作有些生气，朝季言初伸手，“把手机给我，我帮你退了。”

不等季言初发表意见，陶嘉惠忙挥手：“对对对，退了，有家不住住酒店叫什么话？”

顾怀民终于找到一个能插得上话的间隙，也放下筷子笑呵呵地说：“你阿姨知道你年底要过来，九月初就给你买了张新床，上个星期刚买的新被子，洗完又晒了好几天。你今晚回家试试看，保证比睡在云朵里还暖和。”

“哎哟，你说这些废话干什么？”陶嘉惠仿若难为情地打断他，不过虽然嘴上责备，又难掩一脸自豪得意的笑。

“谢谢叔叔阿姨。”

季言初自诩是个靠嘴皮子吃饭的人，竟没想到有一天也会词穷到什么漂亮话都说不出来。

明明临行前，姥姥才交代过他，到了这边一定要好好表现，要礼貌懂事，要端方得体，不能有任何失态。

可……

季言初艰难地咽了下嗓子，忽然眼圈一红，到底还是丢人地轻微哽咽了下。

他有点压不住情绪地捂了下眼睛，很快又放开，像个孩子一样，高兴又腼腆地解释：“自从我姥姥病了之后，已经很久没有长辈为我做过这些了。”

不仅仅是铺床叠被，他甚至已经很久很久没有听到某个人对他说“言初，你回来了”这样的话。

这个幸福和谐的家庭，是他年少时就憧憬羡慕的，但那时候，也从没奢望过，自己有一天也会成为这个家的一分子。

所幸有顾挽，将他不敢做的美梦，很神奇地变成了现实。

直到晚上临睡前，季言初躺在陶嘉惠为他准备的新被子里，温情而跌宕的心情依旧无法平静，脑子里还在不断地回味中午吃饭的时候，一家人其乐融融的那种气氛。

季言初很喜欢听顾怀民和陶嘉惠家长里短的闲聊，闲谈言语中，总是会夹杂一些“孩子们”“回家”“以后”这样温暖又让人无限期待的词汇。

而更让人欢欣雀跃的是，这些温暖的词汇里，他也是被包括在内的。

季言初没想到二老就这么轻松自然地接纳了他，自然得仿佛从一开始，他就是他们家的孩子……

如此喜悦又复杂的心情，注定今晚是个不眠之夜。

季言初的房间和顾挽的紧挨着，一墙之隔，都能听到一些隔壁房间的轻微声响。

顾挽洗漱完毕后，躺进被窝就迫不及待给季言初发微信：【睡了吗？】

信息刚发出去，她就听到隔壁传来手机提示音，很快，聊天界面上方显示“对方正在输入”。

这种感觉有些奇妙好玩，顾挽不由自主地翘起嘴角，盯着手机耐心地等消息过来。

【没睡呢，心情太激动，有点睡不着。】季言初回道。

顾挽：【我也是。】

他又回：【那不如我们来聊天吧？】

顾挽问：【聊什么？】

季言初：【随便，什么都行。】

顾挽想了一秒，快速打字：【我妈晒的云朵被暖不暖？偷笑 .jpg】

【暖。】他回道，紧跟着又发来一条过来：【但没我的小贤妻暖。】

顾挽羞恼地撇撇嘴，然后很没同情心地发了一句：【整个假期我们都要这样假装纯洁，你的小贤妻这段时间要下线了。】

季言初回：【我好想她……】

完了还又发了个狗狗委屈求抱抱的专属卖惨表情包，把顾挽逗得捂在被子里吭哧吭哧地笑。

笑着笑着，她忽然有个大胆的想法。

于是微信也不聊了，顾挽穿上毛茸茸的兔子睡衣，蹑手蹑脚地开门。

此时卧室门外的走廊上没有开灯，一片漆黑，但到底是在父母眼皮子底下，她还是感觉有些做贼心虚。

也不知道这个点儿，爸妈有没有睡熟。

为了一探虚实，顾挽装模作样地往卫生间走，开门关门，冲马桶，故意弄出挺大的动静，然后凝神静听。

四周依旧一片万籁俱静。

她兀自点点头，这下放心了。

十秒钟后，季言初的房门被轻轻叩响。

此时的季言初还躺在床上，端着手机在等顾挽的回信。屋内就开了一盏很小的床头灯，光线微弱，照明度不高。

听到那点点敲门声，季言初下意识就觉得是顾挽，立刻掀了被子，穿鞋去开门。

一开门，季言初就看到顾远抱着个枕头站在外面。

“兄弟，是不是睡不着啊？”问了这句话后，顾远便热心肠地挤了进来，“我来陪你睡吧？”

这叫什么话？

季言初用“你没事吧”的眼神看他。

看着顾远大摇大摆地径自往被窝里钻，季言初有点无语道：“谢谢盛情，但两个人我嫌挤，你回去吧。”

顾远一脸“你就别跟我装”了的表情：“我都听到你上厕所了，这大晚上的还在折腾，是不是因为第一天来有点不习惯？没关系，以后慢慢就好了，我来陪你说说话，咱聊聊天，很容易就睡着了。”

见季言初还想说什么，顾远不容拒绝地摆手：“行了行了，别杵那儿了，快上来吧，大晚上怪冷的。”

说完给自己盖上被子，双手叠放胸口，安详地躺好。

虽然有点吃不消顾远这突如其来的“热情”，但顾远这么个粗神经的人，也难得心细一回，看来确实是怕季言初初来乍到不自在，在刻意照顾他的心情吧。

这么一想，季言初还有点感动，想说算了，今晚就凑合挤一挤拉倒。

他刚要往床边挪，正在这时，门外再次响起刚才同样频率的敲门声。

门把还握在手里，季言初这次就没想那么多，条件反射下就转动了门把，拉开门……

毛茸茸的“小兔子”突然跳到了他眼前。

“叮——您的小贤妻已上线，如果感到惊喜你就抱抱她吧！”

季言初：“呃……”

床上的“尸体”：“呵……”

顾挽几乎从没这样卖萌撒娇过，也有点不擅长，但今晚实在是太高兴了，这要放在平时，她绝对是做不出来的。

她本来就有点尴尬，结果看季言初还愣在那里没反应，一度有些冷场。

她难为情地取下头上拖着两只兔耳朵的帽子，略委屈地问道：“季言初，你怎么不抱我啊？”

季言初还没来得及解释，身后的“尸体”悠悠地睁开眼睛：“大概……是因为他远哥还在后面躺着吧。”

顾挽惊呆了。

“谁在说话？”

她脸上的乖萌可爱表情瞬间坍塌。

直到看到顾远从后面的被窝里缓缓爬出来，顾挽彻底疯了。

啊啊啊！

这个人怎么在这儿？

难得一见顾挽尴尬到低头找地缝的样子，顾远权当看好戏，闲适懒散地靠在床头，要笑不笑地盯着她。

“小贤妻？”顿了顿，顾远嗤之以鼻，“现在吹牛可真是不要成本了，一个连泡面都煮不好的人，也敢这么大言不惭，简直比我言哥自夸纯情还不要脸。”

顾挽本就尴尬得无地自容了，结果顾远还这么激，于是当即奓毛：“你好意思说我？一个大男人，大半夜跑别人房间来干吗？居然还躺我男朋友床上？”

顾远张嘴要解释，可顾挽不听，她气急了开始敌我不分地乱骂。

她怼完顾远，一转头，又来骂季言初：“你怎么回事啊，怎么房间有第三个人也不告诉我？他什么时候来的，来干吗，你为什么要给他开门？”

季言初一脸无辜地眨眨眼，老实交代：“不是我让他来的，是他自己硬挤进来的。而且我都不知道是他，我以为是你呢，我要知道是他铁定不会开门。”

顾远觉得自己一片好心简直喂了狗：“听听，你这说的是人话吗？”

季言初才不管自己说的人话鬼话，一心只想着怎么哄好女朋友。

他不仅很上道地挪过来抱顾挽，还毫无节操地加入她的战队，靶心一扫，突然对准顾远，同仇敌忾地狙击。

“你还躺那儿干吗？那是你该躺的地儿嘛，你就瞎躺？鸠占鹊巢了懂不懂？没看到我挽姐都生气了？”

他赶鸭子似的朝顾远挥手：“赶紧滚赶紧滚，给我挽姐腾地儿。”

顾远一时回不过神来。

“季言初，你行，你可真行！”

顾远叹为观止地竖大拇指，一边气呼呼地夹着枕头下床，一边心有不甘地骂骂咧咧。

“果真是人间不值得啊。”顾远还痛心疾首地摇头。

他走到门口，到底还是觉得憋屈，又回头，悔不当初地控诉：“季言初，你给我记住，以后我要再同情你，我就不是人！”

季言初看向他，神情定了一秒。

就在顾远以为季言初终于良心发现，过意不去的下一秒，又听到他冷冷开口：“你到底走不走，不走我拿鞋扔你了。”

顾远终于破口大骂。

狼狈惨败的“第三者”终于黯然离场，房间内也终于恢复了安静。

不知出于什么原因，顾挽后知后觉开始脸红。

她不自在地轻咳了声，挣开季言初的手，赌气道：“我也要回去了。”

她经过季言初身边的时候，季言初突然伸手，一把钩住她的小拇指。

顾挽被牵制，顿住脚，没走，但也没转身。

"我都跟你解释清楚了呀，也帮你把顾远骂跑了。"季言初抓着她的手，仿若委屈地轻微晃了两下，"你怎么还生气呀？"

顾挽嘟嘴，忍着没理他。

季言初又开口，含着浅浅的笑意，谄媚讨好地说："我保证，以后再也不给顾远开门了，好不好？你别生气。"

"谁稀罕。"

顾挽没好气地哼了哼，但好歹转了身。

见她态度松动，季言初眉开眼笑，俯身靠近，迫不及待地讨赏："你看，我都这么乖了，所以能不能……让我的小贤妻再上线一次？"

陶嘉惠和顾怀民夫妻俩，每年过年差不多都是年三十上午才放下手里的工作，匆匆忙忙回来过个年。

所以往年办年货什么的都是意思意思，七七八八随便买一点。但今年不同，未来女婿第一次登门，他们很重视，要买的东西很多。

年二十八，他们主要盘踞在菜市场，鸡鸭鱼肉虾一样不落都买全了。

南方人过年大多是不吃饺子的，但为了季言初这个北方人，陶嘉惠特地买了面粉，还买了猪肉、牛肉，以及各种时令蔬菜，说年三十要给季言初包饺子吃。

年二十九，他们把目标转向了迎江的各大商场。

迎江习俗，年前长辈会带着孩子去买新衣服，从头换到脚，崭新欢喜地过年。

陶嘉惠给季言初从头买到脚，甚至连鞋袜都买了新的。为了还礼，季言初也给两位长辈换了一身新。

两天兜兜转转，跑得虽然累，不过季言初很高兴，感觉这辈子都没这么高兴过。

给长辈们选好衣服后，顾挽指着对面那家店，对季言初说道："季言初，我们去买身情侣装穿吧？"

那家品牌店很出名，最噱头的地方就是只做情侣装，每件衣服推出的都是男女双款，没有单款。

即使总被诟病对"单身狗"不友好，奈何它家的款式确实精致好看，设计上又暗藏着一些甜蜜的小心机，特别撩人，总是令消费者又爱又恨。

顾挽进店，发现这家店连挂衣服的方式都很特别，每一款都是男式在后，女式在前，后面的男款袖子再绕到前面塞进女款的口袋里。

看上去就像是男人将女人甜甜蜜蜜地拥在怀里。

一眼看过去，仿佛满屋子的衣服都在撒狗粮。

“嚯。”季言初轻叹了声，在顾挽耳边低语，“幸好你哥没跟来。”

顾挽点头赞同：“简直单身狗的屠宰场。”

他们挑了一款大衣，男式黑色稳重，女式红色喜庆，款式倒是中规中矩，但做工精致高雅。

唯一的心机在袖扣上，都是半颗爱心型的，男女款合在一起，就是一整颗心。

店家的试衣间很大，镜子直接装在里面。

因为试的是外面的衣服，顾挽和季言初就直接进了同一间，也好相互看一看合不合适。

季言初里面本来搭的就是V领毛衣和白衬衫，再套上笔挺周正的大衣。

顾挽只是从后面看他的背影，就已经惊艳到不行：“面若皎月之云，身如修竹之风。”

她还毫不吝啬地竖大拇指：“帅气！”

季言初挑挑眉，将顾挽的赞美之词全盘接受，随即又催她：“你呢，你不换吗？”

顾挽脱掉身上的外套让季言初帮她拿着，然后捏着衣领，从肩膀绕到后背套上。

“咔嗒”，极轻微的一声响，顾挽只觉胸前一松，里面的束缚立即就绷开了。

她还没意识到什么，手就比脑子更快地捂住胸口，连另一只袖子都没来得及套上。

“怎么了？”注意到顾挽突然的举动，季言初不明所以，还帮她把肩上掉下来的衣服又拉了上去。

顾挽脸通红，欲言又止地看了他一眼，才小声说道：“卡扣……好像坏了。”

“什么卡扣？”季言初顺嘴问道。

问完他忽然反应过来，脸色微变，顿在了那里：“内衣？”

顾挽难堪地点点头。

季言初只静止了数秒，很快冷静下来：“或许只是松了。”

说着，他微抬下巴示意：“你转过身，我帮你看看。”

然而顾挽却没动，脸上的表情更加怪异而不知所措。

“怎么？”季言初拿眼神来瞧她。

顾挽憋了一会儿，艰难地开口：“卡扣……在前面……”

季言初：“啊？”

帮她掀起毛衣的时候，季言初就莫名轻喘了口气，后来折腾半天，终于把扣子弄好。

他再说话，嗓音也不自觉哑了几分：“你最近是不是胖了点儿？”

顾挽没懂：“怎么？”

季言初指尖无意识摩挲了下，淡声说道：“一只手都握不住了。”

“季言初！”

顾挽恼羞成怒，气得直捶他：“你怎么越来越不要脸？”

好不容易试好衣服出来，季言初去付款，顾远就打电话过来催：“你们是去国外买衣服了吗？干吗呢，这么慢？”

顾挽脸还是热的，低咳了声，才没好气地说：“已经买好了，催什么催？”

顾远也用和她一样的语气，说道：“买好了就赶紧下来，磨磨叽叽的，我和爸妈在一楼的星巴克等你们。”

付好钱，拿上衣服，顾挽和季言初也往一楼走。

途经楼下，有家婚纱摄影楼在做年终活动，顾挽其实之前上楼的时候就看到了，不过那会儿衣服都没买好，她也没细看。

现下再次经过，该买的也都买齐了，她便停下脚步，盯着各种婚纱照若有所思。

季言初走到一半，发现小姑娘跟丢了，一回头，才看到她在向摄影楼的工作人员询问着什么。

他退回来，也跟着看了一眼摆在展示架上那些风格迥异的婚纱照，忽然不着痕迹地笑了笑。

他悄悄问顾挽：“现在看是不是有点早？”

见顾挽不明所以，他耐心解释：“至少还得等两年啊，两年以后，风格时尚都不一样了。”

反应了一秒，顾挽才懂季言初的意思，用手肘撞了一下他胸口，一边往外走，一边解释：“我不是看这个。”

季言初当顾挽是害羞狡辩，也不戳穿，点头笑笑，尾巴似的跟在她后面。

年三十的前一天，人们消费的欲望达到了顶峰，平时悠闲安静的咖啡馆，此刻也变成了菜市场，拥挤而嘈杂。

尽管人多，顾挽还是一眼就看到了陶嘉惠他们，不是因为别的，而是顾远像个神经病一样，大白天戴着墨镜口罩帽子，全副武装的样子实在太扎眼了。

她走近，有点不可思议地问顾远：“你这样真的不热吗？商场暖气都开到30多度了。”

隔着墨镜，顾挽也看不清顾远的眼神。

看到大家都会合了，顾远立刻站起来催促：“赶紧走吧，人太多了我没安全感。”

顾挽抿抿唇，一个没忍住，突然把憋在心里好几年的话吐了出来：“你可以试试把眼镜和帽子摘了，真的，然后你就会发现，其实你并没有那么红。”

说什么也别说他不红。

他瞬间忘了自己所在的场合，很计较地扬声："你在质疑我的人气？我可是上个月刚拿的百花奖最佳男配角。"

季言初及时提醒："这么大声，现在你又不怕被踩死了？"

和丰功伟绩比，当然还是命更重要。

一家人兵荒马乱地从里面出来，往北门停车场的方向走，要经过刚才那家做活动的摄影楼。

"爸，妈。"从那家摄影楼前走过的时候，顾挽再一次停住，忽然叫住顾怀民和陶嘉惠，然后满眼希冀地提议，"我们重新拍张全家福吧？"

众人停住，都回头看她。

顾挽的小心思好像就这么被剖析个彻底，她有点难为情地找借口："我是看我们家的那张全家福都好久了，早就旧了……"

陶嘉惠立刻善解人意地点头："是该换了，家里的那张还是你刚进初中的时候拍的，现在你和你哥都这么大了。"

陶嘉惠都没意见，顾怀民自然随大流。

而最怕引起"轰动"的顾远，竟也没立刻就否决，兀自沉思了一秒，仿佛做着多艰难的决定似的。

最后他视死如归地点头："行吧，为了……家庭和睦，我认了。"

一旁的季言初始终没说话，脸上神色复杂，有某种艳羡犹豫，更有难以言喻的尴尬。

进去后，之前和顾挽说话的店员看到她，立刻热情地迎了上来："顾小姐，按您刚才的要求，我已经为您预约上了本店最优秀的摄影师。"

原来刚才顾挽是咨询拍全家福的事。

季言初闻言，脸上更是有点挂不住。他下意识地轻挠了下鼻尖，往旁边退了一小步，尽量降低自己的存在感。

仿佛没人注意他，他那渐渐升腾起来的格格不入感就会浅淡一些。

"季言初，你傻站着干吗？"

不知什么时候，顾挽又跑过来叫他。

顾远正带着父母走在二楼的台阶上，也回头催季言初："在想什么呢，叫你好几声都不答应？"

陶嘉惠和顾怀民朝季言初招手："言初，快点，咱们还得化妆呢。"

顾挽过来拉住季言初的手，微微责备道："你看我爸妈和我哥都去化妆了，你还傻愣着。我告诉你，在颜值上，你绝不能输给顾远。"

季言初茫然地看着顾挽，仿佛听不懂她的意思。

"怎么，没信心？"顾挽知道季言初在想什么，刻意轻松地笑了下，还揉揉他的脸，轻声哄道，“不要没信心，你不知道你甩了顾远多少条街呢。”

“季言初，我俩争气点，争取把事实写到照片上去。”她一脸预谋地说。

季言初不明：“什么事实？”

顾挽掩着嘴，忍着笑，低头凑过来说：“一家五口，顾远最丑！”

季言初也跟着笑起来。

“你是魔法师吗？”

他突然莫名地问了这么一句，神色尤其认真。

“啊？”

顾挽下意识敛了笑，懵懂地眨眨眼。

季言初微垂着头，像是强忍着什么情绪，而后才又抬头，嘴角开始向上弯。

顾挽看到那个可爱的小括号在逐渐变大。

季言初说道：“不然你怎么这么厉害，把我也变到你们家的全家福上去了？”

大年三十，从下午三点，陶嘉惠就开始准备年夜饭。

季言初发现迎江这个地方的风俗很好玩，年夜饭大家都流行抢早。

他们家还算晚的，对面那家邻居，吃过午饭直接就无缝衔接地点炉开灶做上晚饭了。

陶嘉惠之前还信誓旦旦地说年三十要给季言初包饺子，结果连面都和不好。

季言初本就厨艺了得，袖子一撸，和面、发面、擀皮儿、剁饺子馅儿，一通操作行云流水。

陶嘉惠在一旁看得眉开眼笑，甚是欣慰这孩子是个温柔会过日子的人，将来顾挽跟着他不会吃苦。

客厅那边，顾挽正和哥哥合作包揽了贴对联的活儿。

只是还不到三分钟……

“让你往右边一点，你还一直往左偏，顾远你是不是左右不分？”

顾挽站在大门前，叉着腰，挥斥方遒间只觉得自己简直是在指挥一条狗。

不，狗都比他聪明。

偏偏顾远犯了错还死不承认，嘴硬地跟她鬼扯：“男左女右没听说过？这意思就是男人的左边就是女人的右边，我没贴错！”

顾挽闭眼忍了一秒，突然想，你又不是季言初我干吗惯着你，然后大手一挥：“行，你自己玩吧，我要去看我男朋友做饭了。”

说完，她就转身进了屋。

顾远一人坐在人字梯上颤颤巍巍的：“小崽子，你倒是把我扶下来再走哇？”

季言初包好最后一个饺子下锅的时候，顾挽凑过来嗅了嗅：“哇，好香哦，我都等不及吃了。”

“馋猫。”

他手上还沾着面粉，使坏地在顾挽鼻尖上点了下，小姑娘瞬间更像猫了。

看季言初这么玩儿，顾挽不甘示弱，伸手也去蘸了面粉，在他嘴角两边各画了三根猫胡须，然后鼻尖也被点白。

如此，还不够。

她还在季言初的脸上写字，左脸一个“顾”，右脸一个“挽”，写完才满意地拍拍手，命令道：“不许擦掉，这是我给你贴的‘标签’，有了这两个字，谁都知道你是我的！”

季言初笑眯眯的，还真没有擦，配合着她胡闹。

年夜饭从五点多开始，将近吃了两个多小时才结束。饭后，季言初给姥姥发了个视频，一家人都跟姥姥拜了年。

敬老院还举办了新年联欢会，姥姥正玩得开心，和季言初没聊两句，就不耐烦地催他挂电话。

季言初哭笑不得，为了不打扰她看节目，只好乖乖将视频挂了。

陶嘉惠和顾怀民自吃完饭后，就在不停地打电话，七大姑八大姨地祝贺新年好。

顾挽也在同学群里聊天，舍友群里说着吉祥话。

季言初也电话不断，不是从前一些当事人给他拜年，就是他给客户致电祝福。

唯独只有顾远，安安静静地坐在沙发上看春晚。

手机信息和微信倒是不断，但都不是他想着的那个人发来的。

顾远复制了别人发来的某条祝福信息，选中所有人，又把许渺名字前的勾去掉，然后按了群发。

之后，顾远打开许渺的微信界面，无声地盯了许久，最终却一个字都没写。

盛行集团喜事将近，最近网上铺天盖地都是许渺即将和她爷爷指定的那位世交好友的孙子订婚的消息。

她说，商业联姻，那是她必须要走的路。

顾远努力过，也纠缠过，可依旧无法动摇许渺的任何决定。

【我们就这样吧，祝你幸福。】

明知有点矫情，可顾远还是发了这么一句。

他也累了。

晚八点，对面的邻居老张和他老婆每个年三十晚上准时过来约麻将。

顾远好几年都没在家里过年，往年总是顾挽陪着父母，今年老张夫妻一进门，发现他们家突然这么热闹，还挺意外。

“哟，今年人气旺啊！孩子们都回来啦？”老张一边朝顾怀民笑着寒暄，一边很自觉地进门换鞋。

这里面也就顾挽跟他们熟，于是顾挽带头叫人：“张叔叔，李阿姨，过年好啊！”

另外两个也随即跟在后面说：“叔叔阿姨过年好。”

“欸，过年好，过年好。”

老张夫妻换好鞋，才从玄关那里走进来，一眼看到沙发上的那三个年轻人，微睁了下眼，毫不遮掩地感叹：“我的乖乖，敢情漂亮的孩子都到你家来了，你看看这一个赛一个俊。”

这种夸赞，做父母的听了自然是喜不自胜。

陶嘉惠笑得合不拢嘴，殷勤热切地给他们拿吃的喝的。

他们四个围圈坐定，搬出麻将准备开始通宵了。李阿姨突然说道：“你们怎么也不出去玩儿啊，这春晚有什么好看的？我们家那小子都带着他对象去北芒山玩了，年轻人喜欢浪漫，听说北芒山的日出老好看了，还有云海呢。”

陶嘉惠一脸惊讶：“大年三十晚上去山里过夜？住哪儿啊，为了看日出去山里冻一夜？”

“这你就不知道了吧？”李阿姨一边码牌，一边说道，“那山里不是有个长乐寺嘛，香火还挺旺的。这几年寺庙也有商业头脑了，专门新建了两排供香客夜宿的禅房，价格都快赶上网上那些网红民宿了。”

顾挽一直歪头听他们聊天，越听越有兴趣，回头问季言初：“要不我们今晚也去北芒山，明天早上看日出吧？春晚每年都差不多，确实没意思。”

季言初对她自然百依百顺：“行啊，你想去我们就去。”

顾挽点头道：“北芒山我去采过风，风景不输你们暨安的小翁山。北芒山上有盘山公路，我们可以直接把车子开到山顶。”

“要去你们去，我可不去。”

顾远心情正郁闷，靠在沙发上跷着腿玩手机，一副完全不感冒的样子，头都没抬一下。

旁边聊得火热的两个人忽地愣了下。

我们……也没说要带你去啊？

低头的人说完不见有回应，也仿佛意识到什么，猛地抬头，用谴责的眼神看着季言初：“你们说的‘我们’……不包括我？”

季言初心虚地挠了下鼻子，迟疑地改口：“也不是，如果你想去的话……”

话未说完，顾挽扯了下他的袖子，朝他使眼色。

季言初会意地顿了顿，再看顾远，很没原则地又转了话锋：“抱歉兄弟，我女朋友不让我跟单身人士玩。”

“滚滚滚！”

顾远受到了一万点暴击，不想再跟这个见色忘友的男人说话了。

他一脸醋意地朝季言初挥了挥手：“带着你女朋友给我一起滚，看着你俩就烦。”

他们被顾远赶到了门口。

顾远突然想起了一件事，交代季言初：“明天早点下山，二吨听说你回来了，晚上约了去吃火锅。”

季言初点头：“行啊。”

北芒山这几年被开发得很好，因为地势与气候的影响，经常会出现云海奇观，当地部门打算把它打造成迎江一个很有标志性的景点。

山顶白色的风车，沿着连绵的山脉建了一排，风车上装了远照灯，即使是黑夜，山里的可见度也还是很高的。

盘山公路修得宽阔又平坦，很好开车，只是到半路，外面就开始下起了雪。

“天气预报说年三十会有大雪，还挺准的。”

闻言，季言初看了眼外面，见飘过的雪花越来越大，担忧地说：“今晚下一夜的雪，明天会不会很难下山？”

顾挽将车窗降下一点，雪花立刻飞了几片进来，落在她的裙子上，很快就化没了。

“别担心，明天是晴天，会有很大的太阳。”顾挽关上车窗，偏头跟季言初说，“南方的雪没有北方那么顽固，太阳一出来就融化了。”

两个人到达长乐寺的时候，才发现年三十晚上上山的人还真不少，供香客住的禅房都快被订完了。

他俩来得赶巧，只剩下最后一间。

山顶是块很大很平整的水泥地，修得像个大型操场，周围都用很粗的铁链拉起了层层围栏。

大家都把车子停在这里，还有很多人来这里燃放仙女棒，旁边的小商店就有卖的。

顾挽也一时兴起，买了一把过来，拉着季言初坐在旁边的台阶上，从他口袋里摸了打火机出来，点燃一根，然后递给季言初：“哪，有了仙女棒，你就能变成小仙女啦。”

季言初被逗笑了，接过她手里正炸开了耀眼花火的小木棍，也开玩笑地问：“能变成什么样的小仙女，像你这样可爱又漂亮的行吗？”

意外被夸，顾挽也不知道该生气还是害羞，有点高傲地扬了扬下巴：“当然不行，你怎么能跟我一样漂亮可爱。”

“为什么不能跟你一样漂亮可爱？”季言初反问道。

顾挽嘟嘴，一本正经地解释：“女人的虚荣心，你不懂，我不允许家里还有第二个人比我美。”

“哦，这样。”季言初表示理解地点点头，嘴角噙着浅浅的笑，“那好吧，那我不变小仙女了，我变保护小仙女的黑骑士，可以吗？”

不等顾挽同意，他低头凑过来，声音很轻地问：“亲爱的小仙女，能赐予您无比忠心的骑士一个吻吗？”

烟花与烟花抵在一起，像是缠满悱恻的接吻。

而他们的吻却比烟花还要更滚烫炽烈。

这一年的最后一天，刚过午夜十二点，踏入新年的第一秒，季言初的朋友圈又罕见地更新了一条——

【愿人间烟火常驻，余生岁岁常安。】

配图是他们那两根在“亲吻”的仙女棒。

不出几分钟，下面评论挤了一长串。

闻雅：【就这么一直幸福下去吧，新年快乐！】

恨嫁曹：【我还没找到相亲对象，你能不能悠着点秀？】

谢秉诚：【照你这个速度，再过几天晒的就是结婚证了吧？】

远远远：【天干物燥，小心火烛。柠檬柠檬柠檬 .jpg】

二吨：【老季，听老大说你回迎江了？我今晚组了个局，咱们兄弟聚聚呀？】

端庄贤惠：【你俩今天什么时候回来，等你们吃午饭哈？】

怀民同志：【山顶风大，不要在外面玩太久。】

……

季言初端着手机，抿着笑，很认真地一条条回复。

其实他从来都是个喜欢热闹的人，可他的人生前半段总是孤寂冷清。

遇到顾挽是他这辈子最幸运的事。

小姑娘像一道光，悍勇无畏地帮他驱散阴霾，那么璀璨而热烈，照亮他心里的每个角落，然后再带他走入繁花簇拥、人声鼎沸的世界。

新年伊始，天边的朝阳初升，季言初亲吻肩上那人的额头，郑重地承诺：“希望在往后余生的岁月里，我早上醒来第一件事是爱你。晚上睡前最后一件事也是爱你。”

顾挽惬意地闭着眼，略不满地皱眉：“那你睡着了呢，睡着就不爱我了？”

“睡着很忙。”

顾挽睁眼：“嗯？”

男人靠过来亲她：“忙着快点去梦里爱你呀！”

二吨约的局在孔雀湖那边的火锅城，那家火锅店是他自己开的。

他当时还跟顾远借了点初始资金，后来生意好起来了，他把钱还给顾远，顾远不要，二吨索性就当这家店是他俩合伙开的。

每年年底，给顾远的分红还挺可观。

上次圣诞节，看到季言初晒礼物的那条朋友圈，他就知道季言初谈女朋友了。昨晚跨年那条朋友圈也暧昧不明，他估计季言初这次来迎江也是带着女朋友一起的。

所以还没来之前，他就贴心地给季言初和顾远发微信，说可以带家属。

季言初带着他女朋友，顾远一个人的话，可以把顾挽带着，反正大家都很熟，人多也热闹。

傍晚五点，华灯初上，顾家兄妹和季言初一行三人到了地方，刚进一楼大门，二吨就迎了出来。

"老大，老季！"

一看到人，二吨情绪激动地冲了上来，一人给了个熊抱。

顾远年前回来过一趟，但没待两天就走了，也没聚上，其实也有大半年的时间没见了。

季言初就更不用说，自多年前分别后，再没见过。

"老季，你行啊，年纪越大反倒越有型了！"二吨热络地拍了拍季言初的肩膀，边走边夸，"啧啧，你这样子，和我老大走在一起，不知道的还真当你也是娱乐圈某个顶流明星呢。"

少年时期的朋友，即使多年不见，再相逢也不觉得生疏扭捏。

季言初连连摆手，一副受之有愧的样子，笑道："哪里哪里，我哪能和我远哥比。"

他之后又低头，用手弹了下二吨肚子上那硕大的"游泳圈"："可你是怎么回事啊，这么多年，身材真是越来越魁梧了。"

二吨憨厚地摸了摸自己的肚子，无奈地"嗐"了声："以前就减不下来，现在又干了餐饮业，重油重口的，更瘦不下来了。"

"行了行了，有话不能进去说？"顾远不耐烦地插嘴，同时不安地四处张望，"这门口人来人往的，待会儿我要被认出来就糟了。"

他大晚上出门，依旧把自己包成个"特务"，只露出两只眼睛，滴溜溜地转了一圈，跟二吨说："去楼上开个雅间，安全安静，适合咱们叙旧。"

"好，听老大的。"二吨将人往里招呼。

他之前只顾着跟前面两个人说话，忽略了队伍最后的顾挽，这时候看到她，眼睛一亮："哟，小顾挽也长这么大了，感觉昨天还是个小孩子呢，一转眼就成大姑娘了，今年应该读大二了吧？”

顾挽点点头，温顺乖巧地叫了一声：“文涛哥，新年好。”

“新年好。”二吨应道。

看到顾挽，二吨才忽然想起来，问季言初：“不是说了可以带家属吗，怎么也没把你女朋友带过来？”

正上楼的季言初顿住脚，回头牵起顾挽的手，朝二吨笑得有点欠：“你可别弄错了，这是我带的家属，不是顾远的。”

二吨：“啥？”

见他不理解，走在最前面的顾远也回头，好心地帮着解释：“顾挽是他带的家属，他和顾挽是我带的家属，这关系懂了吗？”

二吨眼睛瞪得像铜铃：“这关系……有点乱。”

直到几人坐定，火锅都涮上了，二吨还在感慨：“所以老季的女朋友是顾挽啊？那老大你就是他大舅子了？”

顾远夹了片毛肚在锅里烫，漫不经心地点头：“算是吧。”

“什么叫算是啊？”这回答季言初听着就不乐意了，转头跟二吨分享，“他们家的全家福都有我的一席之地了，我和我家顾挽就只差一个证。”

他搂过一旁的姑娘，自豪得意地说：“等顾挽毕业了就去领证。”

顾挽脸红，偷偷在季言初腰上掐了一把。

季言初也不管不顾，不害臊地将人搂得更紧。

“啧……”

二吨看了眼自己手里筷子上的肥牛：“怎么突然感觉这么腻呢？”

他转头问顾远：“老大，你是不是也谈恋爱了？”

顾远动作一僵，因为这话，心口好像被人猛地锤了一下。

但他表面仍是淡淡的，没有正面回答：“我是艺人，不想混啦？”

二吨压根儿是另一层意思，指着季言初，愤愤不平道：“那他这‘全天下就我恋爱了’的德行，你是怎么忍受的？”

顾远放下筷子，认真地想了下：“就……拿他们当宠物看吧。”

二吨：“啊？”

顾远淡淡地说：“家里养的两条小狗好上了，你管他俩怎么交头接耳呢，物种不同，关我屁事，我也就受不着刺激了。”

二吨试着用顾远的疗法自我安慰了一下，果然心里就没那么痛了，不禁举手鼓掌：“老大，你现在还是那么牛，简直是反向安慰疗法大师，自成一派了。”

顾远点头，不管是啥夸奖，照单全收就对了。

只是接受吹捧的时候，他总感觉气氛有点冷清。

想起皮猴不在，顾远问二吨：“你今天怎么没把皮猴叫来？”

提起皮猴，二吨下意识瞥了眼旁边那两个还低头凑一起的情侣，对顾远说：“皮猴出事了，老大你不知道吗？”

闻言，顾远和季言初同时看了过来。

“出什么事了？”他们异口同声地问道。

二吨又瞄了季言初一眼：“嗐，其实也不是什么大事儿，就……谈了一个女大学生，人家姑娘年纪还挺小的，没注意就怀孕了，后来女方家长冲到他单位去闹，闹得挺难看。”

顾远皱眉：“那最后呢，怎么解决的？”

二吨无奈地说：“小姑娘死心塌地地要跟他呀，不肯把孩子打掉。皮猴还算爷们儿，也同意生下孩子，只是女方现在还没毕业，两人暂时没扯证。年底小孩刚满月，他今年带着老婆孩子去女方家过年了。”

顾远听完，兀自沉思，终于明白二吨为啥老瞄着季言初了。

他的脸色不由得也跟着凝重起来。

顾远转头，别有心思地问季言初：“季言初，皮猴可真是个不负责任的男人，对吧？”

季言初睨了顾远一眼，不满道：“你骂皮猴就骂皮猴，这么咬牙切齿地看着我干吗？”

顾远不管，就是要季言初回答：“你倒是说啊，皮猴这样负不负责？就算他打算负责、打算结婚，也还是很不负责对不对？”

季言初无奈，但也正色点头：“对，是很不负责，不管出于什么原因，让女方未婚先孕就是不负责的行径。”

三观终于达成一致，顾远这才安心地略松眉头。

不过顾远还是有点放心不下，又仿若警告般旁敲侧击地说：“我顾远平生最讨厌让女人受委屈的男人，让女人未婚先孕更是不可原谅！

“能做出这种事的人，简直猪狗不如，就算是我好兄弟，我也绝不手下留情。”

季言初简直无语了：“你干吗又恶狠狠地看着我？”

几个人吃完饭，才晚上八点，时间有点儿早。

二吨又招呼了几个老同学，还是从前那一套，准备去 KTV 续半夜场。

刚走出大门，顾远的手机响了一声，他一边跟人说话，一边随手掏出来看，结果顿时定在了那里。

发微信的人竟然是许渺。

昨晚他发完那条信息，许渺那边就一直没有回应，此时微信过来，顾远心情复杂忐忑，想看，又有些怕看。

以她的性格会回什么？

谢谢祝福？

如果是这样的信息，顾远都能想象得到许渺发这条消息时，脸上冷峻漠然的表情。

可不管她说什么，总归要面对的，顾远犹豫了几秒，还是点开微信。

【我在迎江，锦添酒店 2013。】

言简意赅的几个字，如她的性格那般，利落干脆，又冷漠无情。

顾远思绪停了片刻，其实也几乎没怎么犹豫，便抬头对季言初说："兄弟，送我去一下锦添酒店呗，我刚喝了酒，不能开车。"

顾挽纳闷地问："不是要去唱歌吗，你去锦添酒店干吗？"

"不去了，你们去吧，我有事。"顾远眉头纠结在一起，心情看起来有点差。

顾挽很少见他这样，当即道："你不去那我们也不去了，我和季言初一起陪你过去。"

顾远本想拒绝。

但顾挽二话不说，直接往停车场那边走去："走吧。"

跟二吨解释了下，他们三个便开车往锦添酒店的方向去了。

路上顾远一直低着头没说话，季言初和顾挽互换了下眼神，大约能猜到他要去见谁了。

到了酒店门口，让人停好车，季言初问道："需要我们陪你进去吗？"

顾挽知道顾远是个嘴笨的人，怕万一吵起来，他会吃亏，于是又说道："哥，我们陪你进去吧？"

顾远低头没说话，又看了眼许渺发的那条信息，盯着"2013"这个数字，莫名嗤笑了声，忽然道："不用，我也不进去了，让她有话下来说吧。"

他们就等在酒店门口的一处树荫下，夜色朦胧，这里光线偏暗，不会引人注意。

顾远给许渺打电话，不出十分钟，从酒店大堂走出一个女人。

这是顾挽第一次见许渺。

女人身材纤瘦高挑，穿着质感精良的米色大衣，妆容精致冷感，长发梳得一丝不苟，在脑后绑了一个低马尾。

许渺长得很漂亮，但气场过于强大，又面无表情，给人一种很强烈的冷漠疏离感。

不愧是盛行的总裁，她一看就是那种睿智干练的女强人。这种优秀又自傲的人，照理讲，是绝不会看上顾远这种傻乎乎的愣头青。

顾挽突然很担忧地问季言初："你说许渺会不会只是看中我哥的皮囊？她

不会是想跟我哥玩玩吧？”

“应该……不会吧？”

不过娱乐圈里的事，季言初也拿不准。

为了不妨碍顾远他们说话，他俩站得很远，所以这么低声讨论，那边的两个人也根本听不见。

顾远等许渺从酒店门口出来，无声凝视着她走近。

一直到高跟鞋清脆尖锐的踢踏声停在他面前，他才垂下眼，也不说话，安静地站在那里，仿佛这样就能到天荒地老。

“我今天飞过来的。”站了一会儿，许渺突然说道。

顾远沉默了一瞬，抬头看她，笑了下：“婚约取消了？”

许渺微不可察地皱眉，抿唇，冷淡地说：“没有。”

“那你来找我干吗？”顾远立刻有点奓毛，声音不由得扬高几分，“我昨晚发的消息你看不懂？你既然要和那谁订婚，咱们就干干脆脆地断了，行吗？”

许渺定定地看着顾远，倔强地连眼睛都不眨，慢慢地眼圈泛红，含着某种怨恨斜睨着他。

“你少跟我来这套。”顾远也烦了，指着她的鼻子开始低吼，“少装可怜，少博同情，我不会再上你的当，许渺。”

许渺不听不闻，笃定了他会心软，眼泪更肆无忌惮地扑簌簌往下掉。

果然没过多久，顾远咬牙，颓然一叹，无奈又可怜地说：“我只是喜欢着一个人，想跟她好好过一辈子，许渺，既然你给不了，我就只能跟你断，不然你要我怎么样呢？与你保持不正常的关系？”

“我并不爱他，我们的婚姻只是交易，所以……”

所以，为什么不可以呢？

许渺这欲言又止的半截话，顾远算是听懂了。

他不可置信地愣在那里，过了许久，又猛然笑了起来，仿佛听到了一个多么可笑的笑话。

“许渺，你还真想这样啊？”

顾远脸上的笑容越来越大，心里却觉得越来越空。

笑到某个极点，他忽然又一秒敛尽所有表情，眼神阴沉又决然地说：“那你别想了。我卖艺不卖身！”

说完，他毫不留恋地转身，大步朝前面那对年轻的男女走去。

许渺看到那对男女伸手，等顾远走到面前的时候都轻轻拍了拍他。他们相携而去，似乎很快就能融进夜色里，消失不见。

以后再也找不回来。

许渺终于在这一刻产生了某种恐慌，也突然有了无比坚定而清晰的认知。

不管怎样，她都不想失去顾远。

哪怕要与爷爷为敌，哪怕要将世界整个颠倒，她也在所不惜。她清醒过来，疯了一样朝他们追去。

细长的高跟鞋很碍事，她直接脱掉鞋，在冬夜冰冷的马路上光脚狂奔。

她从没做过这种幼稚又疯狂的事。

爷爷告诉她，无论做什么，都要想着盛行，她的形象就是盛行的形象，她要时时刻刻谨言慎行，要永远沉着冷静。

不是顾远，她都忘了怎么明艳鲜活，其实她也才二十六岁，也还是个年轻的女孩子。

“顾远！”

在离顾远百米以外的地方，许渺高声叫他。等看到那三个人终于停了脚步，她才慢慢缓下步子。

许渺一点一点走到离顾远仅有一步之遥的地方，然后站定，告诉他：“顾远，我怀孕了。所以……要不要一起努力试试？”

许渺突然说出来的话太具有震撼力。

一时间，那并排站在一起的三个人都呆若木鸡地僵在了那里。

顾挽是第一个有反应的，偏头盯着顾远，有些艰难，一字一顿地问道：“孩子……是……你的？”

顾远也像个木偶一样转头：“废……废话！”

顾挽和季言初同时惊得说不出话来。

好半晌，顾挽才想起来问：“你说你平生最讨厌什么人来着？”

顾远闭嘴，选择不回答。

可天道好轮回，季言初不会放过他，于是帮着他回忆：“我远哥平生最讨厌让女人未婚先孕的男人，做这种事的人，简直猪狗不如，即使是他兄弟，也决不放过他。”

顾远的脸已憋成了猪肝色。

“远哥，现在怎么办？”季言初这个问题倒不是奚落他，而是真心在问。

顾远一时无言，盯着他面前不远处的女人，忽然瞥到她光着的脚，才皱眉开口：“你先把鞋穿上。”

许渺也仿佛此刻才发现似的，脚趾冷得蜷缩了下，弯腰低头，准备穿鞋。

“等等！”顾挽及时阻止。

她话音未落，人已经蹿到了许渺那边，帮着许渺骂顾远：“你死人啊？许姐姐现在是有身孕的人，不能轻易弯腰的，你过来换。”

见顾远还是愣愣站着不动，顾挽朝季言初轻微偏头，使眼色。

季言初接收到信号，推了顾远一把：“对，应该你去换。”

顾远认命地帮许渺穿上鞋，视线落在那能戳死人的细长鞋跟上，站起来，僵硬着声音道："以后，不要穿高跟鞋了。还有……"

当着自己兄弟和妹妹的面儿，顾远很难为情，但还是问许渺："你说要一起努力试试，是什么意思？"

许渺现在已经冷静下来了，可就算冷静下来，她的想法还是跟刚才追过来的时候一样。

"我的婚约还没有退，我爷爷也很难对付，家族各方势力都在虎视眈眈，也都……不会看好我们在一起。"

她艰难地咽了咽嗓子，停了一会儿，才问顾远："要面对这么多困难，你怕不怕？"

"怕什么怕！"

顾远胸口起伏剧烈，脸上早已是遏制不住的狂喜，眼睛里仿佛点燃了两团火，即使在黑夜，也像漾了月光般，亮晶晶的。

他欣喜若狂地走近，将许渺紧紧搂进怀里："我从来都是的。只要你许渺点下头，不管刀山火海，我都不带怕的。"

因为他等的始终都是许渺那一个肯定的命令而已……

他们几个人一起回来的时候，陶嘉惠和顾怀民正准备去老张家打麻将。

一伙儿人在玄关处相遇，孩子们一窝蜂地拥进来，仿佛跟觅食回来的小鸭子似的。

陶嘉惠站在玄关处，就差要拿手点人数了。

一个，两个，三个，四个……

嗯？

陶嘉惠眉梢一提，怎么多了一个？

十几分钟之后，她才知道自己错了，根本不是多了一个，而是两个！

托顾远的福，他们直接当了爷爷奶奶。

顷刻间，顾家炸了！

"顾远，我看你是活够了！"陶嘉惠的嗓音突然如炸雷似的，"从小我是怎么教育你的？啊？要善良端正，要品行高洁，可你倒好，给我厉害得，居然让人姑娘未婚先孕？"

她忍不住要去踢顾远，被顾怀民一把拦住，徒留那只脚在拼命地踹空气。

"你说，你自己说，现在该怎么办？"

顾远跪在地上，垂眼睨着陶嘉惠飞舞的脚尖，时刻提防她一脚踹自己脸上。

陶嘉惠突然回头，笑呵呵地对顾挽说："崽崽，带你嫂子回房，现在这场景，胎教不好。"

“哦。”顾挽也见怪不怪，淡定地拉着许渺，“姐姐，我们去房间里坐会儿？”

倒是许渺，真心第一次面对这样的场面，有点不知所措地看着顾远，难得傻气担忧地问了句：“你不会被阿姨打死吧？”

顾远心情实在太好，哪怕是挨打，也乐意浑身舒坦地享受着。

他朝许渺挥挥手，笑容狡黠：“放心吧，不会的，把我打死了，他们还怎么当爷爷奶奶？”

等许渺跟着顾挽进了房间，顾远看一眼那边因为拦着陶嘉惠去厨房拿刀，拉拉扯扯扭在一起的三个人。

他清了下嗓子，然后恢复一脸认真，正色道：“好啦，别吵了，我打算结婚。”

“不结婚你还打算怎样？”陶嘉惠忽然停下，一脸“这还用说”地冲过来，“关键问题是，现在是你想结就结吗？人家可看得上你？”

顾远挑挑眉，恬不知耻地得意：“看不上我还能怀上我的崽？”

不过也就得意了一秒，下一秒，他又苦哈哈地跟父母道出实情：“其实看不上我的不是她，是她爷爷。”

见大家都恢复了一丝理智，季言初松开手，慢慢解释：“许渺是盛行集团的首席执行官，盛行是她爷爷许盛儒一手创立的家族企业，旗下涉及商业地产、连锁百货、高级酒店、娱乐影视等多个行业，是当今国内，甚至国际上都名列前茅的世界级企业。”

顾怀民听完，一脸了然地点点头：“这样的人物，看不上我们顾远很正常。”

“那怎么办？”陶嘉惠一脸愁眉不展。

季言初想了想，说道：“这个事情，解铃还须系铃人。许渺是他的亲孙女，自然是她自己跟她爷爷说最合适。但顾远你肯定也不能袖手旁观，吃苦卖力的活儿，得你来分担。”

见顾远一脸蒙，季言初索性更简洁地说：“简而言之，就是许渺负责动嘴皮子，你负责表忠心卖惨，以你的实际行动和态度去感化人家长辈。你们一个晓之以理，一个动之以情，时间磨久了，老人家自然也就同意了。况且你们还有一个终极王牌，就是孩子。”

他说着，拍了拍顾远：“我记得你曾经跟我说过，许渺她父母很早就过世了，她弟弟也一直身体不好，许家三代人丁单薄，所以这个孩子，她爷爷一定会非常看重。能不能成功，或许这个孩子，就真的是关键。”

顾家父母听完，连连点头：“言初说得有道理。”

看到一丝希望，陶嘉惠激动地拍拍手，立刻动员大家：“咱们现在就把行李收拾好，今晚都好好休息，明天一早，我们一家就陪着你俩去找她爷爷。不磨到他同意，我们就不回来。

“人家姑娘不容易，背负这么大的压力，还选择跟你在一起，咱们家也不能输，要把态度和决心摆出来。”

陶嘉惠一脸坚定，握拳：“我和你爸就算是去撒泼打滚，也要帮你们把婚事办成喽！”

撒泼打滚？

顾怀民想象一下自己打滚的样子，心有戚戚焉：“咱有理说理，打滚不至于，真不至于。”

一家人商量好，当天晚上就订了机票——第二天一早的飞机。

顾挽因为年纪小，毕竟还是个学生，陶嘉惠觉得让她过多参与这种事不太好，于是临行前，把她从队伍里刷了下来。

既然她被刷下来了，那季言初自然也跟着被刷下来。

两人被勒令“驻守阵地”。

闹哄哄的一家，突然只剩下他们俩，两个人当天还一时有点不习惯。

直到当天晚上，顾挽可以不用忌惮任何人，可以大摇大摆地闯进季言初的房间。假装纯洁了好几天的两个人才终于享受到二人世界的甜头。

长辈不在家，又累又烦的拜年活动就有借口往后延期。

他们仿佛又回到了暨安，日子过得惬意而缓慢，除了每晚定时和姥姥视频，问一下她的身体，和陶嘉惠视频，问一下顾远那边的进程，基本上也没有其他大的事情烦心。

没事的时候，他们就窝在沙发上看书、看电影。

顾挽画画的时候，季言初会尝试烘焙，做一些小饼干、小蛋糕之类的，来喂他的“小宠物”。

顾挽一直过的是农历生日，今年生日很巧，正好和情人节同一天。

当晚，两人商量着明天要去哪里过生日。

季言初想了下迎江比较好玩的地方，忽然从记忆里跳出一件事：“你记不记得，去北城游乐园玩密室逃脱那一次，是我付的钱？”

他问完顾挽，斤斤计较地抱怨：“你当时还承诺下次会请我，结果到现在都没请。”

顾挽眨眨眼，想起来有这么一回事，点头道：“好像是的。”

“那我们明天去那里玩吧？”季言初提议。

“啊？”顾挽呆呆地看着他，表情有些欲言又止。

她确实有些忌讳，毕竟很多年前，季言初就是在那里和季时青大吵了一架，然后知道了自己的身世。

其实那一天的回忆，并不美好。

但季言初现在倒感觉没多大影响，和顾挽在一起后，心里空旷的地方早被幸福感填得满满当当，所以那些不好的人和事，现在回想起来，也没从前那样敏感不可提及。

渐渐有些远，仿佛悲惨的事情都留在了上辈子。

“一定要去那里吗？我请你玩别的好不好？”

顾挽有些为难。

她低头考虑了半秒，忽地眼睛亮了起来：“我请你去我房间玩好不好？”

季言初来了那么多天，之前一直碍于父母和顾远都在家里，他也一直恪守知礼，从未踏入顾挽的房间半步，即使偶尔两人有些小动作，也都是顾挽去他的房间。

是以此刻，当顾挽这么提出来，他竟有些欢喜。

“趁家长不在，去你闺房玩会不会很没礼貌？”

季言初眼角眉梢全是笑意，嘴上虽然这么说，却一点没有不礼貌的自觉，迫不及待地站了起来。

顾挽也弯着唇，牵着他，走到自己房间门口，转动把手推开门。

“欢迎来到顾挽的世界。”

她回头，笑眯眯地对季言初说。

小女生的房间，配色都是明艳而偏粉调，和暨安那边她的房间基本大同小异。

季言初缓缓走进来，气息微屏，莫名生出一种局促紧张的仪式感。

他的视线从门口依次往里逡巡：立式柜、公主床、衣柜、小书桌、大书架……

书架上有一本画册，名字很显眼，叫《顾挽的五年》。

季言初一时好奇，从五颜六色的书丛里将那本画册抽了出来，然后轻轻翻开。

看到里面的内容，他瞳孔骤缩。

这是一本人物肖像画，厚厚的一本画册，明明名字叫《顾挽的五年》，可里面的每一页，画的却都是一个叫季言初的人。

初次相遇的那晚，他都不记得自己穿的是白色运动衣，脖子上还有个黑色的耳机；他也不记得，顾挽给他补习的时候，原来他还伏在桌子上睡着过；还有她第一次来例假，给她买东西，推开门，他摸过她的头；那次去暨安的火车上，他戴了黑色的毛绒帽子，口罩也是黑色的，眼睛里溢出的光，却是温暖的橘色；还有他站在暨安大学门口的样子，在咖啡馆做兼职的样子，以及毕业后，从容出庭的样子……

不过后面背景开始模糊，只有他的模样始终如一的清晰。

“从你上大学到你毕业，我都不在你身边，后面这些，都是我自己想象的。”

顾挽从季言初手里抽走画册，有些难为情地合上。

他侧眸看她："为什么叫《顾挽的五年》？"

顾挽低头，说道："因为这些都是和你分开那五年画的。"

季言初说不出任何话，只觉喉间有什么堵得难受，心里仿佛也泡着咸咸的盐水，辛酸又苦涩。

"我有穿梭时光的能力就好了。"

他抱着顾挽，一点一点，从她的额头开始亲吻，轻轻浅浅，流连而下，抚平她眉间的愁绪，描摹眼睫里的深情，最后停在唇畔，细数无尽的温柔呢喃。

"如果我有穿梭时光的能力，我一定会回去，告诉十三岁的小顾挽，不要着急，慢慢长大，你所爱的人和爱你的人，你终会拥有他。

"我也会告诉十八岁的季言初，你应该更勇敢，更强大，未来你的家人很多，需要你保护的人也很多。"

他的姑娘，从十三岁到二十岁，走过了一段艰辛而漫长的旅程。

所幸最后，她喜欢的人，也终以爱人的名义，走进了她的人生。

顾挽二十岁生日那天，季言初带她去了很多地方，北城游乐场、迎江一中，还有清河苑旁边公园里的那个凉亭。

最后，他们回到一开始相遇的那个小巷。

"我知道你还小，但有些事，我等不及了，总觉得应该现在就做。"

余晖在积雪的路面铺出一道灿金色，混合着雪白，像梦里的旧时光。

季言初从口袋里掏出那个方形丝绒盒子，单膝跪地，笑着说道："生日礼物。

"它也有个名字。

"叫'言初的一辈子！'"

他缓缓打开盒盖，里面立着一枚璀璨夺目的钻戒。

顾挽捂住嘴，瞬间泪流满面。

季言初仍旧跪着，仰着头，眼里满是灼热和期盼，娓娓低沉地和她说："一直以来都是你在等我，从现在开始，换我等你。等你毕业，等你长大，然后等你在一个合适而美好的年纪，给我一个家，好不好？"

顾挽哭到说不出话，却忙不迭地点头，伸手让他戴上戒指，然后激动不已地亲吻他。

阳光灿烂，巷子里的雪在无声融化。

他们牵着手，不疾不徐地往前走，一抬眼，仿佛就能看到很久很久的以后。

路有尽头，幸福却永无止境。

季言初曾在绝望凛冽的寒冬离开，又在希冀盎然的初春回来。

岁月在他们之间奔流不息，那个姑娘固执又努力，终于把喜欢刻成了爱的模样。

此后你比流年更灿烂，你与风月总相关！

番外一

/

顾远 & 许渺

许渺第一次遇见顾远，正好是她答应爷爷见霍家小儿子的那天。

她从很小就知道，自己这一生，终将是要为盛行奉献一切的。

如果不是弟弟许燃病了，这个庞大的家族企业需要一个人撑着，可能她也等不到二十六岁才来谈婚论嫁。

或许会在很早很早，为了促成某一个合作，某一笔生意，嫁做人妇。

心理建设已经做了十几年，所以爷爷跟她提及这件事的时候，许渺内心毫无波澜，仅仅像是接受一个再正常不过的任务，点头说：“好。”

她把见面的地点直接约在盛行，并不想为了这样的小事耽误工作，甚至见面的间隙，还让助理把最近投资的那个影视项目启动交流会安排在大厦顶层的会议厅。

霍景尘来的时候，捧了一束玫瑰，颜色很新鲜，娇艳欲滴，应该就在前面街角那家花店买的。

他还算配合，绅士得有模有样，把花递给许渺的时候，眼里都是惊艳，仿佛一见钟情。

“我以为像你这么聪明能干的女人，长相都会很……”霍景尘耸肩笑了下，想出一个不那么难听的词，“霸道。”

许渺闻言勾唇，坦然道：“在我这里，你想说什么大可不必遮掩。我知道你游戏花丛、声名狼藉一样，我不在意，所以你也不用太拘谨。”

霍景尘明显愣了一秒，随即，爽朗地笑了起来：“行，我喜欢你这种直爽的性格。”

“既然大家都心知肚明，那咱们就开门见山，提前把一切都谈开？”

自己那摊子烂事被知道，霍景尘连害臊的想法都没有，直接说道：“我是个爱玩的人，喜欢女人，各种不同的女人，这一点你要能接受，而且不能有一点点企图约束我的想法，能做到，咱们就继续往下谈。”

许渺眼皮都懒得抬，点头表示无异议。

见她同意，霍景尘满意地点点头，继续说道：“家里的生意我是不太管，但需要咱们露面假装恩爱的时候，请一定要情真意切一些。还有，如果有需要，要生个孩子的话……”

“这个不行！”

许渺突然出声打断。

她缓缓抬眸，毋庸置疑地伸出两根手指：“以后盛行需要你配合的时候，必须全力配合，然后，不发生关系，各玩各的，能做到，咱们就继续往下谈。”

霍景尘再次愣住。

等把这桩婚姻的“生意”谈妥之后，许渺送走霍景尘，正好助理那边会议安排也准备得差不多了，说目前就只有几个主演未到。

她抱着霍景尘送的花等电梯，在此期间，四周看了眼，发现这边没有垃圾桶。

电梯上行，从一楼缓缓上来，到了她这层，“叮”的一声，门打开了。

许渺一抬眼，和里面戴着帽子口罩，捂得只剩一双眼睛的男人视线猛地撞在一起。

里面的人似乎也没提防，愣了一秒，随即双手抱胸，懒散地往旁边让了让。

许渺低头进来，觉得这双眼睛很陌生，而且这个人也似乎有毛病，大夏天捂这么严实，不热？

也或许，他不像有毛病，倒更像是伺机行凶的恐怖分子。

许渺面无表情，即使这么想，内心也升腾不起一丝怯怕感。

只是素来对任何事都没什么好奇心，却很怪异地，自进了电梯之后，她一连看了这个男人好几眼。

每一次，许渺抬眼看他，这个人便也垂眸，轻飘飘地回她一个眼神。

直到许渺第五次偏头的时候，靠在壁厢上的人终于稍稍站直了点身子，微不可察地笑了声。

“粉丝？”

他突然出声，嗓音自带高昂的蓬勃朝气，一听就知道是个性格开朗的人。

许渺抬头，有一瞬的懵懂。

然后在她还没反应过来的时候，男人突然倾身，弯腰抱住了她。

“你们这些粉丝也是厉害，连盛行也混得进来。”

他一边说，一边安抚性地在许渺后背轻轻拍了拍：“感谢喜欢，辛苦了，我会更加努力的，你也要好好加油哦！”

男人个子很高，弯腰抱她的时候，有一大片的阴影倾覆下来。

许渺的鼻尖轻触他的肩膀，闻到他衣服上有清新宜人的薄荷香。

味道冷冽，却让人觉得很阳光。

许渺不讨厌，竟也没有反抗。

但拥抱也仅是一瞬间，他很快就放开来。

他口罩上方的眼睛，已经弯成了月牙形，亲和爽快地问道：“签哪里？”

“什么？”

睿智的许渺再次一脸茫然。

男人仿若见怪不怪，无奈地笑了笑：“见到偶像高兴傻了？我问你，签名签哪里？”

许渺终于想起自己安排的那个影视启动会，有点无语地看向这个人。

所以，这人是把她误认成自己的粉丝了？

他竟是个艺人。

哪家的智障艺人？

智障艺人不知道别人在骂他智障，还在那里继续说道：“没带本子或照片之类的吗？实在没招儿我签你衣服上也行。”

“不要。”许渺冷漠地拒绝。

“不要吗？”对方意外地挑眉，还重复问了遍，仿佛在确定你不会后悔。

“那行吧，既然不要签名，我再给你个拥抱好了。”

说着，他又熟门熟路地轻拥了下，并贴心地交代她：“以后不要再做这种事了，随便偷偷进人家公司很危险的，我心里知道有你们这群粉丝在支持着我就行了，待会儿赶紧回去吧。”

电梯到达顶楼，他走出电梯之前，自然而然地从许渺手上拿走那捧玫瑰，还朝她挥了挥手。

“花很漂亮，我很喜欢，谢谢啦！”

许渺彻底无语。

她活了二十六年，是第一次遇到这样的人，以至于僵在电梯里，又傻兮兮地坐了个来回。

那花……

算了，他拿就拿去了吧，也省得她再去找垃圾桶扔。

不过让她更感兴趣的是，这人知道自己认错人，知道她的真实身份后，会是什么反应？

后来，许渺作为投资人出现在会上，如愿以偿地看到那个男人呆若木鸡的脸。

以及，果然不愧是艺人，摘掉帽子和口罩，这人的颜值——

还算过得去吧。

许渺不情不愿给出肯定评价。

他们匆匆握手，有人介绍他的名字，叫顾远。

顾远尴尬地点头，尴尬地说了句：“你好！”

许渺忽然发现，自己的心情奇迹般地变得很好，有点想笑。

其实之后，他们也没再有什么交集。

那个电影的投资，许渺本也是为了还合作伙伴的一个人情，赚不赚钱，意义不大，她也不在乎。

所以更不会放多少心思在上面。

再次听到顾远这个名字，是后来某个清晨，她吃早餐的时候，从电视播放的新闻娱乐头条里。

新闻说拍到同剧组女演员深夜进入顾远的房间，两人共处几小时，直到凌晨时分，才看到女方衣衫不整地回了自己房间。

彼时许渺正在喝粥，只吃了一口，有点烫，仿佛全然没了耐心，连粥同碗一起扣进了垃圾桶。

许渺修养极好，生气或高兴，从来都不会太夸张地表现在脸上。

当时保姆吓了一跳。

许渺不动声色，温和地解释了句：“粥里有根头发。”

当天中午，她飞到拍摄地，约见了顾远和他的经纪人。

她一副资本家利益高于一切的姿态，把话说得很难听。

“这事儿本来也是顾先生的私事，我无权干涉，但之前启动会上我就说过，拍摄期间我不希望听到任何对影片有负面影响的新闻。

“所以烦请顾先生，下次再怎么饥渴难耐也都忍一忍，搅黄了电影，大家都没钱赚，对你对我都不好。”

顾远也正为这事头疼不已，鬼知道那晚他洗澡洗得好好的，那个女人突然来敲他的门，趁他没穿严实各种撩拨纠缠，他还被吓得不轻呢。

要不是两家公司有捆绑合作，怕闹大了都不好看，顾远当晚就要报警了。

公司那边不作为，已经让顾远窝了一肚子火，现在又无缘无故被这个娇小姐数落一顿。顾远当即奓了毛，从沙发上跳起来企图跟许渺理论。

他这个火暴脾气，经纪人不是第一天带他，自然知道，眼疾手快地拦住他，说了许多好话，各种保证，然后强行把骂骂咧咧的人拖走。

一出来，没人管了，顾远原地开骂：“什么玩意儿，她以为她是谁？别说我和人没什么，就算是有什么，她管得着？”

“管不着。”经纪人笑呵呵地点头，随即道，“但你别忘了她是投资方，她不高兴，随时可以把咱们踢出局，你还想不想转型了？”

顾远不甘地动动唇，到底还是没按住脾气：“我是想转型，但你看看这位，我原以为她整天一副盛气凌人摆张臭脸的样子，顶多算性格不够可爱。可我现在发现，她从头到脚，从智商到情商，都没有可取之处，要我卑躬屈膝给她捧脚，对不起，我做不到。”

“那你要怎样？”

身后办公室的门不知什么时候打开了，许渺抱肩靠在门口，不露喜怒地看着他。

“这部电影，你不想演了是吗？”

经纪人已经被吓得魂飞魄散，万分懊悔自己没有拦着点顾远，还没离开人家地界就任他信口开河。

“怎么可能呢，许总许总，您别听顾远瞎扯，他这人嘴笨，不会说话，您息怒。”

经纪人点头哈腰过来赔礼道歉，回头又去拉顾远。

顾远身量修长，站得笔直，眼神无畏无惧地和许渺对视。

“无所谓。”

他浑不在意地说。

经纪人聒噪的声音渐渐飘远，许渺唇线拉直，到此刻才忽然想起来问自己：我过来干吗？

这个项目即使赚钱她都看不上。

男艺人和女艺人的私生活更是和她隔着十万八千里的毫不相关。

那她来干吗？

从看到新闻到飞机落地，她只用了几个小时。用几个小时，气急败坏地过来和这人吵了一架。

许渺觉得自己有病。

她在这边待了一个星期，头一次气度过人，没有计较顾远那次的出言不逊。

顾远向来也是个憨厚直率的性子，本就是他背后说人，人家姑娘听了都没计较，他就更加不好意思了。

之后许渺去过几次片场，每次去，给所有人都带了吃的喝的，特别是顾远那份，精致有心，豪气阔绰，顾远越发觉得自己小家子气。

再后来，他们见面会简单地打招呼，从针锋相对慢慢成为点头之交。

许渺花了一笔钱，让人从那女艺人的口中套出那晚去找顾远的真实目的。

那是一段两人交谈的录音，女艺人不知道被人暗算，和盘托出：“还不是为了炒作，你知道《泣血长安》在筹拍，张大导演亲自操刀的鸿篇巨制，听说他有意接洽顾远，想让他演男主角。你说我要是和他真炒热了，说不定也有我的戏呢！

“本来嘛，我就是想进去待一会儿，造成我们有关系的假象就好。谁知道我一进去，他刚洗完澡，就穿了件浴袍，那身材，啧啧……”

套话的人跟着笑了，最后试探道：“所以……你们真发生关系了？”

“我倒是想呢！”

女人遗憾又不甘地咂咂嘴：“可他一副见了鬼的样子，抱着电话就要打110，我还能再待下去吗？”

许渺听完，把录音甩给了一家娱乐工作室，又给了一笔钱，没几天，圈内颇具影响力的娱乐大V就发了这条音频，顷刻间，直冲热搜第一。

同时一起上热搜的，还有“顾远的身材”这个话题。

事情峰回路转，顾远等于躺赢，粉丝猛涨，话题热度不降，一时风头无两。

然而，许渺做完这件事，却没了享受成果的心思。

许燃从国外回来，与爷爷大吵了一架，闹到了要脱离许氏的地步。

许燃是许渺一手带大的孩子，从父母在她十二岁那年离世后，偌大的房子里，除了帮佣就只有她和许燃。

很长的一段岁月里，她和许燃犹如两只互相取暖的猫，她总把弟弟紧紧护在怀里，像个小母亲，更像个小战士。

许燃从前很依赖许渺，走到哪里都离不开她。

但许渺却没想过，有一天，她最疼爱的小猫，会那么痛苦地问她：“许渺，你觉得你自己在活着吗？”

许燃说这话的时候，像是受伤的困兽，眼里满是绝望的哀戚：“许渺，如果你不想看到我死，你就让我走吧。”

于是许渺松了手，看着许燃在黑夜离开。

许渺独自一人开了房间，喝得酩酊大醉之后，放肆号啕大哭。

顾远的电话打进来时，她意识开始涣散，接了电话，却怎么也止不住哭泣。

“你怎么了？你在哪里？”

顾远的声音关切又紧张。

那一刻，许渺发觉心里好受了很多。

她挂了电话，给顾远发了条信息，很简单的几个字：【景添酒店，2013。】

很快，顾远在外面敲门。

许渺开了门，眼睛通红地看着他。顾远站在门口，高大的身影将她笼罩在一团阴影里。

他们都没说话，顾远胸口轻微起伏，仿佛跑过一段路。许渺微微侧身，让他进来。

过了好半晌，顾远才说道：“我是来谢谢你的，我刚刚才知道，那个录音是你弄的。”

许渺依旧无言，无甚兴趣地坐到地毯上，捞起旁边的一瓶酒，递到他面前。

顾远睨了一眼许渺没穿鞋的脚，也跟着缓缓坐下，柔声细语地问：“你怎么不穿鞋，冷不冷？”

冷不冷？

好像这还是第一次有人这么问她。

她一直是那个被需要的人，从前许燃需要她，后来盛行需要她，似乎她都没想过自己需要什么。

“冷啊，怎么会不冷。”

许渺忽然红了眼圈，头一次那么委屈巴巴地跟一个人说话。

“顾远，我告诉你一个秘密。你是第一个抱我的人。”

你是第一个那么温柔，那么小心翼翼地抱着我，对我说“辛苦了，要加油”的人。

顾远愣在那里，看许渺的眼神一点一点变得幽深。

许渺笑了下，用指尖点了下顾远的鼻子：“你喜欢我，对不对？”

这个男人太单纯，太好懂了。

顾远以为自己隐藏得很好，以为每次见到她没个好脸色，别人就不会发现。

他幼稚得像个涉世未深的小孩。

许渺不想骗这么纯粹的人，老老实实地交代：“可我不会谈恋爱，也不会喜欢任何人，我做不了主，婚姻和喜欢一个人，都不能。”

“可你会冷，不是吗？”

顾远脸上依旧没表情，眼神依旧很深。

这个问题，许渺想了一秒，最终不得不承认：“是，我会冷。”

那一刻，她仿佛被顾远点拨透了，忽然很想抓住些什么。

她也是个人啊，应该会哭会笑、怕痛怕冷，是个有血有肉的人。

如果真有那样一个人，在她笑的时候抱抱她，哭的时候哄哄她，冷的时候再来暖暖她，那就真的太好了……

许渺扑向顾远，在吻住他的一瞬间，她庆幸自己喝了很多酒，可以肆意妄为之后，再有诸多借口。

她也喜欢顾远，一直不愿面对，却始终清晰地知道。

其实她也考虑了很久，还是想拥有这么疯狂的一晚，去触碰内心最真实美好的自己，以后年年岁岁，再黯淡无边，她也有所珍藏。

可明令禁止的界限一旦冲破，爱欲就像引泄奔赴的山洪，再去阻拦，为时已晚。

许渺像个没谈过恋爱的小女生，她和顾远飞到国外，在无人认识的街头牵手，毫无顾忌地接吻，然后在一个个喘不过气来的夜晚，被他折腾到哭。

最动情的时候，顾远说道：“许渺，这才是真正的你，温暖、鲜活，又美丽。

我不想放你回去，怕你再做那个提线木偶、冰冷的瓷娃娃，我看到会心疼。”

可顾远的心疼不值钱，比不过一张财务报表，比不过盛行，甚至比不过爷爷一句“你在哪儿”。

爷爷问的当天，许渺扔下顾远独自回国了。

走的时候，她连头都不敢回。

许渺知道自己的行踪爷爷都知道，所以当爷爷问的时候，她没有隐瞒。

“他是个艺人。”

“玩玩可以，当真不行。”爷爷不是商量，是命令。

许渺低头沉默了好久，最后还是懦弱地点了点头。

顾远后来找过许渺一次，不死心地追问：“许渺，我们这样一次又一次算什么？”

温暖鲜活的许渺已经变回了瓷娃娃，冷冰冰地回答：“你就当我们都在玩，我没放在心上，你也不用。如果你不愿意，可以随时停止这段关系，我会弥补你想要的。”

话音未落，顾远嗤笑出声，之后却是漫长无尽的沉默。

“许渺，我这人不聪明，还特别好骗，但你也不能……这么欺负我！”

足足有两个多月，顾远再没出现过，电话、微信，都不曾传来只言片语。

很快，许渺又被忙碌纷乱的节奏淹没。

她一旦忙起来，通常很多事情都记不得。等自己再想起来的时候，才发现已经很久没有来例假了。

大年三十的晚上，她还在医院等验孕报告，确定自己怀孕的那一刻，许久没有消息的顾远终于发了条微信。

【我们就这样吧，祝你幸福！】

简简单单的字句，仿佛执拗了许久之后的释然。

就这样吧，美好地相遇，再潦草地收场。

许渺突然不甘心，感到很恐慌。也是在这个时候，她才慢慢想起来，自己似乎真的很过分地欺负过顾远。

他看上去不聪明，总是没心没肺的样子，所以别人很容易忽略他的感受。

连她也一样。

每次她都是先自私地考虑自己，考虑爷爷，考虑盛行，考虑了全世界所有人之后，最后才会考虑他。

打车去机场的路上，许渺像那次在酒店一样，哭得很伤心。

临上飞机之前，许渺给爷爷打电话，从小到大第一次忤逆他，不是赌气，而是真诚又热切地跟他坦白。

“我喜欢顾远，我不想和其他乱七八糟的人联姻。这些年，我从来没要求过任何东西，可我愿意拿任何东西来换他，除了他，我谁都不要！”

许渺想起许燃走的时候问她的那句话——

“你觉得你在活着吗？”

飞奔向顾远的那一刻，许渺听到了自己有力的心跳声，仿佛能把耳膜鼓动得生疼。

那也是她第一次，听到自己活着的声音。

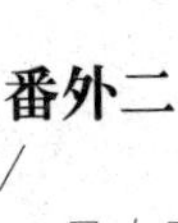

番外二

/

二月十四，晴，宜共结连理

又是一年新年。

本来今年应该是轮到顾挽留在暨安过春节，但六月底她参加完毕业典礼，就拉着季言初一起把婚纱照也拍了。

陶嘉惠当时就说了一嘴，既然婚纱照都拍了，那过完年正好领证，儿女都成家了，也省得她老操心。

于是临近年关，季言初就被姥姥踢给了顾挽，让顾挽把人带走。

走之前，季言初带顾挽去祭拜了一下温馨。

即便是确定了恋爱关系后，季言初每次来墓地都不愿意带着顾挽。不是因为别的，而是觉得这个在世时就百般厌恶他的人，哪怕已经去世多年，那种心灵经受的折磨也让他忘不了。温馨不喜欢他，那自然，也不会喜欢顾挽。

所以，他干吗要让自己心爱的女孩受这份委屈。

“但这次不同……”

季言初立在墓前，盯着石碑上那张已经浅淡的黑白照，脸上的神情紧绷而肃穆。

“我今天带她来，压根儿就不在乎你喜不喜欢。我就是心里太高兴，忍不住想告诉你一声，这是我喜欢的人，我们马上要结婚了，我会跟她永远幸福。”

因为激动，季言初略微深呼吸，之后还有几分赌气。

“我们会一直幸福给你看的。”

顾挽默认般握住季言初的指尖，用力地捏了捏。

季言初偏头，与她对视。

什么都不用说，只一个眼神，心口初见端倪的裂痕便已经迅速愈合。她温暖柔软的掌心，也源源不断在倾注着无限力量。

就在这一瞬间，季言初释然一笑，觉得一切真的就没必要。

所有的他都不在乎了，他只在乎和顾挽的以后……

迎江今年冬天下了一场大雪，除夕过完后，竟然都是晴天，气温高得简直不像在过冬。

两人去领结婚证的那天，正好是公历二月十四，情人节。

这个日子比较特殊，季言初料想注册的人会很多，清晨五点就把顾挽给拉起来，说是要早点去民政局门口排队。

顾挽信了他，结果六点到民政局门口，大门外的灯都没亮，别说排队，连个人影都没有。

顾挽无语地直翻白眼：“你是不是傻？”

“真不像话。”季言初还埋怨别人，“怎么结婚这种事大家都不积极？”

顾挽又忍不住笑了，问道：“那现在怎么办？”

季言初隔着车窗往外看，旁边有家早餐店开了门，门口的蒸笼里冒着热腾腾的白雾。

“要不先去吃个早饭吧？”

两人下车，裹着衣领跑到小餐馆里坐下。

老板热情地过来打招呼：“你们是来领证的吧？”

季言初满脸兴奋地点头：“是的啊，好像来早了。”

“大喜事，宜早不宜晚。”端着包子的老板娘也过来打趣，“哎哟，你看这小两口长得，俊得没边儿了。”

顾挽因为那个“小两口”羞得只顾闷头喝水。

“谢谢老板娘夸奖。”季言初倒是特高兴，扬眉直接笑出了声。

老板娘盯着他又“哟”了一声，笑着说道：“新郎还有那个什么……哦对，括号笑呢，待会拍照的时候就这么笑，特阳光。”

季言初没听懂：“括号笑？什么括号笑？”

老板娘一脸“这你都不知道”的表情，拿食指在自己嘴角两边划拉了下：“就笑起来嘴角有两个钩啊，我女儿喜欢的明星也有，她说这叫括号笑。”

老板端来吃的，又贴心地建议：“待会儿吃完你们可以去买点烟和喜糖，去扯证的时候给遇到的工作人员都发一发，让他们沾沾喜气，这样人家给你们办得也快。”

“好好好。”季言初连连点头，“谢谢大叔。”

吃完早饭，他们买好烟和糖果又特意折了回来，给老板和老板娘塞了一包烟和一包喜糖。

“你们也沾沾喜气。”季言初一边往外走，一边笑着说。

“那就祝你们小两口百年好合，早生贵子！”

老板娘将他们送到门口，又在嘴角比画，打趣道："新郎官，拍照记得笑开心点哦！"

往民政局走的路上，季言初脑子里还在琢磨刚才老板娘说的括号笑，也是这个时候某些事才突然想起来。

"原来那一晚，你说的小括号是这个？"

他指着自己的嘴角，侧眸盯着顾挽不怀好意地直笑。

顾挽红着脸，还没想好怎么辩驳。

他又兀自回忆得更多："还喜欢我的喉结和喉结旁边这颗痣？"

他恬不知耻地靠过来，附耳轻声揶揄："顾挽，你怎么这么色啊？"

顾挽恼羞成怒，追着他一阵捶："啊啊啊，季言初你是不是皮痒了？"

后来拍结婚证照片的时候，季律师果然听了那个老板娘的话，咧着嘴，刻意压肩挺直了脖子，把他为之得意自豪的小括号、喉结、吻痣统统定格在了那个红本本上。

经过一系列的流程，真真切切把结婚证拿到手，已经是上午十点多了。

出了民政局，季言初要求顾挽把红本本拿手里举起来，然后自己也是同样的做法，对着阳光拍了张照。

他现在矫情得要命，一点点事情就喜欢发朋友圈。

而此张照片配的文案是：【二月十四，晴，宜共结连理！】

发完他又磨着顾挽发了条一模一样的。

"顾挽？言初？"

两人正打打闹闹，突然从后面传来个小心试探的声音。

他们下意识同时回头。

身后站着一男一女，女人微瞪着眼，一时说不出话，眼里有震惊、激动，还有遏制不住的高兴。

时间仿佛飞速回到多年前的那个夜晚，他们在游乐场不期而遇，之后，才是一切故事的开幕。

"余老师？！"

几乎是同一瞬间，顾挽和季言初都认出了余今安。

其实认出也并不难，余今安保养得当，与八九年前的样子变化不大。只是她如今留着一头利落的短发，穿着偏中性的夹克工装裤，完全褪去了当初的温柔淑女形象，反倒显得更青春干练。

很飒，很帅气。

"多年不见，你们都长大了。我刚刚也不敢认，所以就故意喊了一嗓子。"余今安边说边笑，然后挽着旁边的男人，向他们介绍，"这位是陆宇航，我男……

哦不对，现在应该是老公了。”

此情此景，季言初不由得想起了季时青。

此刻和那年很相像，季言初不动声色地看向余今安身旁的男人，内心五味杂陈。

男人的穿着和余今安一个风格，像是情侣装。不管是谁改变了谁，但至少，他看向余今安的时候，眼里满是柔情和宠溺。

是爱她的人，和季时青不同。

季言初又稍稍欣慰，搂过顾挽，也笑着同余今安说：“巧了，余老师，我现在也是你学生的老公。”

这里是民政局的停车场，余今安本来就有了几分猜测，不过听他亲口说出来，那种喜悦才是真真实实的。

“就……谁能想到，缘分竟是这么个奇妙的东西。”

或许是余今安也想到了从前的那些人、那些事，忍不住热泪盈眶地感慨。

毕竟季时青是个大家都很忌讳的存在。

顾挽抽了张纸巾给余今安，刻意将她拉开了些，才小声说道：“余老师，现在我们大家都很好，很幸福，这就够了。”

余今安甚是认同，颇感欣慰地抱了抱顾挽：“真是没想到啊，可可爱爱的小顾挽最后竟然嫁给了总是接她下课的‘表哥’！”

说起这个，几个人又是哄然一笑。

此时离午饭的点儿很近，几个人就近选了一家餐厅，一起吃了个午饭。

吃饭的时候，陆宇航开玩笑跟季言初和顾挽抱怨：“你们是不知道你们余老师有多难追，这些年，我追着她跑遍了无数个国家。她最后是因为什么才答应了我的求婚，你们知道吗？”

顾挽和季言初面面相觑，最后一起摇头。

余今安羞涩地掐了陆宇航一把，陆宇航“嗞”了声，依旧笑着告状：“她说她过两年就三十六岁了，不想做高龄产妇，所以要赶在三十六岁之前把孩子生了。”

陆宇航泫然欲泣，擦了擦根本不存在的眼泪跟他们“哭诉”：“你们说说，这不是利用我嘛，哪有这样欺负人的？”

季言初和顾挽也忍不住抿着嘴笑，但还是百般维护余今安。

“我看陆大哥你挺乐在其中的。”季言初一针见血地指出，“你就差在脸上写着‘我乐意’三个字了。”

四人说说笑笑，饭毕，又慢悠悠地晃到了民政局的停车场。

余今安他们的车停在前面，季言初和顾挽索性就等他们先把车开出去了再走。

车子缓缓移到路口，忽然又停下。

余今安从车上下来，奔跑着冲到季言初和顾挽面前，泪流满面，之后直接一边一个搂住他们。

“愿我们此后旅途皆顺坦，所遇风景都好看！”

她哽咽着说完，放开手，走到车边时又朝他们用力挥了挥，和泪而笑，高声喊了句：“挽挽，言初，再见！”

车子行至远处，季言初还久久收不回视线，不知想到了什么。

顾挽钩住他的手，用食指在他手心里调皮地挠了挠，轻声说道：“言初哥，我说得没错吧？”

“嗯？”季言初回头，不明所以地看向她。

顾挽撒娇般地笑了笑，眯成月牙形的眼睛很是好看：“我说余老师会遇到真心待她的人，被爱，也有所爱，幸福美满，余生顺遂……”

说到一半，她忽而踮起脚，在季言初唇上快速地啄了口。

“我还说过，你也会的。”